이토록 우아한
제로 웨이스트 여행

일러두기

- 현장 분위기와 저자 특유의 입말을 살리기 위해 표기법에 따르지 않은 대목이 일부 있습니다.
- 지명과 인명 등 고유명사는 국립국어원의 외래어 표기법에 따랐으나 경우에 따라 현지 발음대로 표기했습니다.
- 환율 계산은 여행 당시의 환율을 따랐습니다.

이토록 우아한
제로 웨이스트 여행

신혜정 지음

사우

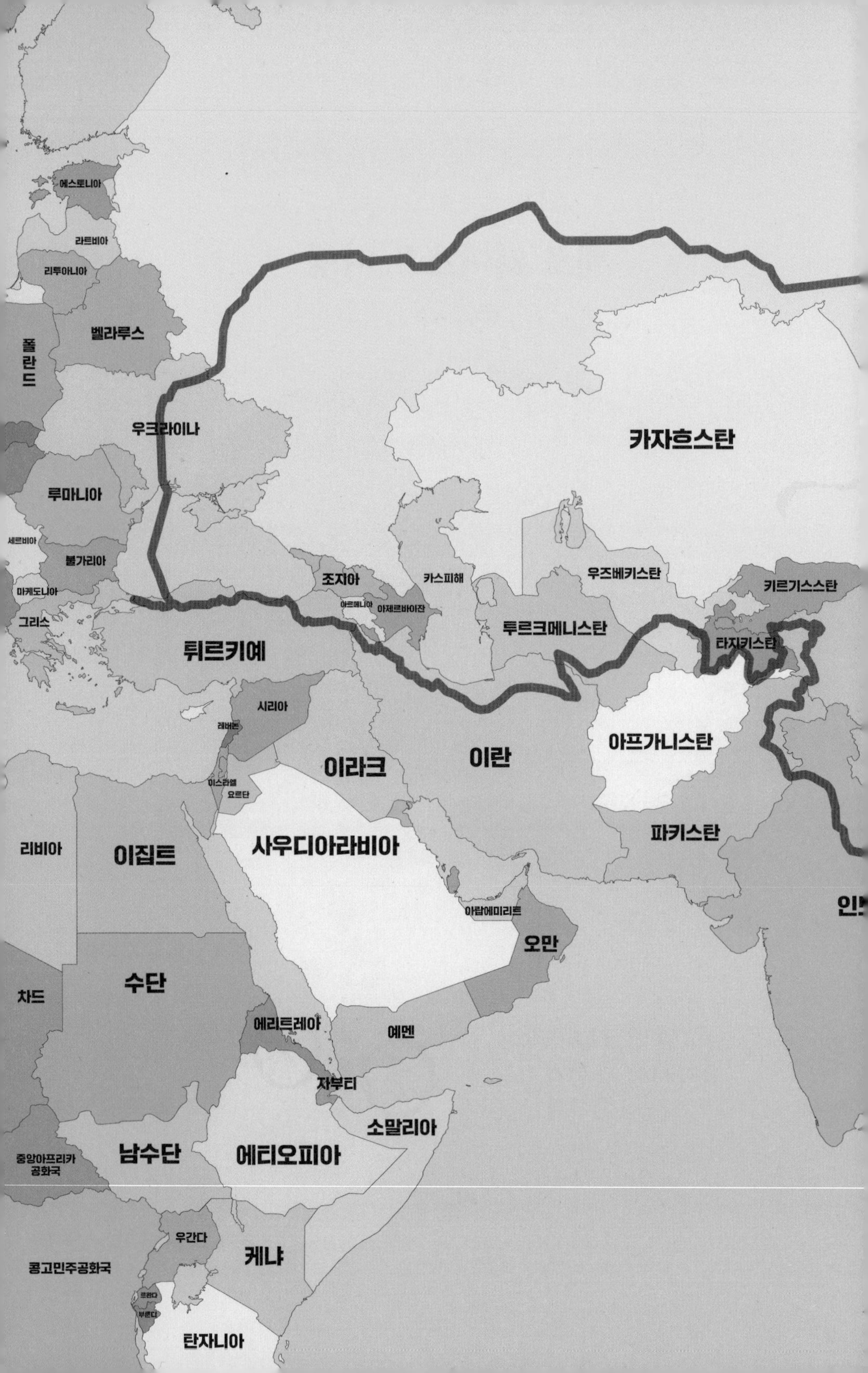

에스토니아
라트비아
리투아니아
벨라루스
폴란드
우크라이나
카자흐스탄
루마니아
세르비아
불가리아
마케도니아
그리스
조지아
카스피해
우즈베키스탄
키르기스스탄
아르메니아
아제르바이잔
투르크메니스탄
타지키스탄
튀르키예
시리아
레바논
이라크
이란
아프가니스탄
이스라엘
요르단
리비아
이집트
사우디아라비아
파키스탄
아랍에미리트
오만
차드
수단
에리트레아
예멘
자부티
소말리아
중앙아프리카
공화국
남수단
에티오피아
우간다
케냐
콩고민주공화국
르완다
부룬디
탄자니아

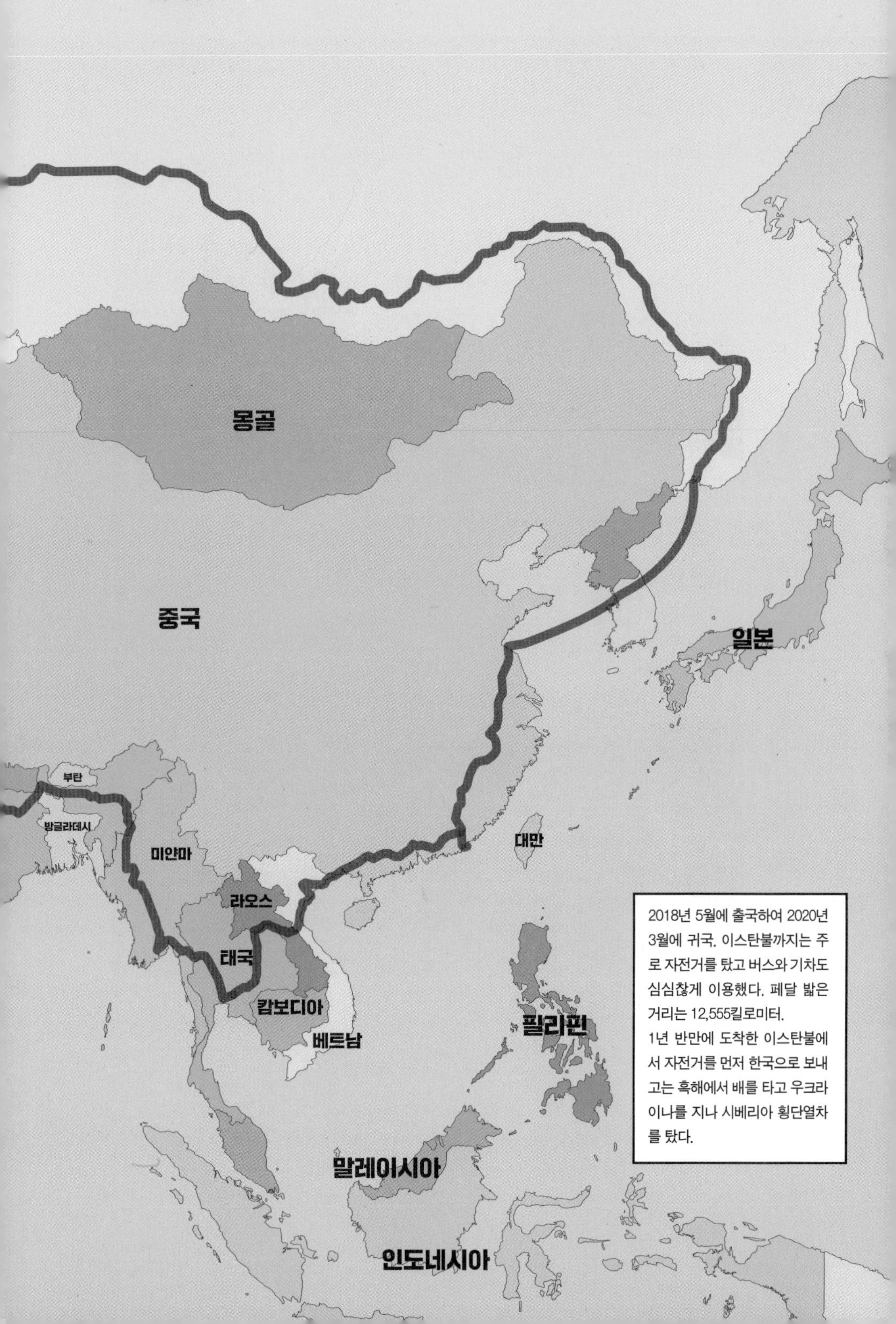
러시아
몽골
중국
일본
부탄
방글라데시
미얀마
대만
라오스
태국
캄보디아
베트남
필리핀
말레이시아
인도네시아
2018년 5월에 출국하여 2020년 3월에 귀국. 이스탄불까지는 주로 자전거를 탔고 버스와 기차도 심심찮게 이용했다. 페달 밟은 거리는 12,555킬로미터.
1년 반만에 도착한 이스탄불에서 자전거를 먼저 한국으로 보내고는 흑해에서 배를 타고 우크라이나를 지나 시베리아 횡단열차를 탔다.

© 조수현

© 조수현

파키스탄 길기트발티스탄 카라코람 하이웨이

• 중국 신장 위구르 자치구, 백사호

•• 타지키스탄 고르노바다흐샨 자치주, 파미르 고원의 와칸밸리

• 중국 황산에서 황주를 마신다는 로망이 현실이 되었다.

•• 중국에서 베트남으로 자전거를 끌고 걸어간다.
중국과 베트남 사이에 흐르는 강을 건너면 베트남이다.

집집마다 플라스틱 재활용으로 먹고산다는 베트남 하노이 인근의 한 마을에서
내 인생 최대의 플라스틱을 보았다.

• 제로 웨이스트 여행의 준비물. 반찬통과 지퍼백, 물통 3종과 장바구니 3종

•• 반찬통은 길거리 노점이 많은 태국에서 특히 유용했다.

••• 내 몸과 같이 들고 다니던 텀블러는 여행 일 년쯤 되자 허물을 반쯤 벗었다.

• 현대에 가장 많이 쓰이는 재료인 플라스틱이 어떻게 재활용되고 버려지는지 알고 싶었는데, 태국의 한 마을에서 쓰레기 재활용장에서 일하는 꿈을 이뤘다. 비닐봉지를 분류하는 법을 알려준 나의 스승과 함께.

•• 태국 마을에서 봉지나 쓰레기를 다시 쓰거나 재활용하기 위해 씻어 말려놓은 모습. 제로 웨이스트라는 말은 현실에서는 사소한 불편을 감수하는 순간순간이 된다.

© 조수현

태국에서 미얀마로 가려면 산이 두 개인데

다 때려치우고 아이스크림이나 먹고 싶다.

© 조수현

© 조수현

미얀마 산동네에서 식당인 줄 알고 가정집에 들어가서
밥을 찾으니 할머니가 밥을 대접에 담아
한 상을 내어주셨다.

파키스탄에 가기 전에 코란 첫 구절을 외웠다. 혹시라도 납치범에게 걸릴 경우 환심을 사고 싶었다.
그렇게 겁을 먹고 갔는데, 아이들은 중국인이라며 나를 반겼다.
어떤 아저씨는 지나가는 나를 향해 "시진핑 만세!"라며 양팔을 번쩍 들었다.

© Iranoverlandtour.com

겁먹고 갔던 이란 역시 반전과 재반전의 나라였다.
여행자를 환대하는 슈퍼 E가 많았다. 이란 야즈드에서 만난 투어 일행은
남아공, 스위스, 이란과 한국, 유라시아 대륙 곳곳에서 왔다.

좀 긴 프롤로그
다시 길바닥으로

달리는 기차에서 내려보기로 했다

꿈이 뭐냐고 하면 어릴 때는 직업을 말했다. 자라면서 내 꿈은 선생님이었다가 소방관이었다가 외교관이 되었다. 꿈에 대해 더 깊이 생각해본 건 시간이 많아진 대학생 때였다. 내 꿈이 외교관이면, 외교관이 되고 나면 내 꿈은 끝나는 걸까? 직업이 뭐가 됐든 계속 가지고 갈 정도로 내게 의미 있는 인생의 주제가 있을까? 그러던 중에 휴학을 하고 해남 땅끝에서 통일전망대까지 국토종단을 다녀왔다.

박카스 국토대장정을 신청했다 떨어져서 어쩔 수 없이 혼자 가기로 했다. 어떻게 가면 좀 더 재미있을까 해서 무전여행으로 가보기로 했다. 무전으로 국토종단, 굶어 죽지 않을까? 도저히 못 하겠다는 생각이 들면 그때부터 3일만 더 참아보고 포기하기로 했다. 축적해놓은 지방이 3일은 버텨줄 것 같았다. 그렇게 출발해서, 한 달 반 만에 무전으로 해남에서 통일전망대까지 갔다. 전국의 이장님, 노인회 총무님, 교회, 절, 성당, 원불교 교당과 무속인, 그냥 할머니 할아버지와 그냥 아저씨 아줌마 등등 각종 사람과 신들이 나를 먹여 살렸다.

당시의 나는 이십여 년 평생을 서울뜨기로 살았다. 사람 사는 게 다 서울 같겠지 생각했다. 우리나라 땅을 걸어보면서야 알았다. 사실 이 나라의 대부분은 내가 시골이고 자연이라고 부르던 풍경이었다는 것을, 도시는 그 안의 점이고 섬 같은 존재라는 것을. 풀과 나무와 가깝게 걸으며 하늘과 산과 강의 존재를 새삼 깨달았다. 환경이라는 인생의 주제가 떠올랐다.

무슨 일을 하든 생명과 환경을 주제로 살아보면 좋겠다며 길을 찾아온 지 어느덧 십 년이 되던 때, 어느덧 나는 환경 관련 비정부단체(NGO)에서 비교적 고연차로 일하고 있었다. 자리는 익숙했고 함께 일하는 사람들은 좋았다. 일을 시작하던 처음의 마음에는 어느덧 시간의 두께가 두껍게 덮였다. 처음 마음이 어디 있는지, 있기는 있는지에 대해서는 아주 가끔 생각하다 말았다. 일을 하는 것만으로도 충분히 벅찼다.

어느 순간부터는 그 일에도 회의가 들었다. 이게 맞나, 저게 맞나, 하면서도 느린 오뚜기처럼 다시 하던 일로 돌아왔다. 조금만 더, 조금만 더 가보자. 그렇게라도 갈 수는 있었다. 많이들 이렇게 사는 것 같았다. 달리는 기차에서 굳이 내릴 것 없이 계속 앉아 가는 거지. 이 기차가 제일 익숙하니까. 어디를 가든 그리 다르지는 않을 테니까. 어차피 내려서 어떤 기차를 타야 할지도 모르니까. 그런 나를 밀어준 것은 어느 날 새벽에 걸려온 한 통의 전화였다. 오랜 친구의 부고였다.

친구를 먼저 찾는 일이 잘 없는 내향적인 내가 부담 없이 전화를 걸 수 있는 친구였다. 그런 친구가 어느 봄날 퇴근하던 밤에 교통사고로 세상을 떠났단다. 뻥이겠지 하면서도 혹시나 해서 검은색 옷을 입고 병원 장례식장에 가보니 친구는 학사모를 쓴 영정사진으로 있었고, 만 이틀 후 뼛가루가 되어 작은 단지에 담겼다. 가는 것도 평소 성격처럼 화끈했다. 그후 나는 어떨 때는 괜찮았고 어떨 때는 괜찮지 않았다. 죽음에 대해, 인생에 대해 생각했다. 친구가 나오라고 전화했을 때 일을 핑계 대며 나가지 않은 날들을 생각했다. 그렇게 중히 여기던 일에서도 어느덧 자신감 잃은 말을 중얼거리고 있는 나를 생각했다. 수많은 생각 속에서 친구는 묻는 것 같았다. 잘 살고 있냐고.

어떻게 살아야 할지를 다시 내게 묻기로 했다.

달리는 기차에서 내려보기로 했다.

유라시아를 자전거로?

그렇다면 내려서 무엇을 할 것인가. 세계여행을 가고 싶다고 중학교 때부터 생각했다. 한비야 님과 김남희 님의 여행기를 보며 꿈을 키우던 어느 날, 나는 중3의 객기를 빌어 고등학교를 안 가고 세계여행을 가겠다고 부모님께 선언한다.

"뭘로 돈 벌어서 여행 갈 건데?"

"파출부 일 하면 되지."

그러나 나는 세계여행 대신 고등학교를 가고 대학교를 가고 직장에 들어갔다. 마침내 20년 묵은 꿈을 다시 꺼내들었다.

세계여행을 간다면 이번에도 국토종단 때처럼 길을 따라가면 좋겠다. 세계의 길을 다 뒤져봤다. 산티아고 길은 너무 짧을 것 같고, 미국의 트레일은 너무 오르막이 많고, 그러다 마음에 닿은 것이 실크로드다. 동서양을 잇던 고대의 비단 무역로. 실크로드의 갈래는 한국에까지 닿아 있단다. 그래 이거다!

보니까 실크로드도 여러 갈래다. 몽골 초원을 지나가는 길도 있고 중국 중원을 지나가는 길도 있고 해양을 지나가는 길도 있다. 중간중간 지선이 갈리기도 하고 복잡하다. 그 복잡한 선들을 보다가 깨닫는다. 실크로드라는 것도 특별한 길이 아니라 이 광활한 대륙 위를 자유롭게 수놓던 수많은 사람의 발자취구나. 그럼 나도 그냥 땡기는 대로 가면 되겠구나!

종착지는 왕년의 콘스탄티노플인 튀르키예 이스탄불로 잡고, 중간에 내가 가고 싶었던 세 곳을 찍어놓고 선을 그으니 대략 루트가 나온다. 이 길을 걸어가려면 3년은 잡아야 할 것 같으니, 걷기보다 조금은 빨라 보이는 자전거를 택한다.

참고로 나는 초등학교 때 이후 자전거를 타본 적이 없었다. 먼저 자전거를 샀다. 시험 삼아 국내 여행을 한다고 자전거를 끌고 나간 첫날, 대단치 않은 오르막에 메두사를 만난 듯 페달이 굳었다. 생의 마지막인 듯 숨을 몰아쉬며 오르막을 올랐다. 도가니가 나갈 것 같았다. 당연했다. 인터넷에서 검색해 찾은 기어 조정법을 180도 잘

못 이해한 탓에 오르막에서 고단 기어를 쓰고 있었다. 뭔가 잘못됐다는 것을 깨달은 것은 3일 만이었다. 마침내 기어를 제대로 쓰게 됐지만, 그래도 힘든 것은 마찬가지였다. 그제서야 심각하게 다시 고민했다. 자전거로 진짜 갈 수 있을까. 이제는 몸이 슬슬 귀해지는 삼십 대란 말이다.

긴 고민 끝에 마음을 정리했다. 갈 수는 있겠다. 정말 천천히 내 속도로 가면 갈 수 있겠다. 힘들면 버스나 기차도 타면서 가면 갈 수 있겠다. 자전거는 개미를 보면서 갈 수 있어서 좋다. 화석연료가 아니라 내 지방을 연료로 쓰는 거라 좋다.

여행 예산은 1800만 원. 표면적인 계산은 1년 365일×하루 5만 원으로 했지만, 1년 만에 이스탄불까지 갈 수 있을지는 자신이 없다. 1년 반은 걸릴 것 같다. 괜찮다. 가성비에 초개처럼 몸을 날리는 습성상 내가 하루 5만 원을 쓸 리 없다. 하루 2~3만 원이면 넉넉할 것이다. 지출은 대략 예산에 맞춰질 것이다.

그렇게 출발한다.

세계까지는 말고 유라시아, 자전거 여행.

일회용 플라스틱 없이 여행할 결심

일회용 플라스틱 일주일 안 쓰기를 도전해본 적이 있다. 실패했다. 다시 도전했는데 또 실패했다. 커피는 꼭 텀블러를 안 갖고 나갔을 때 땡겼고, 꼭 이런 도전을 할 때 동료들은 맛있는 포장과자를 들고 왔다. 한 번은 참지만 두 번까지는 못 참았다. 그렇게 한 번 쓰고 나면 에잇, 다 망한 것 같았다. 플라스틱 넘치는 현대사회에서 플라스틱을 안 쓰려면 미리 준비하고 챙겨야 하는데 일상에 쓸 집중력이 없었다. 하지만 이제는 일이 아니라 일상에 집중할 수 있는 여행자니까, 다시 도전을 해봐도 될 것 같다.

많은 재료 중 특히 플라스틱에 초점을 맞추는 건 플라스틱이 현대 산업의 대표 재료이기 때문이다. 대표 치고는 재활용이 매우 까다롭고, 썩을지 안 썩을지 여부조차 아직은 알 수 없기 때문이다. 플라스틱이 썩는 데 걸리는 시간은 500년으로 추정하나 검증된 것은 아니란다. 확실한 건 이제껏 버려진 플라스틱 중에 아직 썩은 것이 하나도 없다는 것이다.

플라스틱은 훌륭한 재료다. 가볍고 저렴하고 편리하다. 거기까지는 문제가 없다. 그걸 지나치게 많이 쓰는 것이 문제다. 재활용도 까다롭고 잘 썩지도 않는 것이 남용이 되니 지구 표면이 플라스틱으로 덮이고 있다. 2050년에는 바다에 물고기보다 플라스틱이 더 많아질 것이란 예측도 나온다. 시간이 지나면 플라스틱은 미세플라스틱으로 잘게 분해되어 떠다닌다. 그 미세플라스틱을 물고기가 먹고 바닷새가 먹고, 사람이 먹을 것이다.

플라스틱을 지나치게 쓰게 되는 부분은 역시 일회용인 듯하여 일회용 플라스틱에 초점을 맞춘다. 비닐 등 일회용 플라스틱을 안 쓰는 것으로, 쓴다면 최대한 여러 번 쓰기로 한다. 자전거 여행자로서 생수를 안 사 마시거나 슈퍼에서 과자 등 포장제품을 사 먹지 않는 것이 주요 고비가 될 것이다.

제로 웨이스트를 위해 짐을 챙겼다. 반찬통을 대짜 중짜 소짜 세 개 준비하고, 마른 음식을 담을 면 주머니도 두 개 챙겼다. 착착 접어 들고 다닐 수 있는 가벼운 장바구니에 수저도 챙겼다. 자전거 여행이라 물통도 단단히 준비했다. 그때그때 마실 용도로 350밀리리터 텀블러와 하루에 마실 물을 담아 다닐 1.5리터 물통, 오지 대비용으로 3리터 접이식 물통과 정수 물통까지 구비했다. 여기에 비누와 비누곽, 면 생리대도 챙겼다.

일회용 플라스틱을 최대한 안 쓰되 예외는 둔다. 누가 선의로 주는 것에 딸려 오는 일회용 플라스틱은 받을 것이다. 새로운 문화를 경험하기 위해서 때론 쓸 것이다. 전혀 안 쓸 수는 없을 것이다. 실제로는 '제로(zero)'보다는 '레스(less)'웨이스트가 될 것이다. 아울러 플라스틱이 대륙 곳곳에서 어떻게 버려지는지도 보려 한다. 버려진 플라스틱이 어떻게 재활용되는지, 어떤 것은 재활용이 되고 어떤 것은 안 되는지, 재활용되지 않으면 어떻게 처리되는지가 궁금하다. 여행길에서 힘닿는 만큼, 플라스틱 재활용 시설과 쓰레기장을 둘러보고 싶다.

《우리는 플라스틱 없이 살기로 했다》의 저자 산드라 크라우트바슐은 플라스틱 없이 살기의 첫 원칙은 '즐거울 것'이라고 했다. 즐겁지 않으면 그만둘 거라고. 그러니 즐겁게 가보자. 내가 할 수 있는 범위에서 즐기면서, 그럼에도 가끔은 어쩔 수 없을 때도 있으리라는 것을 인정하면서.

잠시 안녕, 일회용 플라스틱!

차례

3.
나를 살리는 건 사람들 그리고 ★태국, 미얀마

4.
다이내믹 서역은 저를 시험에 들게 하옵고 ★인도, 파키스탄

5.
높은 데는 안 간다고 했잖아요 ★중국 신장, 키르기스스탄, 타지키스탄

6.
이슬람의 손님 대접에 정신을 차릴 수 없다 ★타지키스탄, 우즈베키스탄, 투르크메니스탄, 이란

7.
나의 엘도라도는 누군가의 지겨운 일상 ★튀르키예

1.
자전거계에 혜성같이 등장한 느림보, 차라리 걷는 게 낫지 않을까

★중국

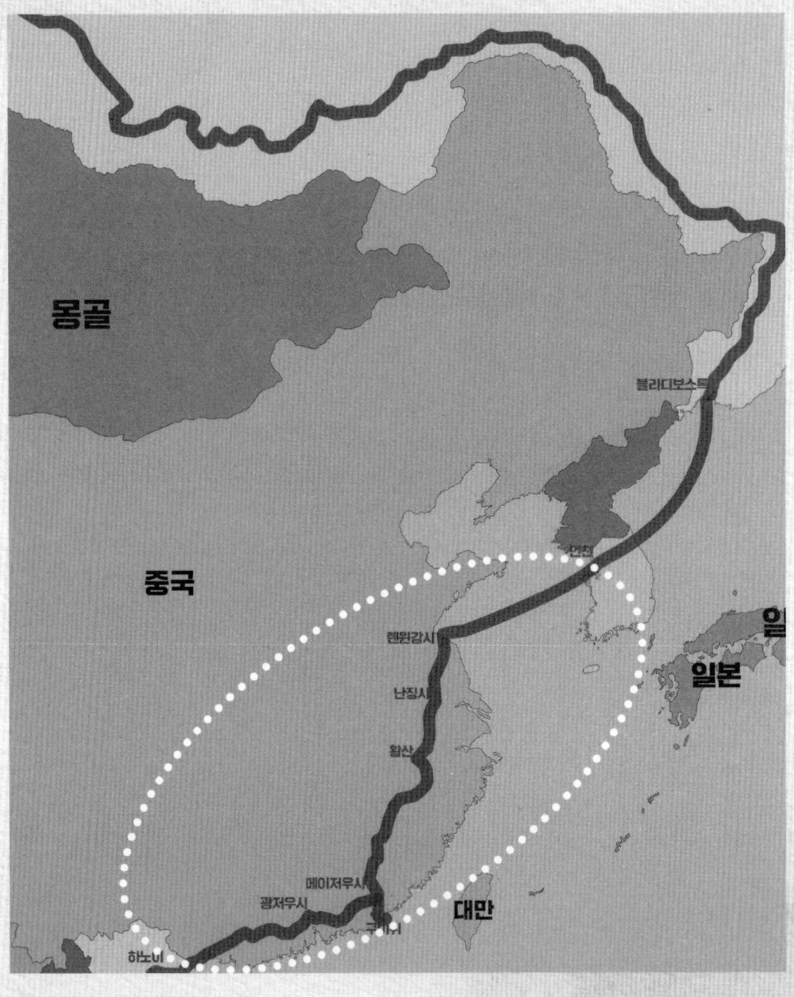

대한민국 서울-중국 광시성
(2018년 5월~8월)

……

출발,
오후까진 수월했지

2018년 5월 15일 유람 출발일.

용산의 자전거샵 '바이클리'에 들렀다가 인천 항구로 가 중국으로 가는 배를 타면 된다. 배는 밤에 출항하고, 짐은 어제 다 싸서 자전거에 주렁주렁 매달아 놓았으니 오전에는 느긋하게 집에서 마지막 만찬을 즐긴다.

내가 전에 없던 헬멧을 쓰고 전에 없던 자전거에 주렁주렁 짐까지 달았다는 것만 제외하면, 엄마 목소리가 촉촉하게 약간 잠긴다는 점만 제외하면, 평소와 크게 다를 바 없이 다녀오겠습니다, 인사를 하고 점심께 느지막하게 집을 나서 익숙한 골목을 빠져나온다.

자전거의 애칭은 '바다'라고 붙였다. 바다로 용산까지 16킬로미터를 가는데 중간에 앉아 전화도 하고 하다 보니 세 시간이 걸렸다.

보통은 이렇지 않다. 자전거를 타면 보통 한 시간에 15~20킬로미터는 가고 빠른 이들은 40킬로미터도 간다. 샵에서 바다를 점검받고 자전거 동호회분들과 인사하고 있으려니 친구가 용산으로 배웅 나오기로 한 5시가 되었다.

"저 이만 가볼게요."

"밥 먹고 가요. 고기 사줄게."

"… 그럴까요?"

나는 태초부터 밥 먹고 가란 말에 약했다. 친구도 데려와서 먹고 가라는 말에 계획은 즉각 달라진다. 어차피 저녁은 먹어야 하는 거니까. 친구와 함께 식사 자리에 낀다.

오늘 배 출항이 지연되어 새벽 2시 반이고, 출항 수속은 8시 반이라고 했다. 그러니 원래 계획은 6시 반에는 자리에서 일어나는 거였다.

그러나 고기를 먹다가 5시 반이 되고, 맥주를 한잔 받다가 6시가 되었다. 6시 반에는 "새벽 2시 반 출발? 그럼 10시, 11시에 가도 문제없지!"라는 주변 목소리에 감화되었고, 7시에는 무려 9개월간 남미 자전거 여행을 마치고 얼마 전 귀국한 동호인이 합류하셨다. 나같이 우유부단한 내향형 인간은 좋은 분위기를 깨는 것을 꺼린다. 언젠가 깨긴 깨야겠지만 그 시점이 당장은 아닐 것이다. 눈치를 살피며 자리에서 일어나기를 미루던 나는 7시 40분, 연운항훼리 선박회사로부터 한 통의 전화를 받는다.

"수속이 좀 빨라져서 8시 10분부터인데, 혹시 어디세요?"

"네? 저, 아 저 좀 늦어져서 1시간 좀 넘게 걸릴 것 같은데, 용산이에요!"

"어 그래요? 차는 타셨어요? 오늘 승객이 많이 없어서 수속이 일찍 끝날 것 같은데…."

"아… 안, 아직 안 탔습니다."

"언제쯤 오실 것 같아요? 1시간 더 걸리시는 거면 오늘 못 타실 수도 있어요~~"

나는 직선으로 일어섰고 옆에서 나를 불안한 눈빛으로 예의 주시하고 있던 친구도 일어났다. 선박 수속은 비행기 수속처럼 한두 시간 여유를 주는 게 아니라는 것을 바로 오늘 깨닫게 된 것이다. 광속으로 인사를 드리고 바다를 끌고 친구와 용산역으로 달리는 길.

과연 1시간 만에 터미널에 갈 수 있을까에 대한 회의는 짙어졌고 나는 어느덧 체념의 시나리오를 쓴다. 오늘 못 타면 다음 배편은 토요일에 있고 집에 돌아가서 민망한 인사를 다시 나누고 토요일까지 4일 동안 삼시 세끼 메뉴는 뭘로 먹고 등등등을 생각하며 친구에게 중얼대듯 외쳤다.

"야…!… 이게 될까?!!… 오늘 가는 게 나을까?!!"

그러나 이 말은 나보다 앞서 맹렬히 달리던 친구에게는 가닿지 않았다. 친구는 배웅을 두 번 나올 수는 없었던 것이다. 기필코 나를 오늘 보내야 하는 역사적 사명을 띠게 된 것이다.

그리하여 가까스로 탄 동인천 급행열차. 8시 53분 동인천역에 도착하고 역에서 터미널까지는 자전거로 9분 걸린다고 내비가 알

1. 자전거계에 혜성같이 등장한 느림보, 차라리 걷는게 낫지 않을까

려주었다. 그럼 선박회사에서 이야기한 마지노선인 1시간 내, 9시 10분 안으로는 도착한다. 선박회사에서는 기다려줄 테니 최대한 빨리 오라고 했고 10분 단위로 내 위치를 확인하는 전화를 하고 있었다. 친구와 나는 용산역에서 동인천역까지 가는 약 50분간 치열하게 계획을 짰다. 어차피 항구에서 인사할 여유가 없을 테니 동인천역에서 헤어지기로 한다. 우리는 지하철 맨 뒤칸 벽에 붙은 임플란트 광고 앞에서 작별의 셀카를 찍고, 마침내 열차가 동인천역에 정차하자 엘리베이터를 찾아 뛰기 시작했다.

역에서 항구까지는 2킬로미터 정도다. 친구에게 고래고래 입으로 인사를 하며 바다에 올랐다. 하필 가야 할 길은 살짝 오르막이었으나 나는 신들린 듯 페달을 밟기 시작했다. 지하철 안에서 친구와 터미널까지 가는 길을 내비로 보고 또 보며 숙지했으나 가다가 사거리에서 길이 헷갈렸다. 세상 급했던 나는 사거리 횡단보도 신호등을 기다리던 전체 대중을 상대로 고래고래 길을 물었다. 뭔 미친놈인가 하고 얼어버린 시선 중에 한 분이 알려주신 길로 가니 빙고! 다행히 항구 터미널이다.

선박회사 직원이 터미널 앞까지 마중을 나오셨다. 티켓을 발권받고, 짐 검사 수속을 하고, 여권 검사를 하고, 수속장에서 배까지는 버스를 타고 가야 했다. 그 단계 단계에 계신 모든 직원이 나 때문에 기다리고 계셨던 것이다. 배는 비행기와 달라서, 출국수속장 직원들이 출항시간과 상관없이 정해진 시간에 퇴근을 한단다. 여행 시작부터 광역대 민폐를 시전한 것이다. 단계 단계마다 죄송합니다, 감사합니다, 머리를 한없이 조아린다.

배까지 가는 버스도 지각자로서 홀로 타게 됐다. 버스 기사님은 헬멧에 자전거를 들고 올라탄 나를 보더니 사진 찍으며 여행 다니는 아드님 생각이 나신단다. 대단하단다. 죄송하다고, 저 때문에 퇴근이 늦어진 거 아니냐고 하니 이러신다.

"늦긴 늦었어. 지금 한 20분 정도 퇴근을 늦게 하는데, 그래도 그 점은, 도전한다는 점은 참 멋있네."

버스에서 내릴 때 기사님은 큰 소리로 인사하신다.

"나는 성은 박! 이름은 인하대학교 할 때 인하! 박인하여! 여행 자~알 다녀오고 좋은 일 많이 생기기를 바랍니다!"

내비는 날더러 강을 건너라 하네

인천항 직원들 덕분에 무사히 배에 탑승해 이틀 밤을 자고 롄윈강(연운항)에 도착했다. 베이징보다는 아래, 상하이보다는 위쪽에 자리한 생전 들어본 적 없는 중국 동부의 항구. 롄윈강에 온 것은 순전히 이곳이 인천에서 갈 수 있는 중국 항구 중 가장 남쪽에 위치해 있기 때문이었다. 중국에서 남쪽으로 내려가 동남아시아를 가로지르는 루트상 최대한 남쪽에서 출발하는 것이 페달 밟을 거리를 줄이는 비결이다. 자전거 타기에 자신 없는 자전거 여행자의 선택 기준은 이처럼 소박했다.

롄윈강에는《서유기》의 실제 배경이 되었다는 화과산이 있었다. 《서유기》의 손오공은 화과산에 오랜 세월 갇혀 있다가 삼장법사에 의해 풀려나 서역으로 긴 여정을 출발하게 된다. 나도 화과산이 있는 이곳에서 3일을 머물다 서역으로 출발한다.

최종 목적지는 손오공과 삼장이 향했던 인도를 넘어 튀르키예 이스탄불이다. 허나, 만나는 사람들이 어디 가냐 물어보면 이스탄불 간다고 똑똑하게 이야기를 못 하고 있다. 너무 허언증 같잖아. 너무 황당무계한 이야기잖아. 이스탄불이란 내게 있어 입 밖에 낼 수 없는 '그분' 같은 느낌이다.

'거기'에, 내가 감히, 자전거를 타고 간다고?

나도 나 자신이 믿기지 않아서, 그냥 "유라시아 여행이야~" "서쪽으로 갈 수 있는 데까지 가보려고~" 그러고 있다. "힘들면 버스 타고 기차도 타고 갈려고~" 그러면서 빠져나갈 구멍도 만들어놓고 있다.

천릿길도 한 걸음부터라지. 롄윈강에서 약 340킬로미터 떨어진 난징까지 가는 것이 이번 주 목표고, 오늘의 목표는 65킬로미터를 달려 관윈현이라는 현 소재지로 가는 것이다.

준비는 완벽했다. 이번 주 루트는 지도앱으로 계획해놓았다. 전기 포트로 끓인 물에 찻잎을 우려 1.5리터 물통과 텀블러를 빵빵하게 채웠다. 간식으로 빵과 복숭아를 반찬통과 지퍼백에 준비했다. 지퍼백은 한국에서 올 때 쑥떡을 담아왔던 것인데 씻어 쓰니 훌륭하다.

느리게 행장을 꾸렸다. 원래도 행동이 느린 데다가, 챙길 물품만 수십 개인 자전거 여행에서 뭔가 빠뜨린 것이 없는지 재삼재사 확인하다 보니 채비에만 1시간이 넘게 걸린다. 마침내 바다의 뒷바퀴 양옆에 가방 두 개, 그 위에 큰 가방 한 개, 핸들바에 작은 가방까지

1. 자전거계에 혜성같이 등장한 느림보, 차라리 걷는게 낫지 않을까 *중국

한 개 체결해놓고 헬멧과 고글, 코와 입까지 가리는 버프까지 어설프게 착용하니, 누가 봐도 번듯한 자전거 라이더다.

중국에 간다니 몇몇 지인들이 '처음에는 자전거 다니기 좋은 나라를 가야 하지 않겠니'라고 걱정을 했었다. 그런데 달려보니 이상하다. 여기 다니기 좋은데?

일단 길이 넓다. 시내에서는 차도 옆에 보충도로가 있어 자전거와 오토바이와 경운기 등등 각종 이륜차와 삼륜차가 함께 다닌다. 시내를 벗어나 국도로 나서도 길은 넓다. 지도앱의 내비를 따라 처음치고는 여유롭게 달려 시내를 빠져나와 도시 외곽을 달리다 호젓한 시골길에 접어든다 싶다가, 어느덧 강물 앞에 서게 된다.

이상하다. 내비가 가란 대로 가고 있는데 왜 내 앞에 강물이…? 내비를 다시 보니 여전히 꼬장꼬장한 꼰대처럼 계속 직진을 하라 한다. 이 길이 국도가 맞다는 것이다.

오프라인 내비라서 그런가. 데이터를 켜 다른 지도앱을 열었다. 이 앱에서는 여기가 강이 맞단다. 드디어 말이 좀 통하는 앱으로 보니 나는 언제부터인가 국도를 벗어나 있었다. 그럼 이제 어떻게 가야 하나 보니 내비는 인근에 강을 가로지르는 도로를 가리킨다. 고개를 들어보니 저만치 위쪽에 고가도로가 포착된다. 자전거가 유니콘도 아니고 저기로 어떻게 날아가라는 것이냐.

망연자실해 있는데 뒤에서 오토바이가 오길래 덥석 잡고 본다. 친구와 동생과 같이 탄 십 대 친구.

"저 고가도로로 어떻게 올라가?"

어린 친구는 내가 온 길을 손짓으로 가리켰다가 고가도로를 가리켰다가 하며 속사포같이 길을 알려주는데 내가 알아들을 수 있는 유일한 단어는 이것이었다. '1시간'. 그건 아마 내가 온 길로 1시간을 돌아가야 한다는 거겠지. 안 돼. 아니야. 그럴 리 없어.

여기서 나는 충격 직후에 나타난다는 '사실 부정 단계'에 돌입하여, 잘못 가더라도 쭉 가는 길을 비이성적으로 선택한다. 얼마간 더 가다 보니 마을이 나온다. 마을 입구에 서서 나오는 오토바이마다 붙잡고 길을 묻기 시작했다.

손을 모으고 서서 "실례합니다"를 외쳐보는데, 첫째 오토바이 못 본 척 가고요. 두 번째 오토바이도 지나쳐 가고요. 마침내 선 세 번째 오토바이에는 아무래도 취한 것 같은 아저씨가 있다. 아무리 믿음이 가지 않아도 오늘의 구세주는 이 아저씨다. 나의 유아적 중국어와 아저씨의 혀 꼬인 중국어 대화가 시작된다.

"저기 고가도로로 어떻게 가요?"

"너 지금 어디 가는데?"

"관윈현이요."

"관윈현은 어쩌고 저쩌고… 너 어디서 출발했냐?"

"롄윈강."

"너 어디 사람인데?"

"한국 사람."

"너 혼자냐?"

"네…?"

혼자 여행의 안전을 위한 무수한 팁 중 하나가 혼자 여행 중이란 것을 밝히지 않는 것이다. 누가 봐도 지금 난 혼자지만 굳이 그걸

1. 자전거계에 혜성같이 등장한 느림보, 차라리 걷는게 낫지 않을까 *중국

내 입으로 확인할 필요는 없다. 그렇다고 동행이 있다고 뻥을 치면 질문이 꼬리를 물 것이다. 거짓말을 짜내기는 골치 아프니, 못 알아듣는 척하기로 한다.

"몇 사람이 같이 가냐고…? 혼자야 둘이야?"

"에에? 저 길로 어떻게 가냐구요?"

"어쩌구저쩌구…."

"아니 됐어요. 고마워요. 안녕…."

그런데 아저씨가 오토바이를 유턴하더니 데려다줄 테니 따라오란다. 괜찮은데. 시원찮은데. 그래도 붙잡을 수 있는 끈은 이 불안한 아저씨뿐이니 미심쩍은 마음으로 천천히 뒤따라가는데 어쩐지 인적이 드문 길로 가는 것 같다. 나는 한쪽 손을 핸들에서 떼는 고급 기술을 펼치며 웃옷 주머니에 고이 보관해놨던 호신용 스프레이를 꺼내 손에 쥐었다.

그리고 어느덧 나는 아저씨와 함께 고가도로 위에 있었다. 호신용 스프레이 눈 감어! 성공적으로 국도로 진입한 뒤 아저씨한테 인사를 하는데 아저씨가 또 혼자냐고 물어서 또 못 알아듣는 척했다. 미안합니다 아저씨. 고맙습니다 아저씨. 나의 아저씨 덕분에 해 지기 전에 오늘의 목적지, 관원현에 도착하여 숙소를 잡는다.

거대함의 비결

난징에서 나흘을 쉬고 출발한다. 이번 주에는 300킬로미터 떨어진 황산 입구 동네까지 가보기로 한다.

난징에서 잃어버린 것만 두 개다. 일단 전조등이 없어졌다. 달리면서 뭔가 허전하여 보니 전조등이 달려 있던 자리에 고정끈만 남아 있다. 누가 가져갔던가 내가 흘렸던가, 야간 주행을 하지 않으니 전조등을 사용한 적이 없어 어디에서 잃었는지도 모르겠다. 반찬통도 잃어버렸다. 소짜 반찬통에는 찻잎을 보관해놨고, 대짜랑 중짜에는 빵이나 과일 등 그날그날 먹을 간식을 넣어 다녔는데 대짜통이 없어져 버린 것이다. 난징 빵집에서 빵 담는다고 꺼냈다가 카운터에 놓고 온 게 아닌가 하는 신빙성 있는 추측에 가슴이 쓰리다. 반찬통 잃어버린 게 전조등 잃어버린 것보다 통탄스러운 자전거 여행자.

일회용 플라스틱 없는 일상은 예상보다 수월하다. 텀블러, 장바구니, 반찬통과 수저가 제로 웨이스트 기본 세트다. 언제 뭘 사게 될지 모르니 '상비'가 중요하다. 자전거를 탈 때는 열고 닫기 제일 쉬운 핸들바백에 넣어놓는다. 숙소에 짐을 풀고 밖에 나갈 때도 가방에 기본 세트를 챙긴다. 혹시 기본 세트를 못 챙겨 나왔다면 좋아 보이는 것이 있어도 사지 않으니, 그다음에는 기본 세트를 몸처럼 챙기게 된다.

물과 간식은 그 전날 준비한다. 물은 전기포트에 끓여 하룻밤 식히는 시간이 필요하고, 달리는 중에 포장 안 된 음식을 찾기 힘들 수 있으니 간식도 그 전날 준비하는 게 좋다. 숙소 근처 빵집이나 과일가게나 노점에서 포장 안 된 음식을 담아달라고 한다. 일상에 여유가 있으니 이런 일이 귀찮지 않다. 오히려 삶을 살뜰히 챙기는 재미가 있다.

난징에서 더 내려오니 확실히 이제까지와는 중국어가 다르다. 사투리가 있다. 처음에는 아예 다른 나라 말처럼 들렸는데 듣다 보니 약간 들릴 것 같기도 하다. 사실 만나는 사람마다 하는 질문은 보통 다음과 같은 패턴이라 대충 두드려 맞출 수 있다.

어디 사람이냐?

중국에서 뭐 하는 거야?

어디에서 와서 어디로 가냐?

중국 기본 3문. 질문을 잘 못 알아들을 때는 대충 이 세 개 중 하나로 답을 한다.

난징에서 출발한 지 다섯째 날, 6시 전에 일어나 인근 식당에서 죽과 계란으로 뜨끈하게 요기를 하고 길을 나섰다. 오르막을 앞두고 퍽 군기가 잡힌 모범적인 자전거 여행자의 행보였다. 그러나 1시간 정도를 달리다가 나는 중요한 사실을 떠올리게 된다.

오늘 파란 버프를 썼지. 대개는 빨간 버프를 하는데, 침이 많이 묻었는지 냄새가 나서 어제 대대적인 빨래를 하면서 빨아 널어놨단 말이야. 그걸 오늘 걷어 왔나?

걷은 기억이 없다. 브레이크를 잡았다. 30여 년을 살아오면서 내가 무엇이든 놔두고 오는데 특화된 인간이라는 것을 알게 되었다. 챙겨야 할 물건이 너무 많은 자전거 여행은 이런 부류에게는 매일이 재난대비 훈련이다. 나로선 평소보다 두세 배로 주의를 기울이고 있음에도 불구하고 이미 여행 2주 만에 전조등과 반찬통을 잃었다. 오늘도 분명 숙소를 떠날 때 돌다리도 두드려보는 심정으로 방과 화장실을 다시 한번 살폈는데, TV 걸이대에 걸어놓은 버프는 내 시야에 들어오기에는 너무 높은 곳에 있었던 것이다.

호텔에 전화해보니 있단다. 선택을 해야 했다. 돌아가느냐, 버프를 포기하느냐. 돌아간다는 것은 왔던 길을 세 번을 가야 한다는 뜻이다. 길을 돌아간다는 것은 자전거 여행자에게, 특히 효율을 추구하는 한국인 자전거 여행자에게, 더욱이 마음은 효율을 바라지만 몸은 빌빌대는 자전거 여행자에게는 극히 어려운 선택이다.

그러나 빨간 버프는 나와 어언 10년을 함께했다. 해외에서 파견 근무하던 시절에도 훌륭히 내 목에 붙어 태양 또는 감기로부터 얼굴과 목을 지켜주던 내 버프.

1. 자전거계에 혜성같이 등장한 느림보, 차라리 걷는게 낫지 않을까

길지 않은 고민을 마치고 핸들을 돌렸다. 그나마 다행인 것은 한없이 느린 속도 덕에 1시간을 왔는데도 숙소에서 고작 7킬로미터 떨어져 있었다는 사실이다.

숙소에 도착하니 숙소 직원이 고이 접힌 버프를 주며 반긴다.

"멀리 갔었니?"

"아니… 7킬로."

"아…."

버프 대원 구출 작전에 성공하고 나니 크나큰 피로가 몰려와 숙소 로비의 소파에 눕듯이 뻗었다. 피로감만은 이미 자전거를 타고 황산을 넘은 것 못잖았다. 어제 저녁에 자전거를 타고 황산에 간다는 나를 경이로운 눈으로 보며 너 운동선수냐며, 대단하다며 엄지를 세우던 직원이 이제는 연민의 눈빛을 보낸다. 저러고 황산에 간다고?

느릿느릿 다시 출발하여 왔던 길을 세 번째 가는 길. 풍경이 익숙할 법도 한데 익숙하지가 않다. 아까 올 때 저렇게 연꽃 많은 못이 있었나. 멀리 보이는 능선이 수더분해 보이네. 아까와는 시선을 둔 곳이 다르기도 했겠지만, 무엇보다 처음에는 오늘의 오르막을 걱정하느라 주위를 안 보고 왔었다.

산이 기다리고 있다고 해서 산에 가기도 전에 온통 산만 생각하고 걱정할 수는 없지. 안 그래도 되는데, 그래야 한다고, 마음의 준비든 뭐든 해야 한다며 일부러 마음을 조이고 있었다.

걱정을 양껏 한들 하지 않은들 내가 할 수 있는 건 페달을 밟는 것뿐이다. 앞날에 대한 끝도 없는 걱정은 내려놓고 현재를 살아볼까. 지금 이 순간 내 옆에 있는 것들을 좀 돌아볼까.

황산을 약 50킬로미터 남겨놓은 지점에서 숙소를 잡았다. 창밖으로 물소리 새소리가 들리는 새로 지은 여관. 방에 모기향이 없다고 사장 아저씨가 오토바이 타고 모기향을 사 와서 넣어줬는데, 이 강력한 연기는 모기뿐 아니라 나도 잡을 것 같다.

숙소에 붙은 컨테이너 방에는 공사 인부팀이 묵고 있었다. 내가 혼자 여행한다니 저녁 초대를 해주셔서 식사 자리에 끼어 앉게 됐다. 요리는 일하는 분들이 돌아가며 한단다. 볶음면에 계란양파볶음에 감자볶음까지 성대한 상에서 배부르게 먹는다.

이분들은 고속철 연장 공사를 위해 1년간 파견된 팀이다. 딱히 정해진 근무시간 없이 그날 일이 끝나면 돌아오고 비가 오면 쉬는 식이다. 한 시간에 350킬로미터를 가는 중국의 고속철은 현재도 계속 확장되고 있다. 앞이마가 시원하게 드러난 아저씨가 물었다.

"중국 고속철 타본 적 있어?"

"네. 예전에 중국 여행할 때."

"어땠어?"

순간 식탁에 둘러앉은 사람들 눈빛이 초롱초롱해진다. 어떠냐니, 크게 생각은 안 해본 질문이라 상식 선에서 응답했다.

"음, 빨라요."

"그리고, 편하지?"

"네."

답은 정해져 있는 거긴 했지만, 그렇게 답하니 사람들이 뿌듯하고 자랑스럽게 웃는다.

중국은 엄청 크다. 도로도 논밭도 강도 하다못해 시장에서 파는 호박까지도 말도 안 되게 크다. 그 큰 땅을 천천히 가로지르다 보니 사람이 보였다. 엄청나게 큰 밭에서 일하는 사람들이 있었다. 도로변 화단에 쪼그려 앉아 정비를 하는 사람들이 있었다. 도로변 옹벽에 페인트로 표어를 쓰는 사람들이 있었다. 도로에서 쓰레기를 집게로 줍고 비로 쓰는 사람들이 있었다. 온 중국을 연결한다는 고속철도는 여기 둘러앉아 있는 이 보통 사람들이 만들어가고 있었다. 저녁 식탁에서 나는 엄청난 거대함의 비결을 마주하고 있었다.

황주를 마시러
황산에 오르다

1.

황산에서 황주 마시기는 몇 가지 로망 중 하나였다. 언제부터인가 하면, 고우영 《수호지》의 영웅호걸들이 황주를 벌컥벌컥 들이켜는 장면을 인상 깊게 봤을 때 즈음인 것 같다. 그래서 이번 여행 루트에 황산을 넣었다.

사실 이것은 약간 잘못 기억된 로망이었음을 한국을 떠나기 이틀 전에 알아챘다. 내 옛 기록에는 '양산박에서 황주 마시고 싶다'고 쓰여 있었다. 나는《수호지》영웅호걸의 본거지였던 양산박에서 황주를 마시고 싶었던 것인데, 라임이 맞아서인지 양산박은 어디 가고 황산이 덜컥 자리 잡게 된 것이다. 슬쩍 검색해본 결과 양산박

1. 자전거계에 혜성같이 등장한 느림보, 차라리 걷는게 낫지 않을까

습지대는 이제 개간됐고, 무엇보다 내 기본 루트에서 300킬로미터 정도 떨어져 있다는 것까지 파악하고는 그냥 잘못된 기억을 밀고 나가기로 한다. 황주는 황산에서 마신다!

그리하여 이번 주 중 유일하게 비 예보가 없는 오늘, 거사를 감행하기로 한다.

중국에서 가장 아름다운 산으로 알려져 있다는 황산. 황산 등반이란 기본적으로 70여 개 봉우리를 오르락내리락 유람하며 다니는 것이다.

황산에는 케이블카가 잘 되어 있다. 황산은 중국의 장가계 등 다른 산 같지 않게 험하대서, 애초부터 나는 케이블카를 타리라 단단히 마음먹고 있었다. 혹시라도 객기를 부리지 말자. 애초에 나는 언덕은 피해 가자는 '평지주의자'다. 산을 찾아 오르는 일은 내 사전에는 없는 이야기다. 이번에는 황주를 마시려고 가는 것이다.

정보를 종합해보니 황산 동쪽 자광각 입구 편에 있는 천도봉이라는 봉우리를 올해까지만 개방하고 내년부터 5년간 휴식기를 가진단다. 천도봉을 가자. 천도봉을 가려면 자광각 쪽은 케이블카 말고 걸어서 올라가고, 내려올 때는 무릎 건강을 위해 케이블카를 타고 운곡사 출입구로 나오자. 그리고 일출 장소로 유명한 광명정에서 가까운 호텔에서 자자. 이렇게 나는 합리적으로 계획을 짜놓는다. 그리고 인생에 계획 따윈 아무짝에도 쓸모없다는 교훈이 이제부터 드러난다.

황산 입구로 가는 버스터미널은 내가 묵고 있는 호스텔에서 걸어서 10분 거리다. 첫차 시간인 6시 반에 맞춰 일찍 준비하고 숙소를 나서는데 마침 혼자 가는 친구가 있어 동무하며 걷는다. 터미널에 가까워지니 이른 아침부터 좌판에서 모자며 장갑이며 지팡이를 팔고 있다. 모자, 장갑, 지팡이. 다 내가 빠뜨린 것들이었다.

"아, 지팡이 안 가져왔다!"

말은 친구가 했다.

지팡이는 호스텔 로비에서 무료로 대여하고 있어 챙겨야지 마음만 먹고 깜빡했다. 가파른 구간에서는 손잡이를 잡아야 하니 장갑도 챙기는 게 좋다고 들었는데 그것도 깜빡했다. 모자는 가져갈까 하다가 말았는데 좌판에서 파는 걸 보니 챙겨야 했을까 하는 위기감이 들었다.

길동무가 말하기를, 자기는 오늘밖에 시간이 없어 첫차를 타야 하지만 나는 1박 2일 산에 있을 거라 여유가 있으니 호스텔에 갔다 오는 게 나을 거란다. 첫차 이후에는 매시간 버스가 있을 거란다. 알겠다고 헤어져서 숙소로 경보한다. 오늘 황산에서만 써도 모자랄 에너지를 이토록 한심하게 소모하다니, 입술을 잘근 씹으며 돌아가 모자, 장갑, 지팡이를 챙겨서 다시 터미널까지 급히 걸었다. 버스는 자리가 다 차야 출발한다고 했으니 빨리 가면 아직 희망이 있을 것이다. 터미널이 시야에 들어오자 거의 뛰기 시작했다. 6시 31분이었다. 어, 버스다! 있다, 있어!

버스 두 대가 있다가 한 대는 출발하고 한 대가 남았다. 매표소에서 버스표를 받고 버스에 올랐다. 버스에 다섯 자리밖에 남지 않은 상태였고 그마저 곧 다 찼다.

됐다, 됐어. 약간의 해프닝이 있었지만 첫차를 탔다. 여유롭게 황산을 걸을 수 있다. 감격에 겨워 버스 티켓 사진도 찍고 간식으로 싸 온 복숭아도 한 입 베어 물었다. 그런데 안내원이 안내 방송을 하는데, '운곡사' 비슷한 단어가 들린다. 나는 자광각에 가야 되는데.

"이, 이거 운곡사야? 자광각 가는 거 아니야????"

"응, 운곡사."

옆에 앉은 커플은 너무도 당연하다는 듯 대답했고, 아까부터 시동을 걸고 있던 버스는 부릉 부드럽게 출발했고, 버스 맨 뒷자리 구석에 끼어 앉은 나는 내릴 시늉도 못하고 어찌할 바를 몰라 아연해 있을 따름이었다. 출발부터 꼬이기 시작했다.

2.

침착하자. 일단 들고 있던 복숭아를 우적 씹었다. 이렇게 되면 케이블카 계획도 숙소 계획도 의미가 없어진다. 숙소 예약을 안 해둔 게 그나마 다행이긴 한데, 이제 어떻게 해야 하나. 운곡사로 가는 20여 분간 나는 명쾌한 결론에 도달하게 된다. 그냥 되는 대로 가자.

그리하여 당초 계획과는 정반대로 운곡사 입구에서 출발. 운곡사에서 정상 부근까지 걸어서 2시간 반이고 케이블카를 타면 10분이란다. 천천히 가보자. 아주 천천히 가보자. 엄청 쉬며 가보자.

때는 아침 7시 반, 일기예보는 구름 낀 날이라고 했는데 다행히 날씨가 참 맑다. 새소리가 청량하게 울리는 상쾌한 산길. 누군가가 달리기는 호흡 조절이 중요하다고, 호흡에 맞추어 뛰라고 그랬지. 씁씁하하 호흡에 맞춰 천천히 걷는다. 사진 찍느라 멈추고, 중간중간 황산에 사는 동물과 식물 안내판을 보느라 멈추고, 1시간마다 꼬박꼬박 앉아 쉬었다.

첫 번째 쉬면서는 지퍼백과 반찬통을 총동원해 싸 온 식량을 바닥에 풀어놓아 본다. 피자빵 하나, 작은 앙금빵 세 개, 오이 두 개, 복숭아 다섯 개와 왕만두 두 개와 찐 계란과 1.5리터 물통에 가득 담아 온 찻물. 이 먹거리를 하나하나 살 때마다 상인이 비닐봉지를 뜯으려는 타이밍에 맞춰 "필요 없어요!"를 기민하게 외쳤다. 특히 중국 빵집에서는 빵을 얇은 비닐에 개별 포장한 뒤 큰 봉지에 다시 담고 거기에 위생장갑까지 챙겨줘서, "필요 없어요!"를 세 번 외쳐야 한다.

오늘 아침은 만두와 찐 계란이다. 다람쥐 한 마리가 기웃기웃 다가와서 과자를 하나 던져주니 양손으로 부여잡고 쪼르르 달려갔다. 백설공주에 나올 법한 낭만적인 장면일 것 같지만 실상은 다람쥐가 다가오니까 약간 무서워서 삥 뜯긴 것에 가까웠다. 다람쥐도 쥐였다.

거의 모든 사람이 나를 앞서간다. 그중에는 봇짐을 메고 가는 사람들도 있다. 식량, 이불, 가스통, 쓰레기봉투 등 짐의 종류도 다양하다. 황산 정상 부근 호텔이나 매점에 짐을 운반하는 짐꾼이 많다는 말을 들은 바 있다. 그 사람들은 달인인가 보다 했는데 옆에서 보니 그냥 보통 사람이다. 처음 본 아저씨는 나무 지팡이 양옆에 큼지막한 짐봉투를 매달고는 어깨에 얹어서 가고 있었는데, 힘겹게 몇 걸음을 움직이고 나서 짐을 내리고 쉬기를 반복했다. 저래서 언제 산을 오르나, 보는 내가 걱정될 정도였다. 나중에 만난 아저씨들은 좀 더 수월하게 가긴 했지만 힘들기는 마찬가지겠지. 민소매 셔츠의 등판이 다 땀으로 젖어 있다. 작은 배낭 하나 메고 가는 나도 땀이 이렇게 나는데.

드디어 한 봉우리에 다다랐다. 시신봉은 '믿기 시작하다'라는 봉이다. 황산의 절경을 귀로 들어서는 믿을 수 없고 이곳에 와 눈으로 보며 비로소 믿기 시작한다는 뜻인데, 나는 이곳에 다다라 비로소 믿기 시작했다. 나도 등산을 할 수 있구나. 천천히 가도 되는구나. 천천히라도 꾸준히 가니 이렇게 닿긴 닿는구나.

중국의 명산 하면 떠오르는 풍경이 눈을 가득 채운다. 거대하게 솟은 돌봉우리 절벽을 타고 흐르는 진초록 나무숲은 신선이 살고 있을 듯한 장엄한 절경을 만들어낸다. 그 너머로 자리 잡은 도시와 마을까지 시선이 가닿을 때는, 까닭 없이 울컥 눈물이 났다. 아름답다. 너무.

시신봉에 닿은 시간이 11시경, 이렇게만 간다면 원래 계획상 오늘 묵으려고 했던 호텔에도 갈 수 있을 것이다. 호텔 전화번호를 찾으려는데 내 핸드폰의 3G 데이터는 높은 고도에서 의식을 잃었다. 아날로그 보수인 나는 여행을 떠나오기 전까지 2G폰을 고수했다. 011 번호를 바꿔야 하는 것도 맘에 들지 않았고, 안 그래도 인터넷에서 헤어나오질 못하는데 스마트폰까지 있으면 답이 없을 것 같았다. 여행을 앞두고야 큰맘 먹고 스마트폰을 샀다. 내비와 번역앱과 카톡 등이 필요할 것 같았다. 당근마켓에서 5만 원에 산 갤럭시 S4의 성능은 썩 좋았지만, 종종 이렇게 힘겨워할 때가 있다. 단체여행 팀을 인솔하던 가이드에게 물어 호텔 전화번호를 받았다.

"많은… 사람 방 있어요?"

황산 정상 부근 호텔은 가격이 엄청 세서 다인실에 묵는 게 그나마 150위엔(약 2만 5,000원)으로 저렴하다. 그래도 지금까지 평균 숙박비보다 비싸다.

"다인실은 예약 다 됐어요. 방 없어요."

"예???? 방이 없다???"

"네. 지금 남은 방은 2인실밖에 없어요. 1150위엔(약 20만 원)입니다."

"처… 천… 백 오십위엔????"

화들짝 놀라 혹시라도 그 방으로 예약해줄까봐 서둘러 전화를 끊었다. 어제 전화 예약을 해놓으려다가 호스텔 사람들이 평일이라 괜찮을 거라 해서 말았는데, 1150위엔이면 1~2주 생활을 할 수 있는 돈이다. 산꼭대기에서 노숙을 하는 한이 있어도 거기서는 못 자겠다.

다른 호텔에는 다행히 다인실 남은 자리가 있대서 체크인해 놓고는 다시 길을 나섰다. 경치 좋은 곳에 앉아 빵과 과일, 황주를 꺼낸다.

황주는 처음 마셔본다. 인터넷으로 무수히 검색하고 황산 동네 가게를 샅샅이 뒤져 맛도 가격도 괜찮다는 황주 한 병을 한국 돈으로 약 5천 원에 구입했다. 어젯밤 함께 숙소에 머물던 호주 친구가 궁금해해서 냄새를 맡게 해줬더니 인상을 찌푸리며 호주 청국장 베지마이트 냄새가 난다고 했던 나의 황주, 무겁기도 무거워 배낭 무게를

1. 자전거계에 혜성같이 등장한 느림보, 차라리 걷는게 낫지 않을까 *중국

단번에 높여준 나의 황주. 술잔도 없으니 병나발을 불기 시작한다. 냄새는 이상한데 맛은 고소하니 좋다. 황산에서 마셔 그런가.

《수호지》의 영웅호걸이 동이째로 들이켜던 술, 관우가 화웅을 잡고 와 들이켜던 미처 식지 않은 술, 허삼관이 피를 팔고서 돼지간 볶음 한 접시와 마시던 데운 술 두 냥, 그 황주를 황산에서 진짜 마시고 있네. 생각이 현실이 되네.

3.

이튿날, 새벽 4시에 호텔에서 체크아웃했다. 일출 장소로 유명한 광명정을 향해 홀로 걷는다. 어두운 산길이 생각보다 무섭지 않다. 이 산꼭대기에 이 시간에 위협이 될 만한 인간은 없지 않을까. 광명정까지 몇 개 고개를 오르락내리락하면서 길을 가는 동안 해가 뜰 준비를 하는지 시야가 천천히 밝아진다. 새들도 천천히 깨어나는지 여기서 짹, 저기서 짹, 하다가 어느 순간 시끄럽게 짹짹짹짹짹 그런다.

테라스처럼 시야가 탁 트인 한 지점에서 인간을 만났다. 아까 호텔에서 체크아웃할 때 먼저 출발했던 부부인데, 아내가 매우 힘들어 보인다.

"여기서도 일출 보일 것 같은데, 그냥 여기서 보자."

"안 돼, 얼른 가! 지금 가야 일출 시간에 맞출 수 있단 말이야!"

남편은 성화를 하다가 급기야는 "그럼 너네는 여기에서 일출

봐!" 그러면서 옆에 가만히 있던 나까지 묶어 놓고는 자기 혼자 출발을 한다. 저기, 나도 광명정 갈 거거든?! 여기도 시야가 탁 트여 풍광이 좋긴 하지만 일단 광명정에 간다고 길을 나섰으니 가볼 것이다. 그 유명한 광명정 일출을 보러 가긴 갈 것이다! 하여 남편-나-아내의 순서로 다시 오르락내리락을 부지런히 반복한다. 남자는 먼저 가서 보이지는 않았지만, 빨리 걸으니 힘이 드는지 다 죽어가는 숨찬 소리를 내서 어디쯤 있는지 감지할 수 있었다.

5시경 드디어 도달한 광명정에서 나는 인간이 만든 지평선을 목도한다. 유명한 장소에는 인간이 몰리는 법이고 중국에서는 인간의 밀도가 항상 예상을 뛰어넘는다는 데 대해서 조금이라도 생각이 있었더라면, 30분 전 그 탁 트인 장소에서 여자와 우애 좋게 어떤 장애도 없이 일출을 볼 수 있었을 텐데. 이놈의 일출 명소에서는 손이나 머리나 핸드폰이 걸리지 않고서는 일출을 볼 수 없었고, 나는 앞사람의 핸드폰 화면을 통해 구름 낀 일출을 감상하며 생각한다. 나는 일출을 보려고 했던 건가, 광명정을 보려고 했던 건가. 남들이 좋다는 데는 분명 이유가 있겠지만, 그렇다고 해서 이름 없는 데서 못 즐기리라는 법은 없는데 말이야. 사실 삶의 재미는 대부분 그런 데 있는데 말이야.

이후 느릿느릿 하산하던 아침 8시 반경, 케이블카 승강장을 지나치게 된다. 케이블카를 타고 내려가면 10분, 도보로 가면 3시간 이상. 이 멋진 황산을 10분 만에 내려가기는 너무 이르고 너무 아쉽다. 황산에서 케이블카는 타지 말자. 도보로 가자.

그리고 이 결정을 머지않아 통렬히 후회하게 된다.

1. 자전거계에 혜성같이 등장한 느림보, 차라리 걷는게 낫지 않을까

내려가는 길은 올라갈 때보다 더 느리다. 누구라도 나를 앞서간다. 그럭저럭 속도가 맞는 한 할아버지와 앞서거니 뒤서거니 하다가 천도봉이라는 존재를 맞닥뜨린다.

희뿌연 구름을 감싼 거대한 바위산이 시야에 둥 하고 나타나는데, 산에서 절대적인 위압감을 느낀 것은 난생처음이었다. 보는 것만으로도 오금이 저렸다. 더군다나 자세히 보니 바위산의 직선과 같은 경사를 사람들이 개미떼처럼 붙어 한 줄로 올라가고 있었다. 내가 올라야 할 길이 저 길인 것이다. 천도봉은 황산에서 가장 험준한 산세로 이름난 봉우리인 것을 모르고 온 것이다.

그 자리에 주저앉았다. 앞서가던 아줌마는 자기는 안 되겠다며 케이블카를 타러 되돌아갔다. 잠시 주저앉은 채 나도 아줌마 뒤를 따라야 하나 고민했으나, 지금까지 왔던 오르막 내리막을 다시 거슬러 가기는 죽기보다 싫었다. 오늘, 한 마리의 불나방이 되기로 한다.

분위기를 보아하니 다른 사람들도 천도봉을 오르는 직선 계단 앞에서 한 번씩 굳은 다짐을 하는 듯하다. 폭이 좁은 직선 계단이 천도봉 정상까지 쭈욱 이어지는 형태라 일단 오르기 시작하면 되돌아올 수 없을 것이다.

비현실적으로 가파른 계단 옆으로 쳐진 밧줄을 생명줄처럼 잡고 오른다. 먼 곳을 보지 말자. 바로 앞 계단만 보고 오르자. 한 계단만, 한 계단만, 하는 중에 천도봉 위쪽을 감싸고 있던 구름 안으로 진입하게 되었는지 시야는 희뿌얘지고, 어느덧 직선 계단은 끝난다. 드디어 정상인가. 갓 태어난 송아지처럼 맥을 못 추는 다리를 애써 다잡으며 평지를 걸어 코너를 돌았다. 정상을 기대했던 내 눈

앞에 나타난 것은, 깎은 듯이 높고 좁은 바위였다.

천도봉 꼭대기에는 천교, 그러니까 하늘다리라는 이름의 작은 바위 고개가 있다. 이 바위 고개를 올라 십여 미터 남짓 좁은 능선을 지나야 비로소 천도봉 정상이다. 말이 쉽지 작은 바위 고개는 천도봉 꼭대기에 있다. 한 사람이 겨우 지나갈 만한 좁은 능선을 걷다가, 그러니까 천교를 건너다가 떨어지면 지금껏 한 계단 한 계단 올라온 수직 계단을 한 번에 내려갈 수 있는 승천 프리패스권을 획득하는 것이다.

천교 앞 야트막한 평지에는 돌로 만든 벤치가 있었다. 일단 앉았다. 정말이지 이 천도봉에 벤치를 만든 인간들, 수직 계단을 깎은 인간들, 저 천교에 계단 낸 인간들 진심으로 존경한다. 인간은 위대하다. 그런데 전 아닌 것 같아요. 저는 빼주시면 좋을 것 같아요.

현실 도피 차원에서 셀카를 몇 장 찍어봤다. 마음을 가라앉히고 다시 천교 쪽을 보는데, 진짜 이건 아니었다. 반드시 일 년에 한 명쯤은 저기에서 죽을 것 같았고 올해는 그게 내가 될 것 같았다. 오늘이 무슨 날이냐. 6월 7일. H.O.T 토니안 생일이다. 나의 옛 오빠 토니안의 생일에 장송곡의 전주가 드리운다.

그렇지만 돌아갈 수는 없었다. 아래를 보지 않으려고 무진 애를 쓰며 올라왔던 지옥의 수직 계단을 다시 내려갈 수는, 정말이지 없었다. 선택의 여지가 없었다. 죽느냐 사느냐가 아니라 죽느냐 죽느냐다. 앞으로 가든 뒤로 가든 살 길은 아닌 것 같다. 그렇다면 안 가본 길로 간다.

가긴 가야겠지. 그런데 진짜 갈 수 있을까. 초점 없는 눈으로 앞

1. 자전거계에 혜성같이 등장한 느림보, 차라리 걷는게 낫지 않을까

아 있는 동안 나와 처지가 같은 사람들이 오고 간다. 어떤 친구는 못 간다며 소리를 질렀고 어떤 커플은 올라가는 듯 싶더니 다시 내려왔다. 이 공포와 혼란의 한복판에 있노라니 나만 이러는 게 아니라는 것이 위안이 된다. 이 돌 벤치는 천교 가기 전에 앉아서 유서를 쓰든지 마음 정리를 하라고 위대한 인간들이 깎아놓은 듯하다.

이제는 가보자. 떨어지지 않는 발걸음을 떼본다. 일단 천교까지 가는 계단을 올랐다. 오, 오를 수 있다. 천교를 건너기 전 이 광경을 기록하고 싶다는 일념으로 사진을 찍으려다가 손이 떨려 핸드폰을 떨궜다. 천만다행으로 핸드폰은 다리 안쪽으로 떨어졌는데, 다리가 떨려 선 채로 주울 수가 없다. 그대로 주저앉아 줍고 나서, 닥치고 양옆의 밧줄을 붙잡고 천교를 건넜다. 그나마 야트막하게 펼쳐진 지대에서 후들거리는 몸을 겨우 추슬렀다. 건넜다. 살았다. 천도봉 정상이고 뭐고 나는 살았다.

고비를 넘으니 기록 정신이 되살아났다. 여기서라도 천교 사진을 찍어야겠다 싶어 사람들이 지나가길 기다리는데, 한 사람이 오다가 돌아섰다가, 사진을 찍었다가 하면서 천교 위에서 엄청 산만하다. 빨리 가라. 짜증이 살짝 나 있는데 그 사람이 나를 보고 사진을 찍어달라고 소리친다.

"안 된다!!!! 못 간다!!!!"

천하대장군처럼 더듬더듬 외치니 그 사람이 내가 외국인임을 알아본다.

"아 미안, 중국인인 줄 알았어."

그때부터 그 친구와 동행이 되어 함께 하산한다. 중국 샤먼이 고향인데 십 대에 미국으로 유학을 가서 지금은 제약회사에 다니며 1년에 한 번씩 중국에 온단다. 내가 내려가는 속도가 진짜 느리니 너무 느리면 먼저 가라고 했는데 보조를 맞춰줬다.

하산하는 길도 험준하다. 중간중간 보이는 안개 속으로 조금만 더 들어가면 옥황상제가 나올 것 같은 신령한 분위기다. 케이블카 승강장에서부터 약 다섯 시간 만에 황산을 내려왔을 무렵 내 다리는 갓 태어난 기린처럼 휘청였다. 본의 아닌 황산 무동력 등반은 이렇게 마무리된다.

오금 저리는 풍경에서 길을 닦은 수많은 사람들, 지금 이 순간에도 길을 청소하고 쓰레기를 치우고 이런저런 물건을 지고 오르내리는 사람들, 다양하게 지저귀던 새들, 황산에는 360일 중 250일은 비가 내린댔는데 내가 있는 이틀 동안 비를 안 뿌려준 하늘, 그리고 나의 전우 지팡이와 무릎보호대에 감사하며, 황산에서 나는 자전거 여행에 대한 믿음을 얻고 간다. 천천히 가도, 언젠가는 닿는다.

자전거 인생 최대의 오르막

오늘의 목표는 저장성 카이화현, 여행 들어 처음으로 100킬로미터 달리기에 도전해보려 한다. 며칠 다녀보니 종일 가면 충분히 갈 만하지 않을까 싶었다. 황산시 호스텔에서 일어나 짐 정리를 한 시간 반, 근처 식당에서 죽순 국수에 빈대떡 비스무리한 것으로 아침을 먹고, 테이크아웃 음료집에 팥빙수 비스무리한 것이 있어 시켜본다. 차오시엔차오(烧仙草)라고 팥과 젤리와 떡 등을 우유에 담은 시원한 후식이다. 반찬통에 담아달라고 해서 숟가락으로 느릿느릿 떠먹으니 또 한 시간 반. 오전 10시가 되어 길에 오른다.

시내를 벗어나니 금방 산도 냇가도 보이는 시골 풍경이다. 6월의 햇볕은 뜨겁구나. 오늘은 어쩐지 몸이 힘들구나. 동네 작은 가게에서 사이다 한 캔을 사 마시며 마음의 평정을 찾으려 애써본다.

사이다를 깨끗이 비우고 힘을 내보자 하며 가는 길, 오르막이 나온다.

오르막을 올라 코너를 도니 또 오르막이 나온다.

오르막을 올라 코너를 도니 또다시 오르막이 나온다.

오르막을 올라 코너를 도니 다시금 오르막이 나온다.

이것이 3시간 오르막 대장정의 시작일 줄 그때는 몰랐다.

자전거로 유라시아 여행을 간다고 하면 사람들은 다들 쫄바지에 근육질의 프로 사이클러를 떠올리지만, 나는 자전거가 힘든 줄을 몰라 자전거를 택한 철없는 저질 체력의 직장인이다. 자전거는 초등학교 때 이후로 타보지 않았다. 여행을 나오기 한 달 전 테스트 삼아 국내 여행을 하면서 30여 년 평생 처음 자전거로 오르막을 올라봤다. 자전거로 오르막 오르기가 걸어서 오르막 오르기보다 빡세다는 것을 그때 처음 알았다. 당연했다. 자전거는 홀몸이 아니라 족히 20킬로그램은 될 짐까지 매달고 있었다. 하찮은 오르막에도 목에서 바람새는 소리가 났다. 오르막마다 골고다 언덕인 것이다. 이 체력으로 과연 자전거 여행, 갈 수 있을까?

몇 주간의 고민 끝에 답은 나왔다. 가보자. 단, 진짜 천천히 가자. '천천히 가자'는 기조 아래 짜인 라이딩 계획은, 자전거 타는 사람이라면 '차라리 걷는 게 낫지 않겠냐'며 놀랄 만한 수준이었다. 하루에 50킬로미터씩 주 5일, 일주일에 250킬로미터를 간다. 주행 루트는 최대한 등고선 색이 짙은 곳을 피해서 그렸다.

그러나 '평지주의자'로서도 피할 수 없는 오르막은 있으니, 그

1. 자전거계에 혜성같이 등장한 느림보, 차라리 걷는게 낫지 않을까

것이 바로 황산 가던 길에 이어 오늘이다. 거대하게 겁을 집어먹고 오르막 한참 전부터 군기가 바짝 들어 개구호흡을 하던 이전과는 달리 오늘의 나는 몸도 마음도 전혀 준비가 안 되어 있었다.

자전거 여행 좀 해봤다는 친구가 조언해준 바가 있었다. 오르막에서는 천천히 페달질을 하며 자전거에서 내리지 말라. 그런데 둘 다 안 된다. 천천히 페달을 밟아보려다 금세 마음이 조급해져 페달을 막막 밟는다. 그러다 지친다. 그러니 호흡 조절도 안 되어 헉헉대며 페달 밟다 내리고, 사진 찍는다는 핑계로 내리고, 허리가 아파 내린다.

산을 둘러 둘러 가는 중국의 둘레길. 어느 정도 가니 시야가 상당히 높아져 옆 산과 비교하면 산 중턱쯤 왔나 싶은데 다음 오르막이 무정하게 나타난다. 오르막이 정말이지, 끝이 없다. 황산 가던 길 이후 군기가 빠진 나는 오늘 루트가 오르막인지 뭔지도 알아보지도 않고 나왔다. 갤럭시 S4의 3G가 이 산에서 통할 리 없어 내비를 확인할 수도 없다. 지금까지 몇 킬로미터를 왔는지, 앞으로 몇 킬로미터를 더 가야 할지도 모른다. 어느덧 정오를 넘긴 뜨거운 태양에 폰은 심각하게 열을 받아 핸들바 거치백에 못 넣을 정도로 뜨겁다. 핸들바 백에 넣어놓은 텀블러 물도 어느새 뜨끈뜨끈하다. 뜨겁다. 힘들다. 바지에 흰 자국이 올라와서 이게 뭔가 했는데, 땀이 열에 말라붙은 소금기 흔적이다. 내 몸이 염전이다.

도저히 안 되겠다 싶어 일직선 도로변에 드러누웠다. 황산 때도 눕지는 않았는데 오늘은 안 되겠다. 한 20분 누워 있었을까. 차 한 대가 건너편에 선다.

"괜찮냐? 뭔 일 있는 거 아니지?"

"아, 괜찮아! 괜찮아요!"

바로 일어났다. 아저씨는 누워 있는 나를 보고 차를 돌려 다시 왔단다.

"탈래? 태워줄게!"

"아, 아녀요! 괜찮아요!!"

어디서 왔냐, 한국인이라고? 롄윈강에서 출발했다고? 중국 기본 3문을 통과하니 아저씨가 너 진짜 짱이다 하면서 엄지를 척 내민다.

"진짜 안 타도 괜찮아?"

"…네…"

"그래, 그럼 잘 가. 힘내고."

아저씨는 차에 올랐다가 다시 내린다.

"너 물은 있냐?!"

"있다! 있다!"

그래도 아저씨는 트렁크에서 물 한 병을 꺼내 뛰어온다. 뜨끈뜨끈하다. 플라스틱이라도 이건 안 받을 수가 없다. 물병을 받으며 물었다.

"여기서… 올라가는 거, 거리 얼마?"

"6~7킬로미터 남았을걸?"

지금이라도 차에 탈 때라며 마음에 번개 같은 불꽃이 일었지만, 그래도 조금만 더 해보자 싶은 마음은 무엇일까.

아저씨 차에 오래도록 손 흔들다가 다시 오르막을 오른다. 아저

1. 자전거계에 혜성같이 등장한 느림보, 차라리 걷는게 낫지 않을까 *중국

씨한테 물도 받고 힘도 받았는지 좀 낫다. 천천히, 천천히를 되뇌며 타다가, 내렸다, 또 탄다.

오르막이 무서운 건 언제 끝날지 모르기 때문이지. 그냥 오늘은 쭉 오르막이라고 생각하자. 길을 들어 옮길 수도 없고 나조차 들어 옮길 수 없으니 그냥 한 발 한 발 가야지. 그러다 보면 언젠가는 끝나 있을 거야.

오르막이 끊임없이 이어지는 중에도 드문드문 집이 있다. 오늘 이 산에서 자게 된다면 저런 집 마당에 텐트를 쳐도 될까, 생각하다 보니 어느덧 정상이다. 오후 3시, 생각보다 빨리 왔다! 아까 아저씨가 말한 거리는 이 산 전체의 거리였나 보다. 정상에 다다르자 목표가 전환되었다. 밥을 먹자.

내리막을 굽이굽이 내려가 만난 마을에 가게는 있는데 식당이 없다. 플라스틱을 쓰지 않기로 했으니 가게에서 살 수 있는 것은 없다. 어느새 군기가 빠진 나는 오늘 간식거리마저 준비하지 않았다. 분명히 오늘 아침에는 국수도 밥도, 후식도 먹을 수 있는 도시에 있었는데, 지금은 식당 하나 찾을 수 없는 망망산중에 들어와 버렸다. 아침에 음료집 다섯 살짜리 아이가 준 씨리얼바로 당을 채워본다.

마을을 지나 산과 시내 사이로 난 국도를 달리는데 시내 건너편에 홀연히 새로 지은 건물이 나타난다. 입간판에 물고기, 숙소 등등이라 쓰여 있다. 밥이 있을 것 같다. 홀린 듯 들어가 보니 물고기 양식장에서 일하던 아저씨가 아연하게 나를 본다. 스포츠형 머리에 통통하고 건장한 체격의 아저씨는 외딴 산골에 은거 중인 조폭이라고 해도 납득이 될 인상이었으나 이것저것 따질 여유가 없었다.

"밥 먹을 수 있어요?"

"있지. 근데 너 혼자? 지금?"

"네. 지금."

시간은 오후 4시였다. 아저씨는 어디서부터 왔냐 물어보더니 롄윈강에서 왔다니까 혀를 찬다. 일단 식당에 들어가 앉아 아저씨랑 합의했다. 볶음밥 하나, 찬 하나 해서 20위엔(약 3,400원)으로 합시다. 아저씨는 어디엔가 전화를 한다. 밖에 나가 있는 요리사인 듯했다.

"아 여기 한국인이 하나 왔는데 지금 밥을 먹겠다네. 하하하!"

그러더니 막 싸운다. 왜 싸우는지 모르겠지만 아마 나 때문이겠지. 이 시간에 볶음밥 하나 볶겠다고 내가 거기까지 가! 요리사가 그랬겠지. 아저씨는 막 싸우다가 전화를 끊더니 다시 양식장으로 간다. 놓고 간 아저씨 전화가 울리고 나는 양식장으로 전화기를 갖다 준다. 아저씨가 전화로 2차전을 벌이는 동안 허기가 전신을 덮쳐왔다.

"밥… 먹을 수 있어요?"

아저씨가 고민하더니 이리 와보라며 부엌으로 간다. 밥과 반찬이 있다.

"이거 내가 점심에 먹던 건데, 봐봐 밥이 아직 따뜻해!"

아저씨는 따뜻한 것을 증명한다고 자기 손가락을 밥에 갖다댄다.

"이거 어때? 괜찮지?"

내가 지금 뭘 따질 때냐. 아저씨 손가락의 온기가 남은 밥에 말린 생선무침과 고기조림 같은 정체를 알 수 없는 반찬을 먹는 동안 아저씨는 계속 양식장과 식당을 오가며 묻는다.

"괜찮냐? 맛있냐?"

"네."

"배부르게 먹어."

"네."

"여기서 카이화현까지는 60킬로미터인데 여자 혼자 저녁에 위험한데."

"오늘은 카이화현에는 못 간다. 그전에 있는 동네까지만 가요."

"그래, 그럼 됐네."

먹고 나서 지갑을 꺼내니 아저씨가 "됐어! 돈 필요 없어!" 그런다.

"이제 고개는 작은 거 하나 있어. 쭉 평지야. 잘 가!"

그러더니 쿨하게 안으로 들어가는 아저씨. 덕분에 살았다.

오늘의 100킬로미터 목표는 진즉에 날아가고 80킬로미터를 달려 마진진이라는 동네에 도착했다. 숙소를 찾아야 하는데 데이터가 여전히 터지지 않는다. 와이파이가 되는 식당을 찾자며 읍내로 갔다가 망고주스 입간판에 홀려 들어갔는데, 여기는 진짜 팥빙수가 있다. 말차 팥빙수를 시키고 두근거리는 마음으로 앉아 있으려니 직원이 이것저것 말을 걸더니 신기해한다. 동글동글한 생김새에 목소리가 대장부인 여자의 이름은 슈. 자기가 본 첫 번째 외국인 손님이란다. 팥빙수는 자기가 쏜단다.

"너는 첫 번째 외국인 손님이고 한국에서 중국으로 혼자 자전거 여행 와서 고생이 많으니깐! 이거 다 먹고, 또 먹고 싶은 거 있음 골라. 돈 필요 없어!"

죽겠다고 드러누운 날, 처음 보는 사람들이 날 살렸다.

이 사우나에는 출구가 없다

덥다.

5월 중순에 출발해 오늘은 6월 19일, 게다가 나는 베트남을 향해 남으로 남으로 내려가고 있으니, 게다가 자전거를 타고 온몸으로 햇볕을 받으며 가고 있으니 더울 만도 하다. 그래도 그간은 그럭저럭 살 만했다. 달리다가 더우면 가게에서 캔 음료로, 아니면 드물게 볼 수 있는 버블티 집에서 더위를 달래면 됐다. 그런데 오늘은 이상하게 더 덥다. 미적대다 출발을 정오에 해서 그런가. 이제 본격적으로 더워질 때가 되어 그런가. 일기예보에는 번개비가 온다고 되어 있는데, 그럴 기미 하나 없이 맑은 하늘에 태양이 작렬한다.

더위가 한풀 꺾이면 가자. 도로변 파출소 앞 벤치에 앉아 눈을 감아본다. 그늘에 있어도 여전히 덥다. 공기 자체가 덥다. 더워서 잠도 안 온다. 파출소에서 물을 좀 얻어 다시 출발하는데, 정말이지 덥다. 어제도 햇볕이 강하다고 생각했는데 오늘에 댈 게 아니었다.

이곳은 노천 사우나.

모래시계 모래가 다 떨어질 때까지 버텼는데,

이제 나가야 되는데,

나갈 문이 없다.

숨을 곳이 없다. 그늘도 거의 없다. 그나마 그늘을 찾아도 바닥이 뜨거워 엉덩이 댈 곳이 없다. 도저히 이 더위를 피할 곳이 없다.

여기는 망망 아스팔트에 가게 하나 보이지 않는 교외 국도의 한 중간, 에어컨은 저세상 얘기다. 마을을 지나치면서 이 집 저 집을 넘겨다본다. 저 집에는 에어컨이 있을까. 저 안은 시원할까. 부럽다. 그런데 에어컨 실외기 때문에 밖은 좀 더 더워지겠지. 엉금엉금 페달을 밟는 중에 이 날씨에 도로 공사하는 사람들, 논에 일렬로 서서 모내기하는 사람들이 보인다. 저분들에 비하니 페달 밟기는 얼마나 쉬운가. 힘들면 언제든 쉬어 갈 수 있는 처지에도 이렇게 엄살을 떨고 있는 나에 비하면 저분들은 뿌리 내린 나무처럼 굳건해 보여 존경스럽다. 그럼에도 불구하고 나는, 덥다. 정말 어찌할 바를 모르게 덥다.

앞으로 갈수록 더 더워지겠지. 이 더위를 받아들여야겠지. 받아들인다. 받아들인다. 나는 관대하다….

그래도 덥다. 머리가 찜통 뚜껑 같다. 헬멧을 벗고 머리카락을 헤집어도 뜨끈뜨끈하게 머리카락 속에 갇혀 있는 열기가 빠지지 않는다. 이렇듯 찌는 날에는 바람도 후덥지근하다. 그나마 아주 잠깐 샘물같이 시원한 바람이 지나간다. 그 찰나에는 살 것 같은 기분이 된다.

번개비를 간절히 기다린다. 3시쯤 되자 먹구름이 약간 보이더니 빗방울이 진짜 쥐 오줌처럼 떨어지는데 태양은 꿈쩍하지 않는다. 여우비는 내리자마자 말라버린다.

땅은 보통 정오의 햇빛에 달구어져 오후 두세 시에 제일 뜨겁다가 그 이후로는 식기 시작한다. 시간이 빨리 지나기만을 기도했는데, 오늘은 4시가 지나도 5시가 돼도 태양이 찬란하게 타고 있다. 수비드 식으로 익어가는 느낌이군. 정기가 다 빠져나가 흐물흐물한 상태로나마 나는 가야 한다.

오늘은 도교의 성지라는 룽후산을 지척으로 지나왔다. 통통하고 기기묘묘한 암벽산이 병풍처럼 펼쳐진 풍경을 사진 찍으면서도 더워서 전혀 감흥이 없었다. 평소보다 속도가 훨씬 안 난다.

7시경이 되어서야 겨우 오늘의 목적지인 장시성 진시현에 도착해서는 밀크티 집으로 직행했다. 얼음 넣은 레모네이드가 텀블러에 다 담기지 않아서 일단 한 컵을 원샷하고, 다시 따라준 남은 반 컵도 단숨에 들이켰다. 오던 길에 가게에 들러 종이 포장된 하드바도 먹고 캔 음료수까지 연속으로 들이켰는데도 타는 목은 가라앉지를 않았다. 레모네이드를 깔끔히 비우고서도 갈증이 남아 인근 식당에서 맥주를 시켜 저녁을 먹는데, 그때야 하늘이 터지듯 소나기가 엄청나게 쏟아진다. 맞긴 맞네 일기예보. 느려서 그렇지.

비가 잦아진 틈을 타 숙소를 찾아 들어가니, 깔끔해 보인다. 오랜만에 찝찝한 느낌 없이 옷걸이에 옷을 걸어도 될 것 같네, 하는

1. 자전거계에 혜성같이 등장한 느림보, 차라리 걷는게 낫지 않을까

찰나 뭔가 등 뒤로 지나가는 느낌이 들어 돌아보니 어른 손가락만 한 바퀴벌레가 빠르게 침대 밑으로 기어 들어가고 있었다. 그러고 보니 창문도 다 안 닫힌다. 그러나 방을 바꿀 기력도 남아 있지 않다. 방을 바꾼다고 상태가 더 나을 거란 보장도 없고. 그래, 베드버그만 없으면 된다, 하고 지친 몸을 누인다. 이제부터는 해 뜨기 전부터 달려야겠다고 다짐하면서.

……

16년 차
쓰레기 수집가의 수레

야트막한 언덕이 반복된다. 그래도 오늘은 그렇게 해가 뜨겁지 않아 다행이다. 산길이라서 좀 힘들지만 나무 그늘이 있어 좋다. 오르막이라 좀 힘들지만 내리막이 있어 좋다. 바람이 역풍이라 힘겹지만 역풍이라도 시원해서 좋다.

일주일 전 출구 없는 사우나에 크게 덴 이후 변한 것이 두 가지다. 첫째, 머리가 짧아졌다. 미용실에 엠마 왓슨 사진을 들고 가서 단발머리를 스포츠머리에 가깝게 쳤다. 둘째, 일찍 일어나고 있다. 될 수 있으면 동틀 때쯤부터 달려서 땅이 절정으로 달궈지는 두세 시 전에는 마무리하려고 한다. 한국에서는 선풍기와 에어컨에 기대 살며 잊고 있었는데, 더위는, 더위라는 것은, 한평생 저녁형 인간으로 살아온 나를 단 하루 만에 바꿀 정도로 위대했다.

길거리에 하미과라는 메론 비스무리한 과일을 파는 할머니가 있어 멈춰 섰다. 흥정을 하려니 옆에 있던 남자가 자꾸 대화에 낀다. 남자가 옆에 낀 자전거 수레에 빈 플라스틱 물병이 보인다. 쓰레기를 수집하는 사람이구나.

중국에서 약간 충격을 받은 점은, 쓰레기 분리수거 없이 모든 것을 검정 비닐봉지에 때려 박아 버린다는 것이었다. 그런데도 중국의 플라스틱 재활용률은 높게 잡으면 30퍼센트다. 34퍼센트인 우리나라(2018년 기준)와 크게 차이가 안 난다. 그동안 관찰해보니, 중국 재활용률이 그나마 30퍼센트 대가 될 수 있는 비결은 도처에 존재하는 쓰레기 수집가 덕분이다. 길거리 쓰레기통에도, 국도변에도, 쓰레기장에도 재활용될 만한 쓰레기를 주워 파는 사람들이 있다. 나는 호박처럼 굴러들어온 이 남자를 놓치고 싶지 않았다.

"혹시 이 근처에 플라스틱 재활용공장이 어딨는지 알아?"

"응."

이리하여, 플라스틱 재활용공장 한번 보고 싶어 지금까지 이리저리 헤매어왔던 나는 이 쓰레기 수집가와 동행하게 된다. 게다가 공장은 오늘 내가 가는 방향에 있단다. 녹슨 자전거 수레를 보아하니 느린 나로서도 속도를 더 줄여야 할 듯하지만, 혼자 헤매다가 못 찾는 것보다는 나을 것이다. 9킬로미터라니 한두 시간 안에는 가겠지.

남자는 이 지역 사람이 아니란다. 쓰촨이 고향인데 장시성에 와서 산 지는 13년이 되었다. 그동안 쓰레기 주워 파는 일을 업으로 삼아왔단다. 서른여섯 살의 양 씨. 작은 체격에 머리는 밤톨처럼 깎았다. 성만 주고받는다.

오늘은 유독 오는 길에 쓰레기가 자주 보여서 주워서 재활용하면 좋겠다고 생각했는데 그럴 수 있게 되었다. 주워서 양 씨 수레에 넣어준다. 어차피 내가 재활용쓰레기를 아무리 주워도 삐걱대는 자전거 수레보다는 빠르다. 더군다나 양 씨도 엄청 주워댄다. 사람이 수다스러워서 가면서도 뭐라뭐라 말을 멈추지를 않는데, 말하다가도 플라스틱 물병이 보이면 갑자기 눈이 돌아간다.

눈에 보이는 플라스틱 물병과 통조림 캔을 주워 양 씨 수레로 가지고 가니 양 씨가 통조림 캔은 멀리 날려버린다.

"이건 1근(500그램)에 1마오(17원)야! 못 써!"

통조림 캔은 철이다. 철 말고 알루미늄 캔이 좋단다. 알루미늄 캔은 500그램에 3위엔(약 500원)이란다. 플라스틱병은 500그램에 1.5위엔(약 200원).

이번에는 색깔 있는 비닐봉지를 주워 들고 가봤다.

"이건 돼?"

"그걸 누가 받아줘. 못 써."

음료 캔을 주워 갔더니 이것도 안 받는다. 음료 캔에도 알루미늄 캔이 있고 철 캔이 있다. 잘 찌그러지는 건 알루미늄, 안 찌그러지는 건 철. 그래서 도로변에 중국의 국민 음료 왕라오지 캔(알루미늄)은 없는데 레드불 캔(철)은 그렇게 많이 있었던 것이었다. 쓰레기 재활용이 수익 중심으로만 돌아간다면 이렇게 수집부터 안 되는 것이 많겠다. 꽤 값나가는 종류라도, 뭐가 묻어 있거나 더러우면 안 줍는다. 줍는 입장에서는 재활용이 확실히 될 것만 줍게 된다.

양 씨는 정신을 온통 도로변 길바닥에 집중하며 삐걱이는 자전거 수레 페달을 열심히 밟는다. 가끔 내가 잘 따라오는지 둘레둘레 살핀다. 그렇게 한 3킬로미터 정도 갔을까. 쉬자고 해서 잠시 앉았다. 양 씨가 묻는다.

"밥 먹었어?"

"이따가 닝두현 가서 먹으려고. 너는?"

"나는 직접 만들어 먹어. 식당은 비싸."

플라스틱 물병과 몇 안 되는 알루미늄 캔이 제멋대로 널린 양 씨의 자전거 수레에는 쌀이 들어 있는 포대자루가 있다. 그 옆에는 중간중간 쉴 때마다 들이켜는 백주 한 병이 있고, 그 옆에는 쓰레기 포대를 묶을 풀줄기나 나뭇가지를 자를 때 쓰는, 아마 요리할 때도 쓸 것 같은 칼이 있다. 삐익삐익거리는 자전거 수레가 양 씨의 16년 된 직장이자 식당이자 술집이었다.

양 씨가 백주를 자꾸 들이켜서 자전거 타기 괜찮을까 걱정됐는데, 그럭저럭 잘 가는 것을 보니 이게 일상인 모양이다. 그렇게 도착한 곳은 플라스틱 재활용공장은 아니고 작은 플라스틱 쓰레기 수집장이다.

"여기가 재활용공장이라고? 공장은 어딨어?"

"몰라!"

양 씨는 수집장 안으로 들어가며 "사장! 사장!!"을 목청 터지게 부른다. 사장과 뭔가 이야기를 나누더니 화가 잔뜩 나서 돌아온다.

"원래 플라스틱 물병은 1.5위엔인데 1.2위엔을 주겠다고 하잖아! 3마오가 깎였어. 이게 말이 돼?"

그러면서 내려놨던 포대를 다시 수레에 싣는다.

"더 가면 수집장이 몇 개 더 있으니까 거기 가면 돼."

씩 웃더니 다시 자전거에 오른다.

"그런데 플라스틱 재활용공장은 어딨다고?"

"난 그런 거 몰라."

아마 내가 처음에 공장이라 말한 것을 양 씨는 수집장으로 알아들었을 것이다. 다음 쓰레기 수집장에서 인사를 나누고 반나절 동행을 마무리한 뒤 닝두현에 들어가 점심을 먹는다. 먹고살기 위해서가 아니라 여행을 한다고 자전거를 타고, 끼니를 사 먹으면서, 만 원짜리 숙소에서 자는 내 처지가 어찌 보면 과분한 것도 같다고, 3000원짜리 점심을 먹으며 생각했다.

마음이 불가사의하게 큰 사람

새벽 4시, 광둥성 메이저우시, 나는 동도 트지 않은 어두운 시내를 달리고 있다. 쓰레기장을 향해.

그저께 길을 가다 보니 쓰레기 수레들이 컨테이너 건물 앞에 모여 있었다. 환경미화원이 수레에 싣고 온 쓰레기가 컨테이너 안 압축 적재함으로 들어가는 모습을 지켜보다가 일하는 분에게 이것저것 물었다. 쓰레기는 다시 다른 곳으로 간다고 했다. 혹시 그곳이 쓰레기 처리장인가 해서 위치를 물어 찾아간 때가 어제 1시경.

여기는 어제 본 컨테이너보다 두 배 정도 크다. 마악 퇴근할 채비를 하는 직원을 잡고 물으니 여기는 쓰레기 중간집하장이란다. 여기서 모은 쓰레기는 더 큰 쓰레기장으로 간단다. 거기는 어디예요? 플라스틱 재활용은 어디서 해요? 이것저것 묻는데 그녀가 역으로 질문한다.

"근데 너 밥 먹었어?"

"아 아뇨."

"밥부터 먹어. 나는 저 식당에 잘 가는데, 저기로 가자."

중국에 간다고 할 때 주변인들이 도둑 걱정을 많이 했다. 도둑의 테마는 크게 세 가지였다. 첫째 자전거, 둘째 가방, 셋째 장기. 이때야말로 내 장기를 걱정할 타이밍이었으나, 나는 오늘이야말로 재활용공장을 볼 수 있는 기회인가 하는 열망에 정신이 팔려 있었다. 같이 먹으면서 이것저것 이야기해보면 좋겠네. 재활용공장도 같이 보러 가면 더 좋겠네!

"근데 내가 ○○하지는 못해."

"녜녜, 괜찮아 괜찮아!"

○○ 부분은 못 알아들었는데, 아마 자신이 사 주지는 못한다는 말인 것 같다. 내가 사면 되지. 어차피 점심 때라 밥도 먹어야 되니까, 그녀를 따라 건너편 식당으로 들어갔다.

"너 소고기 먹어?"

"녜."

"○○는 먹어?"

"녜."

"○○는 괜찮아?"

"녜."

알아듣지도 못하면서 다 먹는다고 하니 그녀가 식당 주인에게 뭐라 뭐라 주문을 한다. 값을 먼저 치러야 하나 하면서 돈을 꺼내려는데 그녀가 돈을 막 밀어낸다. 응? 이게 아니었나?

"음식 주문했고, 값도 치렀어. 난 이제 갈게."

"네?"

"난 친구 만나러 가야 돼서."

○○하지 못 한다는 게, 계산을 못 한다는 게 아니라 같이 먹어주지 못 한다는 말이었어?

그녀는 궁금한 게 있으면 연락하라고, 메이 언니라고 부르라며 연락처도 주고 간다. 이게 무슨 상황인가. 뭐 이런 사람이 있나. 얼떨떨하게 혼자 남아서 처음 본 사람이 사준 점심을 먹었다.

메이 언니와 헤어지고 문자로 이야기하며 쓰레기 처리와 재활용 문제에 관심 있다니 언니가 다음날 집하장으로 오랬다. 쓰레기 집하 일은 새벽 4시부터 시작해서 오전 중에 끝나니 될 수 있음 일찍 오라고 해서, 새벽 4시에 출발해보기로 한 것이다.

4시는 진짜 어둡다. 어두운데 나가려니 무서워서 늦장을 부렸다. 어두운 거리를 달리면서 별별 생각이 다 든다. 지금껏 들어온 봉고차 납치, 인신매매 괴담이 뇌리에 스친다. 일부러 어두운 때 오라고 한 건가, 그러고 보면 처음 본 사람한테 밥 사준다는 것도 이상하지 않나. 날이 어서 밝기만을 고대하며 한없이 천천히 페달을 밟았지만 5시도 되기 전에 집하장에 도착해버렸다.

걱정이 무색하게 중간집하장은 어제 낮과는 다르게 역동적으로 움직이고 있었다. 작은 쓰레기차들이 부지런히 들고나며 쓰레기를 적재함에 비우고 가면, 가득 찬 적재함을 트럭이 실어 간다. 메이 언니는 쌓인 쓰레기가 고르게 차도록 적재함에 들어가 쓰레기를 갈퀴로 긁어주고 때론 눌러 밟아준다. 페트병이나 캔 등 재활용 쓰레기가 있으면 골라 빼주고, 차가 오면 쓰레기를 잘 싣거나 비우도록 봐주며 부지런히 움직였다. 조금이라도 도울까 하여 캔이라도 주우려니 언니는 한사코 손을 내젓는다.

"더러워, 하지 마."

언니는 장갑을 껴서 괜찮단다. 이따가 트럭 기사가 오면 그 트럭을 타고 가서 쓰레기장을 보고 오란다. 비록 재활용공장은 아니지만, 재활용 안 되는 쓰레기가 어떻게 처리되는지도 궁금했으니 내겐 솔깃한 말이다.

잠시 후 트럭 하나가 도착하자 메이 언니는 나를 데려가서 기사에게 뭐라 뭐라 이야기한다. 트럭 기사는 마음에 안 드는 눈치다. '뭐 하는 놈인데?'를 말 없이도 완벽하게 구사하고 있는 기사의 표정에도 메이 언니는 아랑곳하지 않는다.

"저기 조수석에 타!"

저기 근데 언니, 기사님 얼굴이 너무 안 좋은데요…. 그러나 메이 언니를 본받아 나 또한 후진 없이 올라탔고 언니는 냉큼 문을 닫아줬고 트럭에는 얼굴 찌푸린 기사와 나만 남았다.

"아 … 제가 쓰레기 처리에 관심이 많다…."

뭔 말이라도 해야 트럭에서 쫓겨나지 않을 것 같다는 생존본능에 입이 자동으로 열린다. 안 되는 중국어로 한바탕 토크콘서트를 하다 보니 기사가 '일하는 거냐? 연구하는 거냐?', '어디서 왔다고? 한국에서 왔다고?' 등등을 물으며 미간이 펴지는가 싶더니, 나중에는 묻지도 않았는데 이모저모 설명해준다.

20여 분을 달려 도착한 쓰레기장은 쓰레기가 쌓이고 쌓여 만들

1. 자전거계에 혜성같이 등장한 느림보, 차라리 걷는게 낫지 않을까 ★중국

어진 쓰레기 산이다. 트럭은 검정비닐로 둘둘 싸인 산 둘레길을 따라 정상으로 올라가 적재함을 기울여 쓰레기를 비워내기 시작한다. 잠시 내려서 땅을 밟아본다. 말 그대로 약간 흙이 섞인 쓰레기다. 쓰레기 산 정상에도 재활용 쓰레기를 주워 모으는 사람들 몇이 있다.

이렇게 만들어진 쓰레기 산에는 나무는 못 심고 풀을 심는단다. 쓰레기 산 밑에는 쓰레기에서 내려오는 오수를 처리하는 오수처리장과 작은 발전소가 있다. 지금은 이곳에 대형 쓰레기처리장을 짓고 있고 올해 말이면 완공될 거란다. 한국에서도 재활용 안 되는 쓰레기는 소각되거나, 이렇게 매립되어 쓰레기 산을 만든다. 현재 서울, 경기, 인천의 쓰레기는 여의도 부지의 5배 이상 되는 인천 땅에 매립되고 있다.

돌아온 내게 메이 언니는 또 누군가를 소개해준다.

"내 남편. 이제 이 사람을 따라가 봐."

이렇게 만난 사람이 언니 남편인 페이 오빠. 메이 언니는 긴 눈매에 코와 입이 동글동글하게 귀여운 인상이고 페이 오빠는 쌍꺼풀 진 눈에 매부리코를 가진 진한 인상인데, 둘 다 잘 웃어 순한 얼굴이다. 이때부터 페이 오빠의 보모 역할이 시작된다.

"일단 타, 아침부터 먹자!"

페이 오빠는 나를 오토바이에 태우고 근처 식당에 가서 국수를 한 그릇 먹였다. 꼬들하게 삶은 면에 간을 하여 비빈 것과 고깃국을 함께 먹는 음식인데, 메이저우얀미엔(梅州腌面)이라고 지역 특산 요리란다.

"차 마시러 가자!"

차는 카페가 아니라 동네 친구들 집에서 마신다. 페이 오빠는 친구 집을 한 집 한 집 돌며 나를 인사시키고 차를 대접받더니, 급기야 한 집에는 사람이 아무도 없는데 들어가서 찻상의 주인석에 냅다 앉아 물을 끓이기 시작한다.

"저기… 아무도 없는데…."

"괜찮아, 친구 집이야. 서로 내 집처럼 쓰는 거야!"

아무도 없는 집에서 둘이 차를 홀짝홀짝 마시고 나온다.

"자 이제 닭을 ㅇㅇ하러 가자!"

무슨 말인지 모르지만 오토바이에 올라타니 야외 닭장이 있다. 롱간(리치와 람부탄과 가족뻘인 과일) 나무 사이로 닭도 오리도 개도 보인다. 페이 오빠가 닭 한 마리를 조용히 뒤쫓기 시작한다.

아, 닭을 ㅇㅇ하러 가자는 게 닭 잡으러 가자는 거였구나. 나 준다고 닭 잡는다는 거였구나! 나는 닭들과 함께 푸드득 손을 내저었다.

"괜찮아!! 괜찮아요!!!!!!"

"너 닭 안 먹어?"

"… 계란이 좋아요."

힘든 거짓말을 해가면서 무사히 닭을 안 잡고 다시 메이 언니가 있는 컨테이너 건물로 가서 셋이서 이야기를 한다.

"너 지금 묵고 있는 데가 어디야? 거기 얼마야?"

"70위엔(약 1만 2000원)."

언니랑 오빠는 비싸다며 놀란다.

"우리 집에 와! 돈 안 들어!"

언니랑 오빠는 짐을 가지러 가자고 한다. 밥도 두 끼를 얻어먹고 잠까지 여기서 잔다고? 그렇다면 체크아웃 시간 전에 숙소 짐을 빼야지.

짐을 언니 오빠네로 옮기고 나니 점심때. 이제는 익숙하게 페이 오빠 오토바이에 올라 동네 친구네로 간다. 명절도 아닌데 열댓 명이 모여 만두를 빚고 있다. 만두 빚기에 참전했다가 만두 몇 판을 같이 쪄 먹고, 오후에는 마작놀이 하는 것을 구경한다.

"열흘 중에 여덟 날은 이렇게 점심을 같이 먹어."

"다 친척이에요?"

"아냐."

"성씨가 다 같아요?"

"아냐."

"어릴 때부터 친구예요?"

"아냐."

하카인은 이렇단다. 하카인은 원래 중국 중부에 살던 한족이었는데, 전쟁과 재해를 피해 남으로 남으로 내려와 광둥성 등 남부에서 타향사람들(객가(客家), 하카인의 언어로 '하카'라고 발음)이라 불리며 살게 됐다. 중국에는 식별된 민족 종류만 55개이고, 하카인처럼 정식 소수민족으로 분류되지는 않지만 자신들의 언어와 문화를 간직하고 있는 경우도 많다.

"우리는 친구끼리도 이렇게 가족처럼 지내."

생전 처음 보는 나한테 두 사람이 해주고 있는 것을 생각하면, 과연 그런 것 같다. 메이 언니는 선이 굵으면서도 귀엽고, 페이 오빠는 섬세한 타입이다. 두 사람과는 내 하급 중국어 실력으로도 대화가 참 잘된다. 둘은 평소에는 하카어를 쓰는데 내게는 표준 중국어를 써준다.

언니에게 처음 밥을 얻어먹었던 식당에 가서 요리를 푸지게 시켜 먹고, 집에서 잘 준비를 하면서 메이 언니랑 이런저런 이야기를 한다. 내가 중간중간 못 알아듣는 단어가 있어서 사전 꺼내어 발음을 묻고 해서 그런가 메이 언니가 묻는다.

"넌 대학 나왔어?"

"아 네."

"나는 초등학교만 졸업했어. 문맹이야."

문맹은 아닌데, 언니는 읽고 쓰기도 다 하는데. 언니는 초등학교를 졸업하고는 닭도 잡고 뭐도 잡고 팔아서 생활을 해야 했단다. 많이 배운 사람은 머리에 많은 것을 잘 입력하고 생각이 남다른데, 자기는 아니란다.

많이 배워도 거지 같은 사람이 얼마나 많은데, 머리만 크면 소용없고 가슴이 같이 커야 되는데, 난 얼마나 많이 배웠냐가 아니라 얼마나 자기 인생에 충실했느냐로 머리랑 가슴이 같이 크는 거라고 생각한다고 얘기하려 용을 썼는데 잘 전달됐는지는 모르겠다.

언니가 어제 나를 처음 만나서 식당에 데리고 갔을 때 사람들이 물었단다. **네 친척이야? 오래 알고 지낸 사람이야?** 오늘 나를 태워줬던 트럭 기사도 처음엔 그랬단다. **수상한 사람 아니야?** 그런데 언니가 그랬대. **아냐, 아닐 거야.** 어떻게 알고. 나를 어떻게 알고.

마지막 밤, 메이 언니에게 물어봤다. 왜 처음 본 나한테 밥을 사줬냐고.

"넌 한국에서 왔대고, 여자애가 혼자고, 자전거 타니 힘들어 보이고. 외국인이라 밥 먹는 데를 혼자서 못 찾을까 봐 걱정이 됐어. 집에 돌아가서 남편한테 얘기하니까, 그럼 데려와서 저녁도 먹이자고 그러더라."

메이 언니와 페이 오빠가 사는 집은 쓰레기 중간집하장에 붙은 컨테이너 방이다. 도롯가라 차 소리가 엄청 크게 들리고, 문을 열면 쓰레기 냄새가 나고, 바깥에는 새끼 쥐가 다니기도 하고, 바닥에는 닭털이 떨어져 있는 작은 단칸방, 이곳에는 마음이 불가사의하게 큰 사람들이 산다.

왕년의
세계 최대 쓰레기장에 가보니

오늘이다.

유라시아 여행 루트를 짤 때, 나는 이스탄불을 종착지로 놓고 그 중간에 내가 가고 싶은 세 곳을 점 찍고 그 점을 이어 선을 그렸다. 그 세 점 중 첫 번째가 황산이었고, 두 번째가 바로 오늘 갈 중국 광둥성 산터우시 구이위다. 예전에는 세계 최대 전자쓰레기 마을이었던 곳이다.

이전에는 쓰레기는 쓰레기통에 넣으면 끝이라고 생각했다. 재활용이 되겠지, 재활용되면 좋은 거겠지, 막연히 생각했다. 그러다 〈물건 이야기(The Story of Stuff)〉라는 영상을 보고서야 알았다. 쓰레기는 쓰레기통에 넣으면 끝이 아니었다. 짧게든 길게든 여행을 가서 어떤 식으로든 처리되어야 하는 것이다.

이곳 구이위가 그 영상에서 잠깐 등장한다. 당시에는 컴퓨터, 핸드폰, 텔레비전 등등 세계 전자쓰레기의 대부분이 이곳으로 왔다. 이곳은 예로부터 저지대라 종종 침수가 되어 농사짓기 힘들었고, 1950년대 이래 전자쓰레기를 들여와 재활용을 하기 시작했단다.

여기서 '재활용'은 내가 막연히 생각하던 재활용이 아니었다. 컴퓨터 본체를 재활용한다면, 일단 망치로 부순다. 그 안에서 돈이 되는 금속은 빼내고 나머지는 태우거나 버린다. 그것이 재활용이었다. 이 지역 가구의 80퍼센트가 이 재활용이란 것을 해서 먹고살았으니 오염 문제가 매우 심각했다. 온갖 것이 타는 냄새가 공기 중에 가득했다. 예전에는 이 지역 아이들 80퍼센트가 납 중독이었다고 한다. 하천은 타거나 타지 않은 쓰레기로 넘쳤다. 당시 사진을 보면, 사람들은 쓰레기가 둥둥 뜬 하천 구정물에 빨래를 한다.

환경이 변해버리면 인간이 선택할 수 있는 여지는 극도로 좁아진다. 물이 아무리 더러워도 그 물에서 빨래를 해야 하는 것이다. 오늘 기분이 별로라서 미세먼지를 마시고 싶지 않아, 이럴 수는 없는 것이다. 영상을 본 뒤로 종종 생각났다. 매년 업그레이드되는 컴퓨터, 노트북, 숨가쁘게 출시되는 스마트폰, 텔레비전, 새로운 게 나오면 미련 없이 버려지는 물건. 버려지는 물건으로 인해 사는 환경이 달라지는 사람들. 멀리 있지만, 내 눈에 보이지는 않지만, 분명히 존재하는 사람들을 가끔 생각했다.

이곳에는 더이상 예전 그 모습은 없다. 2015년 정부가 재활용 공장단지를 조성해 재활용 산업을 한곳에 모아 정비한 것이다. 오늘은 그 재활용단지를 중심으로 바다를 슬슬 타볼 것이다.

어제 묵은 푸닝에서 단지까지는 20킬로미터 남짓, 슬슬 가도 두 시간 거리인데 막상 가려니 귀찮다. 계획을 세우고 사전 조사를 하고 마침내 코앞에 찾아왔는데도 막상 출발하기가 귀찮다. 인터넷에서 기사 찾아 봤으면 다 본 거 아닌가. 굳이 내 몸으로 꼭 가봐야 아나. 약속한 것도 아니고 누가 가란 것도 아닌데 뭐 한다고 이런 짓을 하고 있을까 회의감은 들지만, 그래도 왔으니 가봐야겠지.

단지에 들어갈 수는 있으려나? 그간 중국에서 플라스틱 재활용 공장을 보려고 기웃기웃해봤지만 큰 공장이건 작은 공장이건 굳게 문이 닫혀 있었다. 여기도 과연 들어가볼 수 있을까 하는 합리적인 의심이 든다. 엽서라도 써야겠다. 쪼그려 앉아 '꼭! 구경해! 보고! 싶습니다!' 하는 엽서를 쓰고, 관련 기사에서 나왔던 관계인 이름을 수신인으로 써서 품고 간다. 혹시 경비실에서 왜 왔냐고 물어보면 이 사람을 만나러 왔다고 해야겠다.

그랬는데 공장단지 문은 활짝 열려 있었고 나는 마침 입구로 들어가던 오토바이를 따라 자연스럽게 단지로 진입했다. 재활용업체가 입주한 건물이 열을 지어 늘어서 있는 단지 안을 자전거를 타고 천천히 돌아본다. 건물 안은 어째 불이 켜져 있는 곳 없이 어두운데, 들여다보면 검은 전자기판이, 키보드판이, 초록 전자회로기판이, 혹은 그것들이 들어 있을 만한 포대가 높이 쌓여 있다. 그 사이에 사람이 있다. 하나 또는 둘이, 또는 그보다 여럿이, 일회용 마스크를 쓰기도 하고 안 쓰기도 하고, 내 자전거 장갑보다 얇을 법한 장갑을 끼기도 하고 안 끼기기도 하고 앉아서는 그것들을 만지거

1. 자전거계에 혜성같이 등장한 느림보, 차라리 걷는게 낫지 않을까 *중국

나 두들기거나 체로 쳐 거르거나 하고 있다.

땅땅땅땅 두들기는 소리, 촤촤 체로 거르는 소리를 들으니, 무언가 타는 냄새가 은근히 스며 있는 공기를 호흡하니, 그제야 내가 왜 굳이 이곳에 오려고 했는지를 알겠다. 이제야 이 쓰레기와 내가 연결되어 있다는 것을 알겠다. 이렇게 오감으로 느껴야 알겠다.

지금 여기서 처리되는 쓰레기 중 한국산은 없다. 2018년부터 중국은 해외 폐비닐과 전자쓰레기 수입을 금지했다. 그러니 원칙적으로 지금 이 단지에서는 중국 내 쓰레기만 처리하고 있다. 하지만 그 전에 내가 버린 컴퓨터, 핸드폰은 이 지역에서 처리됐을 확률이 높겠지. 공장이 지어지기 전에는 어느 가정집에서 처리되었겠지. 2017년까지는 세계 전자쓰레기의 70퍼센트, 아시아 전자쓰레기의 90퍼센트가 이 지역으로 왔다. 지금은 그 많은 쓰레기가 어디로 갈까. 이제 중국이 아니면 다른 어느 나라에선가, 어쨌든 누군가의 손에서 '재활용'이란 것이 되거나, 아니면 그냥 버려지고 있을 것이다.

지금 이곳은 단지가 생겨서 시설이 훨씬 개선됐지만, 여전히 일부 수작업은 필요하다. 아무리 정화시설이나 친환경 공정을 거친다 해도 기본은 오염시키는 작업이다. 막연히 생각했던 '재활용'이란 이런 것을 다 포함하는 말이었다.

천천히 단지를 둘러보고 나가는 출구, 오늘의 목적은 달성했지만 써둔 엽서가 아까워 굳이 경비실 문을 두드려 엽서를 내밀어본다. 경비 청년은 어디론가 전화를 하더니 잠시 기다리란다.

"근데 너 여기에서 사진 찍었니?"

물론 찍었다. 찍었는데, 찍었다고 하면 안 될 것 같은데….

"찍었다."

한 손은 진실의 두꺼비 입에 넣어놨던가, 나는 왜 거짓말을 못하는가.

"여기 안에서 사진 찍으면 안 돼. 핸드폰 줘봐."

순순히 핸드폰을 내민다. 영화나 드라마에서 봤던 비밀 작전, 도촬, 사람들을 능숙하게 속이고 유유히 그곳을 벗어나는 그런 장면은 부질없이 스쳐갈 뿐. 결국 내가 찍은 사진이 모두 지워지는 동안 나는 특기인 정신승리를 해본다. 그래, 직접 봤음 됐지, 갤럭시 S4로 원거리 촬영이라 잘 나오지도 않았을 거야.

그나저나 엽서의 수신인은 이 단지의 대표급이었는지 부하직원이 날아왔다. 패트롤카를 타고 이미 둘러본 단지를 설렁설렁 둘러본 후, 사무실로 가서 젊어 보이는 엽서 수신인을 중심으로 중역 몇 사람이 모여 있는 테이블에 앉게 되었다. 이렇게까지 만나려던 것은 아닌데. 그냥 조용히 단지를 나갈 것을 고까짓 엽서 아깝다는 이유로 스스로 무덤을 팠다는 회한이 난무하지만 힘껏 태연한 척한다. 엽서 수신인이 설명하길, 외국인이라서 공장 참관을 하려면 허가가 필요한데 그런 절차가 없었으니 한번 둘러보게만 한 거란다. 바쁜 엽서 수신인은 먼저 일어나고 직원들이 점심을 권해 직원식당 점심을 푸지게 얻어먹고 단지를 나선다. 사진을 잃고 밥만 잘 먹더라. 첩보원 같은 거 안 하길 잘했지.

단지 주변 동네를 천천히 둘러본다. 이 지역에는 흰 벽에 검은 기왓장을 이은 전통 집과 현대식 빌라 건물이 공존한다. 플라스틱 쓰레기 더미가 안팎으로 쌓인 집이 심심찮게 보인다. 한 가정

1. 자전거계에 혜성같이 등장한 느림보, 차라리 걷는게 낫지 않을까 *중국

집 마당에서는 일고여덟 살 되어 보이는 세 아이가 둘러앉아 검은 전자기기 더미에서 부품을 골라내고 있었다. 단지가 생긴 후에도 여전히 밀수한 전자쓰레기를 취급하는 가정이나 소규모 공장이 있다는 뉴스를 봤다. 공장 단지에 들어갈 수 있는 사람은 소수일 것이다. 평생 재활용으로 먹고산 사람들이 다른 일을 찾지 못하면 몰래 재활용 작업을 할 수밖에 없을 것이다.

하천변 흙에는 작게 풍화된 쓰레기가 자갈처럼 섞여 있다. 이곳 하천은 깨끗하던 중국의 다른 지역 하천과는 다르게 더럽다. 작년 170억 원을 들여 하천 정화작업을 했다고 하는데도 오염된 흔적이 있다. 예전만큼은 아니지만 아직도 쓰레기 섞인 물에서 사람들은 빨래를 하고 있었다. 이 지역 자연에서, 사람들의 삶에서, '재활용'의 흔적은 계속되고 있었다.

우리 같은 '선진국'은 이런 재활용을 다른 나라로 다른 지역으로 넘겨왔다. 다른 곳은 오염을 시켜놓고, 우리는 마음껏 쓰면서도 깨끗하기를 바라고 있었구나. 한국에서 나는 얼마나 내가 감당할 수 있는 이상으로 쓰고 있었던 건가.

책임질 수 있는 만큼 쓰는 게 좋겠다. 나라 단위나 지역 단위에서 자체적으로 책임질 수 있는 만큼 쓰는 게 좋겠다. 아무리 친환경적으로 처리된다 해도, 결국 다른 곳을 오염시킬 수밖에 없다.

우리만 깨끗하면 되는 것인가. 우리만 깨끗할 수 있을 것인가. 오염된 것은 어떤 형태로든 순환한다. 미세먼지로든 미세플라스틱으로든 기후변화로든, 결국은 우리에게 돌아올 것이다. 지구는 매우 넓으면서도 서로 연결되어 있기 때문에.

......

한 식당 안 다른 세상

정오경, 길가 구멍가게에 바다를 세웠다. 음료수라도 먹자 해서 들어갔는데 이 시골에 무려 냉동 칸에 넣어놓은 왕라오지가 있다. 중국에서 코카콜라급 위상을 가진 냉차이자 내 단골 음료를 로또 맞은 기분으로 들이켜며 주인 할아버지한테 절박하게 물었다. – 근처에 식당 있나요? – 좀만 더 가면 있어.

가다 보니 정말 허름한 식당이 홀연히 나온다. 굳이 불을 켜지 않아 식당 흰 벽의 거대한 때는 눈에 잘 띄지 않는다. 벽에는 시진핑 주석 내외가 인사하는 포스터가 바르게 붙어 있고, 벽 쪽으로 붙은 테이블에는 박스며 주전자며 보온통 등등 잡동사니가 어수선한 질서를 갖춰 늘어서 있다. 어디에선가 쓰레기 냄새가 흘러 들어오는 식당에서 테이블은 큰 것 두 개뿐인데, 점심때라 나름 손님이 많아 합석을 했다.

이 식당은 요리를 시키면 밥은 무한 리필이다. 10위엔(1700원)짜리 양파계란볶음을 주문했다. 우리 테이블에 앉은 혼자 온 아저씨 두 명도 요리를 하나씩 시켜 밥을 먹는다. 건너편 테이블에는 밖에서 일을 하다 온 듯 온통 흙이 묻은 남자 둘인데, 요리를 하나 시켜 둘이 먹는다. 그중 한 명이 내 쪽을 자꾸 힐긋힐긋 보는 듯해서 자연스럽게 시선이 갔는데, 보는 듯 안 보는 듯 보고 있자니 그는 나만 아니라 누구든지 그렇게 본다. 둥그렇게 푹 패인 눈을 가진 그는 볶음요리 절반 몫에 밥을 많이 퍼서 배를 채우고 일터로 돌아갈 것이다. 여행 같은 것은 전혀 다른 세계의 이야기일 것이다. 어쩐지 나는 조심스러워져서, 시선을 내리고 밥을 먹는다.

……

그렇게 받아놓고

태양 볕을 쨍쨍하게 흡수하는 기나긴 도로를 달려 드디어 작은 읍내에서 허름한 주스 집을 만났다. 우선 망고주스를 한 잔 들이켜고 건너편 식당에서 밥을 먹는데 갈증은 계속된다. 더위를 먹은 건가. 시원한 게 자꾸 땡기는 병에 걸렸는가. 다시 주스 집에 가서 패션프루트 주스를 마시다 보니 오후 3시, 태양이 내리쬐는 밖이 무서워 엎드려 한숨 잔다.

30분쯤 자고 일어나니 태양의 위용이 조금은 사그라든 듯싶다. 주스 집 사장님은 내게 패션프루트를 먹으라며 하나 주고, 자전거 타기 전에 얼굴 좀 식히려 세수한다니 물도 틀어주고, 물통에 물 채운다니 끓인 물도 1.5리터 가득 담아준다. 텀블러에는 얼음을 넣은 패션프루트 주스가 아직 남아 있다. 텀블러의 냉기는 더위 속에서도 꽤 오래 든든할 것이다.

1. 자전거계에 혜성같이 등장한 느림보, 차라리 걷는게 낫지 않을까

*중국

"나중에 다시 와."

"그럴게요."

아마 그리 안 될 것을 서로 알면서, 한번 웃고 간다.

한층 선선해진 길을 가는데 동네 입구에 '세차'라고 써 붙인 집이 있다. 요 며칠 공사 구간에 비포장길을 달리며 '바다'가 먼지투성이가 되어 세차를 한번 해줘야지 했는데 잘됐다.

"자전거 세차 돼여?"

주인아저씨는 약간 어이없는 듯 웃다가 된단다.

"얼마예요?"

"필요 없어."

아저씨는 호스로 물을 분사해서 바다를 세차해주고, 헐거워진 흙받이 나사도 조여주고, 휠 정렬도 봐준다. 아저씨가 내준 차까지 마시며 모여든 사람들과 이야기한다.

"니네 한국에는 룽간 같은 거 없지?"

한 아저씨는 이 질문으로 시작하여 자꾸 한국은 어쩌고저쩌고, 중국이 낫고 어쩌고 하는데 재수가 없어 적당히 무시했다. 그런데 불안했던 바다 킥스탠드가 휘청하여 넘어지니 그 아저씨가 나사를 점검하고 조여준다. 중화주의, 민족주의, 그런 거 한 풀 벗겨보면 그냥 같은 인간인데. 떠나는 나에게 주인아저씨와 친지 친구들은 비닐봉지에 룽간 열매도 한아름 담아 들려준다.

이제 날은 완연히 선선하고 옆으로는 강이 흐른다. 황톳빛 강물이 늦은 오후 햇살에 은은한 금색으로 빛나며 잔잔히 움직이는 풍경에 자꾸 멈춰 서게 된다. 강변에 나와 시간을 띄워 보내는 사람들을 보니 예전 생각이 났다.

10여 년 전 국토종단을 하면서 그대로 있어 주는 것이 풀의 역할이라면 움직일 수 있는 내가 뭐라도 해보겠다고 약속했었다. 그 약속 이후 생명과 환경을 삶의 주제로 삼아왔다. 풀과 약속했다지만 풀의 맘은 알 수 없으니 결국 나 좋자고 했던 거지. 그게 지금도 좋은가? 지금껏 쌓은 것을 무너뜨리고 싶지 않아서 어어 맞아, 하는 게 아니라, 지금 앉은 자리가 편해서 어어 맞아, 하는 게 아니라, 지금 이 순간도 좋은가?

그렇게 물으니 즉답이 나온다. 그럼 너는 그렇게 받아놓고.

여행을 나와 지금껏 자전거를 계속 탈 수 있었던 건 구름과 바람과 나무 덕분이다. 정말 그게 아니었음 불가능했다. 나무 그늘에, 나무와 풀숲이 보내주는 공기와 바람에, 시원한 물에, 사람들에게 그렇게 받아놓고.

그거면 됐지. 그 감사함만으로 계속 갈 수 있지. 차고 넘치지. 왠지 모를 눈물에 바람이 와 닿는다.

1. 자전거계에 혜성같이 등장한 느림보, 차라리 걷는게 낫지 않을까

2.

여행을 나왔는데 왜 안 행복하지?

★베트남, 라오스, 태국

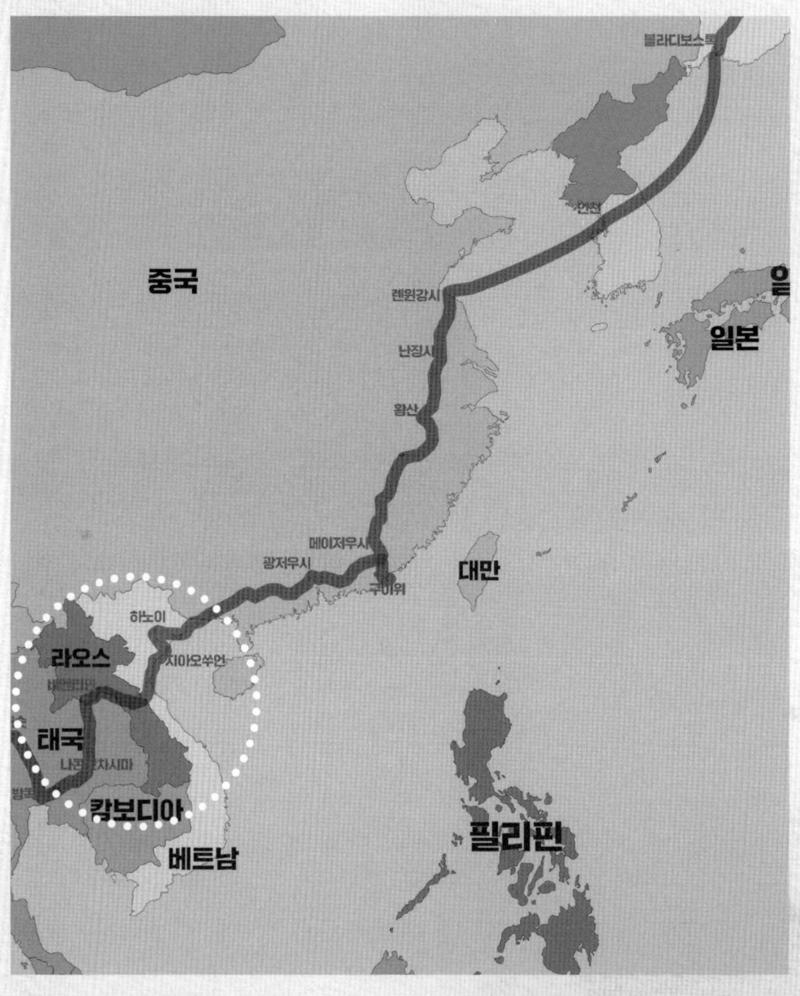

중국 광시성-태국 방콕 *한국 방문
(여행 3~7개월 차)

다리 하나 건너 중국에서 베트남으로 걸어갔다

한 달쯤 전부터 나는 베트남을 피부로 느껴왔다. 중국 남부로 올수록 도로변에 야자수가 눈에 띄기 시작했다. 망고나무도 보였다. 사람들은 베트남에서 많이 쓰는 밀짚모자를 쓰고 쌀국수를 먹었다. 어제부터는 도로 안내 표지에 베트남어가 병기되기 시작했다. 사실 베트남은 내가 지나온 중국 광둥성과 지금 있는 광시성과 예전에는 한 나라였단다. 그 나라 이름은 남월국, 베트남어로는 남비엣(Nam Việt), 이것이 현재 베트남(Vietnam) 이름의 기원이 되었다.

꼬박 3개월을 보낸 첫 여행지 중국을 벗어난다고 생각하니, 이제는 다른 언어를 쓰는 사람들의 나라로 간다고 생각하니 오랜만에 다시 여행을 떠나는 느낌이다. 중국에서 마지막 아침 식사는 남부에서 많이 먹는 쥐엔펀으로 한다. 쌀로 만든 부들부들한 피에 각종 채소절임 속을 넣고 둘둘 만 음식이다.

중국 출입국사무소는 2층 건물로, 입구에서부터 상당히 붐빈다. 2층 출국장으로 가려고 계단 옆 경사로에 바다를 올려 끙차 하고 밀고 올라가는데 갑자기 무게가 가벼워진다. 뒤를 보니 한 아저씨가 바다를 밀어주고 있다. 캐리어에 큰 가방을 메고 있어 구슬땀을 흘리면서도 내가 다 올라갈 때까지 밀어주고, 고맙다 인사하니 쿨하게 손짓하며 간다.

출국 도장을 받으려고 여권을 내미니 직원이 당황한다.

"한국? 한국이라고?"

이 육로 국경은 주로 중국이나 베트남 사람이 이용하여 다른 국적 여권은 처음 본 것 같았다. 직원이 당황하니 주변에 있던 군인이 "내가 볼게!" 하면서 다가온다. 둘이 숙덕거리며 주의 깊게 내 여권을 살피는데, 페이지를 넘겨 다른 나라 비자도 보고 여권에 진 얼룩도 보고 나중에는 어쩐지 여권을 구경하는 느낌이다. 하도 꼼꼼히 살펴 내 뒤에 줄이 길게 늘어서고 나서야 직원은 도장을 쾅 찍어준다. 군인이 뒤로 오라고 해서 가보니 이번에는 여권을 돋보기로 보면서 묻는다.

"이전에 여러 국가를 갔어?"

"응."

"여권에 얼룩은 왜 있는 거야?"

"나도 몰라. 음식이 묻었나?"

짐 스캔까지 마치고 중국 출국장을 빠져나오니 50미터 남짓 곧게 뻗은 시멘트 다리가 있다. 중국과 베트남 사이 국경이 되어주는 베이룬강, 베트남 말로는 카롱강을 건너는 다리다. 다리 양끝에는 각각 중국과 베트남 관문이 있다. 출국장이 그랬듯 다리 위도 사람들로 상당히 붐빈다. 가벼운 차림에 양산을 쓰고 동네 마실 나가듯 가는 사람이 있는가 하면 짐과 가방을 바리바리 이고 메고 가는 사람들도 있다. 가끔 트럭도 천천히 지나간다.

사람들 사이로 바다를 끌고 간다. 국경을 내 발로 걸어 넘어보기는 처음이다. 유라시아 대륙 극동, 분단되어 섬처럼 존재하는 한국에서는 외국에 나가려면 비행기를 타는 것이 당연했는데, 이렇게 걸어서도 자전거를 끌고서도 국경을 넘어갈 수 있구나. 나와 같은 방향으로 걷는 아저씨가 일행과 수다스럽게 하는 말이 배경음악처럼 흘러간다. 표준 중국어는 아니고 중국어 방언인지 베트남어인지 모르겠는데 계속 계속 흘러가는 그 말에 중국의 어느 지방도 베트남도 나도 같이 얽혀 흘러가는 느낌이다. 이렇게 국경을 걸어서 넘으니, 연결되어 있다는 감각이 살아난다.

다리를 건너 베트남 입국장에 들어서서도 내 뒤로 긴 줄을 세우다가, 한참 만에 직원이 개운한 얼굴로 방긋 웃으며 찍어주는 입국 도장을 받고 베트남 땅에 발을 딛는다.

국경 바로 앞에는 넓은 시장이 형성되어 거리와 골목마다 상점이 빽빽하다. 코코넛을 가득 쌓아놓은 노점상을 보니 베트남이라는 것이 실감이 난다. 먼저 입국 미션을 수행해야 한다. 환전과 유심칩 구입을 마치고 핸드폰 세팅을 위해 카페로 들어갔다. 정전이라 주스나 빙수는 안 된대서 연유커피를 시키니 커피 세트가 등장한다. 에스프레소 잔에 내리는 커피와 작은 주전자 모양 컵에 담은 연유, 그리고 얼음 컵. 이 광경에 차와 버블티의 나라 중국에서 온

자는 크게 감격한다. 국경만 넘었을 뿐인데 이 나라에는 맛있는 커피가 있구나. 중국은 또한 얼음이 귀한 나라, 뜨거운 물의 나라이기도 했다. 국경만 넘었는데 이렇듯 영롱한 얼음이 있구나. 베트남에 맞춰 핸드폰의 지도 앱과 번역 앱을 정비하면서도 중국에서 온 자는 또 한 번 크게 감격한다. 이 나라에서는 구글과 페이스북이 우회 프로그램 없이도 접속되는구나.

천천히 달리기 시작하는데 구름이 많아 좋다. 풍경도 사람들 생김새도 어제까지와 별로 다르지 않다. 중간중간 보이는 간판이 베트남어라는 점만 다르다.

늦은 오후께 해가 뿅 나와 더워졌다. 한 시간쯤 달려 더위가 스멀스멀 축적되어 머리끝까지 찼다 싶은 순간 한 가게가 시야에 포착된다. 눈에 뵈는 게 없던 나는 바다를 급히 세우고 헬멧을 벗어제끼며 주인아저씨가 쐬고 있던 선풍기를 정통으로 가로막아 쐬기 시작했다. 도저히 동방예의지국에서 왔다고는 볼 수 없는 행태였다. 다급한 손짓으로 냉동고를 가리키며 마시는 시늉을 하자 아저씨가 사태의 비상함을 눈치챘는지 음료 냉장고로 나를 이끈다. 음료 캔이 아주 시원하지는 않다. 더듬더듬 그나마 시원한 캔을 붙잡아 마시려니 아저씨가 의자에 앉으라며 선풍기를 내 쪽으로 돌려준다. 이제야 좀 살겠네. 선풍기를 쐬며 널부러져 있는데 잠시 후에 선풍기가 절로 꺼진다. 정전이 된 것이다. 그래서 냉장고의 음료가 완전 시원하지 않았던 것이다. 야외 수도를 빌려 머리와 온몸에 물을 끼얹으니 좀 살 만하다. 중국 남부에서부터 써먹기 시작한 수법인데, 이렇게 온몸을 물로 적셔도 자전거를 달리면 바람과 햇빛에

30분 만에 싹 마른다.

6킬로미터 남짓을 더 달려 오늘의 목적지인 담하 시내에 다다랐다. 코코넛 노점이 있어 하나 달라니 아줌마는 코코넛을 길고 뭉툭한 칼로 내리쳐 안에 든 물을 얼음과 함께 유리컵에 담아준다. 일회용 컵이 아니라 유리 컵을 쓰는 것이 마음에 든다. 때 묻은 플라스틱 테이블과 세트인 앉은뱅이 플라스틱 의자에 앉아 맹맹한 코코넛을 마신다.

"어디에서 왔어?"

"한국."

중국에서는 기본적인 대화를 할 수 있었지만 베트남에서 나는 언어 신생아다. '한국'을 번역기에 찍어보니, 신기하게도 "한~국?!(Hàn Quốc)"이다. 중국은 "충~국?!(Trung Quốc)"이다. 베트남, 특히 북부 베트남은 한국, 중국, 일본과 같은 한자 문화권이자 유교 문화권이다. 단어도 한자에 기반을 두고 있어서 발음이 비슷한 단어를 찾아보기도 쉽다. 결혼은 '켓혼(Kết hôn)', 기후는 '키허우(khí hậu)'다.

내가 베트남어는 '한국'만 할 수 있다는 것을 알게 됐음에도 이것저것 묻고 보는 노점 아줌마와 노점에 놀러 온 아저씨와 더듬더듬 눈치와 미소로 이야기를 나누고 있는데, 옆에 웬 오토바이가 선다.

"한국인이에요?"

진짜 한국어다. 한국에서 결혼해 경기도에 살다가 친정에 잠깐 왔다는 여성이 숙소를 안내해주고 가격 흥정까지 도와주고는 간다. 국경 넘어 첫 밤을 덕분에 잘 지냈다.

.....

마른하늘에
오토바이가 와서 박았다

"왜 그랬어? 어떻게 하면 그럴 수 있어?"

국경에서 출발한 지 3일째, 별일 없으면 앞으로 이틀이면 하노이에 닿겠구나 했는데 별일이 생겨버렸다. 오토바이에 받힌 것이다.

오전에는 하롱베이를 지나왔다. 바다에 형성된 카르스트 지형의 절경으로 베트남에서 유명한 관광지이기도 한 그곳에 비행기 없이 닿았다. 배가 유유자적 떠가는 바다를 옆에 끼고 천천히 달리고 때로는 걸으면서 바다의 다채로운 물살과 풍경에 마음이 채워지는 기분이었다. 지금까지 몇 킬로미터를 왔고 앞으로 몇 킬로미터를 더 가야 된다는 계산 없이 모처럼 여유롭게 달리면서 자전거 여행이 이래서 좋구나 했었다.

오후에는 한적하게 쭉 뻗은 국도에 접어들었다. 노점에서 사탕

수수 주스나 마시며 쉬어 갈까 싶다가, 조금만 더 가보자며 힘을 내보려는데 뒤에서 뭐가 확 치받는다. 어어, 내 몸이 여기까지 오면 안 되는데?

몸이 밀리면서 붕 뜨는 짧은 순간 이후에는 잠시 기억이 없다. 누군가 길에 엎어진 나를 겨드랑이 아래로 안아 번쩍 일으켜 갓길로 끌고 오던 때부터 정신이 들기 시작했다. 웅성대는 사람들과 우리 '바다'가 언뜻언뜻 스치는데, 이 장면 데자뷰 같다. 어쨌든 데자뷰를 실현했으니 여행을 맞게 온 것일까. 그 와중에도 그런 생각을 했다.

나를 갓길로 끌고 온 이는 뒤에서 나를 박은 오토바이 청년이다. 나와 함께 엎어졌을 바다도 수습해서 끌고 온 것 같다. 떨어질 때 오른쪽으로 떨어졌는지 오른쪽 다리에 힘이 없어 주저앉아 있으려니 청년이 핸들 거치대에서 내 핸드폰을 가져다준다. 그 와중에도 핸드폰은 노동요로 틀어놓았던 투애니원의 〈내가 제일 잘나가〉를 우렁차게 재생하고 있었다. 일단 음악을 끄고 번역기를 켰다. 나는 오로지 하나가 궁금했다.

'왜 그랬어?'

오토바이 붐비는 시내에서 그랬다면 차라리 이해하겠는데 대체 왜 이 한적하고 드넓은 국도에서, 눈 달린 운전자가 도대체 어떻게 하면 앞에 가는 자전거를 박을 수 있는 것인가. 청년이 난처하게 핸드폰을 바라보더니 답을 찍는다.

'너무 서둘렀습니다. 미안합니다.'

이럴 때는 뭘 해야 하나. 경찰서로 같이 가자고 하기에는 마음이 약해지고. 다리에 힘이 돌아오는 듯해 일단 일어서본다. 베트남에서는 사고가 나면 사람들이 순식간에 모인다고 들었는데 과연 그렇다. 어디선가 몰려든 아저씨들이 내게 머리를 양옆으로 흔들어보고 손발도 흔들어보라고 제스처한다. 아마도 뇌진탕을 우려해서인 것 같은데, 그때는 영문을 모르고 머리와 손발을 양쪽으로 정처없이 흔들며 청년과 대화를 이어갔다.

'병원에 같이 가줄 수 있습니까?'

'나는 시골에 삽니다. 지금 도시로 일자리를 신청하러 갑니다.'

하노이로 일자리를 구하러 가는 청년이구나. 마음이 더욱 약해져서 청년의 전화번호와 이름을 물어 받아놓고 먼저 보냈다. 몰려들었던 사람들도 나와 청년이 이야기하는 도중 하나둘 떠나고, 정신이 들고 보니 도로에 나만 남았다.

떨어지며 머리를 박아서 머리도 아프고, 팔꿈치는 약간 까졌고, 바다의 짐받이도 흙받이도 약간 틀어졌다. 간단히 정리하고 인근 카페에 일단 들어가 앉았다. 다시 보니 헬멧이 깨져 있다. 머리부터 떨어진 것 같은데, 헬멧이 정말 큰일을 했다.

한국에서 시범 여행하면서 도로턱에 쎄게 넘어져본 덕에 이번 여행 나와서는 헬멧을 항상 잘 쓰고 다녔다. 더워서 잠깐잠깐 끈을 풀고 다니기도 했는데 다행히 이번에는 끈을 잘 조이고 있었던 것이 신의 한 수. 땀띠 날 것 같은데도 장갑도 잘 끼고 있던 것이 신의 두 수. 손목을 약간 삐긋하긴 했는데 그렇게 크진 않은 것 같다. 띵한 머리가 걱정이라 구구단을 중얼거려본다. 잘 외는 것 같다.

오늘의 목적지까지는 아직 10여 킬로미터 남았지만 가는 길에

맨 처음 보이는 숙소로 들어간다. 여기서 쉬고 하노이까지 100여 킬로미터는 버스로 점프해야겠다. 며칠 후면 친구들이 하노이로 오기로 해서 그 약속을 지키려고 약간 무리해서 달리고 있었다. 자전거 여행을 나오면서 첫째, 천천히 가자, 둘째, 힘들면 버스나 기차를 타자고 다짐했었는데 중국에서 쭉 자전거를 타다 보니 자전거만 타고 싶다는 욕심이 생겨 몸이 힘들면서도 질질 타고 왔었다. 그 욕심을 내려놓으라며 이렇게 청년 구직자가 뒤에서 치받아준 것이다.

나만 똑바로 가면 뒤에 오는 사람들이 잘 비켜 갈 거라는 믿음이 일순간에 깨졌다. 이제 뒤통수도 조심해야 한다. 이건 가다가 미친놈 만나는 확률이라 '최대한 조심하자'는 구호 이상으로는 방법이 딱히 없긴 하다. 그래도 오늘의 미친놈이었던 청년은 뺑소니치지 않고 나와 바다를 수습해줬고, 다행히도 헬멧의 가호로 뇌세포의 충격은 최소화된 듯싶다. 후유증이 적기만을 기원하자.

어쨌든 내일은 쉰다. 오랜만에 패니어 깊숙이 들었던 옷을 찾아보려는데 패니어 깊숙이가 물에 폭 젖어 제일 안쪽에 든 옷에서 곰팡내가 난다. 이건 또 왜 그랬을까. 언제부터 그랬을까. 왜 힘든 일은 한꺼번에 오는 걸까. 머리는 지끈대고 목은 뻐근한 중에 묵묵히 옷을 전부 꺼내 대충 빨아 널었다. 저녁을 먹으러 가려니 식당은 꽤 먼데 비가 쏟아지기 시작한다. 식당은 포기하고 눈에 띄는 가게에서 처음 보는 과일을 사 왔다. 모든 것이 버겁게 느껴지는 날이지만 과일은 참 맛있군. 슈가애플이라네.

내가 뭘 했다고
이렇게 주나

한국에서 날아온 친구들과 하노이에서 2주일을 푹 쉬다 왔다. 달콤한 도시 생활에서 다시 자전거 여행자로 돌아온 지 사흘째, 아침으로 길거리 노점에서 500원짜리 반미를 목욕 의자에 앉아 먹으며 이 미친 가성비를 지극히 행복하게 음미한다. 불과 얼마 전 친구들 찬스로 에어컨은 물론 수영장까지 딸린 호텔에 묵으며 조식을 즐기고 매끈하고 세련된 식당을 탐방하고 후식으로 고급 카페에서 섬세하게 빚어진 프랑스식 디저트 케이크를 음미했던 시절은 나비의 꿈처럼 지나고, 나는 다시 후줄근한 장기 자전거 여행자 모드로 복귀했다. 행복하다. 이 알찬 반미가 500원이라니.

오늘은 지아오쑤언이라는 어촌 마을을 찾아간다. 어촌 마을에서 생태관광을 하는 지역주민조합이 있대서 가겠다고 연락을 해놨다.

마을로 가는 길에 바다를 만났다. 황톳빛이다. 하노이를 지나 흘러온 홍강이 바다와 만나는 삼각주 지역이라 바다가 황톳빛이란다. 이 바다에서 놀고 있는 아이들은 바다가 왜 파란색으로 칠해지는가를 궁금해하려나. 플라스틱 쓰레기는 이 바다와 해변에도 어김없이 점점이 박혀 있다.

마을에 거의 다 온 것 같긴 한데 다 와서 길을 못 찾겠다. 사실 무작정 마을 이름만 알고 찾아가는 길이라 마을에서 어디로 가야 하는지도 모른다. 번역 앱을 이용해 '오늘 갑니다' 문자만 조합장님에게 보내놓은 상태. 통화를 해도 언어의 한계로 소통이 안 될 상태. 멈춰 서서 어찌할까 고민하는 중에 반대편에서 인상 좋은 아저씨가 웃으며 걸어온다. 저분한테 물어볼까 하는 순간 타이밍 좋게 조합장님한테 전화가 온다.

"아아!!(반갑다!!) 헬로우!!(여보세요!!)"

"지아오쑤언?(지아오쑤언이냐?)"

"아아!지아오쑤언!!(맞다!지아오쑤언이다!)"

내가 할 수 있는 말은 여기까지다. 내가 어디 있는지 어디로 가야 되는지 말을 해야 하는데 베트남어 신생아인 내가 그런 고급 대화가 가능할 리 없다. "화장실이 어디예요?"를 많이 쓰다 보니 "어디예요?"는 알고 있어서, 때마침 내 앞까지 다가온 인상 좋은 아저씨에게 손으로 발아래 땅을 가리키며 "어디예요?"라고 묻고는 묻지도 따지지도 않고 폰을 넘겨드렸다. 졸지에 폰을 넘겨받은 아저씨가 열심히 통화하는데, 또 타이밍 좋게 일가족이 탄 오토바이가 옆에 선다.

"May I help you?(도와줄까?)"

아빠 하나 딸 하나 아들 둘 중 뒤에 탄 십 대 아들이 유창한 영어로 묻는 것이었다. 마침 통화를 마친 아저씨가 조합장님의 위치를 오토바이 일가족에게 베트남어로 설명해주니, 소년은 한없이 듬직하게 외친다.

"우리도 그쪽으로 가. 따라와!"

영화 같은 타이밍에 나타난 베트남 어벤저스를 따라가는데, 뒤에서 웬 젊은 여자분이 오토바이를 타고 따라와 말을 건다. 뭐라고 이야기하다가 말이 안 통하니 포기하고 나를 따라오시는데 왠지 조합장님이 보낸 사람 같다. 결국 일가족과 나와 여자분이 탄 세 이륜차가 다 같이 한 장소에 멈춰선 그곳이 바로 오늘의 목적지, 지아오쑤언 지역주민조합이 운영하는 에코라이프 카페 겸 숙소다. 여자분은 조합장님의 아내였다. 오토바이 일가족에게 배꼽 인사하고 방을 잡았다.

다음 날은 9월 2일, 일요일이자 베트남 독립기념일이다. 조합장님네 배를 타고 이 지역 습지를 돌아보는 생태관광에 끼기로 했다. 아침부터 조합장님 아내랑 어머니 등 아주머니들이 야외 부엌에서 분주하더니, 큰 새우를 큰 봉지에 한가득 두 봉지를 담고, 타이거새우 두 봉지에다가 야채 한 더미에 큰 생선을 다듬어 토막내 두 봉지를 담아 오토바이에 싣는다. 이것이 오늘 배에 타는 몇십 명 손님들의 점심거리였다.

아침부터 오후 나절까지 홍강 삼각주의 광활한 습지를 유람하는 2층 배는 인기가 많다. 지아오쑤언 마을에서 배 타고 조금만 나가면 쑤언투이 국립공원이다. 이곳은 베트남 북부에서 가장 큰 해안 습지 생태계로, 광활한 맹그로브숲이 펼쳐지는 세계적인 철새 도래지다. 모처럼 페달 밟을 필요 없이 가만히 앉아 천천히 지나가는 풍경을 즐겨본다.

갯벌에서 자라는 맹그로브 관목이 낮게나마 거대한 숲을 이루고, 배는 그 사이로 난 물길을 따라 흐른다. 수북한 맹그로브 뿌리가 훤히 보이게 드러나 있다. 가만히 보면 그 뿌리에 조개류가 오밀조밀 붙어 산다. 숲 사이나 숲 위로 흰 새가 종종 지나가고, 대나무 장대와 소쿠리를 든 사람도 가끔씩 보인다. 수심이 발목 정도 되는 갯벌에는 대나무를 이어 높이 지은 어부의 오두막도 심심찮게 보인다.

배는 홍강 하구를 주욱 흘러가 넓은 바다와 만나는 지점까지 가서 한동안 정박한다. 내려서 걸어보는데, 바다에 발을 담그니 바다의 차가운 물과 강의 따뜻한 물이 만나는 것이 느껴진다. 짙은 모래사장의 모래를 파내니 금세 채워지며 살아있는 듯이 움직인다. 다리 정도 오는 물까지 들어가 허리를 숙이고 모래를 약간 파내면, 가끔 살아있는 조개가 잡혔다. 짧은 사이 조개 몇 개를 주웠다. 자연은 풍성했다.

'바다'를 타고 오는 길에, 연못이나 논길 도랑에서 물고기나 작은 가재를 낚기도 하고 뜰채로 잡기도 하고 호숫가 밭에서 상추를 뜯기도 하고 통나무를 썰어 가공해 조각상을 만들기도 하는 사람들이 보였다. 자연에서 무언가를 대가 없이 채취하는 것이 이렇게 자연스럽다는 것이 신기했다. 도시의 마트나 시장에서는 돈을 내야 가질 수 있었던 것도 맨 처음에는 이렇게 조건 없이 얻어 온 것이었다.

조합장님네 열세 살 아들 이름은 푹이다. 아빠를 쏙 빼닮아 날렵하게 잘생긴 푹은 배가 유유히 떠가는 중에도 엄마 아빠를 도와 쉴 새 없이 일한다. 아빠는 1층과 2층을 날래게 오가며 배를 조정하고, 엄마는 다른 여자들과 부엌에서 점심을 준비한다. 오늘 날씨는 약간 더운 정도인데 부엌 앞을 지나치기만 해도 지옥의 열기가 훅 끼친다. 그 좁고 더운 부엌에서 푹네 엄마는 오징어를 볶고 새우를 삶고 국을 끓이고 몇십 인분 식사 준비를 하느라 비 오듯 땀을 흘린다.

푹은 학교가 쉬는 내일도 배를 타고 손님들과 나간단다. 평일에는 학교에 가고 주말에는 엄마 아빠를 도와 배를 타는 게 푹의 일상이다. 푹의 일상은 엄마 아빠를 닮았다. 평일에는 평상시 일을 하고, 주말에는 관광객을 배에 태우고 나간다. 푹네는 쉬는 날 없이 일하는 것을 그러려니, 다들 이렇게 살려니 당연히 여기는 것 같았다. 풍성하면서도 심심찮게 변덕을 부리는 이 자연에서 대를 이어 근면하게 살아온 사람들.

제아무리 백만장자라 할지라도 그 입으로 들어가는 것은 땅에서 난 채소고 물에서 난 생선이다. 도시에서 내가 편안히 먹고살 수 있는 것은 수많은 푹네들 덕분일 것이다.

먼지와 같은 존재일지라도

생리를 한다. 어쩐지 몸살인 듯 몸이 안 좋더라니. 호텔방에 이틀간 틀어박혀 있게 되더라니. 장기 여행의 장점은 생리 때 쉬어 갈 수 있다는 것이다. 내 경우에는 보통 생리 초기 이틀 정도만 잘 먹고 따뜻한 이불 속에서 빈둥대면 된다. 그때 밖에 나가는 것은 괜히 몸을 혹사하는 일이다. 일할 때야 어쩔 수 없이 혹사했지만 이제는 아니다.

양이 많은 날에는 쉬고, 생리가 끝날 때까지는 설렁설렁 달리니 면 생리대를 빨아 쓸 여유가 충분하다. 생리대를 빨아 바다의 짐받이 가방 위에 달아놓고 달리면 볕 좋은 날에는 반나절 만에 뽀송하게 마른다.

오늘은 생리 첫날이지만 길을 나서긴 해야 한다. 베트남 한 달 비자 만료가 어느덧 내일모레로 다가왔다. 11시 반쯤 느긋하게 출발했다. 그래도 이틀간 푹 쉬었더니 다리는 가볍다.

논밭이 저 멀리 지평선까지 펼쳐지는 평야를 달린다. 농부와 소들이 부지런히 갈고 모심고 씨 뿌려 반듯반듯하게 구획 지어놓은 논밭은 때론 연둣빛, 때론 갈빛, 대부분은 녹빛이다. 5시쯤 해질녘이 되니 소도 사람도 퇴근을 한다. 베트남식 밀짚모자를 쓴 사람들이 소를 몰며 논두렁을 따라 걷기도 하고 길을 건너기도 한다. 물소는 무리 지어 밭을 가로지른다. 넓은 논에 댄 물과 논밭과 멀리 보이는 산이 어우러져 수묵화같이 보이는 풍경.

천천히 달리는 중에 배경음악으로 영화 〈지구를 지켜라〉의 엔딩 OST가 깔린다. 이 음악이 나올 때는 항상 영화가 생각나 조금 감성적으로 된다. 영화는 주인공인 병구가 지구를 지키는 이야기다. 사람들은 병구를 미친 사람으로 보지만 병구는 지구를 지키려 고군분투한다. 지구를 지킨다, 라. 환경을 주제로 살아왔다고 했지만, 지구를 위해 뭘 할 수 있을까? 뭐라도 할 수나 있을까? 지구는 이렇게 큰데.

세상은 작고 나는 커 보였던 시절이 훌쩍 멀어진다. 이곳은 풍경도 공기도 한국 농촌과 비슷하지만 한국과는 머나멀다. 여행을 나오지 않았다면 평생 모르고 살았을 이곳에도 사람도 소도 많고 무수한 일상이 이어지고 있다. 내가 평생 가보지 못할 곳이 무궁무진하고 지구는 상상할 수 없을 정도로 크고 넓을 텐데, 나는 너무도 작다. 할 수 있는 게 없다. 밭에서 풀을 뜯고 있는 소와 내가 별다르지 않아 보인다. 내가 뭘 하든 하지 않든, 별 차이가 없겠구나, 불안하게 느껴지는 지구의 현재 흐름에 내가 무엇을 한다고 할 수가 없겠구나. 그 당연한 사실이, 나의 하잘것없음이, 지구의 광대함이, 새삼 너무도 새로워서 눈물이 났다. 그 와중에도 지나가는 사람들과 인사했다. 사람들의 무표정한 얼굴이 미소로 변하는 순간, 나도 웃게 되었다.

해 지기 전 겨우 숙소를 잡고 저녁을 먹으러 나섰다. 문구도 팔고 과자도 파는 만물상 같은 가게에 들러 식당이 어디냐고 물었다. 가게를 지키던 단발머리에 작고 날씬한 여자가 엄마를 불러 가게를 맡기고 자기 자전거를 꺼낸다. 따라오란다. 그녀를 따라 어둑한 길을 달려 처음 만난 식당에서는 밥을 안 판대고, 그 옆 식당도 안 판대고, 그러니 이 친구가 자기네 가게로 가서 밥을 먹잔다. 친구의 가게로 돌아가 하나 있는 테이블에 앉아 조금 기다리니 어머니가 밥에 계란말이에 고기와 야채볶음까지 한 상 내오셨다. 이 친구의 이름은 히옌, 테이블에 마주 앉은 히옌이 그런다.

"I'm so happy(나 너무 기뻐)."

뭐가 기쁘냐니 새로운 친구가 생겨서 기쁘단다. 히옌의 영어는 내 베트남어랑 비등한 수준이다. 영어를 쓸래도 베트남어를 쓸래도 소통이 완성이 안 되어 서로 시도하려다가 그냥 웃고 포기하는 분위기다. 히옌은 내게 많이 먹으라며 밥에 계란말이를 올려준다.

"Don't hungry. Don't hungry(배고프지 마. 많이 먹어)."

히옌의 서툰 영어에 울컥한다. 오늘 처음 보는 사람 배고프지 말라는 그 마음에 오늘도 살게 된 것이 고마워서. 이렇게 큰 지구에서 먼지같이 아주 조그만 사람이, 먼지같이 아주 조그만 사람 하나 덕분에 또 살게 되는 것 같아서. 계란말이를 꿀꺽 삼켰다.

산 넘고 물 건너 라오스로

라오스로 넘어가는 날.

라오스 국경사무소는 베트남과 라오스 사이를 가르는 안남산맥의 고개 정상에 있다. 하노이에서부터 쭉 평지를 달려 물렁해진 장딴지가 다시 긴장할 때다. 중간중간 깨져 있는 좁은 길을 오르내린다. 길에 망고가 떨어져 있다. 망고 싣고 국경을 오가는 트럭에서 떨어진 건가. 웬 떡인가. 주워 먹었다.

국경을 10여 킬로미터 남겨두고는 오르막이 쭈욱 계속된다. 차 한 대가 멈추더니 운전자가 제스처를 한다.–타. 저기는 힘들어.–괜찮아. 고마워.

차를 탈 때 타더라도 국경은 직접 넘고 싶다. 국경 주변은 점이지대다. 나라와 나라가 무 자르듯 국경에서 뚝 잘리는 게 아니라 서로 부드럽게 연결되는 것을 볼 수 있다.

그런데 베트남-라오스 간 꺼우쩨오-남파오 국경은 떡하니 큰 산이고, 이 산에는 인적이 거의 없는지라 보이는 게 별로 없다. 이런 산은 정말 지역의 경계가 될 만하다. 맘먹으면 걸어서라도 하루면 넘겠지만 일상을 살면서 굳이 산을 넘기는 쉽지 않을 것이다. 내가 어제 묵었던 동네에서 국경까지는 30킬로미터밖에 안 되지만 그 동네에는 평생 여기까지 안 와본 사람들이 많겠지. 중국 황산 근처 작은 식당의 아줌마가 그랬었다. 황산에 한 번도 안 가봤다고. 시간이 없어서.

산길 구비 구비마다 계곡 위에 놓인 작은 다리를 건넌다. 다리가 놓이기 전에는 계곡까지 오르락내리락하며 물에 발을 담궈야 했으리라 상상하니 지금 나는 행복합니다. 참으로 행복합니다. 도로변으로는 물소들이 풀을 뜯다가 얼음이 되어 나를 쳐다본다.

오르막은 길지만, 그간 수많은 오르막과 피땀눈물을 겪으며 '오르막에서 천천히 페달 밟기'가 이제 조금은 된다. 그럴 수 있는 여유와 기술이 좀 생겼다. 다만 욕은 계속 나온다. 언제 이 오르막이 끝나려나. 끝이 나긴 날까. 그간의 경험으로 볼 때 언제나 끝은 있다. 끝이 있다는 것을 아니까 갈 수 있다. 중간에 쉬어가니까 갈 수 있다. 숲과 계곡에서 시원한 바람이 부니까 갈 수 있다. 길가의 깎인 산벽을 타고 흐르는 작은 시내에서 나오는 물로 온몸을 적시니 기운이 번쩍 나서, 또 갈 수 있다.

고개 정상 출입국사무소에 도착하여 출국 도장을 꽝 찍고는 좀 내려가니 라오스 출입국사무소 건물이 나온다. 입국 카드를 쓰고 비자 수수료를 내니 입국 도장을 찍어준다.

"컵짜이!(감사합니다!)"

라오스어를 처음 써본다.

사무소를 나와서는 내리막이 펼쳐진다. 국경 근처에는 화물차가 꽤 몰려 있었는데 한동안 달리니 도로에 차가 거의 없다. 지나는 차가 적으니 귀가 편안하다. 이제까지 베트남, 그전에는 중국에 있다 보니 오디오가 빈 이 느낌이 놀랍고 신선하다.

중국에서는 트럭이나 버스 경적 소리가 '빼애애액!!' 하고 들렸다. 중국에서 내 염원은 경적을 울리면 운전사의 귓구멍에도 똑같은 데시벨로 들리는 기술이 있었으면 하는 것이었다. 베트남에서는 경적 소리가 조금 달랐다. '패앵애애앵애' 하는데, 뭔가 퍼지는 느낌이었다. 처음에는 그 소리가 확실히 중국보다는 작고 우아하기까지 하다고 생각했는데, 그것도 자꾸 듣다 보면 빡이 치기는 매한가지다. 게다가 데시벨이 작아진 여백을 베트남에서는 오토바이가 득달같이 채웠다. 다들 경적을 누르는 나름의 이유가 있겠지만, "나 간다! 나 간다고! 간다니까!! 진짜 간다!" 하면서 한도 없이 빵빵대는 오토바이 운전수의 뒤통수를 가끔은 진심으로 때리고 싶었다.

그런데 여기는 조용하다. 조용해서, 풀벌레 소리가 들리고 깡통 소리가 들린다. 여기는 소 목에 깡통을 달아준다. 소가 길가에서 풀을 뜯으니 깡통 소리가 잔잔하게 난다. 옆으로는 강이 흐른다. 오후의 볕을 받아 충만하게 빛나는 강은 평원과 숲 사이로, 저 멀리 산까지 흐른다. 평화롭다. 이 구간에서 멧돼지가 쫓아왔다는 후기도 봤는데 다행히 쫓아오는 돼지도 없다.

산길을 내려가니 논밭이며 사람 사는 동네가 나온다. 나무집이 많다. 어쩐지 겪어보지도 않은 우리의 옛날 모습이 떠오르는 것은 소를 치는 농부 때문인가. 지나가는 사람들의 의복이 전통 치마 같아서인가. 사람들이 비닐봉지가 아닌 대나무 바구니를 들고 다녀서인가. 나무집 때문인가.

양옆에 나무집이 있으니 편안하다. 뭐랄까. 나와 나를 둘러싼 환경이 자연스럽게 막힘없이 소통하는 느낌이다. 라오스에는 예로부터 땅에 기둥을 세워 2층에 지어놓은 나무집이 많은데, 이렇게 지으면 태양에 달궈지는 땅의 열기와 습기를 피할 수 있단다. 만약 저곳에 아파트를 지어놓는다면 통풍이 안 돼 집집마다 에어컨과 선풍기가 필요할 텐데, 전통 집에는 애초에 그럴 필요가 덜하겠구나.

나무로 지어진 외양간에서는 소가 머리를 내밀고 여물을 먹고 있다. 집에 담장이 딱히 없어 밖으로 나온 소도 많다. 한국보다는 중국이, 중국보다는 베트남이, 베트남보다는 라오스에서 동물이 자유로워 보인다. 어디 갇혀 있는 게 아니라, 개도 소도 닭도 돼지도 염소도 다 사람 사는 마당을 노닌다. 물소는 밭 옆 야트막한 웅덩이에서 진흙으로 범벅을 하고 논다.

학교를 마치고 자전거를 타거나 걸어서 집에 가는 아이들은 종종 내게 헬로우, 싸바이디(라오스어로 '안녕'), 하면서 인사한다. 사람들이 동글동글한 느낌이다. 라오스는 한반도와 비슷한 크기의 국토에 인구는 700만 정도로 인구 밀도가 낮다고 봤는데, 그래서 그런지 여백이 많다는 느낌이다. 도로에서도, 도로 양옆으로도.

국경 넘어 처음으로 은행이 있는 락사오라는 동네에서 하루 자고 난 아침. 천막 식당에서 꼬치구이를 팔길래 닭꼬치랑 찰밥을 시키니 일회용 젓가락을 준다. 사양하고 옆 테이블 사람들을 따라 대나무로 짠 용기에 가득 담긴 찰밥과 닭꼬치를 손으로 먹기 시작했다. 라오스 식당에는 웬만하면 먹기 전에 손 닦으라고 세면대가 식당 한쪽에 있고, 다른 사람들은 손을 씻고 먹었다는 것을 그때의 나는 몰랐다. 몰랐으니 잘만 먹었다.

닭은 짜고 찰밥은 푸짐하여 조화가 나름 맞는다. 위장에 쪽쪽 달라붙는 찰밥을 든든하게 품고 출발한다. 5일 후, 라오스 수도 비엔티안에서 엄마를 만나기로 했다. 락사오부터 비엔티안까지는 약 400킬로미터, 오늘부터 5일을 달리면 비엔티안에 도착할 수 있을 것이다. 아니, 그럴 수도 있고 아닐 수도 있다.

몽골 운전기사들이 답을 하지 않던 질문이 있었다. **목적지까지 얼마나 걸려요?** 그것은 기사의 소관이 아니었다. 대략 계산해서 전체 거리를 평균 시속으로 나누면 몇 시간이 걸린다, 혹은 예전에 갔을 때 몇 시간 걸렸으니 이번에도 몇 시간 걸릴 것이다, 그렇게 쉽게 대답할 수 있는 것이 아니었다. 그곳까지 가는 동안 무슨 일이 일어날지 인간으로서는 전혀 알 수 없는 터라 말을 아꼈다. 그때는 그게 답답하고 이해가 안 됐는데 이제는 알겠다. 이 길은 나 혼자 가는 길이 아닌 것 같다.

하노이 갈 때도 그랬다. 이렇게 달리면 며칠 후면 하노이에 가겠지 확신했는데, 뒤에서 오토바이가 박을 줄 누가 알았나. 그러니 비엔티안에 닿는 것도 내 소관이 아니다. 나는 노력할 것이다. 모든 것이 허락하면 닿을 수 있겠지.

자전거 타기 너무 싫다

경기도 파주에서 북한 개성까지는 20킬로미터다. 엄마와 무사히 상봉하여 열흘을 지낸 라오스 수도 비엔티안에서 태국 국경도시까지도 20킬로미터다.

20킬로미터는 내 느린 페달질로도 두 시간이면 닿았다. 라오스 사람들과 태국 사람들은 국경을 가르는 강을 건너 '외국'을 제집 드나들 듯하고 있었다. 우리나라에서 '점심은 일본 가서 초밥 먹자'라고 하면 재벌인가 할 텐데, 비엔티안 사람이 점심을 태국에서 먹고 오는 것은 그리 큰일이 아니었다. 태국에서만 쇼핑을 하는 라오스 부유층도 있고, 태국으로 학교를 다니는 라오스 학생도 많단다. 이런 풍경을 보고 있노라니 '국제' 결혼, '해외' 취업, '다문화' 가정이 특수하게 여겨지는 내 나라의 상황이 새삼스러웠다.

현재는 서로 다른 나라로 갈라진 라오스의 라오족과 태국의 타이족은 예전에는 중국 남부에서 같이 살던 친척으로 추측이 된단다. 언어도 같은 어족이라 라오어와 태국어는 숫자가 같다.

능(1), 썽(2), 쌈(3), 씨(4), 하(5), 혹(6), 쨋(7), 뺏(8), 까오(9), 씹(10).

특히 3은 '쌈', 10은 '씹'이라서, 삼십을 '쌈씹'이라 발음하자면 라오스어와 태국어와 중국어와 한국어가 좌르르 파노라마처럼 엮이는 듯한 묘한 느낌이 든다. 덕분에 숫자는 새로 외울 필요 없는 태국에서, 여행 6개월 차인 나는 슬럼프에 시달리고 있다.

아침 6시에 눈은 떴는데 무섭게 피곤해서 다시 잤다. 다시 일어나서는 멍때리다가 유튜브로 〈무한도전〉을 한없이 보고 있다가 11시경 햇살이 강렬하게 쫘란 하고 퍼지는 때가 되어서야 느릿느릿 길을 나선다. 나가기 싫다.

오늘은 고속도로 말고 시골길로 가자. 충동적으로 핸들을 틀었다. 소가 마중 나오고 뱀도 나올 것 같은 흙길을 한 시간여 달리다 보니 다시 큰길이 나오고 태국의 대형마트 체인 빅C가 나온다. 빅C에 입점한 KFC가 보여 아이스크림이나 먹으러 들어갔다. 어제 식당 겸 카페를 갔다가 예상치 못하게 받아 설거지해 둔 다회용급 플라스틱 컵에 아이스크림을 넣은 냉커피를 받았다. 꽤 큰 컵인데 직원이 꽉 채워준다. 둘러보니 이 KFC 맘에 든다. 서비스대에서 식수를 받아 마실 수 있고 소스도 직접 짜서 받아 갈 수 있고, 수저 포크 나이프도 일회용 아닌 것으로 준비해두었다.

숟가락으로 아이스크림을 퍼먹고 커피를 마시며 시간을 보내다 버거도 하나 시켰다. 특가 프로모션으로 나온 닭 냄새 나는 버거를 꼭꼭 씹어 먹고 나서도 오래오래 앉아 있었다. 어느덧 점심시간에 몰려든 사람들이 빠지고 띄엄띄엄 자리가 남았다. 전면 통유리창 밖으로 태양이 강렬하게 빛나는 맑은 날이다.

아 … 나가기 싫다. 이 쾌적한 에어컨 지대에서 저 까뮈의《이방인》에 나올 것 같은 맑은 날 한가운데로 자전거를 끌고 나갈 자신이 없다. 돈만 있으면 얼음과 음료와 먹을 것이 나오는 이 작은 천국에 영원히 머물고 싶다. 버스를 탈까. 버스를 타려 해도 터미널이 있는 도시까지는 자전거를 타고 가야 한다. 히치하이킹을 할까. 자전거를 실어줄 차를 찾는 것도 일이고 그것도 귀찮다. 한 치의 이성도 없이 의자에 앉아서 비비적거리고 있으려니 기분이 안 좋아진다. 심장이 두근거리고 기분이 걷잡을 수 없을 정도로 나빠진다.

이럴 때는 일단 나가야 한다. 산을 들어 옮기기보다 더 힘들어 보이던 내 몸 들어 옮기기에 마침내 성공하여, 햇볕에 뜨끈해진 '바다'에 몸을 실었다.

시골길로 다시 빠져본다. 떠오르는 대로 이 얘기 저 얘기를 속으로 때로는 혼잣말처럼 주절주절하면서, 파아란 하늘에 구름, 보송보송 넓게 펼쳐진 논과 밭, 점점이 선 나무를 지나간다. 중간중간 소나 물소가 지나가는 나를 살짝 놀란 눈으로 보는데 엄청 선해 뵌다. 개중 한 놈은 새까지 머리에 얹고 서 있다. 소가 좋다. 힘으로는 나 같은 거 밀면 나가떨어질 텐데, 전혀 그럴 생각을 안 한다.

천천히 달리자니 두근대던 가슴이 서서히 회복되었다. 내가 왜 스트레스를 받았는지 알 것 같다. 고속도로 갓길을 달리는 게 스트레스였다. 베트남과 라오스는 고속도로여도 국도 같은 느낌이었는데 태국은 진짜 차가 쌩쌩 달려서 쭈구리처럼 긴장하며 달렸다. 그리고 태국에서는 이상하게 개들이 호전적이다. 종종 짖으며 쫓아온다. 그럴 때는 자전거를 멈추면 대부분은 쫓아오기를 멈춘다던데, 나로서는 일단 개가 뒤에서 쫓아오는 상황에서 도저히 멈출 수가 없다. 크게 놀라 줄행랑치기를 몇 번 반복하고 나서는 항시 쪼그라든 마음으로 길을 가고 있는 것이다.

이것들이 요새 슬럼프의 표면적인 이유라면, 깊은 이유는 하나다. 왜 여행을 나왔는데 행복하지 않지?

처음에는 모든 게 새로웠다. 하루하루가 어떻게 펼쳐질지 예측이 안 됐다. 불안하고 두렵고 그래서 설렜다. 시간이 지나니 미지의 하루하루는 점차 일상이 되어갔다. 아침 먹고 자전거를 타고 점심 먹고 자전거를 타다가 해가 지기 전에 숙소를 찾고 저녁을 먹고는 일기를 쓰고 인터넷을 했다. 만나는 사람들과 "얼마예요", "어디예요"를 넘어서는 소통을 하는 경우는 드물었다. 지나온 풍경은 날마다 새로웠지만 나는 같았다. 넓은 세상에서 나와 다른 사람들을 보며 세상과 인생을 배우고 싶었는데, 사람들은 나와 그다지 다르지 않았고 나는 어디에 있더라도 내가 볼 수 있는 만큼만의 세상을 볼 뿐이었다.

이렇게 살아도 될까. 하루 종일 엉금엉금 자전거를 타고 저녁에 숙소에 누워 유튜브를 보고 있노라면 내가 여행을 나온 것인지 한국 내 방에 있는 것인지 알 수 없었다. 며칠 전 머문 시골 숙소에서 전기가 나갔다. 몇 시간씩 전기가 나가는 것이 그곳에서는 자연스러운 일인 것 같은데, 나는 숙소 주인에게 꼬치꼬치 캐물었다. 전기가 언제 들어오는지. 전기가 들어오면 와이파이는 되는지. 그러다가 현타가 왔다. 이러려고 여행을 나왔나.

이런저런 생각은 저무는 해와 함께 사라졌다. 해 지기 전에 숙소를 구했어야 했는데 오늘은 가는 길에 숙소가 없다. 가로등 하나 없는 시골은 금세 어둑해진다. 흙길은 울퉁불퉁한데 얼굴에는 다다다닥 날파리가 치이고 그중 몇은 내 눈에 들어간다. 길바닥 상태를 보려면 눈을 크게 떠야 되는데 날파리 때문에 눈을 작게 떠야 하는 극한 모순 상황, 작게 흡뜬 눈으로 바닥을 훑으며 속으로 치열하게 반성했다. 슬럼프고 뭐고 다시는! 늦게! 다니지! 않겠습다!

이윽고 작은 마을이 나오고, 동네 사람들이 떠들썩하게 다니는 골목을 지나치는데, 길을 못 물어보겠다. 어두워지니까 사람이 무서워진다. 어두워지니까 개들은 기세등등해진다. 무리 지은 개들이 두어 번 달려들어 나는 겁에 질릴 만큼 질렸다. 허둥대며 지나는 마을에서 사람들은 저녁을 짓고 수다를 떨며 잔잔한 리듬으로 하루를 마감하고 있다. 이 평화로운 동네에서 나는 왜 이렇게 동동거리고 있을까.

큰길로 나오니 가로등이 있어 사람 얼굴이 보인다. 비로소 사람에게 말을 걸 용기가 생긴다. 반대편에서 오던 오토바이 아저씨에게 숙소를 물으니 착하게 웃으며 길을 알려줬다.

고속도로변 방갈로형 숙소, 숙박비는 400바트(약 1만 4,000원)로 태국에서 그간 묵었던 숙소 비용에 비하면 꽤 비싸지만 별 수 없이 입장했다. 주변에 식당이 없어 저녁을 먹으려면 고속도로 건너편 편의점으로 가야 한다. 관리원 아저씨가 오토바이 수레를 태워줘서 황송하게 수레에 앉아 가는데 오토바이가 반대 차선으로 유턴 드리프트를 하는 중에 내 주머니에 넣은 핸드폰이 빠져 촤아아아아아 날아가며 삼등분으로 쪼개졌다. 핸드폰이 날아가는 걸 나만 보고 운전하던 아저씨는 못 봤다. 태국어는 '안녕하세요', '얼마예요', '감사합니다'만 아는 내가 비상하게 아저씨에게 외쳤다.

"아아!!! 아아!!!!(아저씨! 아저씨!)"

뭔가 하고 돌아보는 아저씨에게 나는 절박하게 폰이 떨어진 지점을 손짓했다.

"저저!! 저저저!!!!(저기 핸드폰이 떨어졌어요!!)"

아저씨가 오토바이를 세우고 고속도로에서 후진까지 해줘서 본체와 배터리와 배터리 커버로 삼등분된 핸드폰을 주워 왔다. 손을 벌벌 떨며 핸드폰을 켜보니 켜진다. 갤럭시 S4에 건배.

편의점 찜기에 있던 딤섬 꼬치를 반찬통에 담아 왔다. 편의점에서 비닐 없이 살 수 있는 선택지가 그 정도는 있어 다행이지. 아저씨 덕에 안심 귀가까지 해 병에 담긴 두유와 딤섬 꼬치로 방안에서 저녁을 먹는다.

뜨거운 태양과 무서운 사람들과 무서운 개들이 있던 또 하루, 좋은 사람들이 있던 또 하루, 슬럼프 중의 또 하루, 그래도 저녁을 먹는 또 하루.

......

자전거 타기가 제일 쉬웠어요

오늘은 방콕까지 버스를 탈 것이다.

비엔티안에서 몸살을 한 번 앓고 난 후 유독 빌빌대는 나의 몸, 태국 고속도로의 거친 오토바이와 불안한 개들과 그걸 지켜보는 나의 쭈굴한 마음 상태로 인해 이번에는 버스를 타자고 마음을 먹었다. 현재 내가 있는 곳에서 버스를 타려면 가까운 도시 나콘라차시마까지는 가야 한다. 나콘라차시마까지 65킬로미터는 달려보자.

버스를 탄다는 희망으로 침대에서 질질대던 요새답지 않게 아침 일찍 눈을 떴다. 근처 식당에서 아침을 먹었다. 그간 인터넷에서 '꼭 먹어봐야 할 태국 요리 100선'을 정독하면서 캡처해 놓은 요리 중 몇 가지를 주인아줌마에게 보여주니 그중 하나가 있다고 했다. 팟키마오라고 하는 넓은 면볶음.

"이거 매운데! 괜찮아?"

"괜찮아요 괜찮아."

먹어보니 괜찮지 않았다. 태국에서 맵다는 것은 정말로 매운 거다. 아침부터 화끈대는 배를 부여잡고 달리기 시작한 것이 8시. 해가 떨어지기 전에 방콕에 도착하기 위해 나는 경주마처럼 달려 4시간 반 만에 나콘라차시마 터미널에 당도했다.

다들 정신 없어 보이는 큰 터미널에서 사람들에 의지해 방콕 가는 버스를 찾았다. 묻고 물으니 이 사람 저 사람을 거쳐 마침내 한 청년이 나를 창구로 안내했다. 창구 아줌마가 '바다'를 보더니 고개를 가로젓는다. 뭐라 뭐라 청년과 얘기한다.

"유어 바이시클, 노(네 자전거, 안 돼)."

태국에서 버스에 자전거 싣기는 웬만하면 된다고 인터넷에서 봤는데, 안 된다고? 잠시 절망하고 있으니 아줌마가 종이에 '300' 숫자를 쓴다. 300바트(약 10,500원)인가.

"미? 마이 바이시클?(나? 아님 내 자전거?)"

아줌마가 계산기를 들더니 나와 자전거를 각각 가리킨다. '(너는)148 (자전거는)300'

자전거가 두 배라니. 아연한 표정을 짓고 있자니 아줌마가 갑자기 100바트를 빼준다.

"토탈 348. 오케이?(다 합쳐서 348바트, 됐지?)"

"오케이! 오케이!"

자전거는 안 된다더니 되는 게 어딘가 싶어 고개를 마구 끄덕였다. 처음에 안 된다고 했다가 가격을 낮춰 제시한 고도의 상술에 기막히게 말려든 게 아닐까 하는 깨달음은 나중에 버스에 앉고 나서야 찾아왔다. 역시 상업의 태국인가.

아까 창구로 나를 안내했던 청년이 내가 탄 버스의 보조직원이었다. 트렁크에 공간이 없는지 바다를 버스 맨 뒷좌석 앞에 놓고 끈으로 고정한다. 그사이 나는 패니어의 짐을 정리했다. 혹시라도 손을 탈까 노트북만 빼고 트렁크에 짐을 다 넣었다.

버스는 유아기에 타보았던 비둘기호의 추억을 아련히 떠올리게 하는 힘이 있었다. 시트는 화려한 담요 재질이다. 때가 타도 티 안 나게 하려는 수작이렷다. 그러나 오전의 거센 라이딩으로 땀을 많이 흘린 나로서는, 요사이 피곤함을 핑계로 빨래도 사흘은 안 한 나로서는 할 말이 없었다. 그저 내 옆 사람이 나로 인해 괴롭지 않기를 바랄 뿐이었다. 아까 표를 살 때 아줌마가 10분 뒤면 출발한다고 했었다. 그래서 점심도 못 먹고 자리에 올랐는데 버스는 30분이 더 흘러 좌석을 꽉 채우고서야 출발했다. 터미널을 출발해서도 중간중간 사람들을 더 태워서 대여섯 명은 입석으로 가게 되었다.

버스를 닮아 낡은 에어컨은 제 딴에는 열심히 돈다고 돌았으나 버스 안 공기는 꽤 더움과 약간 더움 사이 경계를 간신히 넘어 있었다. 내 코는 복도에 선 누군가로부터 풍기는 암내를 포착했다. 그러나 다시 한번 나는 할 말이 없었다. 나의 아저씨 냄새와 복도 암내 사이 점이지대에 앉은 옆자리 청년을 안쓰럽게 바라볼 뿐이었다. 버스에서는 가끔씩 모든 냄새를 누르고 무언가 타는 냄새가 났다. 기름 냄새 같기도 했다. 냄새가 날 때 주위를 둘러보면 꼭 나같이 주위를 둘러보는 한 명쯤과 눈이 마주쳤다. 그러나 누구도 클레임을 걸지는 않았다.

딱히 특정 정류장이 없었다. 사람이 내린다고 앞으로 나가면 버스는 멈췄다. 짐도 운송을 해주는지 중간에 기사가 내려서 짐을 받아 싣기도 했다. 짐 중에는 닭도 있었다. 구멍 뚫린 박스 안에 든 닭은 버스 뒤에서 우렁차게 꼬끼오를 외쳤다. 계속 외쳤다. 처음에는 꼬끼오 소리에 몇몇이 웃다가 나중에는 아무도 웃지 않았다.

이 덥고 습하고 불편한 자리에서 내가 할 수 있는 유일한 것은 핸드폰이었다. 오늘은 방콕에서 머물고 있는 친구네 숙소에 가기로 했다. 친구에게 연락하고 이런저런 검색을 하다 보니 배터리가 빨리 닳는 듯해 사진 정리를 했다. 그래도 배터리가 빨리 닳는 듯하여 폰을 끄니 할 것이 없었다. 옴짝달싹 못 하고 앉아 있자니 고역이었다.

조지 오웰은 단편 〈스파이크〉에서 부랑자 수용소에서 보낸 하루를 묘사하며, 부랑자에게 무엇보다 견디기 힘든 것은 배고픔이나 수치보다 따분함이라고 했다. 골방 의자에 그저 앉아 시간을 때워야 하는 10시간 동안의 권태가 "영혼의 움직임을 찬 양고기 비계처럼 막아버렸"다고 표현했다. 실로 내 영혼은 비계처럼 찐득하게 굳어가고 있다. 지나가는 버스를 그렇게 동경하던, 오늘은 버스를 탈 거라는 희망으로 앞만 보고 달리던 몇 시간 전의 나는 상상할 수 없었을 테지만 현재의 나는 이렇게 되뇌게 되었다. 이럴 거였으면 자전거 탈 걸. 자전거는 자유롭고, 바람이라도 쐴 수 있지.

버스는 사람들과 짐을 내리고 태우기 위해 잠시 멈춰 섰지만 쉬는 시간은 없었다. 나콘라차시마에서 방콕까지는 260킬로미터고 예상 소요시간은 네 시간이다. 한반도의 5배 정도 되는 큰 나라 태국에서 네 시간 운행은 단거리라 쉬는 시간이 없는 걸까. 나도 빨리

가는 게 좋기는 좋다.

그랬는데 네 시간이 지나도 버스가 방콕에 도착할 기미는 보이지 않았다. 구글맵을 확인하니 방콕까지는 아직 100킬로미터가 남았다. 나는 점심을 아직도 먹지 않았다.

중간중간 버스가 멈출 때 음식을 파는 행상이 몇몇 올라탔지만 다 비닐 포장이라 안 먹었다. 한 행상이 스티로폼 용기와 랩으로 잘 포장된 포멜로(자몽 비슷한 과일로 내가 너무 좋아함)와 비닐봉지에 두 번 싼 옥수수(내가 환장함)를 들고 올라탔을 때 나는 비닐이란 무엇인가, 나란 놈은 무엇인가 되뇌었다. 그때까지는 그래도 견딜 만했다.

오전에 기력을 소비해서인지 버스에 가만히 앉아 있는데도 3시 경부터는 당이 떨어지기 시작했다. 자전거를 타다 배가 무지 고플 때 몸이 이렇게 된다. 혈액순환이 안 되어 몸이 굳는 느낌. 잠시 명상을 한다 생각하고 몸에 기를 돌리는 시뮬레이션을 하니 괜찮아지는 느낌이 들었다. 괜찮다. 일단은 괜찮은 것 같다며 몸에 가스라이팅을 시전했다. 5시쯤에 방콕에 도착하면 바로 시원한 식당을 찾아 들어갈 것이다.

그랬는데 5시는 진작에 넘었고 방콕 근교에 들어서니 차가 막히기 시작했다. 차가 막힌다는 것을 인지하자 급분노가 터졌다. **우라질. 자전거 값은 200바트를 처받아놓고 이런 코끼리열차를 태워가지고….** 어찌할 도리 없이 가만히 앉아 화를 곱씹던 중 5시 반이 넘어가는 시점, 버스는 머리를 틀어 주유소로 들어갔다. 설상가상으로 주유를 지금 한다고? 분노의 심호흡을 씁하씁하 하고 있는데 보조직원 청년이 다 내리란다. 승객들이 우르르 내리고 나도 따라 내렸다. 승객들에게 기사가 뭐라 뭐라 하니 몇몇은 짐을 챙겨 떠난다. 뭔지는 모르겠지만 일단 트렁크 가방에서 보조배터리를 꺼냈다. 가방에 든 김도 꺼냈다. 라오스에서 만난 엄마가 주고 간 생김인데 김이라도 뜯어 먹어야 할 것 같았다. 버스 옆에는 보조직원을 포함해 승객 몇 명만 남아 있다. 보조배터리로 폰의 생명을 연장해 번역기에 찍었다.

'얼마나 걸려'

보조직원 청년이 자기 폰에 찍는다.

'18:35'

지금 시간이 5시 50분인데 6시 35분에 출발한다는 것이다. 방콕 다 와서 이 주유소에서 40분이 걸린다는 것이다. 청년에게 써놓은 문구를 보여주었다.

'나 밥 좀 먹고 올게'

버스가 왜 여기 섰고, 왜 여기서 40분을 뭉개고 있어야 하는지, 왜 승객들 대부분이 짐을 싸서 떠났는지는 지금 전혀 중요하지 않았다. 나는 밥을 먹어야 했다.

주유소 입구에는 반찬 두 개에 40바트(약 1,400원)인 백반집이 있었다. 주문해놓고는 밥이 나올 때까지 습관적으로 주인의 움직임을 살폈다. 태국 식당에서는 서비스로 얼음이 가득 든 컵에 빨대를 꽂아주는 경우가 왕왕 있다. 혹시나 빨대를 꽂아주려 하면 벌떡 일어나 사양하려는 차원이다. 다행히 이 식당에는 얼음 컵 서비스가 없었다. 이윽고 닭고기볶음에 계란프라이에 밥이 내 앞에 놓였다. 눈물이 날 것 같았다. 아까 꺼낸 김을 뜯어 우적우적 싸 먹기 시작했다. 먹다 보니 합석이 되어 내 양옆 맞은편에 아저씨 한 명씩 앉아 식사하는 가운데서 한국 김의 우수성을 맘껏 뽐낸다. 중간중간 물도 들이켜가며 열심히 먹고 있는데 보조직원이 왔다. 버스가 어느새 식당 앞에 서 있다.

"가자!"

시계를 보니 6시 15분이었다. 6시 35분에 간다더니 왜 15분에 가냐, 나는 그런 것 묻지 않았다. 두 입 남은 밥이 아쉬우나 닭고기는 다 먹은 것에 감사하며 잽싸게 김과 짐을 챙겨 버스에 올라탔다. 나는 아직도 버스가 왜 그 주유소에 섰는지, 왜 6시 35분에 간대 놓고 15분에 출발했는지 알지 못한다.

출발한 지 장장 여섯 시간 만에 버스는 방콕 터미널에 도착했다. 해는 진작에 졌다. 오전에 쌔빠지게 달린 이유는 방콕에서 해 지기 전에 이동하려는 큰 그림이었는데, 거기에 코끼리열차 같은 버스가 출현할 줄은 몰랐지. 대도시의 밤을 달릴 자신은 없어 전철역으로 간다. 자전거 휴대 탑승은 밤 10시 이후에 가능하대서 에어컨도 선풍기도 없는 역사 안 맥도날드에 또 하릴없이 앉아 있었다. 마침내 친구의 숙소에 도착했을 때는 버스 여섯 시간에 맥도날드 두 시간의 좌식으로 다리가 빵빵 부었다.

오늘의 나는 말할 수 있다. 자전거 타기가 제일 쉬웠어요.

다시 돌아왔다, 여행으로

한국에 다녀왔다.

방콕에서 태국 남부의 섬 꼬따오로 넘어가 한 달을 머물며 프리다이빙을 배우고는 비행기를 타고 한국에 갔다. 오빠가 30여 년 동안 안 하던 결혼을 한 것이다.

사실 여행을 떠나면서 삭발을 하려고 했었다. 머리 감을 필요도 없고, 남자로 보이는 게 안전할 것도 같고, 이때가 아니면 삭발해 볼 기회가 없을 것도 같았다. 엄마한테 살짝 귀띔하니 충격 받을 줄 알았는데 예상외로 참 좋은 아이디어라고 반색을 했다.

원래 계획은 인천항에서 삭발을 하는 것이었는데, 삭발은 무슨, 배도 못 탈 뻔했지 않은가. 그래서 중국 첫 도시 롄윈강에 며칠간 머물면서 기회를 노렸다. 동네 허름한 이발소를 눈여겨보고 들어갔는데 사람이 많아 한 시간 기다려야 된단다. 내일 다시 오겠다며 이발소를 나선 지 몇 시간 후, 다급한 엄마의 전갈이 도착한다.

'삭발은 잠시 보류해라. 오빠가 여자친구한테 청혼을 할 것 같다'

오빠는 프로포즈를 하고 겨울로 날을 잡았고, 그 이후 나는 반삭 정도로 타협했다. 중국 미용실에서 반삭을 한 이후 중국 사람들은 부쩍 더 친근하게 내게 길을 물어왔다.

바다는 방콕의 고마운 자전거 가게에 맡겨놓고 한국에 한 달을 머물렀다. 오빠가 그렇게 웃음이 많은 사람인 줄 처음 알았다. 결혼식이라는 대사를 통해 새 가족을 맞이하며 끊어졌던 관계가 연결되는 것을 볼 수 있었다. 여행이 길어지며 소통에 갈증을 느끼고 김치에 목이 말랐었는데, 그립던 사람들과 김장철 김치를 상봉하며 심신을 충전했다.

한국에 온 김에 파키스탄 비자와 인도 비자도 받았다. 당시 파키스탄 비자는 본국에서가 아니면 신청이 거의 불가능했다. 파키스탄 대사관에 가서 비자를 신청하니 직원이 이것저것 질문해 성심껏 답했다. '꼭, 파키스탄 비자를 받고 싶습니다!' '나 자전거!' '가장 긴 거! 가장 긴 거 받고 싶습니다!' 하여 나는 파키스탄 비자로는 최장 체류 기간인 3개월을 받아 온다.

한 달간의 한국 체류를 마치고 오랜 친구의 배웅을 받아 다시 방콕으로 돌아오는 비행기 안. 다시 여행으로 돌아가는 게 어때? 기뻐? 행복해? 그런 건 잘 모르겠다.

여행은 힘들었다. 슬럼프는 해갈되지 않았고, 더위에 몸이 지쳤고, 좀 쉬자고 간 태국 남부의 섬 꼬따오에서는 쉰다는 핑계로 그곳 사람들과의 관계도 닫고 꽁꽁 숨어 있었다. 파라다이스라는 칭호가 적절할 남국 해변의 꿈같은 풍경 속에서 나는 또 생각했다. 왜, 여기서도 나는 행복하지 않지. 이럴 거면 왜 여행을 왔지.

하지만 그만둘 용기도 아직은 없어 다시 떠나는 길, 여행이라기보다 수행을 하는 기분이다. 수행이라면 배부른 수행이다.

내가 지금껏 지나온 길에는 '여행'이라는 개념을 잘 이해하지 못하는 이들이 있었다. 나는 내가 번 돈으로 여행을 한다 생각했지만 그건 내가 돈을 벌어 먹고사는 데 다 쓰지 않아도 됐던 덕분이고, 모은 돈이 집안 사정이나 예기치 못한 일로 흘러가지 않은 덕분이었다. 한국 돈은 가치가 꽤 있고 한국 임금은 어느 정도 수준이 되니 모은 돈으로 다른 나라를 둘러볼 만하게 되었기에, 나는 지난날 노동의 마일리지를 모아 노동 없이 사는 기간을 얻을 수 있었다.

그런 내 삶을 도무지 이해할 수 없는 사람들도 있었다. 하루하루 쉬지 않고 노동을 해도 마일리지가 쌓이기는커녕 하루 먹을 것도 아껴야 하는 사람들도 있었다. 그러니 수행이라면, 이것은 참으로 배부른 수행이다.

중국에 가기 전 가장 걱정했던 건 자전거 도둑이었다. 예전에 중국 관련 책을 읽고 중국에 다녀오기도 하면서 '중국은 자전거 대국'이고 '자전거 도난이 다반사'라는 이미지가 박혔다. 도난에 대비해 자전거 자물쇠를 두 개나 마련했고 자전거를 덮어둘 커버까지 준비했다.

그런데 중국에 가보니 사람들은 내 자전거에 별 관심이 없었다.

사람들은 이제 전기 오토바이를 타고 다녔다. 아마 이번에 가보지 않았으면 평생 중국은 자전거 대국이라고 생각하고 살았을지도 모르겠다. 어디선가 읽은 글에, 사람들은 20대에 형성된 관념과 가치관으로 평생을 살아가는 경우가 많다고 했다. 생각도 지식도 오래 두면 굳어진다. 말랑말랑했던 가치관은 어느샌가 도저히 바뀔 수 없는 틀이 된다. 그러니 이 배부른 기간에는 비우자. 나를 채웠던 관념과 사고와 기준을 내려놔보자. 내려놓으면 채워질 것이다.

배우 하정우의 책 《걷는 사람, 하정우》에는 그가 국토대장정을 떠난 이야기가 나온다. 목적지를 보고 열심히 걸었는데, 막상 목적지에 다다르니 아무것도 없어 허무했단다. 나중에 돌아보니 그 여정은 동료들과 웃고 떠들고, 걷기에 지치고 힘들었던 순간들이 전부였단다. 내 여행도 그럴 것이다. 특별할 것 같던 여행도 결국은 그저 삶이다. 그 끝에는 아무것도 없을 것이다.

이번 여행이 어땠는지는 오늘 하루에 묻자. 어떻게 살 것인가를 지금 이 순간에 묻자. 하루하루, 순간순간, 그것을 보고 가자.

3.
나를 살리는 건 사람들
그리고

★태국, 미얀마

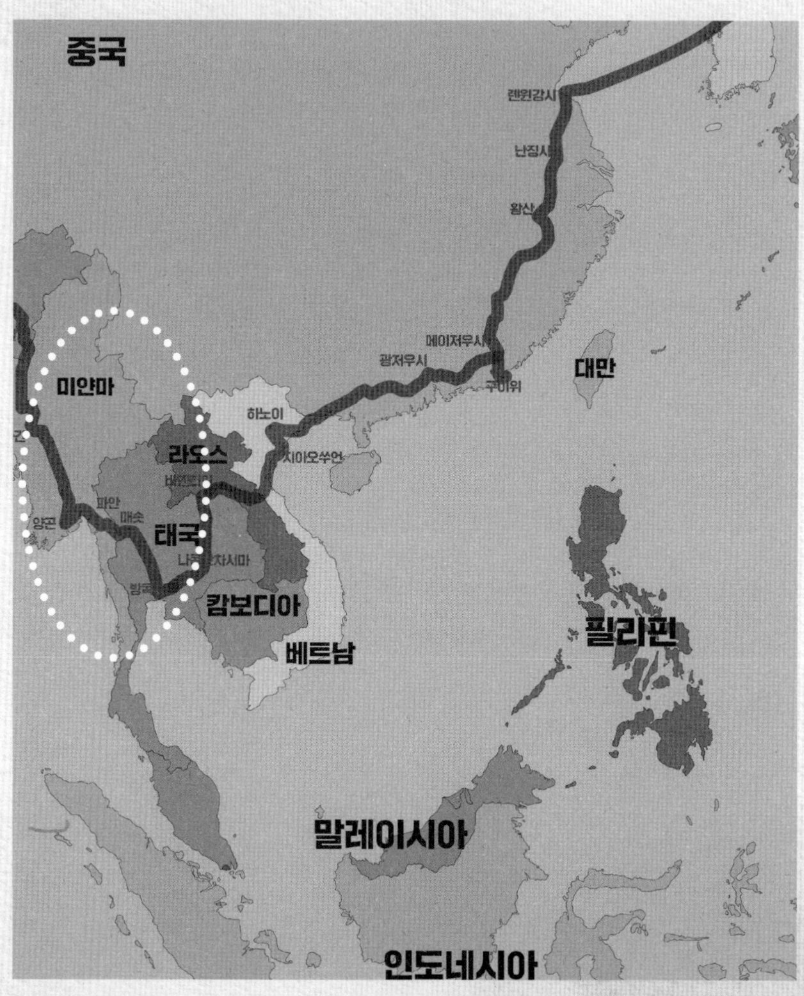

태국 방콕-미얀마 사가잉주 ★태국 시사켓주 방문
(여행 7~10개월 차)

공동체가 나를 살렸다

0.

태국 시골 마을에서 한 달 살기를 시작했다.
시사아속은 태국 동부 시사켓에 있는 아속 공동체 마을이다. 아속 공동체의 설립자 포티락 스님은 부처님 말씀을 글로만이 아니라 삶으로 사는 곳을 만들고자 했다. 그로부터 40여 년이 지난 현재 태국에는 8개의 크고 작은 아속 공동체가 있다. 이 마을공동체 사람들은 살생과 거짓말 등을 금하는 불교의 기본 8계를 지키면서 열심히 일해 다른 이들과 나누려 한다. 사람들은 마을에서 일하며 돈이 아니라 삶의 기본요소인 의, 식, 주, 약을 얻는다.

10여 년 전 환경을 주제로 살아야겠다고 결심한 후, 내 관심은 사회로 옮겨졌다. 사회와 떨어져 환경을 생각할 수는 없었다. 이 지구에서 계속 공존할 수 있는 사회를 만들어나가는 것이 내가 할 수 있는 일 같았다. 지금 내가 사는 사회는 돈이 생명보다 중하게 되어버린 사회 같아서, 내가 먹는 것이 어디에서 오는지, 쓰고 버린 것이 어디로 가서 어떤 영향을 미치는지 모르는, 그래서 환경에 어떻게 연결되어 있는지에 무감한 사회 같아서, 그 대안을 찾으려고 했다. 그것이 생명과 환경을 주제로 사는 내 나름의 길이었다.

대안으로 떠올린 것이 마을공동체였다. 서로의 얼굴과 주변의 존재가 보이는 작은 공동체. 내가 다른 존재들과 연결되어 있음을 알 수 있는 정도의 공동체. 공동체가 굴러가는 데 뭔가 기여할 수 있다고 느낄 수 있는 공동체. 시사아속은 예전에 세계 대안 공동체 마을의 한 사례로 한국 언론에 소개됐었다. 그때부터 마음에 품고 있던 그곳에, 마침내 가게 된 것이다.

1.

한국에서 태국으로 귀환한 지 3일 만에 방콕에서 밤 버스를 탔다. 버스 기사가 시사아속 가장 가까이에서 내려준대서 내려 보니 도로 한복판이었고 시간은 새벽 4시 반이었다.

할 말을 잊고 일단 짐을 바다에 싣고 있으려니 어둠 속에서 점박이 개 하나가 친근하게 다가온다. 버스에서 받았던 핫도그 간식을 나눠주니 우린 동지가 되었다. 점박이는 어디론가 갔다가 웬 흰둥이와 함께 온다. 흰둥이는 얼굴에 상처도 있고 싸움꾼인 것 같은데,

내게 다가와 으르렁거리려고 하면 점박이가 흰둥이 이를 살뜰히 잡아주며 말린다. 나는 쫄아서 핫도그가 하나 더 있었으면 하고 간절히 바랐지만 있을 리 없었다. 다행히 조금 지나니 흰둥이도 날 부하로 여긴 듯 더이상 으르렁대지 않았다. 안도의 한숨을 내쉬는데 저쪽에서 시베리안 허스키가 다가온다. 흰둥이와 점박이가 왈왈거리며 쫓아내도 또 다가온다. **오지 마. 오지 마 이 새끼야….**

간절히 빌어봤자 덩치 큰 허스키를 흰둥이가 완전히 누르기엔 무리였는지 자꾸 이쪽으로 온다. 하필이면 나를 앞에 두고 흰둥이와 허스키 둘이 기 싸움을 벌인다. 서로 왔다 갔다 하는가 싶더니 바다 바퀴에다 오줌을 번갈아 가며 싼다. 오줌이 마르지도 않는지 이 개놈들이 바다에다가 계속 싸는 것이다. 그 앞에 선 나는 빠르게 눈알을 굴리며 개놈들의 눈치만 보고 있었다. ~~크흥흥흥흥~~ 미안하다 바다야 ~~크흥흥흥흥~~.

싸움이 소강기에 접어들어 개들이 자리를 뜬 틈을 타 재빨리 오줌에 젖은 바다를 타고 달아났다. 그러나 가로등 없는 국도는 어둡고, 어둠 속에서 또 무언가가 나타날지 모르겠고, 그리하여 담이 없는 어느 집 정원에 앉아 해가 뜨기를 기다렸다. 긴 밤이었다.

마침내 어스름 어둠이 걷힐 때쯤 바다를 타고 시사아속으로 향했다. 여섯 시가 좀 넘었는데 벌써 파란 옷을 입은 학생들이 흙길을 빗자루로 쓸고 있다. 식당처럼 보이는 곳에서는 사람들이 야채를 다듬고 있고, 텃밭에서는 물을 주고 있다. 이리저리 기웃대다 한 아주머니와 눈이 마주치자 "웰컴"이라며 인사를 건넨다.

사원과 학교와 공동부엌, 도서관과 작은 진료소를 중심으로 꾸려진 시골 마을. 이곳에 사는 약 200명 중 60여 명은 시사아속 학교에 다니는 학생들이다. 마을 안팎에는 쌀과 각종 채소와 과일을 키우는 논밭, 버섯 재배장, 농산물과 허브로 샴푸와 약재, 발효식초 등을 만드는 공장과 유기농 비료를 만드는 작업장과 마트와 외부인을 위한 채식 식당 등이 착착 들어서 있다.

이곳 사람들은 보통 새벽 4시에 일어나 하루를 시작하고 식사는 하루 두 번 채식으로 한다. 두 끼 식사를 하는 건 세 끼 먹을 시간과 자원을 아껴 남을 돕는 데 쓰자는 취지다. 다만 나는 한 끼를 먹을 때 대차게 많이 먹었다. 수행이 부족한 자가 두 끼로 하루를 버틸 수 있는 비결은 두 끼에 세 끼 양만큼 먹는 것이다.

시사아속에서 지낸 근 한 달 동안 내 일정은 이랬다. 5시 반에 일어나 공동부엌에서 식사 준비를 거들고 아침 식사를 한다. 오후에도 식사 준비를 거들고 식사를 한다. 중간에 남는 시간에는 쓰레기 재활용이나 약초공장 등지에서 이런저런 일거리를 찾아 일한다.

하루하루 열심히 일했다. 밥값을 해야 한다는 책임감 때문만은 아니었다. 일이 재미있었다. 일을 통해 이곳 사람들을 만나고 이곳에 대해 배울 수 있었다. 이곳 사람들은 스스로는 열심히 일하면서 다른 이에게는 강요하지 않았다. 공동부엌을 담당하는 친구도 "힘들면 쉬어도 돼, 네가 편할 때 오면 돼"라고 말해주었다. 그러니 더 하고 싶었다. 일이 강박이 아니라 소소한 즐거움으로 다가왔다. 이곳에서 노동은 몸을 움직이게 하는 활력이자 사람들과 소통하게 해주는 장이었다.

2.

시사아속에서 제일 많은 시간을 보낸 곳은 공동부엌이다. 매끼 적어도 백인분의 요리를 담당하는 공동부엌 책임자 파이와 아는 시사아속 학교 졸업생이다. 동그란 눈에 말총머리를 한 파이는 시크하고, 반삭 머리에 건장한 체격의 아는 과묵한데, 둘 다 마음이 다정하다는 것을 점차 알게 되었다.

주방에서 나 같은 초짜는 주로 재료를 씻고 다듬는 단순 작업을 맡았다. 단골로 다듬었던 재료는 단연 느타리버섯. 버섯은 시사아속 재배장에서 풍부하게 수확되어, 나는 열흘 중 8일은 버섯 밑동을 자르고 찢었다. 나중에 파이는 나만 오면 버튼이 눌린 듯 자동으로 버섯 포대를 들고 왔다. 버섯 찢기는 나름 재밌는 작업이지만 하나를 오래 하다 보면 딴 일을 하고 싶은 것이 인지상정. 나도 호박 잘 자를 수 있는데, 당근도 잘 썰 수 있는데, 고추도 잘 빻을 수 있을 것 같은데 하며 다른 사람들 작업을 부럽게 넘겨다보게 되었다.

하루는 부엌에 가니 파이가 웬일로 나에게 줄 일거리를 고민하는 것이었다.

"음… 너… 너 오늘은…."

희망에 들뜬 눈으로 그 망설임을 지켜보는데 저쪽에서 다른 재료를 다듬던 아가 태국어로 "ㅇㅇ! ㅇㅇ!!" 그런다. 파이는 고개를 끄덕이며 나를 구석 테이블로 안내했고 그곳에는 버섯이 있었다.

나는 알겠다며 버섯 앞에 앉았지만, 그래, 나에게 주어진 길을 걸어가야겠다 다짐했지만 한 5분간은 아의 눈을 쳐다보고 싶지 않았다고 한다.

나중에는 파이도 내가 오면 버섯 봉지를 내놓으며 "버섯을 잘라. 알지?" 하고 말했다. "알지 그럼." 우리는 같이 웃었다. 나중에는 버섯을 잡으면 고향에 돌아온 느낌이 들었다.

각종 커리나 볶음이나 국에 들어가는 버섯은 시사아속의 효자 먹거리다. 가난한 지역인 이산 지방에서 처음 버섯 재배를 시작한 곳이 시사아속이었단다.

시사아속 촌장을 20년 했다는 아뻠은 그 산 증인이다. 희끗한 뽀글머리의 강인한 할머니 아뻠은 여전히 새벽부터 빗자루로 마을 곳곳을 쓸었다.

시사아속은 40년 전 절 하나로 시작했단다. 너무너무 가난한 와중에도 스님들이 열심히 일해 가난한 사람들을 돕는 모습을 보고 사람들이 조금씩 모여들기 시작했단다. 우선 텃밭을 일구기 시작했는데, 초기에는 열심히 일해도 먹을 게 없어 바나나 한 개를 셋이서 나누어 먹었단다.

"예전에 너무 힘들 때 어떻게 견뎠어요?"

"괜찮았어. 부자가 되는 게 목표가 아니라 가난해지는 게 목표였거든. 그냥 주고 또 주고 싶어. 받지 않고 주고 싶어. 주는 것이 내게는 실천이야. 그걸로 마음의 화를 없애고 그래."

주고 또 주고 싶다는 것은 아속 마을 사람들이 공통으로 말하는 포티락 스님의 가르침이자 불교의 정신이다.

아뻠을 비롯한 초기 멤버와 그 가족들이 기부한 땅에 씨를 뿌리고 묘목을 심고 일한 노력이 몇십 년간 쌓여 현재 시사아속의 먹거리 기반이 되었다. 이제 쌀과 버섯과 각종 채소, 파파야와 바나나 등 각종 과일은 시사아속 사람들뿐 아니라 방문객까지 넉넉히 먹여 살릴 만큼 풍족하다. 현재는 풍성한 과일을 이용해 영양제를 제조하여 가난한 사람들에게 저렴하게 공급하고자 한단다.

3.

연말 연초에는 아속 공동체 중 제일 큰 우본랏차타니 아속에서 열리는 축제에 갔다. 아속 공동체의 수도라고 할 만한 우본랏차타니 아속에는 600명 정도가 산다.

랏차타니 아속에 당도하니 마을 입구에 엄청 큰 건물이 보인다. 건물로 들어서니 대형 박람회 행사장 같은 풍경이 펼쳐진다. 어른이고 학생이고 할 것 없이 식사를 준비하고 물건을 나르고 부스를 열어 물건을 팔기도 하며 분주하게 움직이고 있다. 생명력 넘치는 축제 현장 사이로 '손해가 곧 이익이다(Our Loss is Our Gain)'라는 아속공동체의 철학이 적힌 현수막이 나부꼈다. 또 다른 사회가 있었다. 내가 알던 사회 논리와는 다른 논리를 가진 사회, 내가 알던 상식과는 다른 상식이 통하는 사회, 내가 꿈만 꾸었던 사회를 누군가는 직접 살아가고 있었다.

축제에서는 아속 마을 농산물과 수공예품을 평소보다 더 싸게 팔기도 하고, 마을에서 하는 다양한 의료나 연구나 유기농 농업을 홍보하기도 하고, 스님의 법문과 공연 등 각종 행사를 열었다. 하루는 작은 무대에서 열린 고등학생들 공연에서 존 레논의 〈이매진(Imagine)〉을 함께 불렀다.

Imagine no possessions / 소유가 없는 삶을 상상해봐요
I wonder if you can / 그럴 수 있나요?
No need for greed or hunger / 탐욕도 굶주림도 없는
A brotherhood of man / 인류애 말이에요
Imagine all the people / 상상해봐요 모든 사람이
Sharing all the world / 온 세상을 서로 공유하는 것을
You may say I'm a dreamer / 나를 몽상가라 하겠죠
But I'm not the only one / 하지만 난 혼자가 아니에요
I hope someday you'll join us / 언젠가 당신도 우리와 함께하길 바라요
And the world will be as one / 그럼 세상은 하나가 될 거예요

이 노래를 이곳에서 부르려니 기분이 매우 색달랐다. 사람들이 서로 주고 또 주려 하는 또 하나의 세상. 자연이 그렇듯 주고 또 주면 사람도 자연에 자연히 녹아들 수 있을까.

랏차타니 아속에 머무는 3일간 방문객은 건물 내에서 텐트를 치고 잤다. 나로서는 텐트를 드디어 펼쳐볼 기회였다. 그간 아시아의 저렴한 숙소에 취해 6개월 동안 단 한 번도 펼쳐보지 않았던 텐트의 무게는 2.78킬로그램, 내 짐 중 단일품목으로는 최대 중량이었다. 텐트의 존재감은 자전거로 오르막을 오르거나 자전거에서 가방을 다 빼서 짊어지고 계단을 올라야 하는 숙소를 만날 때마다 드러났다. 승모근과 이두박

근과 삼두박근의 자극을 느낄 때마다 랙팩의 대부분을 차지하고 앉은 이 덩어리를 중간에 처분할까를 화두로 백팔번뇌가 화려하게 펼쳐졌다.

그러나 이제껏 텐트를 지고 온 내 몸은 텐트 치는 법은 기억하지 못했다. 고심하고 있자니 맞은편 텐트에 있던 학생들이 꼼지락꼼지락 나오더니 텐트 한 귀퉁이씩 맡아 도와준다. 처음 보는 텐트일 텐데 자기들끼리 소곤소곤 얘기하며 어떻게든 텐트를 쳤다. 시사아속 학교에서는 노동도 교과과정에 포함된다. 학생들은 하루에 4시간 공부하고 4시간 일을 하니, 기본적으로 일머리가 있다.

텐트 삼인방 중 하나인 옴은 그 이후로도 마주칠 기회가 꽤 있었다. 안경을 낀 단발머리 옴은 스스럼없이 다가온다. 하루는 버섯 재배장에서 옴 옆에서 일하게 되었는데, 옴이 귀엽고 자그마한 목소리로 자꾸 묻는다. – 땡큐 인 코리아(한국어로 땡큐가 뭐야?). – 고마워요. – 보–마–워–요. – 고–마워요. – 고–마–워–요. 또 묻는다. – 코리아, 킹, 퀸?(한국에는 왕이야 여왕이야?) – 노, 미 마이(없어) – 와이?(왜?) – 한국이 일본한테 50년 지배당했어. 그때 한국 왕이 없어졌어. 독립하고서는 대통령이 생겼어.

모든 화폐에 국왕이 새겨져 있는 태국에서는 왕이 없는 우리가 신기하다. 내가 지나온 아시아 나라 중에 식민화도 공산화도 없이 지금까지 왕이 이어지는 유일한 나라가 태국이다. 물론 이제 정치와는 분리되었지만 왕은 최근까지만 해도 정신적 구심점이 되어주는 존재였는데, 왕이 없는 나라가 상상이 잘 안 될 것이다. 우리가 왕이 있는 나라가 신기하듯.

4.

시사아속을 떠나는 저녁이다. 마침 매년 시사아속을 방문하는 한국의 곡성평화학교 학생들도 다음 날 아침 떠나게 된지라, 시사아속에서 한국인들을 위해 열어준 환송회에 같이 꼈다.

한국 학생들이 풍물놀이를 하고, 시사아속 여학생들이 태국 전통춤을 추고, 한국인들이 그 춤을 따라 하고, 이어서 아속 남학생들이 춤추고, 한국인들이 또 따라 한다. 한국 사람들이 태국 춤을 엉거주춤 따라 하는 모양새에 학생들이 꺄르르 웃는다.

마지막 인사를 한다고 한국 사람들이 원을 그려 앉고, 시사아속 학생들이 그 원을 둘러싼 큰 원을 만들어 앉았다. 시사아속 아이들이 무릎걸음으로 한 자리씩 옆으로 이동하며 한국 사람들에게 인사를 한다. 아이들을 따라 손을 모아 컵쿤카(고마워요), 컵쿤카(고마워요), 하며 인사를 나누는데 갑자기 옴이 나타나더니 나를 와락 껴안는다. 순간 속에서 눈물이 터졌다.

원래는 5킬로미터 정도 떨어진 터미널까지 자전거를 타고 가려고 했다. 내가 자전거 타고 간다고 하니 아뻠이 그런다.

"네게 좋지 않아. 이제 어둡잖아."

그러면서 아한테 나를 데려다주라 한다. 괜찮은데, 5킬로미터밖에 안 되는데, 도로에 가로등도 있으니 혼자 갈 수 있는데. 내일도 어김없이 일찍 일어나 식사를 준비해야 하는 아가 조용히 웃어준다.

사람들의 배웅을 받으며 아가 운전하는 차에 올랐다. 노이라는 친구도 함께다. 노이는 시사아속에서 교사도 하고 행사 준비도 하고 가끔 식사 준비도 거드는 활달한 멀티플레이어인데 고향은 여기가 아니란다. 노이는 20년 전 시사아속에서 고등학교를 다녔다. 고등학교 졸업하면 집에 가야지, 대학교 졸업하면 가야지, 석사 졸업하면 가야지, 그러다가 이제껏 있게 됐단다. 자기가 자기 학년에서 유일하게 시사아속에 남은 사람이란다. 돈도 가질 수 없고, 열심히 일해야 하고, 일찍 일어나야 하고, 그래서 다른 친구들은 나갔단다. 일전에 노이와 대화하다가 내가 물었다. -너는 괜찮아? 차도 사고 집도 사고 그런 건 안 해도 돼? -나는 여기에서 매일 일이 있고, 매일 다르고, 쉬지 않고 몸을 움직이고, 그런 게 재밌어.

그리고 지금, 터미널까지 가는 짧은 길에 차창으로 가로등을 쳐다보다가 노이에게 문득 말했다.

"네가 왜 시사아속을 못 떠난다고 했는지 알겠어."

"왜?"

"그냥, 떠나기가 싫어!"

같이 웃는다. 노이가 말했다.

"나는 여기에 친구들이 있고, 여기가 내 가족이고, 집이야. 고향에도 물론 친구들이 있지. 있지만…."

"이제 알 것 같아. 이제 알 것 같아."

전화번호부의 수많은 이름 중 막상 외로운 날 술 한잔할 친구가 없는 그런 것. 사람들 틈에서 웃고 떠들다가 집에 오는 길에 느끼던 허전함 같은 것. 이제 알 것 같았다. 왜 내가 여행이 길어지니 힘들어졌는지, 왜 그렇게 꿈꾸던 여행에서, 천국 같은 풍경 속에서 괴로웠는지.

"꼭 돌아와. 여기서 기다릴게."

한 달도 못 있다 가는 사람에게도 굳센 연결의 느낌을 주는 공동체가 있다는 것이 얼마나 감사한 일인지.

시사아속에서 나는 다른 상식과 다른 원칙을 가진 사회를 살아보았다. 이제는 자연마저, 인간마저 찍어 누르게 된 인간의 욕망을 내가 살던 사회와는 다르게 다루고 있는 사회를 보았다.

태국에서 슬럼프를 겪으며 여행을 왜 왔는지 내게 묻고 또 물었었다. 시사아속에서 비로소 내가 여행을 떠나온 이유를 알게 되었다. 나는 세상의 다양한 가능성을 보고 싶었다. 세상 사람들과 소통하고 관계 맺고 싶었다. 그 관계와 매 순간이 하루가 되고 삶이 되고 세계가 되어주었다. 땅에 뿌리내리고 있는 이 공동체 사람들이, 나를 슬럼프 위로 건져 올렸다.

꿈은 이루어진다
–쓰레기 재활용장에서 일하기

1.

아속 마을에서 이룬 또 하나의 꿈은 쓰레기 재활용 봉사다.
일전에 베트남 하노이 인근 동네에서 산처럼 쌓인 페트병을 사람들이 하나하나 라벨 떼어 분류하는 것을 본 적이 있다. 그 많은 플라스틱 쓰레기에 말문이 막히는 한편으로 슬그머니 드는 생각이 있었다. 나도 저거 잘할 수 있는데.

나는 쓰레기 분리수거에 관심이 많았다. 단체로 도시락을 먹을 때는 용기 정리를 자처했다. 음식쓰레기는 따로 담고 용기는 닦아 재활용품 박스에 넣으면 참 뿌듯했다. 이건 여기, 저건 저기 하면서 쓰레기를 분류하는 것도 재미있었다. 쓰레기 분류를 하다 보면 아무래도 궁금해지는 게 많았다. 빨대는 재활용될까? 케이크 박스와 고정판은 재활용이 될까? 물건 종류만큼이나 많은 질문이 오랫동안 해결되지 않고 남아 있었다.

중국에서 플라스틱 재활용공장에 가려 시도한 것도 그런 의문을 해결하기 위해서였다. 플라스틱 재활용이 실제로 어떤 과정으로 이루어지는지도 직접 보고 싶었다. 공장이 아니라면 재활용 쓰레기 분류장에라도 가보고 싶었다. 이번 여행에서 고물상을 마주칠 때마다 부담스럽게 강렬한 눈빛으로 뚫어지게 눈길을 주었다. 어떻게 아르바이트라도, 아니 자원봉사자라도 안 받으시나요. 입속에서만 달싹이던 그 열망을 아속에서 실현할 수 있게 된 것이다.

아속 공동체 축제를 맞아 갔던 랏차타니 아속에는 꽤 큰 쓰레기 재활용장이 있었다.

"저 여기서 일하고 싶어요."

다짜고짜 찾아가 받은 일거리는 비닐봉지 분류다. 비닐봉지를 다섯 포대로 나누어 분류했는데, 어떻게 구분하는지 선배 언니가 열심히 설명해주는데 뭔 말인지 모르겠다. 언니가 한 포대에 든 비닐을 주무르며 말한다.

"얘는 부드럽지? 소리도 안 나지? 그건 여기."

이어서 손이 다른 포대로 옮겨간다.

"얘는 소리나지? 뽀!짭!뽀!짭! 소리 나는 건 여기."

"네…???"

색깔이 있는 봉지는 저기고, 투명한 봉지는 거기고 하는데 하나도 모르겠고 뽀짭뽀짭은 특히 모르겠다.

선배 언니의 이름은 포, 재활용 봉사만 5년을 한 프로다. 희끗희끗한 스포츠형 머리에 늘씬한 포의 도시적인 이미지는 헤, 하는 천진한 웃음에 달아나곤 했다. 예전에는 간호사였는데, 태국 반정부 시위에서 만난 아속 사람들에게 매력을 느껴 이곳으로 오게 됐단다. 포는 방콕의 아속에 살다가 이번 축제를 맞아 일을 거들러 왔단다.

포와 두런두런 얘기하면서 일하다 보니 점점 감이 잡힌다. 일단 비닐이 재활용되는지를 먼저 봐야 한다. 비닐을 한 면만 잡아 엄지손가락으로 쭉 밀어 늘려봐서 늘어나면 재활용 가능, 안 늘어나면 재활용 불가다.

재활용되는 비닐은 색깔과 재질에 따라 몇 가지로 분류된다. 물건 포장할 때 쓰는 뽁뽁이처럼 투명하고 부드러운 비닐이 제일 비싸다. 예전에 방콕에서는 킬로그램당 20바트(700원)였단다. 문제의 뽀짭뽀짭, 뿌시락뿌시락대는 약간 단단하고 색깔 있는 비닐이 제일 싼데, 예전 방콕 시가로 7바트(250원)였단다. 비닐 시가는 항상 달라진다. 시기별로 지역별로 차이가 난다. 2018년 중국 플라스틱 수입 중단 이후 2~3년 사이 비닐 가격이 절반 정도로 떨어졌단다. 그나마 방콕에서는 가격이 좀 높지만 이 지역에서는 더 가격이 낮다. 재활용공장과의 거리에 따라 운송비와 인건비 등이 달라 차이가 나는 것이다.

비닐을 1킬로그램 모아야 몇백 원이 나온다면, 인건비를 따지면 안 하는 게 낫다. 하지만 이 마을에서는 값이 어떻더라도 받아주는 공장만 있다면 재활용 작업을 한다. 돈이 아니라 환경을 위한 것이란다. 현대 세계에 이런 곳은 아주 드물 것이다. 중국 황산의 고물상에서도 이제 비닐봉지는 안 받는다고 했다. 인건비와 운송비가 더 높은 한국에서는 더더욱 수지가 맞지 않을 것이다. 그럼 그 많은 비닐봉지를 어떻게 할까. 묻을까. 태울까. 해외로 내다버릴까.

2.

두 번째 날 아침에는 쓰레기 수거를 나갔다. 마을 곳곳 쓰레기통에 버려진 쓰레기를 수거해 오는 일이다. 재활용장 담당 스님이 운전하는 트럭 짐칸에 올라 야외 주차장으로 갔다. 야외 주차장의 쓰레기통은 분리수거식이 아니고 일체형이라 수거하면서 일일이 분리해야 했다. 여기서 비닐, 캔과 병, 플라스틱 용기, 종이, 음식물, 일반 쓰레기 정도로 1차 분리를 하고 작업장에 가서 2차 분리를 한다.

1차 분리를 해보니 재활용 안 되는 게 너무 많다. 일단 과자봉지, 재활용되는 줄 알았는데 안 된다.

"재활용 마크 붙어 있는데 왜 안 돼?"

"이론적으로 된다는 거야. 아무도 안 사 가."

생각해보니 과자봉지도 한 면을 엄지로 늘려보면 안 늘어나긴 한다. 이런 봉지는 태워서 열을 활용하는 에너지 재활용이 최선이다. 우리가 흔히 떠올리는 재활용은 봉지를 다시 봉지로 만드는 물질 재활용인데, 플라스틱은 물질 재활용이 어렵다. 물질 재활용을 하려면 재료의 순도가 높아야 한다. 이 재료 저 재료로 온갖 합성이

가능한 플라스틱은 물질 재활용을 하기 특히 어렵다.

속에 치약이 남은 치약 튜브는 당연히 재활용이 안 된다. 화장품 용기도 대부분 안 된다. 안에 화장품이 남지 않았더라도 플라스틱을 단단하게 하려고 이런저런 재료를 넣기 때문에 재활용하기 어렵단다. 빨대도 안 된다. 빨대도 이론적으로는 재활용되지만 아무도 안 가져간단다. 투명한 페트병과 초록색 페트병은 되는데 자주색과 오렌지색은 안 된단다(한국에서는 투명 페트병만 재활용 가능).

쓰레기통에는 비닐이 제일 많다. 이 마을에서 비닐은 재활용되지만, 이물질이 묻었거나 젖어 있는 비닐은 그냥 버려진다. 깨끗하고 젖어 있지 않아야 재활용이 된다. 물론 수거하는 사람들이 하나하나 씻어 말리면 되겠지만 쏟아지는 쓰레기 틈에서 그럴 여유는 이곳에서조차 없다. 축제에서 파는 음식을 담았던 일회용 종이 용기도 많이 있다. 종이 용기는 음식물 찌꺼기가 묻어 있지 않아도 용기 자체에 코팅이 되어 있어 재활용이 안 된다. 어제 나온 음식 중 쏨땀(파파야샐러드)이 맛이 없었는지 용기 채로 버려진 게 많았다. 개중 몇은 그새 개미들이 다닥다닥 붙어 있었다. 포는 그런 용기는 일단 다시 자리에 놨다.

"다 먹을 때까지 놔두자. 살생 금지야."

공터를 돌고 공동부엌 쓰레기까지 정리하고는 포와 아침을 먹었다. 오늘은 1월 1일 새해라 그런지 먹거리가 특히 다채로웠다. 식판 가득 풍성한 채소 요리를 담아 와 천천히 먹으면서 대화한다. 육십 가까운 나이인데 친구같이 친근한 포.

"포티락 스님은 주고 또 주라고, 받지 말고 주라고 했어. 영어로 어떻게 표현해야 할지 모르겠는데… 나는 이게 내가 행복해지는 길이라고 확신할 수 있어."

포는 쓰레기 재활용이 중요한 일이라고 생각해서 하긴 하지만 나처럼 그렇게 관심 있지는 않단다. 포와 이야기하며 밥을 세 시간 동안 먹었다. 포는 1일 1식을 한다. 한 끼를 대차게 많이 먹어야 한다는 우리의 필요가 일치한 것이다.

포는 나중에 이곳으로 이사 올 계획이라 최근에 집을 지어놨단다. 구경 가겠냐고 해서 따라갔다.

"그런데 집이 되게 더러워. 괜찮아?"

"괜찮아. 내가 더 더러워."

10분 정도 걸으니 땅에 기둥을 세워 높이 지어놓은 아담한 나무집이 있다.

"인조나무라서 싸."

들어가 보니 단칸방에 텐트가 하나 쳐져 있다. 방콕에서 끌고 온 캐리어 주위에 장난감 마이크가 굴러다닌다.

"이건 뭐야?"

"아들이 예전에 쓰던 건데, 혹시 위험한 일이 생기면 필요할까 봐."

호루라기 용도로 가져온 것 같은데 그러기에는 에코가 너무 없어 보인다. 마이크에 대고 말하나 그냥 말하나 차이가 없다.

"한번 소리 질러봐."

"응. 추어이두어이!!!!!!!!"(태국어로 '도와주세요')

포가 깜짝 놀란다.

"안 돼! 사람들이 진짜 온단 말이야!"

오후에는 마을 폭포 옆으로 수거를 나갔다. 외부인이 많이 오는 곳이라 쓰레기가 더 다양했다. 축제 노점 음식, 외부 음식, 아기 기저귀 등 다양한 쓰레기를 한낮의 뜨거운 햇살을 온몸으로 받아가며 뒤지고 있으려니 좀 피곤해지려는데 사람들은 지나가며 쓰레기를 휙휙 우리가 작업하는 통에 던진다. 포는 사람들이 쓰레기를 던질 때마다 고개 숙여 인사를 했다. "고맙습니다." "고맙습니다."

뭐가 고마워. 쟤네가 고마워해야지. 포의 인사는 마음의 경지가 높을 때 가능한 것 같다. 고로 나는 못 하겠다.

포는 이 일이 중요하다고 생각하면서도 약간 움츠러들 때도 있는 것 같았다. 쓰레기를 처리하다가 시사아속에서 사귄 한국 친구를 만나 인사했는데, 나중에 포가 물었다.

"그 친구는 네가 여기서 일하는 거 어떻게 생각해?"

"응? 몰라! 중요한 일 한다고 생각하겠지!"

그러고 말았는데, 나중에 돌아보니 포가 그런 데에 좀 신경이 쓰였던가 싶었다. 재활용장을 담당하는 스님도 아까 공동부엌 쓰레기통을 같이 정리하다가 물었다.

"더러워서 역겹지 않나?"

"아니요. 재밌는데요!"

진심이었다. 중국의 쓰레기장을 다니며 냄새에는 단련된 듯하다. 그리고 정말로 생각보다 더럽지가 않았다. 사실 따지고 보면 버리니 쓰레기지 안 버리면 물건이고 음식이다. 내 대답에 스님이 그러셨다.

"고맙네."

뭐가 고마우실까. 쓰레기는 더럽고 지저분하다는 인식이 있어서 그 일을 하는 사람까지도 덩달아 낮춰보는 시선 때문일까. 불교에서는 낮아 보이는 일을 하는 것도 수행이라고 하긴 하더라만.

나중에 내가 사는 마을 중심에 쓰레기장과 재활용장을 두는 상상을 해본다. 기술이 아무리 발전해도 어쨌든 지구 위에 존재하는 거고, 지구에서 나는 것으로 먹고사는 거다. 자원을 쓰고 버리고를 무한히 계속할 수는 없다. 자원이 순환되어야 사회가 지속될 수 있다.

사실 이렇게까지 쓰레기가 나올 필요가 없다. 쓰레기, 그것도 썩기 힘든 쓰레기가 이렇게 많아진 것은 100년도 지나지 않은 일이다. 어제 축제에서 제일 인기 있던 코너는 슬러쉬 코너였다. 10바트를 더 내면 플라스틱 텀블러를 준다고 해서 사람들이 줄을 섰다. 오늘 재활용작업장에는 그 텀블러가 쓰레기가 되어 큰 봉투에 한가득 담겨 있었다. 물건을 쓰레기통에 넣으면 쓰레기가 된다. 흔하면 쓰레기가 된다. 필요 이상으로 많아지면 쓰레기가 된다.

재활용작업장 한쪽에는 벽시계가 조랑조랑 매달려 있었다. 퇴근을 향한 스님의 강력한 열망의 표현인가 했는데, 버려진 시계를 고쳐놓은 것이란다. 시계뿐 아니라 주전자, 밥솥, 의류, 장난감, 선풍기, 밥통 등등 버려진 것 중 쓸 만한 것을 잘 고쳐 싸게 팔고, 돈 없는 이에게는 그냥 주기도 한단다. 누군가 쓸모없어서 버린 것이 여기서 중고용품으로 다시 살아난다. 이런 게 멋있다. 쉽게 쓰고 쉽게 버리는 문화보다는 작은 것도 살뜰하게 존중하고 아끼는 문화가 품위 있는 문화, 우아한 문화가 아닐까.

3.

셋째 날 오후에는 첫날에 했던 비닐봉지 분류를 한다. 방콕에서 학교 다니는 대학생 메가 합류했다. 이 친구, 좀 특이하다.

"여기는 어떻게 왔어?"

"인도 음식을 좋아해."

랏차타니 아속의 아트갤러리에서 인도 음식을 파는데 그것을 먹으러 온 것 같다. 랏차타니 아속에 세 번째 온단다. 세 번 다 인도 음식 먹으러 왔나?

"왜 재활용 봉사를 하는 거야?"

"사람들이 농사나 다른 일은 좋아하는데 이건 아무도 안 하고 싶어 해서."

그렇게 말하는 메의 전공은 농업과학이었다. 메랑 포랑 두런두런 이야기하면서 비닐봉지를 분류한다. 재활용 5년 경력의 포에게도 헷갈리는 비닐봉지가 있어, 포도 중간중간 물었다.

"이건 뭐 같아?"

"1번."

"1번."

"난 이거 2번 같았는데, 둘이 1번이면 1번."

워낙 비닐봉지 종류가 많아서 헷갈린다. 게다가 이곳의 비닐 분류는 포가 있던 방콕과는 달라서, 이곳에서 일하다가 방콕에 가면 또 헷갈린단다. 사실 나도 첫날에 익숙해진 분류가 오늘은 다시 헷갈린다. 첫날 분류 방법과 좀 달라진 것도 같은데 확신할 수 없다.

이날 작업을 마치고 포와 작별을 했다.

"재활용작업장에서 일하겠다고 찾아온 외국인은 네가 처음이야."

좋은 선생님이자 함께하면 즐거운 친구였던 포, 또 보자고 인사했다.

플라스틱 재활용은 어떻게 보면 언어 같았다. 그 체계만의 문법이 있었고, 그것이 나라마다 지역마다 달랐다. 이후에 방콕의 아속과 시사아속에서도 재활용 봉사를 하면서 그 점을 체감했다. 종이나 캔이나 병 분류는 세 지역 다 고만고만한데, 플라스틱 분류 방식은 세 곳이 다 달랐다. 어떤 지역에서는 재활용 가능한 것이 다른 지역에서는 안 됐다. 랏차타니 아속과 방콕 아속에서는 비닐봉지 재활용을 했고 시사아속에서는 하지 않았다. 그 지역에 어떤 구매상이 있는지, 플라스틱을 재활용하는 공장이 가까운지가 중요했던 것으로 보인다. 이러니 나라별로도 천차만별, 한 나라에서도 지역마다, 고물상마다, 사람마다 분류 체계가 다를 수 있겠다.

이전에는 재활용 분류 좀 안다고 생각했는데 그게 아니었다. 재활용 마크가 붙어 있어도 재활용 안 되는 것이 너무 많다. 이론만으로는 알 수가 없다. 무엇이 재활용이 되는지는 자기가 사는 지역에서 직접 재활용 작업에 참여해봐야 알 것 같다. 그것도 때마다 달라질 수 있다.

사실 재활용이 답은 아니다. 재활용은 차악에 가깝다. 그 점은 플라스틱 재활용을 하는 곳, 플라스틱을 갈아내고 열을 가해 끓여 다시 주물을 하는 현장을 보고 냄새 맡고 피부로 경험할 수 있다면 더 확실히 느낄 수 있을 것 같다. 최선은 애초에 적게 쓰는 것이다. 어쩔 수 없이 쓰게 된다면 그때 재활용을 하는 것이다.

재활용이 가능하려면 때론 귀찮게 공을 들여야 한다. 재활용이 가능한 물건이라도 조금이라도 뭔가 묻어 있으면 일반 쓰레기로 분류된다. 수거 또는 분류하는 사람이 그 많은 쓰레기 사이에서 오염된 것을 씻을 여유까지는 없다. 그러니 최소한 국물 남은 것, 음료 남은 것을 그대로 쓰레기통에 버리지는 말아야 한다. 그것 때문에 다른 쓰레기까지 젖는다. 수거하는 사람들에게 가혹한 짓이다.

아속 마을에는 쓰레기 걸이개가 있었다. 사람들은 비닐이나 음료병 등을 씻어 빨래걸이나 꼬챙이에 널어 말려놓았다. 제로 웨이스트 또는 레스 웨이스트라는 좋은 말은 현실에서는 사소하고 번거롭고 귀찮고 티도 나지 않는 노력이 된다. 아주 작은 것을 위해서 번거로움을 감수하는 것, 그것이 내 삶과 터전을 가꾸어가는 삶의 방식이 아닐까. 쓰레기를 세심히 다루며, 쓰레기를 다시 되살리려 노력하는 사람들을 보며 생각이 깊어졌다.

동행을 만났다

방콕에서 다시 서역을 향해 달려가는 길, 동료가 생겼다. 이름하야 달밤님. 참고로 나는 깊푸른님이다.

인터넷 카페 회원인 양 간지러움을 무릅쓰고 닉네임으로 서로를 칭하는 것은 우리가 블로그를 통해 알게 된 사이이기 때문이고, 닉네임 호칭에서 실명 호칭으로 넘어감에 있어 보이지 않는 장벽에 부딪히는 내향형 인간들이기 때문일 것이다. 달밤님은 나와 비슷한 경로로 나보다 두 달 늦게 출발하여 포르투갈까지 가는 중인 자전거 여행자였다. 우리는 서로의 블로그에서 가끔씩 응원 댓글을 주고받았다. 그러다가 달밤님이 블로그로 말을 걸었다. 동행할 생각 있냐며.

달밤님은 함께하던 동행과 사정상 헤어지게 되었고, 그즈음 두 달 빨리 출발했음에도 전무후무한 서행으로 거의 따라 잡혀가던 나를 컨택한 것이다.

"근데 제가 느려서…."

"저도 너무 달렸더니 좀 천천히 여유롭게 여행해보는 것도 좋을 것 같아서요."

"저는 중간에 쓰레기장도 들를 거라서…."

"같이하면서 저도 배우는 게 있을 것 같아요."

여행을 마악 출발할 때의 나라면 그럼에도 뜸을 들였을 것이다. 이런 긴 여행을 동행하려면 평생을 함께할 배우자 정도는 되어야 할 것 같았다. 그러나 때는 여행 6개월 차, 나는 "얼마예요?" "화장실 어디예요?"를 넘어서는 타인과의 소통에 목이 말라 있었다. 인도에서는 동행을 구해야 하지 않을까 했었는데, 그걸 좀 일찍 시작해보는 것도 좋을 것 같았다. 빨리 가려면 혼자 가고 멀리 가려면 함께 가라는데 나는 혼자 간다고 해서 빨리 가는 것도 아니고. 그래서 우리는 방콕에서 인도 뉴델리까지 동행하기로 한다.

동행 첫날, 나름 열심히 달려 숨이 찬 나에 비해 달밤님의 표정은 평온했다.

"이대로만 쭉 가면 잠만 안 오면 유라시아 횡단도 할 수 있겠다 싶어요."

마악 ROTC로 제대하고 바로 여행을 나온 다부진 체격의 이십 대 남성과 삼십여 평생을 올곧게 호흡운동에 정진한 나 사이의 넘을 수 없는 속도 차는, 달밤님의 흔치 않은 인내심과 열흘 중 절반은 탱자탱자 쉬는 일정에 기대 아슬아슬한 균형점을 맞추고 있었다.

동행은 나와 여러모로 달랐다. 달밤님은 최신 폰의 소유자로서 실시간 내비를 보며 갔다. 나는 위정척사파 급의 아날로그 보수로서 이번 여행에서야 스마트폰 신규 이용자가 되었다. 내비는 출발할 때 보고는 기억과 감에 의존하여 길을 찾는 편으로 종종 길을 돌아가는 이벤트를 경험해왔다. 몇 번의 시행착오 끝에 우리의 대형은 달밤님이 앞장을 서는 것으로 정리되었다.

동행은 나보다 장비와 기계에 강했다. 길가에 서서 어느샌가 물렁해진 타이어에 펌프질을 할 때였다. 달밤님이 옆에서 보다가 그랬다. – 바람이 안 들어가는데요? – 이 펌프 노즐이 꽉 안 끼워지는 것 같아요. – 그 노즐 뒷부분을 돌리면 되는 거 아니에요? 지금 만지고 있는 거.

무슨 소린가 하면서도 노즐 뒷부분을 돌려보니 진짜 돌아가면서 노즐이 튜브 밸브에 딱 끼워지는 것이다. 지난 반년이 넘는 세월 동안 나는 무엇을 했던가. 펌프질을 최대한 피해왔다. 바람이 너무 안 들어가서. 펑크가 나서 때울 때는 펌프질만 30분을 했다. 돌아버릴 것 같았다. 한 손으로 노즐을 부여잡고 한 손으로 바람을 넣어도 봤다. 이 펌프 제품을 권해준 사람을 진하게 원망도 해봤다. 이 펌프랑 내 자전거는 잘 안 맞나 보다 했는데, 내가 이용법을 몰랐던 거다. 다른 밸브 타입 노즐인 줄만 알았던 뒷부분을 나사 돌리듯 돌려줘야 되는 펌프였던 것이다.

펌프뿐만이 아니었다. 저녁을 먹고 숙소로 돌아가던 어느 날, 호수 야경을 찍으려는데 내 폰의 카메라에는 어김없이 휘황하게 빛이 번졌다. – 에이 안 되겠네. 포기하려는데 달밤님이 보더니 그런다. – 렌즈를 닦아보세요. 나는 손으로 렌즈를 문질거렸다. – 아니

닦아도 똑같아요. – 아니 손으로 말고 천으로. – 아니 그래도 비슷한데….

그러면서 옷으로 문지르니, 이게 되는 것이다. 빛 번짐 하나 없이 말끔한 화면이 드러나는 것이다. 덕분에 폰을 향한 애꿎은 한탄과 체념을 뒤로 하고 6개월 만에 깔끔한 야경을 찍을 수 있게 되었다.

한편 달밤님은 짐이 많았다. 핸들바백에 앞 패니어 두 개에 뒤 패니어 두 개 위에 랙팩을 얹었다. 앞 패니어가 없는 나보다 가방 두 개가 더 있었고 랙팩 용량도 더욱 빵빵했다. 설상가상으로 달밤님은 방콕에서 통기타를 사서 얹었다. – 기타 못 치는데, 가면서 배우려고요.

삼세번 생각해도 걱정이 되는 결정이지만 이런 것이 이십 대의 힘이고 패기인가. 자유분방하고 체력 넘치던 이십 대 시절과 어느새 거리 두기를 하게 된 나는 꼰대 멘트 방지를 위해 입을 다물었다. 그렇지만 달밤님 자전거에 5개월 동안 펑크만 열네 번이 난 것은 아무래도 조선의 보부상과 같은 짐 때문이 아닌가 하는 의심은 날로 더해갔다.

나콘사완이라는 도시에서 뭉개다가 나흘 만에 출발한 오늘, 국도 같은 고속도로를 달려 오후 3시경 고속도로 경찰서에 도착했다. 이곳이 오늘 우리의 목표 숙소다.

관광대국 태국의 특이점은 고속도로 경찰서에서 자전거 여행자를 위한 편의를 제공한다는 것이다. 자전거 여행자에게 물과 음료를, 때로는 숙소를 제공해주기도 한다는, 이름하여 태국 경찰의 해피 서비스(Happy service)를 한 번은 도전을 해봐야겠다며 온 것이 바로 오늘이다. 과연 오늘, 경찰서에서 잘 수 있을 것인가.

안내센터가 있어 들어가려는데 문이 잠겨 있다. 뒤뜰을 한 바퀴 돌아보는데 인기척이 없다. 정적이 감도는 분위기에 불길함을 직감하려던 차, 인적 없던 곳에서 아저씨 한 분이 나온다.

"사왓디카(안녕하세요)!"

"사왓디카(안녕하세요)."

"우리 자전거! 잠잘 수 있습니까?"

태국어 기초 단어로 깜빡이 없이 돌진을 해버렸는데 아저씨는 당황하지 않고 부처 같은 미소를 지으며 매우 자연스럽게 손짓으로 제스처한다. – 어 잠깐만 기다려. 거기 앉아.

그 자연스러움에 오히려 우리가 당황한다. 아저씨가 다른 방에 가서 누구와 얘기하는가 싶더니, 한 청년이 나와 역시 인자하게 웃으며 시원한 물을 한 컵 준다. 그러고는 도롯가의 작은 단칸 건물로 우리를 안내한다. 문을 열어보니 오늘의 신성한 공짜 방이 나온다. 작은 침대 두 개에 무려 'HIGHWAY POLICE'라고 박혀 있는 담요가 깔려 있고, 작은 에어컨까지 있다. 경찰은 번역앱을 보여준다.

'오늘 여기서 잔다. 저녁은 여기서 먹는다. 이제 쉬어라.'

방에 짐을 풀어놓고 조그만 답례라도 할 것을 찾아 동네를 한 바퀴 돌아봤다. 두어 개 있는 가게를 휘 돌아 병에 든 음료 세트를 찾았다. 선물도 대부분은 결국 쓰레기가 되는 법, 그나마 바로 소비할 수 있는 선에서, 재활용을 최대화할 수 있는 선에서, 어디서나 구하기 쉬운 선에서 찾아보니 여행 중 고마운 분들께 드리는 선물은 병/캔 음료 세트 정도로 정리되고 있다.

경찰이 직접 요리했다는 저녁상은 생선조림, 오징어볶음, 고기조림과 야채볶음과 야채커리와 국으로 성대하다. 푸지게 먹는 우리를 젊은 경찰 하나가 다양한 각도에서 진지하고 열정적으로 촬영한다. 우리의 행복한 표정은 클롱클렁(Khlong Khlung) 지서의 이달 보고서에 다채롭게 실릴 것이다.

그날 잠은 설쳤다. 고속도로변에 위치한 방, 창을 통해 들어오는 고속도로 조명등에 불을 꺼도 방은 불야성처럼 환했고 도로를 지나는 차와 오토바이 소리는 돌비 영화관 사운드 못지않았다. 그러나 불만이란 있을 리 없다. 불만은 돈을 냈을 때야 비로소 생기는 것이다. 다음 날 또 한 번 성대히 차려주시는 아침상까지 받고, 경찰서 건물을 포토월 삼아 경찰들과 수십 장의 사진을 또 한바탕 찍고, 환대의 힘으로 또 하루의 길을 간다.

……

미얀마로 가는 길에는 산이 두 개

(죽었다고 복창한다)

태국 북부의 딱주, 이제 미얀마로 가려면 서쪽으로 방향을 틀어 산 두 개를 넘어야 한다. 라오스 동부 이후 어언 4개월 만에 넘게 될 산은, 며칠 전부터 내 마음속에 떡 버티고 서서 무언의 압박을 주고 있었다. 오늘 그 산을 넘으러 간다.

짜오프라야 강줄기를 건너 어느 정도 달리니 시야에 'WELCOME TO SOUTH ASIA GATE(남아시아 관문에 오신 것을 환영합니다)'라는 큰 간판이 잡힌다. 간판에는 미얀마의 쉐다곤 파고다와 인도 타지마할 사진까지 붙어 있다. 이 도로를 따라가면 미얀마와 인도까지 갈 수 있겠지. 일단은 앞산부터 넘어보자.

다 때려치우고 아이스크림이나 먹고 싶다. 연이은 오르막을 오르며 나는 이렇게 되뇌었다. 어느 순간 달밤님은 시야에서 사라졌다. 지금껏 한 번도 끌바(내려서 바이크를 끌고 걸어가기)를 해본 적이 없다는, 오르막에서도 끌바를 안 하기로 했다는 이 시대의 참라이더는 저 멀리 앞서갔다. 그래도 평지에서는 달밤님 꽁무니는 보일 정도로 갈 수 있었는데 오르막에서는 도저히 무리다. 햇볕은 뜨겁고 버프와 고글을 쓴 얼굴에는 열이 차오르고 머리에서는 김이 난다. 진심 다 때려치우고 아이스크림이나 먹고 싶다. 그러나 무엇이든 간절히 원할 때는 옆에 없는 법이다.

달밤님이 먼저 자리 잡고 쉬고 있으면 내가 따라잡아 잠시 드러누웠다가 출발하기를 두 번쯤 반복했을까, 달밤님이 "이제 다 왔네요", "이제 좀 있으면 내리막"이라고 이야기하기 시작했다. 그것이 등산인의 관용어구 '이제 10분만 가면 돼' 정도의 의미인 줄 알았는데 달밤님은 진심이었던 것 같다. 얼마 지나지 않아 달밤님이 생각하던 내리막 예상 지점에서 갑자기 가파른 오르막이 나타났고 앞서가던 달밤님은 외마디 비명소리를 내질렀다. 게다가 여기 도로공사는 그 가파른 오르막이 시야에 나타나기 직전에 '오르막길 끝(Climbing Lane End)' 표지판을 내거는 기행으로 자전거 여행자들을 명백히 농락하고 있었다.

전의를 상실한 우리는 시선을 떨구고 바로 옆에 있던 노점 오두막을 향해 갔다. 오두막 아저씨는 슬레이트 지붕 나무집에 이것저것 펼쳐놓고 한가로운 오후를 보내고 있었는데, 눈에 뵈는 게 없던 나는 처마에 들어서며 보무도 당당히 외쳤다.

"얼음 있어요?!"

이 산중에서 당당하게 얼음을 외치는 맛 간 눈의 한국인에게 아저씨는 평온하게 대응했다. 산에서 나오는 시원한 물이 있다며 나를 야외 수돗가로 이끈다. 한 차례 세수하고 물을 몸에 끼얹으니 집 나간 정신이 돌아오며 좀 살 만해졌다. 아저씨가 의자에 앉으라며 수레로 의자를 갖다준다.

나란히 앉은 우리의 시선은 약속이나 한 듯이 한 지점으로 모인다. 오두막 매대 중심에 놓여 있는 딸기. 딸기 구경 못한 지 한참 됐는데 이런 산중에서 보게 될 줄이야. 시간도 점심때가 지나기도 했고, 좀 비싸긴 하지만 먹고 죽은 귀신이 때깔도 좋다는데. – 먹고 싶으면 먹을까요…. – 아니 근데 맛있을지 모르겠어요…. 그러면서 우리의 시선이 딸기와 가격표를 맴돌고 있으려니 아저씨가 딸기 봉지를 하나 내민다.

“이거 먹어.”

“에고… 감사합니다.”

일말의 사양 없이 먹기 시작한다. 조그마한 딸기가 단단하고 맛있다. 새콤달콤한 딸기를 먹고 기력을 찾아 주위를 둘러보니 건너편 산 가파른 비탈에 딸기밭이 보인다. 저기에서 농사지어 수확한 귀한 딸기를 이렇게 선뜻 내주신 것이다. 달밤님이 그런다.

“우리가 되게 불쌍해 보이기는 하는가 봐요.”

“그러게요. 몰골이 안됐나봐.”

“진짜 불쌍해 보이면 스님이 아침에 탁발한 거 나눠주기도 한다는데….”

딸기 아저씨께 배꼽인사를 하고 다시 자전거에 오른 지 몇 시간

후, 그 말은 현실이 된다.

겨우 산을 내려와 만난 동네에서 사원을 찾아갔다. 산중 동네라 딱히 숙소가 마땅치 않아 사원 문을 두드려본 것이다. 사원에는 상좌부 불교 특유의 주황 승복을 입은 풍채가 좋고 눈매가 매서운 스님이 있다.

"한국인. 자전거. 오늘 텐트 됩니까?"

태국어를 떠듬거리니 무뚝뚝한 표정의 스님이 사원 안 단층 나무집의 넓은 베란다를 가리킨다. 감격스러운 마음으로 베란다에 텐트를 치고 있으려니 스님이 바나나와 빵과 월병까지 한아름 주고 가신다. 진짜 불쌍해 보이면 스님이 아침에 탁발한 거 나눠주기도 한다는데. 그 말이 이루어진 것이다. 거기 그치지 않고 스님은 근엄한 얼굴로 사람 머리만 한 코코넛을 담은 수레를 끌고 또 오셨다. 스님과 같이 오신 분이 나무 도마를 대고 긴 칼로 코코넛을 잘라주시는데, 하나, 둘, 셋, 넷… 괜찮다고 말리지 않았으면 계속 잘라주실 태세였다. 그렇게 우리는 자른 코코넛 네 개와 안 자른 코코넛 다섯 개와 함께 남겨졌다. 나무아미타불 관세음보살.

다음 날은 두 번째 산을 넘는다. 이른 아침에는 자욱한 안개가 미스트 역할을 해서 시원했는데, 해가 서서히 고개를 내밀어 정오가 가까워지니 또다시 얼굴에서 증기가 배출되는 것 같다. 가파른 구간에서는 뒤에서 누가 끌어당기는 것처럼 맥을 못 추겠다. 내려서 밀어보는데 밀 힘도 없고 온몸의 힘이 빠져나간 것 같다. 궁여지책으로 팔을 핸들에 얼키설키 얽고 온몸을 기대어 밀고 간다.

느리게 페달을 밟는 것도, 느리게 자전거를 밀어 한 발 한 발 올라가는 것도 명상 같다. 빨리 갈 생각 말고 조급해 말고 정말 천천히 간다고 받아들이면 할 만하다. 물론 그렇다고 안 힘들다는 건 아니지만, 그래도 받아들일 만해지는 것이다. 개미를 보면서 가자, 개미를 보면서 가자, 되뇐다.

점심께야 정상에 도착하여 점심을 먹고 출발하려는데 바퀴에서 끽끽 걸리는 소리가 난다. 살펴보니 짐받이 한쪽 나사가 빠져 짐받이가 덜렁덜렁한다. 어제 산에서 상태가 좋지 않은 길을 털털털털 내려오다가 헐렁해진 나사가 결국 빠져버린 것 같다. 아침에 달밤님이 자전거 나사를 조이는 모습을 신기해하며 구경했는데, 그때 나는 내 걸 조였어야 했구나. 나사 빠진 여행자는 나사가 빠지고 나서야 반성한다. 바다야 미안하다.

달밤님은 이미 출발했고 스페어 나사도 없으니 일단 짐받이대를 대충 손으로 바로잡아주고 조심스럽게 내리막을 내려왔다. 혹여나 바다가 중간에 공중분해될까 하여 브레이크를 괜히 한 번씩 잡아주고 뒤꽁무니를 중간중간 확인해주면서 가니 속도가 상당히 느리다. 달밤님은 매솟 시내 초입에 내도록 앉아 나를 기다리고 있다가 내 상태를 보더니 그런다.

"어! 나 나사 있는 것 같아."

놀랍게도 달밤님이 가방을 뒤적거리니 나사가 한아름 든 봉지가 나온다. 여행 나오기 전에 사놨단다. 달밤님의 저 거대한 짐가방은 마땅한 이유가 있는 것이었다. 누가 저 짐을 많다고 했는가. (나)

덕분에 나사를 단단히 채우고 걱정 없이 자전거를 달린다. 젖과 꿀이 흐르는 국경도시 매솟이다.

비포장 지옥길 위에서도 사람들은 아름답고

지옥길의 날이다.

미얀마에 들어선 지 3일 차, 오늘 달리는 미얀마 남부 짜우카레익(Kawkareik)부터 파안까지의 도로 상태는 안 좋기로 악명이 높다. 그냥 비포장도 아니고 콘크리트가 풍화되어 깎여 나간 잔재와 흙과 자갈이 천차만별로 공존하여 이리 패이고 저리 패여 종잡을 수 없는 상태가 자그마치 3~40킬로미터 연속된다 했다. 이 길을 지나왔다는, 어제 숙소에서 만난 멕시코 여행자 커플은 이 길을 '악몽'이라 표현했다.

악몽이랄 것까지야. 나름 도전적이고 재밌는데? 처음에는 넘어질까 겁났는데, 한번 해보자 하는 마음으로 용기를 내보니 요령을 조금 알겠다. 움푹 파인 구덩이는 피해 가는 것보다는 차라리 중앙으로 들어가는 것이 나은 것 같기도 하고.

Q. 전방에 구덩이가 나타났습니다. 내리막길이고 반대편에서는 차량이 오고 있는데요. 어느 쪽으로 가는 게 가장 좋을까요?

A. 갓길 쪽!

Q. 도로 전체에 자갈이 포진해 있는데 어느 쪽이 제일 털털거림이 적을까요?

구간마다 문제를 푸는 느낌이라 재미있다고, 한 30분 달릴 때까지는 그렇게 생각할 수 있었다. 그런데 한 시간이 지나고 두 시간이 지나니, 이렇게나 열심히 달리는데 거리는 줄지를 않으니, 심장 깊숙이에서부터 화가 차곡차곡 쌓여가는 느낌이었다. 그 와중에 지나가는 차놈들과 오토바이놈들은 경적을 빵빵 울려댔다. 중국과 베트남 이후로 한동안 못 들었던 마구잡이 경적이 미얀마에서부터 다시 들린다. 백번 양보해서, 내가 가니까 조심하라는 기특한 마음에서 우러난 방어 경적이래도 듣는 입장에서는 놀라고 시끄러운 것이다.

옆에서는 빽빽대고 아래서는 울퉁불퉁댄다. 어떻게 하면 길이 이 상태로 방치되는 것이냐. 저렇게 큰 화물트럭이 중량 제한 없이 다니니 길이 이런 것이 아니냐. 으으윽. 내가 도저히 어찌할 수 없는 것을 알지만 어떻게라도 하고 싶은 마음을 감당 못 하고 신음이 입술 밖으로 새어 나왔다. 으아악.

이런저런 노점이 띄엄띄엄 있는 삼거리에서 자전거를 세웠다. 더워지기 전에 잠깐만 쉬고 출발할 작정이었는데, 혹시나 아침에 살짝 넘어지며 찢어진 바지를 수선할 데가 있을까 하여 사람들에게 바지 수선할 곳을 물으니, 한 여자아이가 실과 바늘을 들고 나온다. 손바느질하기엔 천이 약할 것 같아 괜찮다며 손을 내저었는데, 여자아이가 의자를 들고 나와서는 나보고 앉으라고 하길래 앉았다. 그냥 앉은 게 미안하니 밀크티나 한잔할까 하여 달밤님과 300짯(약 200원)짜리 밀크티를 한 잔씩 하는데, 꽁을 말던 남자가 꽁을 권한다. 처음 맛본 꽁야는 스피아민트 껌처럼 화한 느낌이 있다.

꽁야는 미얀마의 담배라고 보면 될까. 빈랑나무 열매와 석회 물질, 향이 있는 몇 가지 열매를 잘게 부수어 빈랑나무 잎에 싼 것이다. 미얀마 노점의 절반 정도가 꽁야 노점이지 않을까 싶을 정도로 성하다. 꽁야는 피로회복과 긴장 완화에 도움이 된다는데 중독성이 있다. 오래 복용하면 치아가 붉어진다. 그래서 미얀마에서는 빙그레 웃을 때 붉은 잇몸이 드러나는 사람들이 종종 있다. 청년은 꽁야도 모자라 과자도 왕창 내어준다. 차에 과자에 꽁야까지 하고 자리에서 일어나며 얼마냐고 물으니 자기들끼리 속닥거리더니 "기프트, 기프트(선물, 선물)"라며 손을 젓는다.

무지막지한 비포장길에 먼저 이상이 생긴 건 달밤님 자전거였다. 뒤에서 오던 달밤님이 한동안 보이지 않아 멈춰 기다리는데, 앞서거니 뒤서거니 오던 독일 자전거 여행자가 다가온다.

"네 친구 가방에 문제가 생겼어. 내 친구가 봐주고 있어."

그럼 곧 오겠거니 하며 기다리는데 올 기미가 안 보인다. 아무래도 안 되겠다 싶어 길을 되돌아가려는데 달밤님이 나타난다.

"앞 패니어 고리가 빠졌어요. 독일 친구가 도와줘서 일단 해결

했어요."

일단 오늘은 달리고, 숙소에서 재정비하면 된단다. 이 조선 보부상의 봇짐에는 앞 패니어 고리 부품마저 있었다. 앞으로 길만 적당하면 문제는 없을 것 같다고 했는데 이 지옥길이 그럴 리 없었고 이후 고리는 두어 번 더 빠졌다.

한 시간쯤 후에는 바다가 털털대기 시작했다. 서보니 뒷바퀴가 완전 폭삭 주저앉아 있다. 그러고 보니 아까 푸쉬쉬시 하는 소리가 뒤편에서 어렴풋이 들렸던 것 같기도 하고. 펑크가 난 채로 한동안 달린 것이다. 아무리 정신이 혼미해도 어떻게 이러고 왔던가.

앞서간 달밤님에게 연락하니 식당에 와 있으니 끌고 올 수 있는 상태면 끌고 와서 그쪽에서 때우잔다. 지금까지 모르고 달려온 것을 보면 아마 달릴 수도 있을 것 같긴 하지만 펑크를 예우하는 마음으로 끌고 가다 보니 달밤님이 마중 나왔다. 일단 식당에서 백반을 시켜 밥부터 먹는다. 힘드니 입맛이 없어 느릿느릿 먹는데 달밤님이 다 먹고서 묻는다.

"펑크 때울 수 있어요?"

"있죠. 시간이 좀 걸려서 그렇지…."

"내가 때우려고."

오늘 내로 가야 하지 않겠냐면서 다수의 펑크 경력을 보유한 펑크 때우기 장인이 자리를 차고 일어나시는 것이었다. 같이 하자니까 밥부터 먹으란다. 그리하여 밥을 쓸어 넣고 콜라를 급히 마시다가 콜라가 코로 나올 뻔한 것을 수습하고는 현장으로 갔다.

타이어를 빼보니 펑크가 난 것이 아니라 휠의 림테이프가 밀려

튜브의 공기주입구를 막아버려 튜브에서 밸브가 아예 떨어져 나오면서 바람이 다 빠진 듯하다. 달밤 장인이 타이어를 수리하는 동안 나는 그새 다시 헐거워진 짐받이 나사를 조이고 있으려니 15분 만에 수리가 끝났다. 나는 중국에서 첫 펑크를 때우는 데 3시간이 걸렸었는데, 펑크 장인은 괜히 펑크 장인이 아니었던 것이다.

오후 1시, 마침내 우리는 파안으로 가는 새 도로의 길목에 다다랐다. 기도하는 마음으로 핸들을 꺾으니 드디어 평평하고 매끈한 길이 나오는데, 모세의 기적에 비견할 만하다. 골이 털털 울리던 전쟁통에서 벗어나 자전거가 정상적으로 굴러가는 느낌이 황홀하게 낯설다. 그 느낌에 너무 신이 났던가. 나는 미친 선택을 한다.

원래 계획은 모울메인이라는 도시로 가는 것이었고 이미 숙소까지 예약해두었다. 그런데 숙소 예약 후 만나는 여행자마다 파안이란 도시를 적극 추천했다. 파안에는 해질녘 박쥐들이 쏟아져 나오는 박쥐동굴이라는 명소가 있다. 어제 만난 멕시코 커플은 파안이 너무 좋아 4일이나 머물렀댔다.

3시경, 우리는 모울메인과 파안의 갈림길에 섰다.

"저는 어느 쪽이든 괜찮아요. 푸른님이 결정하세요."

달밤님은 자기는 어느 쪽이든 무리가 안 된다며 결정권을 나에게 준다. 모울메인에 결제해놓은 숙소도 있고, 파안은 모울메인보다 15킬로미터 이상 멀어서 100킬로미터는 달려야 한다. 숙소도 찾아봐야 한다. 이러면 누가 봐도 모울메인인데….

"파안 가죠."

내가 그래 버린 것이다. 이로부터 수 시간 후 파안을 10킬로미터 남겨두고 나는 육성으로 내뱉게 된다. – 내가 미쳤지….

5시 반쯤 되어 가게 앞에 앉아 쉬려니 몸의 모든 세포가 물에 젖은 솜처럼 축축 늘어지는 느낌이다. **야, 이 미친 놈(나)아. 왜 파안을 간다고….**

음료수 한 캔을 비우고 움직이지 않는 몸을 삐걱이며 다시 바다에 오른다. 이 몸으로 일어설 수나 있을까 했는데 일어서니 일어서진다. 삐걱삐걱 걸어 안장에 앉으니, 기계적으로라도 페달을 밟을 순 있다. 10킬로미터만 더 가자며 먹먹한 몸을 움직이는데 달밤님이 그런다.

"마지막 10킬론데 전력 질주할까요?"

아이고 이십 대가 사람 죽인다….

지옥길에 혹사당한 엉덩이는 깨질 듯이 아프고 눈은 침침하다. 파안 시내에 접어들자 날이 어둑해졌다. 게스트하우스를 찾아서 들어갈 때 나는 이 게스트하우스에 방이 없으면 노숙을 하더라도 더 갈 수는 없다는 심정이 되었다. 다행히 방이 있어 친절한 주인아저씨와 싹싹한 직원이 있는 게스트하우스에 짐을 푼다.

무력해진 근육과 침침한 눈과 짓무른 엉덩이를 남긴 하루여. 동굴과 사원으로 유명한 그곳 파안에 왔지만 과연 이 몸으로 동굴을 보러 갈 수 있을지는 모르겠다. 객기여, 이제는 좀 물렀거라. 내 몸은 삼십 대다.

······

오늘 잘 곳은 어디인가

1.

파안을 떠난다.

어제는 게스트하우스에서 뻗어 있다가 오후에만 나갔다. 해질녘 박쥐떼가 동굴을 나와 창공을 날아가는 장관을 볼 수 있다는 파안의 박쥐 동굴, 그것을 보기 위해 미친 선택을 했으나 눈이 여전히 침침해서인가 자리를 잘못 잡아서인가 박쥐가 너무 작아 모기떼처럼 보였다.

장가계나 하롱베이를 닮은 기암 산이 먼 배경으로 스쳐 간다. 그 멋진 산이 벌목 탓인지 군데군데 헐벗은 것이 그저께 부린 과욕으로 너덜너덜해진 나를 보는 것 같다. 짓무른 엉덩이가 아직 쓰리다. 무릎에는 안개처럼 흐릿한 통증이 있다. 몸에 힘이 잘 안 들어간다.

그나마 오늘은 50킬로미터만 달리면 된다는 것이 페달을 밟는 희망이다.

온전치 않은 몸이나마 자전거를 타면서도 양옆으로 잠자리처럼 부지런히 눈알을 굴려본다. 며칠 전 찢어진 바지를 수선할 곳을 찾기 위해서인데, 오후에 드디어 신호가 잡혔다. 도로변 슬레이트 지붕 집의 활짝 열린 철문 사이로 책상에 놓인 미싱기가 보였다. 안쪽으로는 옷감이 조랑조랑 매달린 것이 내가 찾던 그곳이 맞는 것 같다. 우리는 자전거를 세우고 들어갔다. –밍글라바(안녕하세요). –밍글라바(안녕하세요).

인사 말고는 다른 말이 필요 없다. 바지를 꺼내 찢어진 데를 가리키고 미싱기를 가리키니 아줌마가 고개를 끄덕이더니 미싱 앞에 앉는다. 찢어진 곳을 두 번 세 번 정성껏 박아 내주신다.

"벨라웃래?(얼마예요?)"

내가 아는 몇 안 되는 미얀마 문장 중 하나다. 아줌마가 손을 내젓는다. **–오잉 안 받으신다고요? 아이고 그래도 받으셔야죠!** 말로는 못하고 표정과 몸짓으로 말을 하는데 아줌마가 다시 손을 내젓는다. 삼세번 사양하다 결국 진다.

"쩨쭈딘바래(고맙습니다)."

"야바대(괜찮아)."

그러면서 내 등을 따뜻하게 쳐주는 크고 다정한 손. 나와 평생 접점이 없었고 앞으로도 아마 없을 이분에게서 어쩐지 엄마 같다는 느낌을, 마음 가장 깊숙이에서 연결된 느낌을, 그 손길에서 느끼게 되는 것이다.

예전에 한국에서 열린 국제 행사에서 부탄에서 온 분을 만났었다. 행사 참가자들이 모인 자리에서 그분은 말했다. 자신의 집과 가족은 부탄에 있지만 지금 자신에게 무슨 일이 생기면 도울 수 있는 사람은 지금 옆에 있는 사람들이라고. 자신도 그럴 거고, 그런 점에서 현재 이 자리에 함께 있는 우리는 가족이라고.

그간 만나고 스쳐 갔던 사람들이 잠시나마 가족이자 친구가 되어주었다. 중국의 메이 언니와 페이 오빠, 베트남 히엔네, 길에서 웃어주고 인사해주고 힘을 주던 사람들. 언어도 생김새도 문화도 다르고, 다 달라 보였는데, 사실은 그렇게 다르지 않구나.

욕심이 있는가 하면 도울 줄 알고, 연민하는가 하면 질투하고, 싫어하고, 좋아하고, 울고, 웃고, 비슷하게 다채로운 성질을 가진 존재들이, 다채로운 사회에서 살아간다. 그렇다고 해서 다르지 않다. 다, 인간들이다.

2.

아주머니와 헤어지고 나서 달린 지 두어 시간, 한 사원 앞에 선다. 태국 사원에서 텐트를 쳐본 경험에 힘입어 오늘은 사원 문을 두드려볼까 의기투합한 것이다. 마침 사원 앞에 스님이 계셔서 조심히 핸드폰의 번역 화면을 내밀어본다.

'오늘 이곳에서 텐트를 칠 수 있을까요?'

스님이 유심히 보더니 근처에 있던 다른 이를 부른다. 다른 이가 와서 유심히 보더니 또 다른 이를 부른다. 그렇게 모인 몇몇이 핸드폰을 유심히 보며 이 말이 무슨 말인지를 서로 진지하게 토론하고 있다.

안 되겠다 싶어 미얀마 핵심 단어를 적어놓은 수첩을 꺼내 들고 "여기! 오늘!"까지 말하고 손을 모아 머리 옆에 붙이며 잠자는 시늉을 하니 그제야 사람들이 단체로 아아~~ 하며 "여기! 오늘!" 합창한다.

드디어 우리의 의사를 알아차린 청년 일행이 따라오란다. 그들을 따라 사원을 올라가 큰 스님께 인사드리고 큰 방을 안내받았다. 여기에서 자면 된단다. 사원 계단 공사를 하던 청년 일행은 우리가 방에 짐을 옮기는 것까지 보고 다시 일하러 간다.

오늘도 오늘의 잘 곳을 구했다. 숙제를 마친 편안한 마음으로 수돗가에서 세수를 하는데 웬 아저씨가 다가와 뭐라 뭐라 한다. 영어 한 단어만 알아듣겠다. '외국인'. 아무래도 외국인은 여기에서 자면 안 된다는 말 같긴 한데, 아니었으면 좋겠다. 중국에서도 그랬지만, 미얀마에서 외국인의 숙박은 까다롭다. 원칙적으로 외국인은 외국인 숙박 등록이 된 숙박업소에 묵어야 한다. 조금 있으려니 어린 여자아이가 심각한 얼굴로 들어와 영어로 얘기한다. – 여기서 자는 건 안 돼.

순순히 운명을 받아들이고 짐을 다시 챙겨 사원을 내려간다. 청년 일행이 미안한 얼굴로 서 있다. 고맙다고 인사하고 사원을 나선다. 청년들은 자전거 내리는 것을 끝까지 거들어준다.

때는 5시 반, 몸 누일 곳을 다시 찾아야 한다. 시내로 들어가 근처 두 군데 게스트하우스에 전화를 돌려본다. 방이 다 찼단다.

"가서 방 없으면 텐트 쳐도 되냐고 물어볼까요?"

달밤님 말을 따라 게스트하우스에 가본다. 구글 위치 등록이 잘못 되어 있어 길을 돌아 돌아 겨우 도착한 게스트하우스에서는 방이 없고 텐트를 치는 것도 안 된단다. 날은 진작에 어두워졌고, 게스트하우스를 나와 이제는 밤이 완연한 도로를 무작정 달린다.

3.

나는 지금 전조등 후미등도 안 단 상태라 달밤님이 뒤에 가준다. 오늘 아침에 나오면서 후미등은 달아볼까 하다가, 에이, 오늘은 50킬로미터만 가는데, 그러고 놔뒀다. 이제 양곤까지 밤 라이딩할 일은 없겠지 했는데 내 인생은 내가 정하는 게 아닌 것이다.

이제 선택지는 딱히 없다. 캠핑할 곳을 찾아야 한다. 사람은 피해야 한다. 외국인이 캠핑한다며 신고할 수도 있으니까. 하나하나 보면 친절하고 따뜻하거나 보통이거나 한 사람들이 불특정 다수가 되니 경계가 된다. 막연히 무서워진다. 예전 군사정권 시절의 감시 분위기가 이제는 민주 정부로 바뀌었다지만 여전히 남아 있는 것일까.

한동안 도로를 달리다 옆으로 숲이 있어 들어가본다. 나무집이 있다. 스님이 한 분 나오신다. 텐트를 쳐도 될까 물으니 여긴 텐트가 없다며 길게 이야기하는데 만연체의 거절 같다. 알겠다고 하고 다시 대로로 나왔다. 뒤에 오는 달밤님한테 농을 건넸다.

“이러다 짜익토(내일의 목적지)까지 가겠는데요?”

“그럼 개이득인데.”

"그럼 난 거기서 며칠 쉬어야겠다…."

진짜 쉬고 싶다고 생각하며 컴컴한 도로를 얼마나 더 달렸을까. 도로변에 동네로 빠지는 길이 있어 쭉 따라 들어가보니 또 숲이다. 숲속으로 자전거를 끌고 들어간다. 이 정도면 우리 불빛이 동네에 보이지 않겠다 싶게 한동안 들어가서 바닥 평평한 곳을 찾아 텐트를 치기로 했다. 완연한 어둠, 주변은 핸드폰 불빛과 후레쉬에만 언뜻언뜻 드러난다. 나무에 수액 담는 그릇이 달려 있는 것을 보니 고무나무숲이다.

수북이 낙엽 쌓인 땅을 오늘의 잠자리로 정하고 가방에서 텐트를 꺼내는데 의욕이 없다. 텐트 칠 일이 까마득하다. 현실이 너무 비현실적이다. 이토록 피로한 몸으로 받아들이기에는 너무 버거운 현실. 멀리서 개들이 짖는 소리가 들린다.

텐트를 느릿느릿 치는데 저쪽에서 불빛이 천천히 다가온다. 사람이다. 우리는 움직임을 멈췄다. 쫓아내려는 걸까. 외국인은 나가라는 걸까. 여기까지 왔는데 쫓겨나면 또 어디로 숨어들어 가야 할까.

"밍글라바(안녕하세요)".

"밍글라바(안녕하세요)".

머리를 파르라니 민 키 큰 남자다. 어둠에 얼굴이 잘 보이지 않는다. 남자가 뭐라 뭐라 하며 저 멀리 조그만 불빛 하나를 가리킨다. 저기에서 자라는 건가. 이 사람도 캠핑을 하는 건가. 일단 쫓아내는 것은 아닌 것 같아 약간 안심하며 남자를 따라가 보니 작은 오두막이 있다. 조그맣게 보이던 불빛은 오두막 앞에 피워놓은 장작불이었다. 장작불 조명에서 보니 남자의 모습이 어렴풋이 보인다. 크고 날카로운 눈의 남자가 오두막을 가리키며 몸짓을 한다. – 여기에서 자.

여기서? 세 명이 같이?

4.

고민은 길지 않았다. 세 명이면 차라리 낫지. 장작불이 안온하게 느껴지기도 하고, 이미 위치가 노출된 이상 이 사람과 같이 있는 것이 차라리 안전할 것 같아 그러자 했다. 달밤님은 이미 텐트를 다 쳐놨지만 내가 가자고 하니 그러마 한다.

남자가 장작불에 물을 끓여놨다. 차 한잔 하라고 제스처한다. 물에 뭘 탄 건 아닐까? 우리가 마시고 깊은 잠에 들면 다 가져가는 거 아닐까? 차는 사양하고 포장 과자만 받아 먹었다. 남자는 멀티비타민도 준다. 포장되어 있기는 한데 지금 이 자리에서 약이라니, 아무래도 불안하다. 뜯어 먹는 척하면서 가방에 넣었다. 이편이 차라리 안전할 것 같아서 따라왔지만 완전히 믿어서 온 건 아니다. 긴장을 늦추지를 못하겠다. 어둠 속에 남자의 얼굴이 온전히 보이지 않아 약간 무섭다.

일부러 말을 더 해본다. 통성명도 하고, 번역앱을 써서 이것저것 물어본다. 안 웃어도 되는 타이밍에 좀 더 웃어본다. 웃는 얼굴에 침 못 뱉는다지. 혹시 뭔가 나쁜 맘을 먹었다면 맘을 고쳐먹기를. 하찮지만 할 수 있는 일은 이것뿐이다. 남자의 이름은 라메즈, 군인

출신이란다. 이 고무나무숲을 9년째 관리하고 있단다. 통하는 듯 안 통하는 듯 띄엄띄엄 이야기를 이어가다가 잘 준비를 한다. 라메즈는 장판을 가져다가 오두막 밖에 편다. 내가 제스처했다. – 왜? 셋이서 자는 거 아냐? – 아냐. 난 여기서 잘 거야.

아니 셋이서 자자며, 세로로 누우면 충분하겠는데, 하고 오두막에 기어 올라가 누워봤더니 세로로 누우면 무릎 아래부터 허공으로 나간다. 가로로 누우면 둘이 간신히 누울 만하다. 그렇다면 내가 밖으로 나가는 게 최선이다.

"그럼 내가 밖에서 잘게요. 달밤님 텐트가 치기 쉬우니까 텐트만 빌려줄래요?"

"그래요."

그러나 라메즈는 단호하게 거절한다. 그러니 달밤님은 그런다.

"그럼 내가 텐트에서 잘게요."

"아니 그럼 안 되죠."

주인을 길바닥에서 재울 수는 없지만 그렇다고 주인과 내가 같이 누울 수는 없는 것 아닌가. 양과 늑대와 사공을 배에 태워 보내는 퀴즈가 생각난다. 그 퀴즈의 답은 무엇이었던가.

이도 저도 할 수 없는 상황에서 달밤님은 오두막에서 자겠다며 올라가고, 나도 갈팡질팡하다가 결국은 올라가서 침낭을 폈다. 주인을 길바닥에서 재우는 불상사는 피하려고 했으나 장판을 이미 바닥에 깐 주인의 눈빛은 흔들리지 않았다. 답은 정해져 있었다.

주인 자리를 차지하고 누워 자는데, 오두막은 자칫 삐끗하면 무너질 듯 연약하여 뒤척이기도 조심스럽다. 달밤님이 옆에 있어 두 배로 조심스럽다. 숙소 방은 항상 따로 잡았는데 이런 사태가 벌어질 줄이야. 달밤님이 늦둥이 사촌동생뻘만 아니었다면 로맨스 소설의 결정적인 장면이 될 만한 사태다. 하지만 소설은 소설이고 현실은 현실인 것. 땀에 젖은 옷은 끈적하고, 침낭이 더워서 목에 땀이 축축하고, 모기는 라메즈가 피워둔 모기향에 전혀 굴하지 않고 웽웽대며 찾아온다. 오두막 바닥이 조금 기울어졌는지 바로 누우면 허리가 아파 모로 누워보는데, 이 상황에 라메즈는 잠이 안 오는지 라디오를 켠다. 이 총체적 난국 속에서도 나는 너무 피곤해서 중간중간 깨면서도 잠을 잤는데 달밤님은 거의 못 잤다고 한다. 설상가상으로 새벽녘에는 내가 코까지 골았다고 한다.

뒤척대다 정신이 드니 아침이다. 라메즈가 끓인 물과 마일로 핫초코 한 봉지를 내민다. 이제는 라메즈를 믿고 마실 수 있다. 고맙다며 물에 타니 한 봉지를 더 내민다. 마일로를 두 봉지나 타서 혀가 아리게 진한 핫초코를 홀짝거린다. 밤에는 그렇게 비현실적이고 무서웠던 고무나무숲이 아침 햇살에 고즈넉하고 신비롭게 빛나고 있었다.

그때도 바간, 지금도 바간

미얀마에 오면 꼭 와본다는 불교 성지이자 관광지, 바간에서 늘어지고 있다.

미얀마 비자 유효기간은 한 달이다. 달밤님은 한 달 안에 미얀마를 자전거로 종단할 거라는데, 나는 그럴 엄두가 안 나 잠시 헤어졌다. 양곤에 머물다 미얀마 중북부 바간으로 버스 점프를 해서 왔다.

앙코르와트, 보로부두르와 함께 세계 3대 불교 성지라는 바간에는 수천 개의 불탑이 오밀조밀 포진해 있어 지역 전체가 관광지로 사랑받는다. 히말라야 남단에서부터 미얀마를 종단해 흐르는 에야와디 강이 흐르는 동네, 도시라지만 주도로만 아스팔트 포장이 되어 있고 도로만 벗어나면 흙 땅이라 바람이 불면 모래 먼지가 이는 동네, 에어컨 있는 카페는 손에 꼽히는 동네, 아침이면 붉은 승복을 입은 동자승이 줄을 지어 탁발을 다니는, 그러면 어느 집이든 가게든 준비해놓은 밥이나 돈을 내놓는 동네, 느릿느릿 10분만 걸어도 크고 작은 불탑 대여섯 개는 지나치는 동네, 모두 다르게 생긴 불탑을 하나씩 들여다보면 때론 섬세함에 때론 아름다움에 때론 견고함에 넋을 잃게 되는 동네. 예전에 일을 할 때는 출장지였던 이 동네에 일주일을 머물렀었다.

매일 일출을 보러 나간다. 삼십여 년 평생 일출 본 횟수가 손에 꼽을 정도인 나로서는 놀라운 변화다. 출장을 나왔을 때도 일출 볼 기회는 많았지만, 굳이 볼 필요가 있나 했다. 잠을 자야지. 자고 일을 해야지. 모든 것은 일을 중심으로 돌아갔다. 자전거를 탈 때 앞에 있는 오르막에 온통 정신을 뺏기는 것처럼, 일하느라 내 주변에 무엇이 있는지, 내 옆 사람이 어떤 말을 하는지도 잘 안 봤다. 그런 건 그다지 중요하지 않아 보였다.

일을 선택한 기준은 분명했다. 월급은 적어도, 내가 원하는 일을 하고 싶었다. 일에 몰두하다 보니 어느덧 일에 나를 동기화했다. 일을 잘하면 나도 괜찮은 사람일 거야. 일이 옳으면 나도 옳고 내 인생도 옳을 거야. 일만이 내게 의미 있는 것 같았다. 어느 날에는 야근을 하면서 생각했다. 집에 일찍 가봐야 어차피 할 일도 없는데, 의미 없이 시간을 때우느니 일을 하는 게 낫지. 그러는 사이 사회생활도, 관계도, 지식도 일을 중심으로 정리됐다. 그렇게 일에만 맞춤형인 인간이 되어갔다. 일에서는 자신감 넘쳤지만, 일을 벗어나면 세상과 어색했다.

일에 회의가 들면서야 깨달았다. 일에 대한 내 마음이 신념이 되어 딱딱하게 굳어졌다는 것을, 그 딱딱한 것에 나 자신을 얹어가고 있었다는 것을. 일이 흔들리니 단단하던 목소리에 힘이 빠지고 정체성마저 흔들리는 것을 느끼고서야 깨달았다. 그 신념을 뺀 나는 누구일까. 일하지 않는 나는 무엇일까.

모든 존재가 존중받는 세상이 꿈이었다. 자연과 조화롭게 사는 삶이 꿈이었다. 그것을 일로 이룰 수 있을 것이라 생각했다. 언제부터인가 내 가족과 친구들과 일상은 뒤로 처졌다.

바간에서 아름다운 사원으로 유명한 아난다 사원을 돌아봤다. 흰 몸체에 우아하게 선 금탑도, 티크나무로 섬세하게 조각한 거대한 문도, 가까이 섰을 때와 멀리 섰을 때 표정이 달라 보이는 부처의 얼굴도, 작은 불상에 금박을 붙이며 정성껏 기도하는 사람들도 보았다. 한 번 돌고, 두 번 돌고, 세 번을 돌며 보았다. 예전에는 정신은 다른 데 두고 조급한 마음으로 훑어봤던 이 사원을 이렇게 천천히 세 바퀴 걸으며 들여다보는 날도 오는구나. 일출을 매일 찾아보는 날도 내가 만들어가는구나. 그래서 살아봐야 하는 거구나.

모든 존재가 존중받고 자연과 조화를 이루며 사는 꿈은 별것 없는 일상에 있을지도 몰라. 예전에는 홀로 부대꼈던, 이제는 걷고 들여다보고 누리며 좋아하게 된 이곳에서 깨달았다.

......

자전거의 반란 그리고 뻗어오는 구원의 손길들

'경고: 이 자전거는 일반 보통 도로용으로 험한 길 혹은 산악 도로에서는 사용을 금합니다.'

사실 우리 바다의 프레임에는 떡하니 이런 스티커가 붙어 있다. 나도 잊고 있었던 이 경고를 아침에 출발 준비를 하던 달밤님이 발견하고는 신기한 듯이 읽고 있기에 내가 그랬다.

"내가… 알톤 투어로드가 할 수 있다는 것을 보여주겠어."

그 말을 기다리기라도 한 듯 오늘 나의 바다는 보여주었다. 도저히 더이상은 못 해먹겠다고.

아침에 일어나는 게 고역이었다. 전신이 찌뿌드드하고, 오른쪽 무릎은 간간이 아프고 오른 어깨는 잘못 움직이면 엄청 아프다. 바간에서 출발해 산 두 개와 무수한 고개를 넘으며 달린 지 일주일 차, 몸은 쉬어 달라고 아우성이지만 지금은 소염제라도 먹으며 달려야 한다. 모레면 미얀마 비자가 만료된다.

고맙게도 오늘의 길도 평지다. 비포장 구간도 행복하게 털털대며 가던 오후 2시경, 어느 순간 뒤쪽에서 뭔가 왔다 갔다 하고 쿵쿵 닿는 느낌이 들어 서보니 짐받이 왼쪽 편이 부러져 있다. 바다를 살펴보는데 달밤님이 그런다.

"어? 이건 뭐야."

짐받이 왼쪽 말고 오른쪽도 부러진 것이다.

"이거 펑크 났는데?"

왜 불행은 한꺼번에 오는 것인가. 내 머릿속 긍정의 신은 '그래도 산에서 이러지 않은 게… 다행이다… ' 하고는 웃으며 어디론가 날아가 버렸다. 일단 잠시 호흡을 고르는데, 미처 멘탈을 회복하기도 전에 옆에서 쉬던 의리의 오토바이 라이더 네댓 명이 무슨 일이냐며 다가온다. 라이더들은 펑크 난 타이어를 유심히 보면서 자기들끼리 토론을 한다. 타이어 펑크는 이제 손쉽게 때울 수 있고 문제는 부러진 짐받인데 사람들은 자꾸 펑크에만 호기심을 가진다.

괜찮다는데도 라이더 둘이 오토바이를 타고 튜브를 사서 돌아왔다. 괜찮다는데도 오토바이에서 공구를 꺼내 온다. 만류하며 내 공구 가방을 꺼내니 라이더들이 가져가서 타이어를 분리하기 시작한다. 보아하니 손놀림이 어설픈 것이, 이 사람들 때문에 일이 더 커질 것 같은 불길함이 느껴진다. 달밤 프로가 무리에 합류를 하고 나서야 안심을 하고 나는 구멍 난 튜브를 때웠다.

무사히 펑크를 때운 후, 라이더들은 곧바로 다음 미션에 착수한다.

“다음다음 마을에 자전거 가게가 있어. 짐받이는 거기서 수리하자.”

“너는 이 오토바이 뒤에 타. 네 자전거는 내 친구가 타고 갈 거야.”

아니 그냥 내가 자전거 타도 되는데. 그러나 빠진 넋이 완전히 회복되지 않은 나는 줏대 없는 상태로 오토바이 뒤에 타게 되었다. 내 짐은 다른 라이더들이 나누어 껴안고 간다.

다음다음 마을 가게로 가니 수리는 안 되고 그다음 마을로 가야 한단다. 여기서 의리의 라이더 5인방 중 3인은 돌아가고, 영어를 약간 하는 존과 숀이 남아 같이 간다. 여기부터 짐은 존과 숀과 달밤님이 실어주고 내가 자전거를 탄다.

그리하여 찾은 그다음 마을의 수리점.

“여기도 안 된다네.”

결국 오늘 목적지였던 도시 깔레까지 가야 한다. 그리하여 존과 숀이 깔레까지 같이 가준다. 존은 친족이고 숀은 버마족인데, 둘은 같은 엔지오에서 일한단다. 친구들 덕에 물 흐르듯 입성하는 미얀마 북서부의 도시 깔레. 깔레에 가까워지니 도로포장이 엄청 좋다.

깔레 수리점에서도 처음에는 수리가 안 된다고 하다가 존과 숀이 뭐라 뭐라 열심히 얘기하니 해주기로 했다. 알루미늄 짐받이는 용접하기가 힘들 것이다. 일단 임시방편으로 때워달라고 해서 때워준 것 같다. 정성껏 짐받이를 때워준 수리점 청년은 돈도 안 받겠단다. 선물이란다. 미얀마 왜 이러는가. 왜 사람들이 다 이러는가.

사람들이 한 손은 항상 비워놓고 있는 느낌이야. 인사하려고, 필요한 사람에게 손을 내밀려고. 나도 그럴 수 있을까.

다음 날, 온전히 미얀마에서 달리는 마지막 날.

산 사이에 있어서인지 새벽에는 제법 추운 이 지역에는 풀도 나뭇잎도 생기가 있다. 진한 초록색, 노란 해바라기밭, 오전에는 뿌연 공기에 가려 잘 보이지 않다가 오후에 그 모습을 드러내는 가을빛 산과 들판, 그 사이로 밀도 높게 들어선 마을과 사람들. 나무집, 흙길, 나그네를 위해 마을마다 마련해놓은 물동이, 묶여 있거나 여물을 먹거나 그저 있는 소들, 머리에 뭔가를 이고 가는 사람들, 함께 몰려 있는 아이들, 길을 가는 서너 명의 아이들, 그 사람들은 찰나에 지나가는 낯선 이를 어떻게 알아보고는 밍글라바, 하이, 하와유, 바이바이, 하면서 소리를 내지르기도 하고, 모르고 지나칠 정도로 조용히 손을 흔들기도 하고, 웃으며 바라보기도 하고, 호기심 어린 눈빛으로 보다가 내가 웃으면 곧바로 따라 웃기도 한다. 얼굴 전체로, 몸 전체로 웃어주는 아이들을 보면 마음 깊은 곳이 말랑말랑해지는 느낌이다.

왜 달리는가. 왜 돈을 쓰며 사서 고생을 하는가. 왜 이렇게 힘들게, 여기 나와 있는가. 그 답을 오늘 같은 날은 알 것 같다. 이렇게 사람들과 웃음을 나누며 달리는 것이 좋다. 물론 이런 생각은 평지에 날씨가 좋은 날에야 비로소 찾아드는 것이다. 마치 인생처럼.

4.
다이내믹 서역은 저를 시험에 들게 하옵고

★인도, 파키스탄

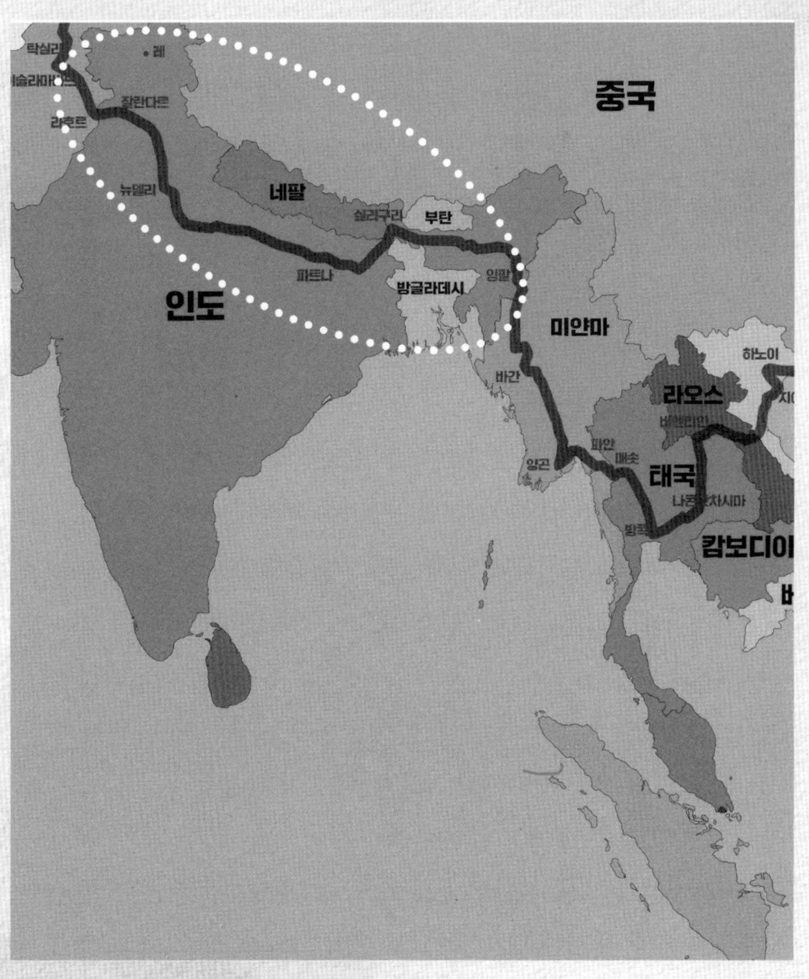

인도 마니푸르주 - 파키스탄 이슬라마바드 *인도 라다크주 방문
(여행 10~13개월 차)

······

고철 지프차가 태워준다며 섰다

그러니까 그날은 참 이상한 날이었어.

인도로 넘어와서 국경 동네 어둑한 단칸방에서 하루를 묵고 난 다음 날이었지. 다음 도시로 가려면 산을 넘어야 하는데, 한라산 고도 정도로 여행 역대 최고로 높은 산이라 긴 오르막이 예상되었기에 우린 6시에 출발을 하기로 했어. 숙소비 깎아달라는 요구를 현란한 화술로 거부한 숙소 주인은 체크아웃하는 우리에게 이런저런 조언을 건넸지. – 이 지역 사람들은 너네 한국, 중국, 일본 사람들이랑 비슷해. 다 친절할 거야. 그렇지만 인도 본토로 가면 다를 거야. – 길은 안 좋아. 대부분 공사 중이라서.

미리 고도를 확인한 바로, 우리는 작은 산을 한 번 넘은 후 큰 산을 넘어야 했다. 안내표지든 광고딱지든 죄다 영어인 풍경을 보면서, 국경 근처라 검문소도 두어 번 거치면서 작은 산을 넘는데 대략 3시간이 걸렸다. 미얀마와 비교하면 도로 상태도 좋고 경사도 완만해서 그럭저럭 수월했다. 긴 내리막을 내려와 다시 출발한 시간이 11시경.

그러고서 만난 큰 산은 오르막만 25킬로미터는 되는 것 같았다. 어째 경사도 더 심해지는 것 같고, 미얀마에서 쌓였던 피로가 아직 안 풀려서 무릎과 어깨에 다시 무리가 오고, 햇살에 열은 또 오르고, 중간중간 내려 걷는다. 힘들다. 국경 동네 갑갑한 골방에서나마 하루를 더 쉬고 왔어야 하나 싶지만, 진짜 오늘 내로 갈 수는 있나 하는 막막함이 들지만, 이것이 오늘 나의 길이겠지.

오늘은 시간이 좀 걸리겠다. 앞에 가는 달밤님을 쫓아가야 한다는 생각에 조바심이 들어 조금씩 무리가 가고 달밤님은 달밤님대로 나를 기다리는 데 시간을 더 써야 하는지라, 달밤님을 먼저 보낸다. 오늘의 목적지에서 만나기로 한다. – 갈 수 있겠어요? – 어떻게든 가야지.

달밤님이 먼저 출발하고 난 뒤 근육을 풀어주고 열을 완전히 식히고서 출발한다. 힘들다. 힘들다고 피하지 말아야지. 앞으로 평지는 점프를 하더라도 산은 점프하지 않을 것이다. 나는 힘들면 이성은 날아가고 객기만 남는 타입이라는 것을 이런 때 알게 된다. 어쨌든 천천히 가니 좀 낫다. 페달을 밟다가 머리까지 열이 차오를 것 같으면 내려 끌며 열을 좀 식힌다. 그렇게 가니 좀 낫다.

그나저나 미얀마에서는 산중에도 자그만 식당과 가게가 있었는데 여기는 그런 게 없다. 작은 고개 정상에 작은 집이 다닥다닥 붙어 있기에 희망에 차서 가보니 간단한 물건만 파는 가게만 있고 밥 파는 데는 안 보인다. 나는 오전에 간식으로 사놓은 찰밥이라도 있는데 달밤님은 괜찮으려나? 다시 열심히 페달을 밟다가, 역시나 달밤님도 식당도 안 보이기에 포기하고 찰밥이나 먹을까 하며 커브를 도는데 달밤님이 보인다. – 벌써 왔어요? 나 한 번도 안 쉬고 왔는데.

앉을 자리도 마땅찮은 갓길이지만 더는 못 가겠다. 찰밥이랑 미얀마에서 산 땅콩을 나눠 먹고는 중간 동네에서 만나기로 하고 달밤님은 먼저 간다. 옆으로 낡은 지프차가 지나가는 것을 무심히 지나쳤는데, 잠시 후 앞에서 달밤님이 부르는 소리가 들리는가 싶더니 또 한 번 커브를 도니 그 낡은 지프차가 서 있고 달밤님이 지프차를 가리키며 만세를 부르며 팔짝팔짝 뛰고 있는 것이었다. – 태워준대! 태워준대!

나는 아연했다. 자전거만 올곧게 타고 왔던 이 시대의 참 라이더가 차 태워준다고 저렇게 좋아한다고? 나중에 알고 보니 누가 먼저 태워준다 그러면 타는 게 신조였다던 이. 근데 지금까지는 태워주는 사람이 없었다는 이. 나는 오전만 해도 산은 점프 없이 가겠다는 이상한 생각을 했지만, 최소 이틀은 걸릴 목적지 임팔이 지프차 운전자의 집이란 것을 알았을 때는 가슴에서 바람 빠지듯 기쁨이 새어나왔다. 이렇게 한순간에 우리의 미래가 바뀌었다. 이 엄청난 산은 차로 넘는다.

일단 자전거를 지프차에 실어야지. 우리가 짐을 실으려니 지프차 운전자가 "시스터! 시스터!!" "브라더! 브라더!!" 부산하게 부르며 뭔가를 얘기하고 싶어하는데 지프차 친구, 영어가 잘 안 된다.

소통하고자 하는 간절한 마음과는 달리 지프차 친구 몸은 운전석에 딱 붙어 있다. 이 지프차는 클러치에서 발을 떼면 시동이 꺼지는 것 같다. 지프차 친구가 운전석에서 클러치를 밟은 채 달밤님한테 간절히 손짓한다. -브라더! 브라더!

저 손짓이 무슨 말인가 했는데 달밤님이 용케 알아들었는지 큰 돌을 가져와 차 뒷바퀴에 받쳐준다. 내리막에서 차가 뒤로 가지 않도록 받쳐주는 거구나. 이제 걱정 없이 짐을 실으려는데 친구가 이번에는 나에게 간절히 손짓한다. -시스터! 시스터!!

운전석 쪽으로 가니 나보고 클러치를 손으로 누르고 있으란다. 자기가 싣겠단다. 그리하여 나는 클러치를 누르고, 지프차 친구가 짐칸으로 들어가 달밤님과 함께 자전거와 짐을 실었다. 조수석에 낑겨 타고 나서 보니 이 차, 문이 없다. 평등하게 조수석도 운전석도 문이 없다. 그러나 이미 동행은 시작됐다.

지프차 친구 이름은 아미짓. 더벅머리 작은 체구에 목소리 톤이 높은 아미짓은 우리와 말을 하고자 하는 열정은 가득한데 영어가 안 돼 답답해한다. 짧게 짧게 얘기한 결과 아미짓 집은 임팔에 있고, 크리스천이란다. 크리스천인 것은 말하지 않아도 알겠다. 아미짓은 정차했다가 출발할 때마다 성호를 긋는다. 성호를 긋긴 그어야 하는 것이, 아미짓 차를 타고 보니 이 도로는 동물의 왕국이다.

도로에 중앙선이 있었던가? 중앙선은 상상 속의 존재가 아닐까? 길은 계속 오르락내리락하고 중간중간 비포장이다. 앞서간 트럭이 일으킨 자욱한 모래바람을 아미짓이 용맹하게 뚫고 가는 중에 모래바람 속에서 반대편 차량이 갑자기 튀어나와 한 치 옆을 스쳐 간다. 여기서는 놀이공원에 갈 필요가 없다. 목숨을 건 스릴은 도로에서 즐기면 되는 것이다. 게다가 차에는 문짝이 없으니 드리프트할 때 튕겨 나오지 않으려면 어디든 부여잡고 버텨야 하는 리얼 생존 버라이어티.

정처 없이 진동하며 질주하는 지프차에 한 30분 앉아 있었을까, 또다시 손발이 저려온다. 오전에 계속 산에 올랐지. 점심도 제대로 못 먹었지. 거기다가 살겠다고 트럭 손잡이를 힘껏 부여잡고 있으려니 당이 지나치게 떨어진 것이다. 버텨봐야지, 버텨봐야지, 하는데 중간 검문소에서 여권 검사하러 내렸다 돌아오는 길에 손발이 차지고 굳어지는가 싶더니, 차에 타서 손잡이를 잡으려는데 진짜 굳어진다. – 달밤님, 미안한데 저 손 좀 주물러줄래요. – 어? 왜요? 왜 이래요? 달밤님이 놀라서 열심히 손을 주물러준다. – 원래 이래요? 예전에 이런 적 있어요? 계속 주물러주니 좀 풀리고 온기가 돌아온다. – 안 좋으면 내릴까요? 내려도 돼요.

마음은 고맙지만 내리면 더 답이 없어지니 일단 버텨본다. 당을 섭취해야 확실히 나아질 것은 같은데, 아까부터 달밤님이 계속 배고프다고 얘기하는데 아미짓은 이해했는지 어쨌는지 계속 직진한다. 한 시간이 지난다. 문도 없는 지프차가 도로 위의 감옥처럼 느껴진다. 아미짓은 새벽 6시에 출발할 때 밥을 먹고 안 먹었다는데 내 생각에는 아마 지프차의 시동을 끌 수 없어서 계속 달리는 것이 아닐까 싶다. 고로 아미짓 집에 갈 때까지 지프차는 멈추지 못하지 않을까 싶다.

그랬는데 산을 넘고 시내가 나오니 아미짓이 차를 세우고는 제스처를 한다. – 이것 좀 밟고 있어봐.

달밤님이 클러치를 밟고 있는 사이 아미짓은 어디론가 갔다 오더니 과자와 물을 준다. 순간 아미짓이 성자로 보인다. 이 과자봉지만은 거절할 수 없다. 설탕 많이 들어간 케이크형 과자를 꼭꼭 씹어 먹으니 몸에 당이 퍼져나가는 게 느껴진다. 확실히 몸에 생기가 돌아오는 느낌이다. 살았다.

아미짓은 운전을 하면서 핸들에서 손을 떼고 밥 먹는 손짓을 하며 "마이 하우스! 잇!(우리 집에서 밥 먹자!)"이라고 말했다. 시선은 전방이 아니라 우리를 향해 있었다. "오케이 오케이!!" 다급하게 대답하니 잠시 후에는 "투데이! 슬립! 모닝 유 고! (오늘 자고 내일 아침 가!)"라며 또 핸들에서 손을 떼고 잠자는 시늉을 했다. "…하하하!!"

우리는 일단 다급한 웃음으로 답했다. 자는 것까지는 부담되지 않을까. 그런데 아미짓이 자꾸 얘기하니까, 호의를 받는 게 좋을 것도 같고 재미있을 것 같기도 하여 나는 마음이 팔랑거린다. 그런데 달밤님은 내키지 않는단다. – 왜요? – 집이 저택이면 잘 데가 있겠는데… 단칸방에 넷이면…. 그러다가 달밤님이 갑자기 버럭한다. – 겁이 없어! 누군 줄 알고요!

이 순간만큼은 달밤님이 온 가족 친구 친지들의 대변인이었을 것이다. 인도만은 가지 말라 우려하던 지인들. 사기꾼 많다는 인도에서, 자전거 탄 첫날에, 모르는 사람 집에 가서 잔다고? 그래, 조심하자. 동행이 아니라면 아닌 것으로 하자. 집에 가서 인사하고 나오는 것으로 협의를 한다. – 미안. 잠자는 건 힘들어. 아미짓의 사슴같이 큰 눈에 차오르는 슬픔을 애써 외면한다.

늦은 오후, 아미짓은 어느 동네 빈터에 차를 세우고 마침내 시동을 끈다. 그때 어떤 남자분이 다가오는데 아미짓이 자기 브라더래. 또 어떤 여자분이 오니 아미짓이 자기 시스터래. 브라더와 시스터와 아미짓까지 셋이서 약간 우왕좌왕하는 듯하다가 마당이 있는 큰 집으로 우릴 데려간다. 여기서도 아미짓 브라더라는 주인아저씨가 나오더니 장판을 깔고 우리에게 앉으라 한다. 큰 키에 큰 눈에 길쭉하니 잘생긴 주인아저씨는 쿠키와 차를 내어주시더니, 영어로 천천히 정중히 제안하는 것이다.

"마이 브라더, 시스터, 우리가 너희를 저녁에 초대하고 싶어. 저녁 먹고 내일 아침에 호텔로 가는 게 어때?"

달밤님이 비상하게 귀엣말을 했다. - 어떡할까요? - 달밤님이 결정하세요.

그러니 달밤님이 예상과 달리 그런다.

"오케이."

그리하여 우리는 오늘 아침까지의 계획과는 전혀 다르게, 큰 산을 넘는 중에 지프차를 타고 하루 만에 임팔까지 와서, 임팔 어귀 동네에서 하루를 머물게 됐다. 그 하루가 이틀이 되고, 이틀이 사흘이 되고 사흘이 나흘이 될 줄 이때는 몰랐지.

마니푸르의 삼일야화

첫날 밤 이야기

달밤님의 오케이 이후 상황은 분주해졌다. 일단 아미짓의 지프차에서 우리 짐을 뺀다. 마당 어귀에 서성이던 이 동네 브라더들이 함께 짐을 빼준다. 내일 아침 갈 건데 짐을 굳이 빼야 되나 했던 잠깐의 의문은 나보다도 짐 옮기는 데 적극적인 브라더들의 기세에 곧 사라졌다.

주인아저씨이자 아미짓 형님은 경찰서에서 일하신단다. 우리가 참 반가우시단다. – 우리는 다 같은 몽골 인종이야. 한국, 중국, 일본, 태국, 인도네시아 … 가족 같은 거지. 그러고 보니 여기 사람들은 전형적인 인도인 얼굴이 아니다. 차라리 동아시아 쪽 어딘가, 티벳 어드매 느낌이다. 그런데 태국도 인도네시아도 몽골 인종으로 묶이나?

부엌이 오래간 분주하더니 풍성한 저녁 밥상이 신문지를 깐 마룻바닥에 차려진다. 생선튀김과 치킨 커리, 피클에다가, 용삭을 넣은 된장찌개 맛이 나는 이룸바. 용삭은 커다란 완두콩 같은 식물인데, 여기 마니푸르에서 많이 먹는단다. 미얀마 국경 즈음에서부터 사람들이 오토바이에든 승합차에든 바리바리 싣고 가던 커다란 줄기콩이 이것이었다.

"포크 줄까?"

"아뇨, 손으로 먹을래!"

인도 하면 손맛이 아닌가. 다른 사람들을 뚫어져라 관찰하며 한 수 배워본다. 나에게는 옆집 여고생 소냐, 달밤님한테는 이 집 첫째 아들 제임스가 손으로 밥 먹기 사수가 되어 전담 마크한다. 일단 개인 쟁반에 밥을 담고, 커리를 퍼서 쟁반에 담아 손으로 밥과 커리를 찰지게 비벼주고, 그걸 손으로 먹으면 되는 것인데, 초짜인 우리는 밥알을 후두둑후두둑 흘리며 세상 추저분한 모습을 연출하는 것이다. 고전하고 있으려니 사방에서 관중의 조언이 들어온다.

"엄지를 써! 엄지로 네 손가락 위에 있는 밥알을 밀어 올려주는 거야."

"머리는 숙이지 마! 입을 크게 벌려서 밥을 넣어."

하나하나 적용해보니 좀 수월해진다. 그러고 보니 저녁을 먹으려고 둘러앉은 이 집 가족과 이웃 친척들 뒤로 큰 원이 생겨 있다. 동네 사람들이 둘러서서 외국인들 밥 먹는 모습을 구경하고 있는 것이다. 내가 입을 크게 벌려 함냐 하고 밥을 먹을 때마다 구경하던 아줌마가 "아움~~~" 하고 추임새를 넣어주며 대견해한다. 밥만 먹어도 칭찬받는 대접은 기억나지 않는 내 돌잔치 이후로 처음인 듯싶다. 커리가 좀 매워서 나도 모르게 콧물이 났나 보다. 또 다른 아줌마가 번개처럼 다가오더니 자기 어깨에 두른 스카프로 내 코를 찰나의 순간 콧구멍까지 찰지게 닦아주고 간다. 다 같이 뒤집어지게 웃었다.

저녁을 먹고서 우리 집(어느새 우리 집이 됨) 첫째 아들 제임스가 물었다.

"오늘 밤에 동네 축제가 있는데 가볼래?"

당연히 오케이 하고 축제장으로 가는 밤길, 제임스에게 마니푸르 이야기를 듣는다. 경찰 시험을 준비하고 있다는 20대 제임스는 순한 눈을 반항아처럼 찌푸린다. – 우리는 인도 싫어해. 아리아인은 싫어. 인도인이 우리를 강제로 지배하고 있는 거야. 걔네들은 문명인이 아니야… 걔네들은 우리를 깔봐.

아까 아빠(어느새 아빠 됨) 말에서도 느꼈지만, 여기는 인도보다는 몽골 인종이라는 정체성이 강하다. 이 동네가 있는 인도 북동부 마니푸르주는 오랜 역사를 가진 독립된 왕국이었고 중국 티벳어족인 마니푸르어를 써왔다. 그랬던 마니푸르 왕국이 1891년 영국에 져서 영국령 버마로 들어갔다가 인도에 합병된 것이 1949년. 그러고는 인도가 독립하면서 쭉 인도가 된 것이다. 지금도 마니푸르의 독립을 주장하는 반군세력이 있어 정부군을 공격하고 마니푸르 영화관에서 인도 영화를 못 틀게 하는 등의 활동을 한단다.

"오늘 축제는 무슨 축제야?"

"카기임바라는 왕을 위한 축제야. 축제 마지막 날이야."

"카기임바 뜻이 뭐야?"

"카기는 중국, 임바는 승리야."

별 생각 없이 물어봤는데 갑자기 중국이 나온다. 하긴 이 지역은 북쪽으로는 중국이 가깝다.

"옛날에, 누구도 못 이기던 중국의 거인이 있었는데 우리 왕이 가서 거인을 잡아 와서 마니푸르 바위 아래에 깔아놨대. 그 왕이 카기임바야."

인터넷에 얼마 없는 마니푸르 자료를 뒤져보니 카기임바는 16세기 마니푸르 왕이다. 동쪽 미얀마의 침입도 막고 북쪽 중국 마을도 공격해서 항복시켰단다. 과거는 신화와 전설을 통해 현재로 이어지고 있었다.

축제 공연을 보고 돌아와 나는 우리 집 엄마, 달밤님은 첫째 아들 제임스의 방으로 간다. 첫인상이 무뚝뚝해 보이던 엄마가 먼저 잠을 청하고 있다가 내가 침대로 들어가니 담요를 목까지 꼼꼼히 덮어주었다. 낯선 사람과 자기 잠자리를 함께 쓴다는 것은 어떤 느낌일까. 한번도 그래 본 적 없는 나는 잘 모르겠다.

둘째 밤 이야기

아침 6시, 엄마가 일어나길래 같이 일어났다. 이 집은 ㄱ자 형태로 된 2층 집인데 2층은 공사 중이라 1층만 쓴다.

1층에는 마루에 방이 서너 개고 부엌도 한쪽에 있다. ㄱ자 안쪽 마당에는 담이 없어서 이웃집이 자유롭게 드나든다. 그러니 어제 저녁 돌잔치를 방불케 하는 성원이 가능했던 것이다.

안쪽 마당 한쪽에 성인 둘은 들어갈 것 같은 장독대 모양의 플라스틱 물통이 있다. 집에서 걸어서 1분 거리에 있는 하천의 물이란다. 물통에서 물을 퍼 세수를 하고 몸을 닦는다. 먹는 물통은 부엌에 따로 있다. 먹는 물은 동네를 오가는 물차에서 산단다.

아빠는 추리닝 차림으로 마루 한쪽 물레에 앉아 실을 잣고 있고 엄마는 집 뒤꼍에서 실을 정성껏 물들이고 있다. 대야 물에 실뭉치를 넣어 씻어 짜낸다. 밥을 천으로 감싸 주물러 나온 밥물에 다시 실뭉치를 넣어 짜낸다. 엄마가 걸친 숄과 긴 전통 치마도 이렇게 염색한 실로 만든 거란다. 구경하고 있으려니 우리 집 셋째 아들이 앉아서 보라며 낮은 의자를 주고 간다.

셋째 아들이 참 착하다. 아빠를 닮아 길쭉한 인상에 순한 눈을 가진 셋째 아들, 집에서 부르는 별명이 녹샤다. 엄마고 아빠고 내 집처럼 오가는 이웃 사람이고 무슨 일이 있으면 일단 "녹샤!! 녹샤!!!" 목메어 부르고 본다. 녹샤는 어제 저녁에도 우리가 씻으려 하니 양동이에 물도 떠주고 비누도 주고 기다렸다 수건도 주고, 식사 때마다 식사 준비도 거들고 집 청소도 거든다.

녹샤는 열여덟 살 고등학생. 지금은 시험 기간인데 쉬는 기간이란다. 잘은 모르겠지만, 시험 보고 나서 채점을 기다리며 쉬는 거란다. 그래서 고등학생 녹샤도 집에 있고, 어제 저녁 식사 때 내 전담 사수였던 열일곱 살 이웃 친척 소냐도 아마도 같은 이유로 집에 있고, 경찰서에 근무한다는 아빠도 집에 있고, 엄마도 집에 있고, 경찰 시험 준비하는 백수 제임스도 물론 집에 있다. 평일인데 다 집에 있다. 나중에 알고 보니 아빠는 우리 때문에 휴가를 내셨단다.

염색한 실을 주렁주렁 너는 것을 어설프게 거들고 있으려니 아빠가 와서 그랬다. – 애들 다 일어나면 호텔로 아침 먹으러 가자.

아침을 웬 호텔로 먹으러 가지? 우리 왔다고 무리하시는 거 아닌가? 가보니 호텔이 내가 생각한 그 호텔이 아니다. 흙바닥 나무집에 낡은 나무 탁자 하나에 나무 의자 몇 개가 놓여 있다. 일반 가정집인데 아침만 판단다. 이 지역에서는 밥을 팔면 호텔이라 부르는 것인가. 국경 동네에서부터 영문을 알 수 없는 호텔이 넘쳐난 데는 이유가 있었던 것이다. 개중 몇 개는 아예 밥 호텔(rice hotel)이라고 간판을 써 붙여 놓기도 했었다.

호텔을 가득 채운 사람들은 외국인이 왔다고 유일한 나무 탁자를 우리에게 양보해준다. 이 호텔, 뿌리 맛집이다. 뿌리는 인도의 대표 아침 식사로 얇게 튀긴 호떡 같은 둥그런 밀가루빵인데 바삭하고 쫄깃하고 고소하다. 인도로 넘어와 처음 뿌리를 먹을 때 달밤님이 궁금해했었다. – 인도에서는 왼손은 더럽다고 안 쓰고 오른손으로만 밥을 먹는댔는데 그럼 이것도 오른손으로만 먹을 수 있나? 어떻게 그러죠? 한 손으로 이걸 찢을 수가 있나? – 그러게요. 해볼까. 잘 안 되는데….

그랬는데 한 손으로 잘만 찢어 먹는 녹샤와 친구들에게 이번에도 일대일 교육을 받는다. 일단 둥그런 뿌리를 반으로 접어 넷째 다섯째 손가락으로는 뿌리를 고정하고 엄지 검지로 뜯으면 된다. 손가락 힘이 필요하다.

어제 계획은 분명히 오늘 아침에 출발하는 거였다. 그런데 아침에 일어나서 자연스럽게 염색 일을 구경하다가, 밥은 먹고 가야지 하면서 호텔 가서 뿌리 먹고, 동생들이랑 동네 구경도 하고, 동네 이발소에서 달밤님 이발도 하고, 오후에는 아빠와 이웃집 아저씨를 따라가서 전통 양조장도 구경하고 술도 마셔보고 하다 보니 오늘 출발하기는 자연스럽게 글러졌을 무렵, 아빠가 물었다.

"내일 말고 내일모레 가는 건 어때?"

그렇게 해서 세 밤이 된다.

나중에 들어온 엄마는 오늘도 내게 담요를 꼼꼼히 덮어주었다.

셋째 밤 이야기

아침에 일어나니 오늘은 엄마 아빠가 베틀을 하나씩 차고 앉아 옷감을 짜고 있다. 15년 됐다는 베틀을 들여다보니 어느 부분은 쓰다 남은 옷감으로 동여맸고, 어느 부분은 부러졌는지 빗자루를 대놨다. 멋진 물건을 찬찬히 살펴보고 있으려니 아미짓이 간다며 인사하러 왔다. 지프차를 타고 또 국경으로 간단다.

아미짓은 크고 높은 목소리로 경박스럽게 말을 한다. 아미짓이 무슨 말만 하면 다들 웃는다. 말이 잘 안 될 땐 제스처를 하는데 그 제스처를 도통 못 알아듣겠다. 이렇게 보디랭귀지가 안 통하는 적은 처음이다 싶을 정도로 못 알아듣겠는, 좀 웃기는 사람. 모자라는 사람.

단칸집에 어머니와 아내와 어린 아들과 살면서 시동 걸기도 힘든 고철 지프차를 끌고 국경을 오가며 생계를 이어가는 아미짓. 누구나 다 브라더고 시스터인 아미짓. 차를 세우기도 힘든 길고 긴 오르막에서 시동 잘 꺼지는 고철 지프차를 세워 유일하게 손을 먼저 뻗어준 이가 아미짓이다. 그 모자란 사람 덕에 이곳에 올 수 있었다.

제임스가 그랬다.

"내가 아는 사람 결혼하는데, 가볼래?"

"응응!!"

마니푸르대학 교수라는 이웃집 아저씨가 그랬다.

"내 상사가 너희를 보고 싶어해. 저녁에 잠깐 시간 내줄 수 있니?"

"오케이!"

아빠가 그랬다.

"호텔 주인이 너희를 저녁에 초대하고 싶대."

"오 그래요? 알겠어요!"

제임스와 녹샤와 소냐가 와서 그랬다.

"우리 마니푸르에는 타반쫑바라는 전통 춤 파티가 있어. 참가해보고 싶어?"

"응!"

"그럼 우리가 너희를 위한 타반쫑바를 만들어볼게!"

이렇게 하여 만들어진 우리의 오후 일정은 연예인 스케줄이 따로 없었다.

16:00 제임스 친구 결혼식

18:30 마니푸르대학에서 교수님 상사 미팅

??:?? 호텔에서 저녁식사

??:?? 우리만을 위한 타반쫑바 참석

결혼식 간다고 동네 노는 사람들이 다 나와 마니푸르 전통 옷을 입혀주고 머리에 핀을 꽂아주고 이마에 점도 찍어준다. 메이크업 6개월 코스 수료를 했다는 동네 언니가 갑자기 등장하여 메이크업까지 해주기 시작했다. 그 결과 인도 신 시바 같은 얼굴이 되었지만 여기에서 나는 잠시 나를 놓기로 한다. 제임스 옷을 입고 나온 달밤님과 제임스와 같이 오토바이를 타고 결혼식에 갔다.

결혼식장은 신부 집이다. 넓은 방에 커튼으로 휘장을 쳐 마련된 결혼식 무대 가운데에 식물 화분이 있다. 마니푸르어로 랑뜨레이(Langthrei)라는 이 식물은 마니푸르 사람들에게는 신에 바치는 신성한 식물로, 집 정원마다 심어놓고 의식 때마다 갖춰놓는단다. 랑뜨레이 옆에는 바나나, 사과, 코코넛과 꽃이 놓여 있다. 이를 크게 둘러싸고 전통의상을 갖춰 입은 하객들이 앉았다. 여자들은 전통치마에 흰 숄을, 남자들은 흰 윗도리와 바지에 목도리 같은 흰 숄을 둘렀다. 판소리를 연상케 하는 전통 노래 공연에 이어 신랑 신부가 입장했다. 신랑은 흰 옷에 흰 가운에 흰 터번을 썼고 신부는 반짝반짝 빛나는 윗도리에 원통형의 전통치마를 입고 머리에는 티아라에 희고 긴 면사포를 드리웠다. 하객들이 신부 신랑 앞에 돈을 쌓아놓기 시작하는데, 이제 가야 한다. 두 시간 봤는데도 아직 시작 분위기지만 이제는 다음 스케줄로 향해야 한다.

결혼식 인파로 붐비는 길을 헤치며 우리 동네에 도착하니 이미 6시 반이 좀 넘었다. 이웃집 아저씨네 집 어귀에서 동네 사람들이 우릴 기다리고 있다. 이웃집 아저씨는 다급한 모양새다.

"상사가 기다리고 있으니까 얼른 가자!"

아저씨는 말과는 달리 자기 집으로 우리를 이끈다. 대기하고 있던 아저씨 가족들과 전통의상을 입은 우리의 사진을 다양한 구도로 찍는다. 전통의상 입은 외국인들과 함께한 사진을 남기는 것은 상사의 압박에도 도저히 누를 수 없는 본능 같았다.

한바탕 사진을 찍고 아저씨 상사의 집에 도착한 게 7시경, 내주는 차와 간식을 먹으며 이야기한다. 이 집 두 딸도 한국을 좋아한단다. 30분 정도 걸릴 거라 했던 대화는 거의 두 시간 가까이 이어졌고, 이웃집 아저씨는 나중에는 거의 안절부절못하고 서 있었다. 왜냐. 우리는 아직 스케줄이 두 개 더 있었으니까.

다급히 호텔로 향하는데 시간은 벌써 9시다. 호텔로 가는 길에 집에 들르니 소냐를 비롯한 동네 아이들이 아우성이다. - 너무 늦었어! 빨리 먹고 와!

종종거리며 호텔에 도착하니 이상하게 밥은 없고 술과 몇 가지 커리와 닭발과 돼지고기 요리만 있다. 너무 늦어서 밥은 안 먹나 보다. 차라리 잘됐다. 그런데 술을 두어 잔 하고 배가 어느 정도 찼을 즈음 호텔 아저씨는 이렇게 선포했다.

"이제 밥을 먹읍시다."

그러더니 술상이 치워지고 새로운 밥상이 차려진다. 배가 부르긴 한데… 너무 감사하긴 한데… 밥맛은 오늘도 좋기는 한데… 우리 근데 이럴 때가 아니고 빨리 가야 되지 않나…. 그러면서 먹고 있으려니 소냐가 들이닥쳐 아빠한테 불같이 화를 낸다. 마니푸르어인데도 알아들을 수 있을 것 같았다. 타반쫑바 하자며 애들이 아까부터 몇 시간을 기다리고 있는데 왜 이렇게 늦게 오냐!! 오늘 판은 파토야! 명백히 그런 모양새였다. 그럼에도 아빠와 아저씨는 묵묵히 남은 밥을 먹고, 우리는 마침내 마지막 스케줄을 수행하러 간다.

10시를 넘긴 시각, 아니나 다를까 오늘의 무대로 낙점된 동네 빈터에 사람은 아무도 없고 조명과 스피커만 덩그러니 남아 휑했다. 아빠와 교수님은 당황하지 않았다. 음악을 틀더니 둘이서 댄스를 시작한다. 이 지역 전통 춤이자 축제인 타반쫑바는 강강수월래같이 손에 손을 잡고 다양한 스텝을 구사하며 캉캉댄스 비스무리한 춤을 추는 것이다. 진짜 축제 때는 여자들이 추고 있으면 남자들이 마음에 둔 여자에게 가서 손을 잡고 춘단다. 여자는 남자가 맘에 들면 같이 뛰고 맘에 안 들면 손을 놓고 다른 데로 간단다.

그런데 어두침침한 곳에서 중년 남자 둘이 묵묵히 손을 잡고 뛰고 있다. 이윽고 달밤님도 불러내 셋이서 뛰기 시작했다. 오밤중에 세 남자가 열심히 추는 캉캉댄스를 보고 있으려니 저항 없이 웃음이 터졌다. 에이, 춤 파티고 뭐고 이만큼 웃겼으면 됐어.

꽝꽝 울리는 음악 소리를 듣고 동네 사람들이 조금씩 모여든다. 가장 먼저 도착한 아줌마들이 내 손을 잡아끌어 나도 열에 합류하고, 조금 더 있으려니 소냐와 녹샤와 10대 친구들도 와서 스텝이 활기차진다. 중년 남자 둘이 시작한 선은 어느새 작으나마 열댓 명이 모인 원이 되었다. 어느새 10대가 주도하는 스텝에 발맞추려니 아줌마들은 호흡이 점차 곤란해지고, 나도 크게 다를 바 없었다. 제일 문제는 두 중년 남성이었다. 나이도 나이인 데다가 술도 몇 잔 걸쳤지, 제일 먼저 뛰기 시작했지, 그럼에도 쉬지 않으려다가 둘이 한 번씩 나풀나풀 넘어진다. 아빠는 뛰다가 풀숲으로 쓰러져서 나뭇가지가 우두둑우두둑 꺾였다. 이따금 두 분이 번갈아 출력 안 좋은 마이크를 잡고 멘트를 하는데 아무도 안 듣는다.

그렇게 두 시간을 뛰었다. 지치지 않는 10대들이 묻는다.

"괜찮아? 괜찮지?"

"아 이제 피곤해…."

"그럼 딱 다섯 판만 더 뛰자!"

그래서 다섯 판을 뛰고, 또 뛴다. 춤 파티가 마무리될 무렵 아빠가 진지한 얼굴로 다가왔다.

"사람들이 너희가 떠난다니 너무 아쉬워해. 너희도 일정이 있다는 거 알지만, 하루만 더 있다 가는 건 어때?"

밤이 되지 못한
아침의 이야기

아빠의 제안 이후 달밤님이랑 얘기를 했다. 사람들이 너무 좋지만, 너무 감사하지만, 네 밤까지는 아닌 것 같아. 여기도 부담이 될 것 같고, 우리도 쉬고 할 일을 할 시간도 필요하고. 아쉬울 때 안녕 하는 게 좋을지도 몰라.

그리하여 오늘은 떠나는 날. 짐 정리를 하는데 엄마와 제임스가 와서 마니푸르 전통 숄을 주었다. 고맙다며 숄을 목에 둘러보는데 엄마가 뭐라 한다. 제임스가 통역한다. – 치마도 가져갈래? – 아니야. 다 가져가기 힘들 것 같아. 숄이면 충분해.

짐 정리를 하는 나를 옆에 앉아 물끄러미 보던 엄마가 울기 시작한다. 무뚝뚝한 표정에 강인해 보이던 엄마, 매일 밤 잘 때면 내 목까지 꼼꼼하게 담요를 덮어주던 엄마, 엄마가 일하는 모습을 보고 있다가 눈이 가끔씩 마주치면 씩 웃어주던 엄마가 숄로 눈물을 닦으며 훌쩍훌쩍 우는 것이다. 어쩔 수 없이 눈물이 나는데 내가 우니 어느새 와 있던 동네 아줌마들도 눈물을 훔친다. 울음을 수습하고 마당으로 나가니, 부러진 바다의 짐받이를 본 아빠와 아저씨와 호텔 아저씨가 철사를 가져와 부러진 부분을 꼼꼼히 감아준다.

자전거를 타러 큰길까지 나가는데 동네 사람들이 다 나온 듯 긴 행렬이 됐다. 자전거 탈 채비를 하는데, 엄마가 막 울며 다가온다. 주머니를 더듬더듬하더니 낡은 100루피 지폐를 꺼내 내 손에 쥐어준다. 참았던 눈물이 다시 와락 터진다. 엄마, 나 돈 많은데. 그렇게 많이 벌지는 않았지만, 그래도 한국에서 일했으니까, 여기 기준으로 보면 꽤 많을 텐데. 엄마 침대에 얹혀 자고 얻어먹고 애들이 과자도 사주고 그랬는데… 또 왜 이렇게까지 줘요….

둘러보니 아빠도 울고 소냐도 울고 제임스도 울고 녹샤도 운다. 다 같이 훌쩍대는 중에 자전거를 출발한다.

3일 밤 만에 가족이 되어버린 사람들. 언제 다시 만날까. 알 수 없지. 그러니까, 소중하지.

환장할 인도의 노플라스틱

인도에 들어선 지 20일 차. 사실 인도는 인도로 퉁치면 안 되겠다. 다른 나라도 그렇지만 인도는 특히나 다양한 것으로 이루어진 거대한 덩어리다. 셀 수 없이 다양한 민족에 수천 수만의 신이 존재하는 땅에 언어가 2000개가 넘는다. 익히 알려진 카스트의 성직자–귀족–서민–노예–천민 다섯 가지 분류는 다시 3000개가 넘는 자티(가문의 직업과 그 신분)로 분화된다. 현지인의 말에 따르면 "50킬로미터만 가도 문화가 달라지고 언어가 달라지고 음식이 달라진다"는 이 땅의 거대하고 새로운 다양성은 소화하기 벅찰 정도다. 그러니 인도 동부 마니푸르주와 아쌈주 일부에 들어선 지 20일 차인 자로서 말해보자면,

첫째, 얼음을 찾아보기 극히 힘들다. 인도에 들어와서 처음으로 얼음을 본 것은 어제 봉가이가언이란 도시의 카페에서 아이스라떼

를 시켰을 때였다. 얼음에 감동하면서도 라떼가 미지근하여 얼음을 더 달라고 했다. 직원은 냉동실에서 그릇에 통째로 얼려둔 얼음을 꺼내어 망치를 휘둘렀다. 망치에 부숴져 생긴 작은 얼음조각을 추가해봐도 라떼는 미지근했다.

둘째, 와이파이를 찾아보기 극히 힘들다. 중국에서는 숙소는 물론 웬만한 식당에서도 와이파이를 찾기 쉬웠고, 베트남, 태국, 미얀마, 라오스에서도 숙소에는 대부분 와이파이가 있었다. 그런데 인도 동부에서 최근 3주 동안 '사용 가능한 네트워크' 창이 깨끗했다. 와이파이를 목격한 것은 단 한 번, 구와하티에서 묵은 호텔에서였다.

셋째, 길가에 오줌 싸는 사람들이 많다. 오줌 싸지 말란 경고 문구를 찾아보기도 쉽다. 이것은 동전의 양면 같은 것이다. 사람들은 오줌을 싸면서 지나가는 이들을 지그시 응시한다.

넷째, 일회용 플라스틱이 넘친다. 노플라스틱(No plastic) 표지도 넘친다. 이 역시 동전의 양면 같은 것이다. 인도로 오던 날 국경 검문소에 붙어 있던 노플라스틱 포스터를 보고 나는 조금 흥분하고 약간은 안심했었지만 다음 날 아침 뿌리 접시도 짜이컵도 일회용 플라스틱으로 나오는 식당에서 그 안심을 버렸다.

그제는 새로 지은 듯한 깔끔한 식당에서 점심을 먹었다. 식당에 도착하자마자 물었다.

"콜드 드링크?(시원한 음료 있어?)"

인도 넘어와서 캔이나 병에 든 탄산음료를 찾기 힘들었다. 일단 도시가 아니면 냉장고 있는 가게가 별로 없고, 작은 냉장고나마 있어도 플라스틱 병만 가득했다. 플라스틱 병 음료의 단가가 상대적으로 저렴해서일 것이다. 그럼에도 한 점의 희망을 품고 동네 모든 가게를 누비다가 허탕을 친 적이 몇 번이던가. 이날 오전에도 허탕을 쳤다. 그래도 이 새로 지은 듯한 식당에는 답이 있지 않을까. 시원한 탄산에 대한 강렬한 허기가 묻어 있는 내 물음에 직원은 "베뚜룸, 베뚜룸(화장실, 화장실)" 하면서 밖에 있는 화장실을 가리킨다. 씻을 물을 찾는 줄 안 것이다.

"노노, 콜드 드링크! 콜드!(아니 아니, 시원한 음료! 시원한 거!)"

벌컥벌컥 마시는 시늉을 열정적으로 해 보였다.

"아하~콜드 드링크!!(아하~시원한 음료!)"

있단다. 흥분에 더워진 몸으로 나는 스프라이트, 달밤님은 콜라를 시켜놓고 기대에 들떠 기다리고 있는데, 잠시 후 웨이터가 멋들어지게 쟁반에 받쳐 들고 나온 것은 750밀리리터 페트병이었다. 전신의 뼈를 깎는 심정으로 스프라이트를 돌려보냈다.

이날 점심은 '풀라우'라는 인도식 볶음밥과 양고기 커리였다. 풀라우는 다양한 나라에 가지각색 버전으로 퍼져 있다. 어디가 원조인지는 모르지만 풀라우는 튀르키예에서는 '필라프'고 중앙아시아에서는 '플롭'이다. 스페인의 빠에야도 여기서 발전한 것이란다.

이 식당의 풀라우는 인도에서 흔치 않게 플레이팅도 예쁘고 맛도 있었는데 먹다 보니 느끼하여 아까 돌려보낸 탄산을 한층 더 강렬히 추억하게 됐다. 중국에서는 플라스틱 핑계로 병맥주를 마셨는데, 술이 흔치 않은 인도에서는 맥주도 못 마시고 말이지.

오늘 오전, 음료수를 마시며 쉴 겸 한 식당에 들어가서 어김없이

"콜드 드링크?" 하고 물으니 맥주만 있단다. 때는 오전 10시 반. 그간 플라스틱 병만 꽉꽉 찬 냉장고에 환멸을 느끼던 나는, 인사차 물어본다.

"하우 머치?(얼마야?)"

"응."

구와하티부터 몇 번 겪은 건데, 영어가 나름 공용어인 나라에서 '하우 머치'라는 말에 사람들 반응이 이상하다. 왜 대답이 '응'일까? 그래서 어제 외워놓은 회심의 힌디어를 써봤다.

"이스까 담 꺄해?(얼마야?)"

"응."

공식 언어만 22개인 인도라는 덩어리 중 여기 아삼주에서는 힌디어도 아니고 아삼어와 보도어가 공식언어라는 것을 이때의 나는 몰랐다. 나는 그저 맥주가 얼마인지가 궁금했을 뿐이다.

"쓰리 헌드레드 루피?(300루피?)"

"응."

"투 헌드레드 루피?(200루피?)"

"응."

이 환장할 '응'의 장막은 직원에게 손가락을 힘껏 펼쳐 보여도, 핸드폰에 숫자를 치며 핸드폰을 들이밀어도 깨질 생각을 않는다. 맥주 가격에 열과 성을 다해 집착하다 보니 직원은 내가 맥주를 사는 줄 알고 냉장고 열쇠를 찾으러 부엌으로 갔다. 나중에 직원 말고 사장 같은 사람이 와서 맥주 가격을 '150루피(약 2400원)'라고 천명해주는 시점이 되어서는 맥주 가격 조사에 목이 두 배로 마르게 된

심정이라 어쩔 수 없이 맥주를 마셔줘야 했다.

그리하여 식당 벽에 붙은 'ALCOHOL IS NOT ALLOWED(음주 금지)'라는 붉은 글씨를 배경으로 삼아 오랜만에 감격적인 탄산을 목구멍에 영접하는데, 이 맥주, 안 시원하다. 무려 냉동실에서 꺼내준 맥주인데도 잦은 정전 때문인지 별로 시원하지가 않은 것이다. 결국 낮술도 아니고 아침술 강행에도 불구하고 시원한 탄산만이 뚫을 수 있는 목구멍 속 어딘가의 답답함은 그대로 남게 되었다. 인도 동부에서 노플라스틱을 하는 동안 시원한 탄산은 내게 허락되지 않을 것인가, 타는 목마름으로 맥주를 들이켰다.

레벨업의 성지,
인도

인도 지도를 잘 보면, 오른편 쏘옥 튀어나온 동부지역이 유독 홀쭉해지는 지점이 있다. 위쪽으로는 부탄, 아래쪽으로는 방글라데시에 낑겼기 때문인데, 이 지점에서는 위쪽 부탄 국경에서 아래쪽 방글라데시 국경까지의 거리가 불과 20킬로미터 정도다. 실리구리 회랑(corridor)이라고 불리는 이 구간에 교통과 무역의 요지 실리구리가 자리한다. 그래서인지 실리구리까지 오는 길에 트럭이 유독 많았다. 설상가상으로 현재 한쪽 도로가 공사 중이라 그 많은 차량이 오직 한쪽 도로 2개 차선으로만 오가고 있었다. 자, 두 개 차선 중 하나는 가는 차량이 쓰고, 하나는 오는 차량이 쓰죠. 그럼 자전거는 어디로 가야 합니까? 그것은 자전거 탄 사람이 알아서 찾아야 하는 것이다.

화물트럭의 양방향 소통은 전혀 요가의 나라답지 않았다. 앞차보다 단 1센티미터라도 앞서겠다며 그 좁은 도로에서 추월을 시도했다. 앞차가 추월하고 뒷차가 그 앞차를 추월하고 또 그 뒷차가 머리를 내밀다 보면 도로는 종종 주차장이 되었다. 한때 아스팔트 도로였던 길은 양옆에서 넘어온 흙과 모래로 뒤덮였고 흙과 모래는 트럭의 난장으로 자욱하게 번져 시야가 뿌옇게 흐려졌다. 그런 환장 속에서 우리는 믿기지 않을 정도로 높은 도로턱을 넘어 흙갓길로 빠져나가거나 오토바이 선구자를 따라 틈새 주행을 하거나 했다.

화물트럭이 이 지옥의 베이스를 깔고 있다면 가끔 지나가는 버스는 거기에 활활 타는 불덩이를 던져넣었다. 버스 놈들은 수적으로만 열세고 그 외 모든 면에서 트럭을 능가했다. 속도로 보나 경적으로 보나 도로 점유로 보나 양아치 기질로 보나 뭐든 그랬다. 뒤에서 귀가 찢어질 듯한 경적소리가 들리면 보나마나 버스가 아슬아슬하게 스쳐가다가 갑자기 급정거를 해서 승객을 태운다. 미친 것이 아닌가 하며 쏘아보는 버스의 뒤꽁무니에는 항상 "SAFE DRIVE SAVE LIFE(생명을 살리는 안전운전)"이라는 스티커가 붙어 있어 그 기만적인 글자를 보노라면 한층 더 가슴이 분노로 울렁거렸다. 끓어오르는 가슴을 애써 다스리고 있노라면 이번에는 오토바이 놈들이 천 리 뒤에서부터 길고 긴 경적을 울리면서 다가왔더랬다. 빵빵 빡빡 피익피익 각종 다채로운 경적 소리를 듣고 있노라면 문득 중국과 베트남이 그리워졌다. 미안해, 시끄럽다 그래서. 세상에 이런 곳이 있을 줄은 몰랐어.

너덜대는 귀와 가슴, 먼지를 뒤집어쓴 전신과 자전거로 도착한 도시 실리구리. 3일을 머무르려 했던 실리구리에서 4일을 있게 된 것은 내 노트북 덕분이었다. 10년 된 넷북에 가끔씩 블루스크린이 뜨더니 이제는 느긋한 내가 위기의식을 느낄 정도로 잦아져서, 인도에 와서야 컴퓨터 수리점을 찾아가게 된 것이다. 달밤님도, 친구들도, 윈도우 XP 지원이 종료된 지 3년 만에 XP 포맷의 사명을 띠게 된 인도 수리점의 직원도 한 목소리로 말했다.

"노트북을 바꾸는 게 나을 것 같아."

그러나 언젠가 '오래된 물건 자랑 대회'를 열어보는 것이 꿈인 나는 고작 10년 된 넷북을 포기할 수 없었다. 직원이 포맷하는 것을 옆에서 배우려고 앉아 있는데 옆 사무실 사람이 와서 말을 건다. 이름은 어밋, 변호사란다. 정치 이슈에 관심이 많단다.

"한국인들은 북한 싫어하지?"

"많은 사람들이 북한 정부를 싫어하지, 사람을 싫어하는 건 아냐."

나도 물어봤다.

"인도 사람들은 파키스탄 싫어하지?"

인도와 파키스탄은 영국 식민지 아래 한 덩이였다가, 1947년 영국에서 독립할 때 각각 힌두교-이슬람교로 분리 독립을 했다. 이후 영토 분쟁으로 세 차례 전쟁을 하며 현재는 원수지간처럼 지낸다 들었다.

"보통 그렇게 생각하지. 난 아냐. 일반 사람들은 그렇지 않아."

"그럼 서로 싫어하고 싸우는 건 왜 그런 거야?"

"정치적 이익 때문이야. 더 힘을 가지고 권력을 가지려고 증오를 만드는 거야."

그런 거에 비하면 나처럼 여행 다니는 사람들은 좋은 사람들이란다.

"너네는 힘, 권력 이런 거에 관심 없잖아. 사람들 만나면서 행복하게 다니는 거지 뭐."

인도 사람들은 여행을 안 가봐서 인도가 최고인 줄 알고 산단다. 자기도 여행을 좋아하는데, 아내도 있고 아이도 있어서 돈이 없단다. 이제 인도 젊은 층도 결혼하지 않고 여행을 다니기 시작한단다.

"여행 다니면서는 내가 강하다는 것을 알게 돼. 그래서 여행이 좋아. 내가 상황에 어떻게 대응하고, 새로운 환경에 어떻게 적응하는지를 보게 돼. 그러면서 강해져."

"그래? 난 내가 얼마나 약한지를 보게 되는데. 자전거로 다니면서 내 의지보다는 날씨나 길이나 바람이나 나무, 그런 게 중요하다는 걸 깨닫게 됐어."

어밋이 나무라는 키워드에 반응한다.

"나무 중요하지. 나무를 막 베어서 이곳 기후도 예전 같지 않아. 예전에는 겨울–여름–우기였는데 지금은 겨울–우기–여름–우기 이런 식이야. 겨울은 더 추워지고 여름은 더 더워지고, 이상해졌어."

"그래도 인도가 환경문제에 노력하고 있는 것 같더라. 모디 총리가 2022년까지 플라스틱 퇴출을 선언했다고 하던데…."

"선언은 선언이고…."

너무 공감되어 하하 웃었다. 현재 인도 거의 모든 주에 플라스틱 금지법이 있는데도 인도 국경을 넘어온 날부터 예상치 못한 국면에서 쏟아지는 플라스틱 컵과 그릇과 포크에 한동안 어찌할 바를 모르고 쩔쩔맸다.

"사람들은 그런 데서 싸워야 돼. 힌두교냐 이슬람교냐로 싸우는 건 의미없어. 종교 갖고 싸울 게 아니라 차라리 플라스틱 이슈를 가지고 정부나 기업과 싸워야 된다고. 인도에서는 강을 신으로 생각하는데 강 좀 봐. 엄청 더러워. 템즈강을 봐봐. 거기는 사람들이 신성하게 여기지도 않는데 깨끗하잖아?"

어밋 말로는 인도 법은 식민지 시절 영국 법을 따온 것이 아직까지 그대로란다.

"아무도 고칠 생각을 안 해. 정치인들은 다음 선거에서 이기는 데만 관심이 있어. 인도는 10년 후에는 더 나빠질 거야."

한국은 10년 후에는 어떨까. 갠지스강은 매해 플라스틱 쓰레기를 바다로 실어나르는 양에 있어 중국 강에 이어 당당히 세계 2위를 차지했다는데, 인도 1인당 플라스틱 사용량은 2016년 기준 연 20킬로그램이고 한국은 88킬로그램이다.

어밋과 이야기하는 동안 열 살 넷북은 포맷을 끝내고 새 생명을 되찾았다. 전원 꺼지는 데 3분이 걸렸는데 5초 만에 꺼진다. 인도에서 포맷도 하고 자전거도 무사히 타고, 인도에서는 경험치가 뭐든 두 배로 쌓이는 느낌이다. 레벨업도 두 배로 될 것 같다. 그러면 좋겠다. 제발.

……

도둑놈 많다는 비하르주에서의 하루

핸드폰 데이터가 인도 온 지 한 달째 거의 먹통이다. 인도로 넘어오자마자 유심을 샀었다. 하루에 데이터를 1.4기가나 준다기에 황송했는데 황송할 필요가 없었다. 어떻게 해도 1.4기가를 못 쓸 데이터 환경이니 1.4기가를 준 거구나 싶었다. 와이파이도 돼지꿈처럼 귀한 인도 동북부에서 나의 시름은 고독하게 깊어졌다.

한 날은 삼성 브랜드가 붙어 있는 작은 핸드폰 가게에 찾아갔다. 나의 설움 담긴 설명을 들은 아저씨는 말했다.

"그거? 해결할 수 있지."

순간 안기고 싶어질 정도로 믿음직한 품새였다. 그러나 아저씨가 이것저것 핸드폰 버튼을 눌러보기 시작한 지 3분여, 아저씨 표정으로 봐서 해결 가능성은 개미만큼도 없어 보였다. 레옹 닮은 아저씨 친구가 옆에 하릴없이 앉아 있다가 불쑥 외쳤다.

"한국은 인터넷 기술이 엄청 발달했지! 인도는 구려! 인도 폰은 여기서 문제가 없어! 한국 폰이니까 안 되는 거야!"

"이건 한국 폰이긴 한데 오래된 거야!"

"한국 오래된 폰이 인도 최신 환경에서 안 되는 거야! 인도 오래된 폰은 문제없어!"

순간 인도 오래된 폰을 구해야 하나 싶을 정도로 아저씨 친구는 확신에 차 있었다.

"삼성 서비스센터에 한번 가봐."

"어디 있는데?"

"실리구리."

그날은 실리구리를 떠나온 지 3일째 되는 날이었다. 앞으로 갈 도시를 물었다.

"파트나에는 없어?"

"파트나? 파트나는 가지 마!"

"왜?"

"거기 놈들은 못 믿어. 온통 속일 생각 돈 생각뿐이야."

파트나는 비하르주의 수도다. 인도에서 가장 가난한 주라고 알려진 비하르주, 인도에서도 사기와 범죄로 악명이 높은 비하르주, 나는 지금 그곳에 있다.

비하르주의 락히사라이, 한국인에게는 잘 알려지지 않은 동네에서 이틀 쉬어 간다. 이 동네에는 아속담이란 유명한 사원이 있다. 달밤님이 배탈이 났대서 이온 음료도 찾아볼 겸 사원도 볼 겸하여 바다를 대동해 나섰다. 구글맵은 내게 좁은 길 4킬로미터와 큰길 7킬로미터라는 두 개의 선택지를 주어 나는 당연히 좁은 길 4킬로미터를 택했고 그 결과 나는 잠시 후 논밭을 마주보게 되었다. 구글 내비는 밭두렁길을 안내하고 있었다. 설령 바다 없이 홀몸이었다고 해도 망설였을 좁은 두렁길과 논밭 저 멀리 보이는 흰색 사원을 아련히 보다가 체념하고 뒤로 도는데 웬 애들이 까아 소리치며 달아난다. 이 논밭까지 오는 골목길 사이 사이 놀던 아이들이 어느새 조용히 내 뒤를 쫓고 있었던 것이다. 흙길에서 달아나는 아이들 중 자전거 탄 아이가 제일 느리다. 비척비척 뒤로 돌아 힘겹게 페달을 밟고 달아나는 꽁무니를 보며 바다를 끌고 가려니 어른들 한 무리가 나타나 뭐라 묻는다. 뭐라 묻는지 내가 알 리 없다. 그저 《광장》의 명준이 중립국을 말하듯 목적지를 댄다.

"아속담."

그러자 어른들이 이야기를 나누다가 한 아저씨가 뭐라 지시를 내리는 듯하더니 두 청년이 전면으로 나서며 따라오란다. 그리하여 졸지에 꾸려진 아속담 원정대. 한 청년은 기민하게 뛰어가 자기 핸드폰을 가져왔는데, 이는 이따가 같이 셀카를 찍기 위한 것이었다.

인도에서 첫 라이딩을 하던 날, 산을 오르는데 총을 든 군인들이 불렀다. 여권 검사를 하려나 하여 가보니 같이 사진을 찍자고 했다. 사진 찍기와 외국인 구경은 현대 인도인 정체성의 일부 같은데, 그 두 개가 합쳐진 '외국인과 사진 찍기'는 인도인이라면 도저히 놓칠 수 없는 핫템인 것이다. 그 열망과 의지는 서쪽 뉴델리를 향해 갈수록 평균적으로 높아지고 있다. 자전거를 타다 쉴 때마다 사람들이 몰려들었고, 어떤 이는 식당에서 아침을 먹는 우리를 배경으로 기념사진을 찍기도 했다.

청년들이 앞서가는 길은 구글맵 내비와는 약간 다른 듯했지만 밭두렁을 걷는다는 기본 기조는 같았다. 여기는 자전거 끌고는 못 갈 것 같은데? 뱀이 나오겠는데? 이건 길이 아닌 것 같은데? 중간에 빠지고 싶은 마음이 간절했지만 내가 멈출라치면 저만치 앞서가다가도 귀신같이 뒤돌아 기다려주는 건실한 청년들 덕에 나는 결국 아속담 사원에 도착해 각종 힌두 신을 영접할 수 있었다.

저녁에는 현지 약을 먹고 회복한 달밤님과 피자집에 갔다. 긍정적이지 않은 의미에서 집에서 만든 것 같은 피자를 먹고 있는데 은박접시에 초코케이크가 하나씩 서빙된다.

"우리 안 시켰는데?"

"서비스야!"

감사히 먹고 계산을 하려는데 피자값도 안 받는단다.

"나는 무슬림이야. 나를 찾아온 손님에게는 대접해야 한다고 신에게 배웠어."

그러면서 손을 가슴에 얹던 청년. 인도에서 처음 만난 무슬림이 피자를 쐈다.

숙소로 돌아가는 길, 노점에서 자른 파인애플과 코코넛을 반찬통에 한아름 사는데 이 청년도 한사코 돈을 받지 않는다. 한동안 실랑이하다가 결국 고맙다고 인사하고 숙소로 돌아가는 길, 뒤에서 헐레벌떡 뛰어오더니 수레에 놓고 간 내 물통을 건네주던 청년. 이것이 도둑놈 많다는 비하르주에서의 하루.

......

뉴델리 블루스

#1.

비하르주의 수도 파트나에서 13시간 기차를 타고 40도 불지옥 뉴델리에 도착했다. 인도 북부 라다크를 가보려는 일정상 인도를 자전거로 쭉 달리는 달밤님과는 따로이 왔다. 라다크로 떠나는 동안 뉴델리에 바다를 보관해놓을 곳을 찾으려 호스텔 매니저에게 물었다.

"혹시 근처에 좋은 자전거샵 알아? 점검도 할 겸 자전거를 맡기려고."

"그래? 그런데 네가 떠나면 걔네가 네 자전거 어디다 팔아버릴 수도 있어."

"뭐?!"

"여기는 인도야!!(This is India!)"

무시무시한 표정으로 외치던 화이트칙스 닮은 미국인 호스텔 관리인. 그렇다면 호스텔에 맡겨도 될까 물으니 자전거는 커서 돈을 더 받아야 된다고 보관비용 몇만 원을 청구한 이 자가 제일 자기가 말한 인도 같았다.

#2.

중국에서 반삭했던 머리가 어느새 뒷목을 덮었다. 미용실을 찾아 미로 같은 빠하르간지 골목을 헤매다가 포기하려 할 즈음, 이발사가 전화 수다를 떨고 앉아 있는 한적한 이발소를 발견했다. 문으로 고개를 들이밀었다.

"여자 컷 돼요?"

"앉아!"

"얼마예요?"

"앉아!"

"얼마냐고."

"100루피!"

"나 머리숱을 치고 싶고…."

"앉아!"

로봇처럼 '싯(Sit)'을 외치는 이발사 말에 나는 일단 의자에 앉는다. 붉은 기가 도는 머리에 검은테 안경, 콧수염에 근엄한 인상의 남자는 앉자마자 내 목에 흰 띠와 가운을 단단히 둘러맨다. 회칠이 벗겨지고 때 탄 벽과 작은 얼룩들이 묻은 거울, 분무기와 정체를 알 수 없는 그릇 같은 잡동사니가 얼기설기 놓인 경대를 마주하고 있으려니 체념이 자연스럽게 된다. 100루피(1600원)면 뭐, 망해도 다시 자라는 게 머리니까.

그러고 보니 원하는 스타일 사진 준비도 안 했다. 급히 구글에서 '숏컷'을 검색하니 첫 화면에 연예인 고준희가 뜬다. 고준희의 보이시한 숏컷을 이발사는 2초간 보고는 알았다며 가위를 들어 작업을 시작하는데, 홀연히 보조 2명이 나타나 내 옆에 섰다. 딱히 하는 일도 없어 보이는데 구경 온 것인가 싶다.

숱도 쳐달라고 해야 한다. 얼마 전에 깔아둔 음성 번역앱을 켜 "숱을 치다"라고 또박또박 발음했는데, 입력은 "수출 치다"라고 되었고, 최종적으로 "이것은 수출용입니다"라는 의미로 번역되었다. 고심하다가 구글에서 숱 치는 가위 사진을 찾아 이발사에게 내미니 어쩐지 이발사가 좋아하며 오케이했다.

이발사가 아까부터 자꾸 내 어깨를 힘주어 누르길래 왜 이러나 그랬는데 나 보고 내려가라는 말이었다. 이 낡디 낡은 의자에는 높이 조절 기능이 없었고 내가 엉덩이를 앞으로 밀어 스스로 내려가야 하는 시스템이었다. 엉덩이를 앞으로 삐죽삐죽 밀어 내려가자 이발사는 그제야 만족한 듯 빗으로 머리를 빗는다. 어찌나 강하게 빗는지 이도 잡을 수 있을 것 같았다.

"오케이?"

이발사가 첫 번째로 묻던 시점에 내 머리는 고등학생 단발 귀밑 3센치였다. 더 짧게 잘라달라 했다.

"오케이?"

고등학생 단발 귀밑 2센치가 됐다.

"아저씨, 귀 옆을 잘라줘요. 여기를 짧게."

그랬더니 이발사는 열심히 귀 옆의 숱만 치더니 다시 "오케이?" 하고 묻는다. 귀밑 1센치가 되었다.

네팔에 살았던 친구 말로는, 미용사가 어느 정도 이상으로는 머리를 자를 수 없어 했다고 했다. 여자 머리를 짧게 자르는 게 그 지역 문화와 정서에는 맞지 않았던 것이다. 귀 옆 부분은 이 로봇 같은 이발사가 여성 컷을 하는데 있어 도저히 자를 수 없는 문화적 마지노선인가 싫어 차마 떨어지지 않는 입을 열어 오케이를 중얼거렸다. 이발사가 신나게 숱을 친 앞머리는 쥐가 갉아먹은 모양이 되었다. 이렇게 1600원에 머리칼을 잃었다.

#3.

호스텔 4인 도미토리에서 브라질에서 온 아만다를 만났다. 큰 눈에 긴 머리, 키도 늘씬하게 큰 아만다는 2주간 네팔과 남인도 고아를 다녀왔단다. 좋았다고, 바다 보면서 잘 쉬었다고 했는데 짐 정리하다 문득 중얼댄다.

"근데 인도는 이제 다시 안 올 거야."

귀국 항공편이 취소됐단다. 12일 전에 항공사에서 취소 연락이 와서 그때부터 매일매일 항공사에 전화하는데, 내일모레 비행기를 타야 하는 오늘까지도 답이 안 왔다.

밤이 되어 아만다는 항공사에서 걸려온 전화를 받는다. 20여 분의 통화를 본의 아니게 생중계로 듣는 동안 항공사에서는 처음에는 비행기가 없다고 했다가, 찾아보겠다고 했다가, 러시아 쪽 항공사랑 얘기를 해보라 했다가, 갑자기 비행기가 내일로 잡힐 수도 있다고 그러는 것이다. 아만다가 흥분하니 직원은 그랬다고 한다. "맴, 일단 차라도 한잔하면서 진정하시고…."

지금 시간은 밤 9시고 아만다는 내일 새벽 3시 타지마할 가는 택시를 예약해놨고 항공편이 내일로 잡히면 타지마할도 택시도 취소해야 하는데, 차라도 한잔하시면서, 그랬다는 것이다.

아만다는 분노와 열정으로 통화를 이어갔다. 전화통을 30분 붙잡고 있던 끝에 마침내 항공사 직원은 내일모레 가는 항공편을 잡는 데 성공했다. 그러자 그때껏 열띠게 환장하던 아만다는 거의 울 것같이 감동하더니, 그 웬수 같던 항공사 직원이 앞에 있다면 얼싸안고 키스라도 할 듯이 사랑의 언어를 쏟아붓기 시작한다.

"넌 천사야. 너 이름이 뭐니? 산디? 산디, 너 어느 나라 사람이니? 인디아? 응…. "

"나 이제 내일 타지마할에 갈 수 있어. 타지마할에서 상리(이름 틀렸음) 너를 기억할 거야."

"난 인도에 휴가로 왔지…. 휴가…. 이 미친 인도에서… 알어? 니네 나라는 미쳤어… 듣고 있니?"

"브라질 오면 얘기해… 내가 시내 구경시켜 줄게."

……

라다크 오지마을, 여기까지 올 필요는 없었다

0.

라다크는 10년 넘게 마음에 품어왔던 곳이었다.

라다크를 알게 된 것은 대학 시절, 《오래된 미래》(녹색평론사, 2001)라는 책을 읽고서였다. 책을 쓴 헬레나 호지는 1975년 연구를 위해 라다크에 들어갔다가 오랜 세월 이어져온 전통 공동체를 발견한다. 사람들은 험준하고 거친 고산 환경에서도 검약하고 자족하며 건강한 공동체를 꾸렸다. 개인은 가족과 이웃과 짐승과 물과 땅과 자연의 긴밀한 공동체의 일부로서 안정감과 자존감이 있었다. 서구식 개발과 경제성장의 물결이 이 땅에까지 미치기 전까지는.

충격이었다. 내게 있어 현대 산업사회는 필연이자 최선이었다. 이런저런 단점도 있지만 역사가 발전하다 보면 어쩔 수 없는 것이려니 했었다. 그런데 현대 산업사회도 다양한 사회 형태 중 하나일 뿐이고 다른 선택도 가능하다는 것을, 그 책을 읽으면서야 깨달았다. 그 깨달음이 이후 나의 삶과 생각에 많은 영향을 주었다.

그 책의 배경이 되었던 라다크에 언젠가는 가보고 싶다고 생각했다. 책이 나온 후로도 시간이 많이 흘러 어떻게 변했을지는 모르겠지만, 실망을 하든 어쩌든 일단 가보고 싶었다. 그리하여 이번 여행에 찍은 세 점의 마지막 하나가 라다크였다. 4월에는 육로가 열리지 않아 비행기를 타는 것을 감수하며 이곳에 온 것이다.

1.

전통을 간직하고 사는 사람들을 보고 싶어서, 라다크에서도 가장 깊숙한 산골 오지마을로 향했다. 라다크에서 만난 한국사람과 동행해 수도 레에서 버스를 탔다. 인더스강을 따라 세 시간쯤 버스를 타고, 두 시간 기다려 버스를 갈아타고 또 세 시간 동안 산을 꼬불꼬불 타고 올라가 해질녘 드디어 도착한 마을. 혹시 이 마을에 홈스테이할 곳이 있을까 버스기사에게 물으니 기사는 승객 중 한 아저씨를 부르고, 그 아저씨는 근처에 있던 꼬마를 따라가라 손짓한다. 나중에 알고 보니 꼬마는 아저씨의 손자였다.

정상에 눈가루를 쓴 잿빛 산들이 시야 양옆으로 펼쳐져 있다. 인더스강으로 이어지는 지천을 따라 난 좁은 길을 꼬마를 따라 올라가니 산의 색을 닮은 벽돌집이 나온다. “아마! 아마!(엄마! 엄마!)” 외치는 꼬마를 따라 집으로 들어갔다. 중앙 넓은 방, 거뭇거뭇하게 세월의 때가 덮힌 옥색과 분홍색 투톤의 시멘트벽과 모서리가 부드럽게 닳은 나무바닥으로 짜여진 넓은 방은 이 집의 부엌이자 거실이자 가족 방이다. 은색과 금색 그릇이 가득찬 그릇장이 한 벽을 차지하고, 그 앞에 연통이 천장 너머까지 뻗은 화로가 있고, 한쪽에는 테이블식 냄비장 위로 가스렌지가 있다.

이 집에는 아빠 체왕과 엄마 라모와 열한 살 딸과 여섯 살 아들이 살았다. 머리를 둥글게 민 날카로운 인상의 체왕은 야상점퍼에 손을 주머니에 꽂고 다닌다. 큰 눈에 길쭉한 얼굴의 라모는 머릿수건을 히잡처럼 두르고 패딩점퍼를 입었는데, 그 밑으로 전통 옷인 긴 윗도리가 치마처럼 펄럭였다. – 여기서 묵으면서 일 좀 도울 수 있을까? – 왜 일을 하고 싶은데? – 일하면서 여기 문화를 더 잘 이해할 수 있을 것 같아서.

아침에는 동네를 따라 잇는 유일한 길이 염소로 가득 찼다. 염소치는 이가 동네 염소들을 모아 산으로 풀을 뜯기러 출근하는 거란다. 열한 살 딸은 잔뜩 낡은 석유통에 물을 가득 담아 등에 익숙하게 메고 왔다. 씻을 물은 동네 학교의 공용 펌프에서 퍼 오고, 마실 물은 지천의 물을 떠 온다. 건조한 기후에도 풍부한 물 덕에 이 마을에는 보리와 밀도 나고 토마토, 양파, 감자 등 야채도 난단다. 다만 고도가 높아서 봄은 다른 동네보다 더 늦게 온단다.

체왕을 따라 건넛마을로 나섰다가 밭을 가는 사람들을 만났다. 이 산골짜기에도 사람들은 야트막한 밭을 일궈 돌담으로 구획을 지었다. 제주도의 밭 풍경이 떠오른다. 제주의 돌담이 검다면 이곳 돌담은 회백색이다. 갈색 흙밭에서 머릿수건에 라모와 비슷한 차림을 한 아줌마들 열댓 명이 일렬로 괭이를 잡고 코곡코곡 땅을 갈아엎으면 짙은 고동색 흙이 드러난다. 아줌마들 옆으로 아저씨 둘이 야크와 소의 교배종인 조(dzo) 두 마리로 밭을 간다. 검은 조가 간 밭을 사람들이 따라가며 다시 갈아주는 식이다. 조를 끄는 아저씨가 노래를 부르는데, 가사를 알아들을 수 없는 그 노래가 《오래된 미래》에서 나온 노래일까, 그 풍경일까 하여 약간 뭉클한 기분이 되었다.

오, 너희 두 마리 거대한 짐승아, 야생 야크의 아들들아!
너희 어미는 소일지 모르나 너희들은 호랑이, 사자와 같다!
너희는 새들의 왕 독수리와도 같다!
높은 산정에서 춤추는 너희들이 아니냐?
산들도 품에 안는 너희들이 아니냐?
바다도 한 모금에 들이켜는 너희들이 아니냐?
오, 너희 두 마리 거대한 짐승아, 끌어라, 끌어라!

그나저나 체왕이 괭이를 얻어다 주어 코콕콕콕 해보는데 곡괭이는 너무 무겁고 허리가 너무 아프다. 라다크 고산지대에서 안 그래도 저질인 내 몸은 상종도 못할 저질이 되어, 괭이 들고 사진만 찍는 국회의원식 행보를 밟아야 했다.

2.

둘째 날 오후에는 길에 앉아 마을 모습을 그렸다. 그려 보니 돌이 정말정말 많다. 산 아래 동네에 낸 길을 떠받치는 것도 돌이고, 그 길 위에 있는 집도, 집을 둘러싼 담도 돌이다. 길 밑에 층층이 낸 밭을 지탱하는 것도 축대처럼 하나하나 쌓은 돌이다. 자연과 사람들이 돌로 낸 곡선 안에서 사람들은 부지런히 또는 태평히 움직인다.

인더스강은 이미 이 지천에서부터 무수한 삶을 지탱해오고 있었구나. 험준하고 고립된 환경. 그 안에서 대를 이어 살아온 사람들. 밭을 고르고 땅을 갈아 보리를 수확해 볶기도 하고 가루 내어 음식을 만들기도 하고 가루를 물에 타 먹기도 하고 술을 빚기도 한다. 산을 타고 양과 염소를 쳐 짠 젖은 한 번 걸러내어 우유로 먹기도 하고 요거트로 먹기도 한다. 그렇게 하루하루를 보내며 수백 수천 년을 이곳에 터를 잡고 사는 사람들.

라다크라서 특별할 것이 없다. 인간은 그렇게 살아왔다. 이곳은 험준한 환경 덕에 현대의 흐름에 영향을 덜 받았을 뿐. 인간은 늘 주어진 환경에서 살 길을 더듬어왔다. 그리하여 환경을 보면 삶의 형태를 짐작할 수 있다. 가끔은 대륙과 지역을 뛰어넘어 비슷한 모양이 나타난다. 처음 라다크에 도착했을 때 사람들에게서 나는 가축의 젖 냄새를 맡고 몽골을 떠올린 것처럼. 인도 아삼주의 전통 부족 공연을 보며 아프리카를 떠올린 것처럼.

이제 이 깊숙한 오지에서도, 하루에 한 번 있는 버스를 타고 들어오는 빵과 우유, 야채를 먹을 수 있다. 저녁 7시부터 4시간 정도는 전기가 들어와서 백열등도 켤 수 있고 위성으로 힌디어 TV도 볼 수 있다.

3.

이틀 밤을 자고 난 아침. 체왕이 먼저 "돈은?" 하고 묻기에 "아, 얼마야?" 그랬더니 그런다.

"3000."

나는 3000루피(4만 8000원)를 당연히 300루피(4800원)로 듣고 너무 저렴한데, 생각하며 "각자?" 물었더니 체왕이 애매하게 고개를 끄덕인다. 내가 지갑을 꺼내려는데 체왕이 "3000, 3000" 또 그런다.

잠시 생각을 해보니 쓰리싸우전드가 300이 아니라 3000이구나. 뭐?

"3000? 3000? 300이 아니라 3000???"

그때의 충격이란, 지하철 요금이 만 원이 나오는 격이랄까, 된장찌개 한 그릇 가격이 오만 원인 상황에 비견할 수 있을까. 어쨌든 당시로서는 도무지 상상할 수가 없는 가격이었다.

"이건 아냐. 이건 아냐. 노노노노."

충격을 받은 나머지 한국말이 나왔다. 어떻게 3000이 나오는지 물었더니 체왕이 라모와 상의하면서 노트에 뭔가를 적는다. 연필로 끄적인 것을 보니 숙박비 두 명 이틀 2000루피에다가 저녁 150, 아침 200, 점심 250, 저녁 250, 그래서 총액은 2850루피.

식비가 수도 레의 두 배인 것은 이곳이 오지임을 감안해 받아들인다 치자. 바닥 매트리스에 우리 침낭을 깔고 잤는데 숙박비가 하루에 1000루피라. 생각해보니 첫날 체왕이 우리에게 레에서는 숙박비가 얼마냐고 물었을 때 둘이 500루피 방에서 잔다고 한 것을 아마 한 명이 500루피라고 들은 것 같았다.

"우린 레에서도 두 명이 500인 방에서 자는데, 거기서는 핫샤워도 나오고 와이파이도 나와. 한 명이 자면 300이야. 이건 너무 비싸."

"안 돼. 2850루피야."

"우리가 첫날 가격이 얼만지 물어봤잖아. 그때 이 가격 얘기했으면 우리는 여기에서 안 머물렀어."

"그럼 얼마 낼 거야."

우리를 얼마나 봉으로 봤는지 황당하기도 하고, 화도 좀 났다. 동행과 상의하여 마음은 안 나지만 2000루피를 내겠다고 했다.

"그건 안 돼. 2500 내."

"홈스테이 하는 친구 있으면 전화해서 물어봐. 이건 너무 비싸."

"지금 전화가 안 돼."

혀를 쯧 차는 체왕이랑 서로 눈을 부라리고 있는데, 이 장면을 옆에서 보고 있던 열한 살짜리 딸아이가 애교를 부리면서 "3000으로 하자~" 그러는 것이다. 머리가 띵해진다.

"2000루피가 우리가 낼 수 있는 최고야. 난 사실 애들 앞에서 이런 얘기 하기 싫어. 사실 2000루피도 되게 비싸다고 생각하는데, 애들이 있기 때문에 낸다고 하는 거야."

체왕은 마지못해 수긍한다. 돈을 꺼내니 아들내미가 손을 내밀어 내게서 돈을 받아 체왕에게 준다. 애들은 때 묻으면 안 된다고 하는데, 때가 좀 묻어야 이 미친 세상에서 살아갈 수 있겠지, 하면서도 이게 뭔가 싶다.

4.

레로 돌아가는 길. 아침의 일을 생각하면 황당하고 아쉽고, 나중에는 미안해진다.

첫날 체왕이 레 숙소 가격이 얼마냐고 물었을 때, 그리고 내 폰에 있는 사진을 구경하다가 뉴델리에서 레로 오는 비행기 풍경을 보고는 서로 주고받던 체왕과 라모의 시선이 생각난다. 욕망은 물에 퍼지는 잉크와 같아서 아무리 벽지라도 모세혈관 파고들 듯 샅샅이 파고들 수 있는 거더라고. 갓 피어난 욕망은 요령도 몰라 직진을 하더라고. 그것에 내가 부딪친 것은 내 욕망이 있었기 때문이다.

라다크, 때 묻지 않은 인정을 막연히 기대하고 간 것이 아니었나. 사람들의 호의를 기대하고 간 게 아니었나. 세속의 욕망이 없는 벽지 마을이라는 로망을 품고 간 것이 아니었나. 그러니까 결국 체왕네의 욕망을 부풀게 한 것은 그곳에 찾아간 내 욕망이 아니었나.

변치 않기를 원했다면 굳이 욕망을 품고 찾아갈 필요가 없을 것이다. 자연과 공존하는 사람들은 굳이 이곳이 아니더라도, 한국에서도, 내 자리에서도 볼 수 있을 것이다. 혹은 내가 그 사람이 될 수 있을 것이다.

굳이 이곳까지 올 필요가 없다는 것을, 오고서야 깨달았다.

……

하늘과 가까운 곳에서 보내는 편지

"너, 문자 봤어?"

2016년 4월 어느 날 이른 아침, 친구의 전화에 잠에서 깼다.

"응? 아니, 왜?"

"상은이가…"

친구의 목소리가 심상치 않았다. 만나면 항상 웃고 떠드는 중학교 친구 무리에서 들을 일 없는 불안한 기색이 있었다. 친구의 뒷말이 이어지기까지 그 짧은 순간 내 뇌는 빠르게, 빠르게 돌아갔다. 상은이 부모님이 무슨 일이 있으신가.

"죽었대."

뇌가 잠시 멈췄다. 아무 말도 못하고 있는 동안 친구는 젖은 목소리로 말을 쏟아낸다.

"문자가 그렇게 왔는데, 그래서 장난인 줄 알고 상은이 전화로 전화해보니까 동생이 받는다. 울면서 맞다 그래. 야, 이거 아니겠지? 장난이겠지? 내가 상은이 집에 가볼까?"

전화를 끊고 보니 문자함에 부고 문자가 와 있었다.

어떻게?

왜?

거짓말이지?

병원에 가보기로 했다. 가서 아닌 것을 확인하고 이 난리를 친 친구를 조져야 했다. 직장에 하루 연차를 구하는 연락을 하고 씻고 옷을 입는데, 일단 검은 옷을 입어야 하나? 하지만 사실이 아닐 텐데. 그래도 혹시라도, 그러니까, 입어야 하나?

상은아.

네 세 번째 기일을 네가 살아 있을 때는 내가 올지 몰랐던 곳에서 맞는구나. 승화원에 가 있는 애들과 통화했다. 오늘 못 가게 되어 아쉽지만, 이제 너는 사실 여기에도 있겠지. 없다면 거기에도 없는 거고.

인도 북부 라다크의 판공초 호수에 왔다. 신들이 산다는 히말라야 산맥과 신선이 산다는 쿤룬 산맥으로 둘러싸인 험준한 고원 라다크, 그중에서도 해발 4200미터에 위치해 있다는 판공초 호수는 지금껏 내가 밟아본 땅 중에 하늘과 가장 가까운 곳이다.

호수의 물은 비현실적으로 신비하게 파랗다. 얕은 부분과 깊은 부분, 아직 얼어 있는 부분과 녹은 부분의 색이 달라 층을 이루면서도 맑디맑다. 힌두교 등 여러 전통에서는 물을 정화의 상징으로 여기는데, 물을 보는 것만으로도 심신이 정화되는 느낌이다.

살다 보니, 라는 것을 이번 여행에서 많이 생각했다. 살아 보니 이런 순간도 오는구나. 살아 보니 달라지기도 하는구나. 살아 보니 내가 나이가 들어간다는 것도 알겠다. 아직까진 그렇게 나쁘지 않다. 그래서 네가 두고 간 너의 서른세 살, 서른네 살, 서른다섯 살이 아직도 좀 아쉽기는 해. 미련을 놓아주는 게 네게 좋은 일이라는 것을 알면서도, 아마 계속 이러고 살 것 같아.

투어 일행이 저녁 식사를 기다리며 호숫가 홈스테이에서 쉬고 있는 동안 나는 다시 호수로 걸어왔다. 주머니에서 엽서를 꺼내 소리내어 읽었다.

여행하면서도 가끔 네 생각 많이 해. 생각만 해오던 것에 액셀을 밟아준 힘 중에는 너도 있다. 생각만 했던 명상을 하게 된 것도 그렇고, 이 여행을 결국 나오게 된 것도 그렇고. 네가 지금도 내게 꽤 큰 영향을 주고 있네. 알긴 아냐?

친구는 길을 건너다 교통사고를 당했다. 구급차에 실려 병원에 가 사망선고를 받았다.

나는 혹시나 하여 검은 옷을 입고 장례식장에 갔다가 발인까지 함께 있었다. 친구는 하얀 뼈가 되고 곧 가루가 되어 단지에 담겼다.

나는 죽음에 대해 검색해보았다. '죽으면', '죽을 때 통증을 느끼나요' 따위를 인터넷에 찍어보았다. 책을 읽었다. 술을 마셨다. 우리가 곧잘 놀았던 친구의 옛집 앞 놀이터에 갔다. 생각만 했던 명상을 찾아 했다. 이 세상 그 무엇도 있다가 없어졌다가 또 있을 것이라는 것이, 삶과 죽음은 자연스러운 순환이라는 것이, 과거와 현재와 미래는 그 순환 속에서 연결되어 있다는 깨달음이 위안이 되었다.

그럼에도 친구의 마지막 순간이 계속 걸렸다. 차가운 길바닥에 누워 있을 때도 구급차에 실려 갈 때도 친구는 혼자였다. 외로웠겠다. 아프고 무서웠겠다. 그때 손이라도 잡아주지 못했던 것이, 옆에 있어 주지 못했던 것이, 아무리 생각을 정리해도 정리되지 않았다.

친구가 술 한잔하잘 때 일이 바쁘다며 나가지 않았던 것이 기억났다. 무슨 일이 있냐고도 물어보지 않았다. 친구가 대학 시절 이야기하던 꿈을, 취업을 하고서도 여전히 간직하고 있는지 묻지 않았다. 친구가 가고 나서야 찬찬히 들여다보고 짐작하게 되었다. 친구를, 친구의 외로웠던 순간들을.

네가 그랬듯이 나도 주어진 삶, 나름대로 잘 살아보마. 그리고 노력할게. 곁이 필요한 사람들의 손을 잡아주도록, 옆에 있도록, 외롭지 않게. 그게 내가 네 마지막 순간에 가닿아 네 손을 잡을 수 있는 방법이야. 그게 내가 앞으로 너와 같이 살아가는 방법이야.

엽서를 읽고 호숫가 캠프파이어존에서 태우려는데, 해질녘이 되니 얼어붙는 공기와 고원의 부족한 산소와 서늘한 바람 앞에서 라이터가 힘을 못 쓴다. 유난히 두꺼운 엽서는 미약한 라이터 불에 그을리기만 할 뿐 도무지 불이 붙지 않는다. 찰칵, 찰칵, 찰칵… 15분을 반복하니 엄지만 발갛게 부어올랐다. 다시 홈스테이로 돌아가 성냥을 얻어 또 한 10분을 시도하는데 불이 안 붙는다. 차디찬 바람에 손가락은 곱아간다. 엽서를 태우며 폼 좀 잡으려는데 여건이 안 따라준다. 결국은 못 태우고 도로 가져왔다.

그래도, 고마웠다. 안심이 되는 기분이었다. 어쩐지 친구가 잘 있다는 것 같아서, 그곳이 어디든 잘 있다는 것 같아서, 그러니 나도 지금 여기에서 잘 살아가면 된다는 것 같아서, 신과 신선들이 산다는 눈 덮힌 산과 파란 호수와 하늘이, 바람으로 그렇게 말해주는 것 같아서 마음이 좀 편해졌다.

잘 쉬어라. 편히 쉬어라. 편안해져라. 사랑한다.

다음 날 아침, 산책을 나가 판공초와 인사했다. 호수의 물이 저 멀리는 파란빛이다가 슬쩍 에메랄드빛이다가 어느 순간 연보랏빛이었다가 내게 다 와서는 투명하다가, 바람이 불어 약간씩 파도가 일면 하얀빛 포말이 되어 닿는다. 모두가 물이다.

쓰레기 트럭을 히치하이킹하다

"쓰레기장 가는 거지? 나도 같이 가도 될까?"

라다크 레에 위치한 쓰레기장 인근, 지나쳐 가는 쓰레기 트럭을 쫓아 뛰었다. 기사가 차창으로 내려다본다.

"좀 이따 갈 거야. 근데 왜 거기 가고 싶어?"

"난 여행하고 있는데, 쓰레기 재활용에 관심이 많아!"

기사는 내려 악수를 청한다. 20대로 보이는 기사는 빛나는 눈에 소년미가 있다. 이름은 소남. 소남은 트럭협동조합 소속이고 일주일에 두 번 쓰레기 수거를 맡고 있단다. 레 시내의 쓰레기는 쓰레기차가, 레 외곽 쓰레기 수거는 트럭협동조합에서 돌아가면서 한단다. 소남은 오늘 공항의 쓰레기를 수거해 오는 길이었다.

라다크의 쓰레기장에 가보고 싶었다. 책 《오래된 미래》에서 인상 깊었던 것은 물건과 자원을 최대한 활용하던 라다크 사람들이었다. 이 지역에서 나는 몇 안 되는 과일 중 하나인 살구를 예로 들어보자면, 살구 과육은 사람이나 동물이 먹고, 독성이 있는 부분은 말린 소똥과 함께 연료로 쓰고, 씨앗은 먹거나 오일을 짜고, 오일을 짜고 남은 찌꺼기는 음식에 넣거나 피부 보습에 쓰거나 그릇으로 만들기도 했다. 그러니 쓰레기랄 것이 별로 없었다. 척박하고 건조한 지역에서 오랜 세월 살아남을 수 있는 비결이었던 생활문화는 개발과 함께 흐릿해지고 있다. 게다가 관광 성수기인 여름에는 관광객이 버린 쓰레기가 더해져서 평소 대비 최소 5배 이상 쓰레기가 나온단다. 그 쓰레기는 어디로 갈까?

레를 거닐다 만난 쓰레기차에 물어 알아놓은 쓰레기장 이름 '범가르드'. 이 이름 하나로 물어물어 쓰레기장을 찾아갔던 것이 어제였다. 쓰레기장 입구에서 만난 사람들이 쓰레기장에는 개가 많아 위험하다고 말려서 그냥 돌아왔다. 오늘 다시 가서는 택시라도 잡아볼까 하다가 운 좋게 소남의 트럭을 만난 것이다.

소남의 트럭을 타고 들어가보니 쓰레기장이란 그저 잿빛 돌산과 설산에 둘러싸인 드넓은 땅이다. 그 사이로 트럭이 지나는 흙길이 나 있다. 평범한 흙길이라기에는 쓰레기가 촘촘히 바닥에 박혀 있고, 길 양옆으로 쓰레기 섞인 흙이 봉긋봉긋하게 쌓여 있다는 점만 다르다. 쓰레기 카펫 길을 천천히 얼마간 들어가니 쓰레기 태우는 연기가 피어오른다. 열린 창문을 통해 들어오는 매캐한 연기에 눈이 따갑고 목이 칼칼하다.

입구에서부터 5분 남짓 들어와서 소남은 트럭을 세워 콘테이너를 기울여 길옆으로 쓰레기를 비워내기 시작한다. 소남을 따라 내렸다. 근처에 있던 개 열댓 마리가 쓰레기 더미로 달려들어 먹이를 찾는다. 개들은 소남을 슬슬 피한다.

"소남, 너는 개에 물린 적 없어?"

"없어."

소남의 당당함이 진하게 부럽다. 나는 그저께 개에 물렸다. 동네를 걷는데 뭔가 뒤에서 종아리를 꽉 물어 돌아보니 개가 이미 뒤돌아 튀고 있었다. 근처에 있던 아줌마가 돌을 던져 개를 멀리 쫓고는 비누와 깨끗한 물을 빈 캔에 담아주셨다. 덕분에 비누를 문질러 파인 상처를 씻어냈다. 한국에서 비싼 광견병 주사를 맞고 온 보람이 생겨버렸다.

병원에 찾아가니 의사가 광견병 주사를 맞았다면 괜찮다고 한다. 이 지역에서 개에 물리는 사례는 굉장히 흔하고 그날만 서너 명이 개에 물려 찾아왔단다. 항생제를 처방받고는 상처를 소독해주는 간호사에게 물었다. – 언제 또 와야 돼요? – 안 와도 돼요. 비누로 씻어요. 그게 최고예요.

아직도 아리는 종아리를 달래며 소남 옆에 위성처럼 붙어 이야기를 듣자니, 우리가 트럭 타고 5분여 온 이곳은 전체 쓰레기장의 절반도 안 되는 지점이란다. 쓰레기는 묻지 않고 바로 태우거나 그냥 놔두거나 한다.

이 광활한 쓰레기장에서 재활용 쓰레기 수집은 입구 쪽 대여섯 채 천막에 사는 사람들이 맡고 있는 것 같다. 재활용 쓰레기는 여기서 700킬로미터 떨어진 잠무로 간다고 했다. 험준한 라다크에서는 일 년 중 절반 이상 육로가 닫혀 있는데,

라다크에는 재활용시설이 없다. 2017년 말 라다크 정부는 라다크 최초로 분리수거센터를 세웠는데, 가보니 30평 남짓한 공간에서 열댓 명이 수작업으로 쓰레기를 분류하고 있었다. 설립 자체는 고무적이지만 전체 쓰레기를 감당하기는 역부족일 것이다.

개와 소와 쓰레기가 뒤섞인 설산 밑 쓰레기밭을 보고 있자니 질문이 떠오른다. 이것이 발전인가. 물건이 많이 들어오고 많이 팔리고 돈을 많이 버는 게 발전이니, 결국은 이 쓰레기장이 점점 커지는 게 발전인가. 그나마 쓰레기장이라 이름 붙은 이곳에서 태워지지 못하는 쓰레기는 어떻게 될까. 판공초에서 돌아오던 길 도로 옆 바위 사이에 떨어져 있던 플라스틱 물병을 보았다. 네팔의 히말라야 산중에서는 수천 년 전에 죽은 동물 사체도 그대로 남아 있더라는 기사를 본 적이 있다. 이 건조하고 기온 낮은 곳에서, 그 물병은 천 년도 넘게 그대로 남아 영면할 수도 있을 것이다.

물건이 들어올 때는 사후처리를 전혀 고려하지 않는다. 제조자나 판매자나 소비자에게 이 물건이 버려지고 나서 어떻게 처리될지는 전혀 중요하지 않다. 중요한 것은 물건을 더 많이 만드는 것, 더 많이 파는 것, 혹은 더 좋은 물건을 더 싼 값에 사는 것이니, 물건이 아무런 대책도 없이 밀려 들어온다.

라다크가 속한 잠무카슈미르주에서는 비닐봉지 사용을 금지했고, 추가로 올해부터는 일회용 식기류 일체의 사용을 금지했다. 그러나 일회용 포장된 공산품에 대한 규제나 대안을 모색하는 것은 이 지역에서 할 수 있는 범위가 아니다.

이 지역 사람들이 부유해지면 쓰레기를 다른 가난한 지역으로 돈 주고 떠넘길 수도 있겠지. 그러면 쓰레기를 넘겨받은 가난한 지역에서는, 부유한 지역 기준으로는 허락되지 않는 비보건적이고 비환경적인 방식으로 재활용을 하든 소각을 하든 그대로 놔두든 할 것이다. 그러면서 '세계에서 해양으로 쓰레기를 제일 많이 배출하는 나라', '쓰레기 처리가 제대로 되지 않는 지역' 순위에 단골로 등장하겠지.

중국은 2018년에 이 역할을 더이상 안 하겠다고 나온 거고, 그러니 중국에 쓰레기를 떠넘기던 한국을 포함한 나라들은 발등에 불이 떨어졌던 거고, 궁여지책으로 중국 대신 다른 나라에 넘기려고 하는데 구관이 명관이라고 중국만 한 데가 없단다. 말레이시아, 인도네시아, 필리핀, 태국, 베트남 같은 나라도 속속 쓰레기 수입 금지를 선언했다. 다른 나라로 넘기지 못한다면, 자기 나라에서 처리가 가능할까. 그 많은 쓰레기를.

플라스틱 등 쓰레기를 줄이거나 대체하려는 흐름은 이제 전 세계에서 점점 커질 것이다. 그럴 수밖에 없을 거다. 자기 지역에서 해결해야만 한다면. 어딘가 떠넘길 수 없다면. 떠넘기더라도 돌고 돌아 다시 자신에게 돌아올 것임을, 세계가 연결되어 있음을 학습한다면.

호텔 스타인은 어디인가

인도 펀잡주의 잘란다르, 이 동네 주변 지역이 다 그렇듯 인더스 문명의 일부였다는 이 도시에서 나는 무작정 헤매고 있다. 오늘의 예약 숙소, 호텔 스타인을 찾기 위해서.

아침 6시부터 60킬로미터를 달려 점심때야 잘란다르에 도착했다. 밥부터 먹었다. 오늘은 큰맘 먹고 케밥 뷔페를 갔다. 인도에서는 꼬치구이를 케밥이라 부른다. 무한리필로 나오는 치킨과 생선과 새우 꼬치구이로 아랫배와 윗배까지 가득 채웠다.

인도는 채식에 있어 더할 나위 없이 좋은 환경이었다. 인도의 국교인 힌두교에서는 소고기를 안 먹는다. 그렇다고 돼지고기를 먹는 것도 아니다. 힌두교에서 고기는 부정한 것으로 여겨서 채식을 제일로 친단다. 인도 인구의 20퍼센트 이상이 채식인이라는데, 인도 인구가 13억이 넘으니 최소 2억 6천만 명의 채식인이 이 대륙에 있는 것이다. 채식의 거대한 조류는 뉴델리에서부터 서쪽으로 이동하면서 특히 체감되었다. 인도 버거킹에서는 킹에그버거를 팔았고 베스킨라빈스에도 채식 옵션이 있었다. 길가 식당마다 경쟁적으로 '채식', '100퍼센트 채식'을 내세우고 있는 이 상황에, 고기를 굳이 찾아 먹지 않던 나는 청개구리처럼 고기를 찾기 시작한 것이다.

만족스럽게 점심을 먹고 나와서 바다에 올랐다. 오늘의 예약 숙소는 뷔페와 불과 1킬로미터 거리다. 그런데 내비가 뜨지 않는다. 인구 밀도 높은 이 도시에서 갤럭시 S4의 데이터 센서는 또 정신을 잃고 말았다. 아까 내비를 봤던 기억을 더듬어 찾아가 보는데, 호텔 스타인은 없다. 근처 가게에 물어봐도 모른단다.

이렇게 상황이 막연할 때는 이성이 일하도록 가만히 집중해야 한다. 그러나 인간은 어리석고 같은 실수를 반복하는 바, 나는 99퍼센트 실패하는 방향으로 이성 없이 질주하기 시작한다. 인근을 무작정 헤매보는 것이다.

헤매다 보니 어느새 인더스 문명이나 신드바드 모험 때부터 있었다 해도 믿을 것 같은 골목에 진입했다. 골목 양옆에 신발이며 옷감이며 식료품 등 온갖 가게가 다닥다닥 붙어 있는 것을 보니 이곳은 잘란다르의 국제시장쯤 되는 것 같다. 시장이라는 것을 인지했을 때 짐을 매단 자전거를 타고 있는 자로서 응당 돌아섰어야 했는데 무이성의 쇄도는 멈추지 않았다. 골목을 전진한 지 2초 만에 진한 후회가 파도처럼 밀려온다. 미쳤지. 내가 여기를 왜 들어왔지.

처음에는 양팔을 넉넉히 벌려볼 수 있는 너비의 골목이었는데,

가다 보니 한 팔 길이도 안 될 것 같은 좁은 골목이 이어진다. 30여 년 전 자궁을 빠져나올 때 이런 기분이었을까. 이건 도저히 안 되겠는데, 하는 순간에 또 이게 된다. 게다가 이런 실핏줄 같은 골목에 오토바이를 타고 빠져나가는 이들이 있어 인도에서 불가능은 없다는 것을 또 한 번 몸으로 보여주고 있는 것이다. 무아지경으로 미로 같은 골목을 빠져나왔다.

깔끔해 보이는 스낵집이 보인다. 테이크아웃 창을 통해 오렌지를 짜고 있던 직원에게 물었다. – 여기 와이파이 돼? – 응.

감격한 나는 얼른 텀블러를 꺼내 들어 오렌지주스를 하나 시키고 가게로 들어갔다. – 와이파이 비밀번호가 뭐야? – 몰라.

사장이 없어서 모른다는 것이다. 어느덧 인도 생활 2개월 차인 나는 당황하지 않고 진지하게 이야기했다.

"나 와이파이 때문에 주스 시킨 거야. 너네 호텔 스타인 알아? 모르면 네 폰으로 테더링이라도 해줘."

직원들이 수군수군하더니 잠시 후 사장이 가게로 들어온다. 사장은 와이파이 비밀번호를 알려주고는 인도인 행동 매뉴얼에 따라 어김없이 같이 셀카를 찍자고 했다. 호텔 위치를 검색하니 놀랍게도 아까 내가 기억을 더듬어 찾아갔던 곳이다. 아까의 나는 놀랍도록 뛰어난 직감과 기억력을 발휘했던 것이다. 그런데 다시 가봐도 거기에 호텔이 없다.

저장해놓은 번호로 전화해보니 호텔 체인으로 연결된다. '오요(OYO)'라는 인도 호텔 예약앱은 한국의 '야놀자' 정도라고 보면 될까. 정황상 전혀 호텔 위치를 알고 있을 것 같지 않은 오요 상담원과 상담한다. 상담원은 속사포처럼 어쩌구 저쩌구 말을 쏟아내는데 맨 끝에 '오께이?'만 알아듣겠다. 안 오께이다. 무슨 번호인지는 모르겠지만 상담원이 알려준 번호로 다시 전화해보니 흥겨운 통화 연결음만 귀를 꽝꽝 울린다.

나는 다시 비이성을 택했다. 무작정 뒷골목으로 가보는데 마침 10미터 앞 골목 끝에서 한 아저씨가 오토바이에 마악 시동을 걸고 있다. 이제 뛰어갈 힘도 없고, 예의와 체면을 길바닥에 다 내려놓은 나는 목청을 드높여 쩌렁쩌렁 골목이 다 울리게 외쳤다.

"호오텔 스타인이 어딨습니까아!!!!!"

그랬더니 갑자기 골목 맨 안쪽 건물 2층 베란다에서 사람이 고개를 내민다. 터번 쓴 흰 수염 아저씨다.

"뭐라고? 뭐가 어딨냐고?"

터번 아저씨는 호텔 스타인을 안다고 했다. 아저씨 안내대로 한 30미터 걸으니 바로 그 호텔 스타인이, 찾아 헤맨 지 두 시간 만에 드디어 내 시야에 포착된다. 애초에 구글 지도에 호텔 위치가 잘못 표시되어 있었던 것이었다. 호텔 주인은 일관성 있게도 호텔 벽에 붙은 안내표지에도 호텔 방향 화살표를 반대로 해두고 있었다.

그렇게 상봉한 호텔 스타인의 매니저는 자전거는 안에 들여놓을 수 없다고 단호하게 이야기한다. 몇 분간 실랑이를 했다.

"낮에는 말고 저녁만이라도 들여놓으면 안 돼?"

"안 돼."

"잃어버리면 네가 책임질 거야?"

"응! 질게!"

인도에서, 자전거 잃어버리면 책임질 거냐 물었을 때 책임진다고 하는 숙소는 본 적이 없었다. 인도 들어 처음 보는 강경함에 일종의 신뢰마저 느껴졌다. 별수 없이 바다를 외부 배관에 자물쇠로 꽁꽁 매놓고 비닐 커버까지 덮어놓고 들어왔다.

밤에 잠이 막 들었는데 누가 방문을 두드린다. 무시하고 자려니 방에 비치된 전화기 벨이 댕랭랭랭 울린다. 받아 보니 매니저다. - 네 자전거, 안으로 넣어.

시계를 보니 10시가 넘었다. 관자놀이에 분노의 맥박이 저 멀리서부터 뛰어오지만 잠을 위해서는 평온한 심장 상태를 유지해야 한다. 말없이 나가서 자물쇠를 풀고 비닐 커버를 벗겨 바다를 카운터 옆에 들여놓고 들어와서 다시 잠들었다.

그리고 아침, 짐을 정리하는데 어제 바다에서 벗겨 온 비닐 커버에 노란 자국이 있다. 설마 설마 하며 냄새를 맡았는데 오줌이다. 게다가 어제 바다 위에 뭔가 얹혀져 있는 것을 잠결에 들고 왔는데 잘 보니 짐받이에 붙었던 반사경이다. 어떤 놈이 반사경을 떼 가려다가 다 못 떼고 오줌을 갈겨놓은 것으로 추정된다. 나가서 바다를 살펴보니 핸들바의 벨 위치가 조금 틀어져 있는데, 이것도 떼려다가 실패한 것으로 보인다. 예상치 못했던 이득은 원래 벨 위치가 기어판을 가리고 있었는데 이제는 기어판이 잘 보이게 됐다는 것이다.

호텔 스타인이 이렇게까지 했어도 나는 화를 내지 않았다. 기대가 없으니 화도 나지 않았다. 인도에서는 상식의 편차가 매우 커서, 상식을 내려놓을 때는 간과 쓸개까지 내려놔야 하는 것 같았다. 오늘의 나는 췌장까지 내려놓으며 들국화의 〈걱정 말아요〉의 한 구절을 기도하듯 읊었다. **지나간 것은 지나간 대로 그런 의미가 있죠.**

그러나 한계를 모르는 매니저는 잠자코 체크아웃을 하는 내게 호텔 예약 앱에서 호텔 스타인 평점을 5개 달라고 요청한다. – 나 지금 가야 돼. – 맴 플리즈…. – 나중에 할게. – 플리즈….

구글맵 위치도 틀려놓고, 자전거 들여놓는 데는 강경하다가 결국은 바다에게 오줌 줄기를 맞힌 매니저 놈이 눈썹을 찡그리며 꼴사납게 애원하는 꼴은 참을 수 없었다.

"너네 별 5개 못 줘. 구글맵도 틀렸고 어제는 자전거에 누가 오줌을 싸놨어. 못 줘."

매니저는 잠시 침묵했다. 그리 놀라지 않는 표정이었다.

"그럼 몇 개 줄 거야?"

"…세 개?"

세 개에 담긴 관대함은 마하트마 간디를 능가하는 수준이었으나 매니저는 그렇다면 너의 별은 안 받겠다는 표정이 되었고, 그제야 나는 체크아웃에서 풀려날 수 있었다.

인도를 그렇게 두려워하면서도 기대한 것이 있었다. 이 대륙에서 밑바닥 싸움과 치열한 흥정을 경험하며 생존의 기술을 터득할 수 있지 않을까 하는 기대. 그리고 지금 인도 2개월 차, 때로는 어이없어 말도 안 나오고 때로는 화가 머리끝까지 치밀어오르는 상황에서 안 되는 영어로 대거리를 하면서 나는 그 기대를 어느 정도 이룰 수 있었다. 그리고 비로소 깨달았다. 이런 거 안 하고 살 수 있다면 그러는 편이 좋겠다.

라마단 기간 파키스탄에 뛰어들었다

인도와 파키스탄의 와가 국경. 인도 건물과 파키스탄 건물이 마주 보는 사이 짧은 2차선 도로 양옆으로 계단식 객석이 펼쳐져 있다. 매일 오후 열리는 양국 국기 하강식 때 사람으로 꽉꽉 들어차는, 지금은 텅 빈 객석 사이를 지나 인도와 파키스탄을 가르는 굳고 촘촘한 철창문의 빼꼼 열린 틈으로 빠져나간다. 철창을 가운데 두고 선 파키스탄 군인과 인도 군인이 서로 농을 건넨다. 옛 영화 〈공동경비구역 JSA〉 생각이 난다. 나 같은 외국인은 이렇게 쉽게 넘는 이 틈을 정작 인도인과 파키스탄인은 통과하기 힘들다.

파키스탄 출입국사무소에서 입국 도장을 받고 주위를 서성이는 환전상에게 환전을 하고는 쭉 뻗은 2차선 도로를 달린다. 말로만 듣던 파키스탄이다.

그런데 여기 너무 인도 같네. 사람들 생김새도 그렇고, 벽돌집이 많은 것도 그렇고, 말이 끄는 수레도 그렇고, 소똥을 길가에 말려 놓은 것도 그렇다. 풀을 먹고 사는 소가 싼 똥에는 섬유질이 많고 마르면 냄새도 별로 안 난다. 지푸라기 등과 섞어 둥글게 빚어놓은 말린 소똥은 좋은 연료이자 벌레 방제제가 된다.

그뿐인가. 옥스퍼드 스쿨(Oxford School) 등 영국 내음 나는 간판도 그렇고, 트럭과 버스의 세상 화려한 장식도 인도를 꼭 닮았다. 다만 문자는 다른데, 사실 인도의 힌두어와 파키스탄의 우르두어는 문자만 다르지 구어는 거의 같단다.

또 다른 점은, 사람들이 다 웃는다. 출입국사무소에서도 친절하고, 군인도 친절하고, 휑한 도로에 드문드문 보이는 사람들도 엄지를 치켜세우며 인사를 한다. 그리고 또 다른 점은, 여기가 덥다. 아까 환전상 아저씨가 파키스탄은 덥다고 조심하라고 했었는데 귓등으로 들었다. 국경 하나 넘는 건데 뭐 대단하게 더워지겠나 했는데 불행히도 국경 하나를 넘었는데 대단히 더워졌다. 정오 즈음이라는 시간대도 그렇지만, 인도 대부분 구간에서는 충분하게 느껴지던 가로수가 이 구간에서는 현저히 줄어든 것도 주요한 원인인 듯하다. 나무 신세를 지기 힘든 43도의 기온대.

슬슬 점심때다. 될 수 있으면 에어컨 있는 식당을 찾고자 양옆을 스캔하며 달리는데 식당이 죄다 문을 닫았다. 전자제품점, 수리점, 문방구, 이런 가게는 다 열려 있는데, 이상하게도 식당은 기가 막히게 쏙쏙 문을 닫고 있는 것이다. 햄버거집 간판이 보여 가봤는데 그 집은 문을 닫고 옆에 빵집만 문을 열었다. 빵도 맛있을 것 같지만 앉을 자리가 없어서 지나친다. 그나저나 오후 1시가 지났으면 햄버거집이 열 만도 한데 좀 이상한데, 그러면서 다시 직진을 하다가 퍼뜩 깨달았다.

아 맞다. 라마단이었지!!

그렇다. 지금은 이슬람의 금식 기간인 라마단이고 파키스탄은 이슬람교 신자가 96퍼센트인 이슬람 국가다. 지금이 라마단이라는 것을 글로는 읽고 왔지만 그렇게 중요하게 여기지 않았는데 현실로 닥치니 이것만큼 중요한 것이 없었다. 내가 지금 살 수 있는 음식은 빵 쪼가리밖에 없는 것이었다.

라마단이 일주일이 아니고 무려 한 달이라는 것도, 해 뜰 때부터 해가 질 때까지 금식이라는 것을 오늘에 와서야 똑똑히 인식하게 되었다. 이슬람력으로 아홉 번째 달을 라마단이라고 하고, 이달 해 떠 있는 동안은 음식, 음료, 흡연, 성행위가 모두 금지된단다. 신자는 금식 기간에 인내와 자제력과 신앙심을 키우고, 소외된 사람을 둘러보고, 몸과 마음을 정화하고 그 외 기타 등등을 한다는데….

저도요? 저도 해야 되는 건가요?

현실을 인식하고 다음 만난 빵집에서 빵 쪼가리를 샀지만 먹을 곳을 못 찾았다. 후미진 구석을 찾아 두리번거리다가 어느새 라호르 시내에 진입하여 통신사 건너편에 다다랐다. 파키스탄의 SK라는 '종(ZONG)' 통신사에 유심을 사기 위해 온 것이다.

통신사로 가려면 혼잡한 2차선 도로를 건너야 한다. 긴장하며 길을 건널 타이밍을 보고 있는 나를 발견한 한 행인이 "잘로, 잘로

(가자, 가자)" 하면서 팔을 뻗어 차량을 막으면서 교통을 통제해준다. 엉거주춤 그를 따라 길을 건너는데 그 아수라장에서 건너편에 오던 오토바이 운전자가 "하와유" 하며 지나간다. 외국인에 관대하고 친절한 동네라더니, 물론 외국인에 대한 관심은 인도도 결코 지지 않았지만, 현재까지 스코어상 인도는 빤히 응시한다면 파키스탄은 웃는다.

통신사에 들어가자마자 일단 정수기로 직행하여 냉수 두 잔을 원샷했다. 인도에서는 흔치 않던 냉수가 파키스탄에 오자마자 있다. 짜릿하게 목을 적시고 유심을 사려는데, 직원 말로는 정부 정책이 바뀌어 유심을 2G폰과 세트로 사야 하고 4000루피(약 3만 6,000원)란다. 유심 가격을 200루피(약 1,800원)라고 알고 간 나로서는 청천벽력이다. 일단 그 돈 주고는 못 사겠다. 게다가 쓸모없어 보이는 2G폰까지 달고는 절대 안 살 것이다. 파키스탄에서는 유심 없이 살아보기로 결심하고 직원에게 말했다.

"여기 와이파이 있어? 유심은 못 사겠고 이 주변에 숙소나 찾아봐야겠어."

그러니 직원이 자신의 폰으로 핫스팟을 켜준다.

"너 너무 힘들어 보이고 배고프고 목말라 보여. 뭐 좀 먹을래?"

나는 추호도 사양할 마음이 없었다. 직원이 사람을 시켜 준비해준 치킨패스트리와 짜이를 사무실 구석 한쪽에서 몸을 쪼그려 먹으면서 숙소를 찾았다. 게다가 처음 직원의 말은 외국인을 상대로 한 영업을 위한 것이었던지, 직원은 빵과 차를 먹고 나온 내게 유심을 200루피에 내주었다.

덕분에 예약한 라호르 호스텔. 위치가 헷갈려 숙소를 못 찾겠다고 전화하니 매니저가 앞에 나왔다. 바다를 숙소 2층에 올리는 것도 매니저가 도와준다. 시설은 낡았지만 정감이 있다. 매니저 잠은 파키스탄 북부 산악지역 카일라쉬에서 왔고 종교도 카일라쉬란다. 저녁으로 산 과일을 함께 나눠 먹으며 유튜브로 카일라쉬 영상도 봤다.

"이따 저녁 먹으러 같이 갈래?"

"나는 밥은 안 먹어도 되는데…."

그러나 파키스탄 제2의 도시라는 라호르의 밤거리는 구경하고 싶어 따라갔다. 굳게 닫혀 있던 식당 문이 열려 꼬치를 굽는 연기가 피어오르고 각종 빛깔의 말린 대추야자를 그득그득 진열해놓은 가게도 불을 환히 밝히고 있다. 비로소 금식에서 풀려난 사람들로 라마단의 밤은 흥성댄다. 10분만 따라가려 나선 건데 잠이 구경시켜준다고 친절하게 시내를 크게 한 바퀴 돌아가서 한 시간이 걸렸다. 돌고 돌아 결국 숙소 바로 근처 난 파는 집에서 난을 포장해서 돌아오니 10시가 다 돼 간다. 요새 나의 수면 시각이다.

"같이 먹자."

"아니, 나는 자야 될 것 같은데…."

"같이 먹자."

그래서 나는 또 따라간다. 먹는 건 사양하는 게 아니다. 숙소 옥상 낡은 테이블에서 잠이 직접 만들었다는 양고기 커리를 렌지에 데워 난과 함께 먹는데, 커리가 양 냄새 하나 없이 맛있다.

다음 날 아침, 터미널에서 버스를 타고 이슬라마바드로 향한다.

라호르에서 이슬라마바드까지는 버스로 다섯 시간. 라마단이라 아침 먹을 식당은 없고, 일회용 플라스틱을 안 쓰려니 슈퍼에서도 살 것이 없다. 파키스탄 버스에서는 간식을 준다고 들어서 기다리는데 간식이 나올 기미가 없다. 불현듯 섬뜩한 질문이 떠오른다. 라마단이라고 버스 간식도 안 주나?

믿고 싶지 않았던 의문은 조용히 현실이 된다. 자전거 여행을 나온 이래 아침을 거른 적이 없던 위장이 영문을 모르고 항의했다. 나는 말 못할 이의를 속으로만 부르짖었다. 이건 너무한 거 아닌가. 원래 주던 서비스를 라마단이라고 안 줄 수 있는가. 외국인은 줄 수 있는 거 아닌가. 음료수 정도는 줄 수 있는 거 아닌가. 이때의 나는 라마단에는 물도 안 마신다는 것까지는 몰랐다.

출발한 지 한 시간 반쯤 지난 11시경, 버스가 휴게소에서 멈춰 섰다. 한 마리 표범같이 뛰어 달려가 보니 아니나 다를까 휴게소 식당 문은 굳게 닫혀 있다. 절망적인 심정으로 배회하다가 휴게소 귀퉁이에서 노점을 발견했다. 슈와르마(고기와 야채를 끼워 먹는 화덕빵, 튀르키예의 케밥과 비슷함)를 판다. 별 기대 없이 살 수 있나 물어보니 된단다. 된단다. 분명 신은 있다.

크게 기뻐하며 슈와르마를 하나 사고 음료수도 한 캔 살까 하여 슈퍼를 기웃거리고 있는 중에 문득 주차장의 동태가 눈에 들어온다. 이상하네. 저기 버스가 한 대 가고 있는데… 내 버스 아닌가?

한 치의 망설임도 없이 최소한의 움직임으로 효율적으로 떠나가는 버스의 뒷모습. 에이, 설마 내 버스가 아니겠지 하고 애써 희망을 품어보지만 휴게소에는 떨렁 그 버스밖에 없었고 그 버스가 가니 주차장은 텅 비는 것이다.

버스에 들리지도 않을 소리를 고래고래 질러가며 절박하게 뛰다 보니 어느새 나는 주변 사람들의 도움으로 도로변에 서 있던 다른 버스를 타고 내 버스를 뒤쫓아가고 있었다. 기사님이 액셀을 힘껏 밟는 동안 버스 안내원은 물 마시겠냐고 물었고, 안내원이 물을 냉장고에서 꺼내기도 전에 앞서가던 나의 버스가 멈춰 섰다. 머리를 조아리며 감사 인사를 하고 헐레벌떡 버스로 복귀했다. 라마단에는 어차피 사람들이 휴게소에서 아무것도 안 먹으니 잠깐 쉬고 바로 출발하는 거였다. 라마단에 혼이 나간다.

이슬라마바드에 도착해 트렁크에서 바다를 꺼내 마악 출발을 하려고 보니 앞바퀴 바람이 빠져 있다. 흰색 전통의상을 입은 삐끼 아저씨들은 시내까지 택시 타고 가겠냐며 몰려들었다가, 내가 길가에 앉아 펑크를 때우기 시작하니 구경꾼으로 태세를 전환한다. 40도가 넘는 오후 3시, 아저씨들이 중간중간 거들어준 덕에 성공적으로 펑크를 때웠다. 이제 파키스탄의 수도, 이슬라마바드 시내로 페달을 밟는다.

중국 비자 찾아 삼만 리

파키스탄을 지나 서진하려면 북쪽 중국으로 돌아서 가야 한다. 파키스탄은 서쪽으로는 아프가니스탄, 남서로는 이란, 북으로는 중국과 국경을 맞대고 있다. 아프가니스탄으로는 못 간다. 이란으로도 못 넘어가는 것이, 파키스탄 남부는 무장 반군과 이슬람 극단주의 조직의 활동이 잦고 특히 이란 국경 부근에는 중국인을 겨냥한 테러가 종종 일어나고 있었다. 말 안 하면 중국인으로 보이는 내게 있어 선택지는 오직 북부로 가는 중국 루트뿐인 것으로 보였다. 문제는 본국인 한국이 아닌 해외에서 중국 비자를 받는 것이 점점 불가능에 가까워지고 있다는 사실이었다.

인도에서 중국 비자를 신청했었다. 인도 거주 비자가 없다며 비자 발급은 거절되고 서비스 비용만 뜯겼다. 그럼 파키스탄에서 중국 비자를 받아볼까? 희망을 품게 된 것은 파키스탄을 자주 오가는

지인의 조언 덕이었다. 파키스탄에서는 거주 비자 없이도 중국 비자 신청이 가능했단다. 그리고 사실, 중국과 인도 사이는 그렇게 좋지 않고 차라리 파키스탄과 중국 관계가 좋단다. 그렇다면 파키스탄에서는 비벼볼 여지가 있지 않을까. 그렇게 믿고 싶었다. 이 길이 안 되면 육로로 튀르키예에 가기란 사실상 불가능하기 때문이다.

그 와중에 먼저 파키스탄으로 떠난 달밤님의 메시지를 받는다. 여기도 최근에 정책이 바뀌었다며 거주 비자가 없으면 신청도 안 받아줬단다. 그럼 일단 가서 최대한 비벼보자. 그래도 안 되면 포기하자. 그렇게 막다른 길을 향해 가보기로 한 것이다.

이슬라마바드에 도착한 날이 5월 30일 목요일, 다음 주에는 라마단이 끝나면서 이슬람 최대 축제이자 명절인 이드 알피트르가 시작된다. 그 전에 잡을 수 있는 지푸라기는 모조리 다 잡아보는 것으로, 최후의 발버둥을 쳐보기로 한다. 대단치 않은 상상력을 가진 이의 발버둥 목록은 단순했다. 첫째, 현지 여행사를 통해 방법을 찾아본다. 둘째, 중국 대사에 편지를 써 읍소한다. 셋째, 그 외 할 수 있는 모든 것을 해본다.

1.

이슬라마바드에 도착, 먼저 달밤님과 함께 파키스탄 유일의 한인 게스트하우스 '송하우스'에 찾아간다. 소녀 같은 매력을 가진 자칭 '쏭마담', 송 사장님은 거지 같은 행색을 한 우리를 연민하여 파격적인 가격에 숙소를 제공해주었다.

송하우스에서 이틀 동안 우리는 말 그대로 할 수 있는 모든 것을 했다. 중국 대사관에 찾아갔고, 중국 대사에게 구구절절 손편지를 썼고(결국 전달도 못한 것이 코미디), 한국 대사관에 갔고, 중국 비자 대행 경력이 오랜 현지 여행사를 찾아갔다. 그렇게 목요일, 금요일이 가고 주말이 지난 월요일 아침, 우리는 마음의 준비가 어느 정도 되어 있었다. 어떻게 해도 방법이 없다는 사실을 받아들일 준비가.

아침 식사는 오늘부터 한국으로 3주 휴가를 떠나시는 송 사장님과 함께했다.

"어떻게, 비자 될 것 같아?"

"하는 데까지 해보려고요."

마지막으로 현지 여행사를 다시 찾아갔다. 지난주 여행사에서는 두 가지 방법을 제시했었다. 첫 번째, 한국 대사관에서 중국 비자 요청 공문을 받아오는 안, 두 번째, 파키스탄 관광 비자를 연장하여 중국 비자를 신청하는 안. 당연하지만 첫 번째는 한국 대사관에서 어렵겠다는 답변을 들었다. 여행사에서는 오늘, 두 번째 방법도 어렵겠다고 이야기한다. 미안하단다. 여기저기 알아봤는데 안 됐단다.

바쁜 와중에 수수료도 받지 못하게 된 일을 기꺼이 해준 사장님께 인사하고 나온다. 집으로 돌아가는 택시 안 공기는 패색이 짙다.

"어떻게 할 거예요?"

"글쎄… 이란 쪽을 다시 봐야 하나. 아니면 항공편을 봐야죠. 달밤님은요."

"그냥 자전거 타고 국경만 찍고 올까 싶어요."

파키스탄마저 e-비자를 개설하는 개방적인 추세에 중국은 왜 문을 걸어 잠그려 하는가. 중국 비자 성공률이 높다던 네팔에 가봤어야 했나. 차이나 드림이 따로 없다. 하지만 이제 네팔까지 갈 여력은 없다. 파키스탄으로 오면서, 여기에서 할 수 있는 것 다 해보고 안 되면 말기로 했다. 이제 더이상 무리는 말자. 백기를 들어야 할 때지.

축 처져 숙소로 돌아오니 오늘 한국으로 가시는 송 사장님과 교대하러 오신 숙소 매니저님이 있다. 반갑게 인사하며 이야기를 쭉 풀었다.

"정말 파키스탄에서는 이제 어떻게 해도 안 되고… 여권을 한국으로 보내지 않고서는 방법이 없는 것 같아요."

이 말을 뱉는 동시에 뇌리에 퍼뜩 뭔가 스치는 것이다. 아, 송 사장님이 오늘 한국 들어가시지!!

"그래 그래, 일단 가져만 가면 되는 거지?"

그간 우리의 비자 찾아 삼만 리 여정을 실시간으로 목격해온 사장님은 출국 준비로 바쁜 와중에도 흔쾌히 여권을 맡아주기로 했다. 본국에서 중국 비자 받는 것은 무리가 없다. 여행사에 여권 대행을 맡기기만 하면 된다. 이렇게 전혀 생각지 못한 국면의 전환으로 중국 비자를 향한 대장정은 일단락되는 것으로 보였다.

2.

송 사장님을 통해 여권이 한국으로 간 이틀 후 아침, 나는 여권 대행을 맡긴 여행사에서 연락을 받는다.

"중국 비자 받기가 까다로워졌어요. 비자 대행을 하더라도 일별 일정표도 써야 되고, 신청자에게 무작위로 전화를 해서 심사를 한대요. 전화가 안 되거나 통화했을 때 답변을 제대로 못하면 비자가 거절된다네요. (…) 선생님 여권처럼 다녀온 나라 흔적이 많으면 무조건 전화가 올 거 같은데요?"

중국 영사가 비자 기준 강화 공지를 내렸다는 5월 31일은 저번 주 금요일, 5일 전이다. 인터넷에는 "中 상용비자 발급 까다로워졌다. '느닷없이 비자 발급 제한'" 이라는 제목의 기사가 23시간 전에 올라와 있었다. 미국의 화웨이 견제에 중국이 애꿎은 한국 압박에 나섰다는 건데, 내 별자리에 불운의 그림자가 드리워 있지 않고는 이럴 수가 있는가? 강 건너 불구경하듯 했던 미중 무역전쟁이 내 앞길을 이토록 확실히 가로막을 수 있는가? 정작 미국인은 중국에 무비자 입국인데, 고래 싸움에 새우 등 터지는 약소국의 설움이란 이런 것인가.

그냥 비자를 포기할까 생각이 잠깐 들었으나 그 생각은 얼마 가지 않았다. 여권도 조국에 보낸 이 마당에, 못 먹어도 고다. 여행사를 통해 급행으로 비자 신청을 넣었다.

세계지도를 펴보며 마음 정리를 했다. 할 수 있는 것을 다 해봤으니, 어떤 결과든 받아들일 수 있다. 되면 되는 대로, 안 되면 안 되는 대로, 어떻게든 쇼는 계속될 것이다. 중국 비자가 안 되면 그건 중국으로 넘어가는 카라코람 하이웨이와 그 이후 파미르 고원 같은 높은 길은 넘보지 말고 도가니를 보전하라는 계시인 것으로 알면 되겠다. 그러고 보니 중국 비자가 안 되면 내 도가니를 지킬 수 있겠구나.

그렇게 마음을 다스렸어도 결과를 기다리는 이틀 동안은 긴장에 목이 조이는 느낌이었다. 그리고는 이틀째 점심 즈음, 문자를 받는다. 중국 비자가 나왔다고.

3.

2주간의 기다림 끝에 우리의 은인 송 사장님을 재회한 6월 26일. 반갑게 조우한 사장님이 서류봉투를 내민다. 감격적으로 서류봉투를 받아든 달밤님이 봉투를 열어보는가 싶더니, 놀란 얼굴로 나를 본다.

"이게 아닌데?"

받아서 보니 여권이 아니고 종이 서류다. 병원 서류 같다. 사장님의 눈이 동그래진다.

"어머! 내가 서류를 착각했네!!"

사장님은 급히 방으로 뛰어 들어가더니 잠시 후 빈손으로 나온다.

"어쩜 좋아. 어떡하지?"

한국에서부터 병원 봉투를 소중히 품고 오신 것이다.

"좀 늦게 받아도 돼? 기다릴 수 있어?"

"아… 하하하… 오는 팀이 있을까요?"

"어떻게든 찾아봐야지!"

그러면서 사장님이 다시 방으로 들어가시는데 바람 빠진 듯이 웃음이 나온다. 중국 비자가 끝까지 드라마를 선사하는구나.

그랬는데 다시 나온 사장님의 표정이 밝다.

"찾았어! 중요한 거라고 제일 먼저 가방 속에 넣어놔서 맨 구석에 들어가 있었네~~!!"

끝끝내 쉽지 않게 만난 중국 비자. 이 비자 한 닢을 얻기 위한 삽질과 고뇌와 노력에, 송 사장님과 협조해주신 귀인들에 감사하며.

이제 중국을 향해 간다. 도가니야 긴장해라.

왜 파키스탄에 그리스 유적이?

파키스탄, 왜 여기에 아프로디테상이 있는 것인가. 아니 왜 이 지역 옛날 동전에 그리스인이 새겨져 있는 것인가.

수도 이슬라마바드에서 바다를 타고 30여 킬로미터를 달려서 온 탁실라. 박물관에서 나는 걸음을 뗄 때마다 놀라고 있다. 탁실라는 기원전 3000년에는 인더스 문명에 속했다가 기원전 1000년에는 간다라왕국이었다가 페르시아 다리우스의 지배를 받았다가 그 이후에는 이곳까지 진출한 그리스 알렉산더 대왕의 지배를 받았다가 알렉산더 후예들이 세운 박트리아 왕국에도 한동안 속해 있었다. 그러니까 아프로디테상도 그리스인 동전도 이곳의 다양한 정체성의 흔적인 것이다. 이후 이곳은 쿠샨왕조와 굽타왕조를 거치고 5세기에는 훈족에 파괴되었다. 실크로드의 한 지류에 위치하여 현장 스님도 혜초 스님도 왔다 갔다는, 현장이 왔을 때는 이미 훈족에게 짓밟혀 폐허가 된 후였다는, 현재는 파키스탄의 탁실라.

중국에서 여행하면서 생긴 마음속 숙제가 있었다. 문화적으로 중국에 쫄리는 느낌을 어떻게 해야 할까. 중국과 일본과 베트남과 한국은 많은 문화를 공유하고 있었다. 설날, 단오, 추석 같은 명절이라든지 유교, 한자, 도자기 등등. 중국 광둥성 박물관에는 그 지역에서 도자기 제작이 무려 신석기에 시작되었고, 기원전 3세기 즈음에는 제작기술이 한국, 일본과 동남아 등지로 퍼져나갔다는 설명이 있었다. 여행을 나가기 전 챙긴 한국 전통 책갈피는 중국에서 보니 중국 기념품이라도 해도 손색이 없었다.

중국에서 바다를 세차해준 아저씨에게 말과 태극 문양과 꽃 문양과 한자가 어우러진 한국 책갈피를 드렸었다. 아저씨가 자세히 보더니 책갈피를 하나하나 짚으며 이야기한다. – 아, 이 글자는 복자고, 이 글자는 희자고, 결혼할 때 쓰는 한자야. 너네도 이렇게 쓰니? 한국 기념품을 내게 설명해주는 중국인 아저씨. 그러니까 한국 '만'의 고유성이라고 할 만한 것은 드문 것이 아닌가? 이 쫄리고 불편한 느낌을 어떻게 할지를 숙제로 품게 되었다.

지금 내가 선 바로 이 자리에, 과거 간다라인도 페르시아인도 그리스인도 박트리아인도 쿠샨인도 굽타인도 훈족도 혜초 스님도 오갔을 것이다. 사람들은 엎치락뒤치락 왔다 갔다 하며 살아왔고, 지금의 세계도 비슷하다. 중국에서부터 베트남, 라오스, 태국, 미얀마, 인도, 파키스탄에 오기까지 자전거로 국경을 넘으며 보았다. 대부분 사람들에게 외국은 '해외'라기보다는 옆 동네였다.

이슬라마바드 호스텔에서 만난 이들도 그랬다. 영국에서 나고 자라 현재는 파키스탄에서 일한다는 파키스탄인이 있었고, 인도에서 나고 자라 지금은 미국에서 20년째 교수로 지낸다는 인도인이 있었고, 호주로 이민 갈 준비를 하고 있다는 파키스탄인도 있었다. 정체성도 장소도 고정되어 있지 않고 끊임없이 변화하는 그들에게 '어느 나라 사람'인지 묻는 것은 큰 의미가 없어 보였다.

사실 국경이란 생긴 지 100년도 안 된 것이다. 완전한 것도 아니다. 세계지도를 보면 대륙을 나누는 선은 실선(국경)인데, 가끔 점선(임시경계)도 보인다. 국경 분쟁 중인 인도와 파키스탄의 카슈미르 지역에는 실선도 점선도 없는 땅도 있다. 라오인은 현재의 라오스보다 태국에 많다. 라오스의 라오인이 3~400만인데 태국에는 2000만이 산다. 타지키스탄의 타지크인은 6백만인데 아프가니스탄에는 8백만이 산다. 유라시아 대륙의 동쪽 끄트머리, 그나마 육로는 북한으로 막힌 나라에서 와서 그간 실감하지 못했지만, 나는 사실은 이런 세계에서 살고 있었다. 모든 것은 열려 있고 흘러가고 때론 나뉘지만 사실은 모두 얽혀 연결되어 있다.

나라만이 아니라 종교도 그랬다. 이슬람이 구약성경을 따른다는 것이 충격이었다. 내게 이슬람은 미지의 영역이자 테러와 극단주의의 키워드로 존재했다. 이슬람과 기독교가 유대교의 뿌리를 공유하고 있다는 것이 믿기지 않았다. 크리스천은 서양인의 하나(느)님이고 이슬람은 터번 쓴 아랍인의 알라 이미지 아닌가. 그러나 알고 보니 둘 다 중동에서 탄생했고 하나(느)님과 알라는 둘 다 'God'다. 알라는 아랍어로 'The(Al) God(illah)'. 인터넷에서 코란 한글 번역

본을 다운받아 보니 거기도 알라가 하나님으로 번역되어 있더라. 코란에서도 하나님을 믿고 아브라함과 이스마엘과 이삭과 야곱과 그 자손들에게 내려진 율법을 믿고 모세와 예수와 예언자에게 내려진 율법을 믿는다 그러더라고.

아주 달라 보이던 것도, 극과 극으로 보이던 것도, 그렇게까지 다르지는 않았구나. 유대교는 페르시아의 조로아스터교에서 영향을 받았다고 하고, 불교는 힌두교의 사상적 배경에 기대고 있고, 인도에서 발생한 자이나교와 시크교도 그렇고, 좀 더 오래 전으로 거슬러 올라가면 지역마다 주신을 섬겼던 그리스 로마의 관행은 이집트에서 영향을 받은 거라고 한다. 전혀 다르다고 생각했던 것들이 연결되어 있음을 발견하는 것은, 말로 표현할 수 없이 즐거운 일이었다.

원래부터 '우리 것'인 것은 없을 것이다. 이건 우리 거야! 우리만의 거야! 도무지 그럴 수가 없을 것이다. 시공간을 크고 넓게 인식하면 파키스탄도 파키스탄만의 것이 아니고, 중국도 중국만의 것이 아니고, 한국도 한국만의 것이 아니다. 우리는 국가나 민족과 종교의 경계로 나뉠 수 없이 연결되어 서로 주고받으며 지금에 이르렀다는 것을, 나는 실크로드의 한 지점에서 그리스 신처럼 생긴 부처상을 보며 실감하고 있었다.

5.
높은 데는 안 간다고 했잖아요

★중국 신장, 키르기스스탄, 타지키스탄

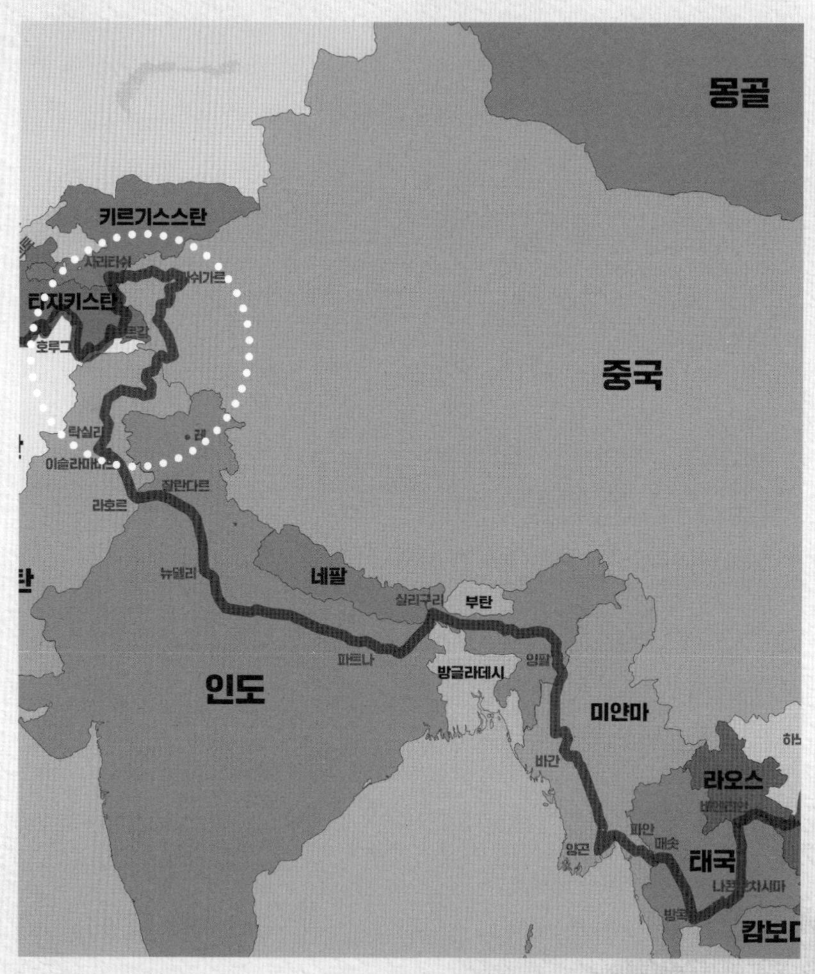

파키스탄 이슬라마바드-타지키스탄 고르노바다흐샨 자치주
(여행 13~16개월 차)

이틀 연속
경찰차를 탄 사연

"기다려. 공안(중국 경찰)한테 신고해야겠어."

이곳은 중국 신장 위구르 자치구의 카라쿨 호수. 세계에서 가장 높은 도로라는 카라코람 하이웨이를 파키스탄에서부터 버스로, 자전거로, 봉고차로, 다시 자전거로 달려오던 중 졸지에 중국 경찰을 만나게 되었다.

해발고도가 4000미터 언저리인 이 하이웨이에서 아무리 완만하다지만 오르막 70킬로미터를 어제부터 올라 오늘 오후 드디어 내리막을 만났다. 긴 내리막을 지나 설산과 초원 사이 카라쿨 호수의 파란 띠가 시야에 잡혔을 때는 좀 울고 싶었다.

오늘의 잘 곳을 찾아 호수변 관광 캠프장에 가보니 관광객만 있고 직원은 없다. 날은 환하지만 베이징 시간으로는 밤 9시가 넘은 시간. 중국에서는 전 지역에서 하나의 시간대만 쓴다. 베이징과 약 3000킬로 떨어진 이곳도 예외가 아니다. 베이징 시간이면 이 지역과 비슷한 경도의 이웃 나라보다 세 시간은 빠르게 간다. 베이징 시간대에 맞춰 다 퇴근한 건가. 캠프장을 정처 없이 헤매봤지만 직원이랄 사람이 보이지 않는다.

텐트를 쳐야 하는데, 혼자 야외에 치기가 마땅치 않다. 달밤님은 텐트 칠 데를 잘 찾았는데 말이지. 약 4개월간의 동행은 뉴델리에서 일단락되었다. 달밤님의 목표는 튀르키예를 넘어 포르투갈이었다. 계속 함께 가기에는 기본 체급도 목표도 달라 서로 무리가 되겠다 싶었다. 동행을 일단락한 후에도 파키스탄에서 중국 비자를 위해 연합하는 등 오는 길에 중간중간 만났지만, 곧 루트도 갈라질 것이다. 이제는 혼자 텐트를 쳐야 한다.

그러다 눈에 들어온 게 캠프장의 공연장이다. 깃발들이 꽂힌 둥근 담벽은 호수변 찬 바람을 훌륭히 막아줄 것이다. 홀린 듯 담벽 안으로 들어가 공연장 무대 옆에 텐트를 치려는데, 무대 옆에 있는 유르트가 눈에 들어온다.

유르트 안에는 책상 하나와 먼지 쌓인 의자 몇 개와 공연 홍보 배너가 있다. 누가 사는 것 같지는 않고 창고로 활용하는 듯하다. 그래, 이왕 공연장에 텐트를 칠 거면 심장부에 치자 하여 유르트 안에 텐트를 쳤다. 호숫가에서 번성하는 모기에 뜯겨가며 짐 정리까지 마치고 이제 요기나 해볼까 하여 유르트를 나서려는데 웬 남자가 빼꼼히 고개를 들이밀고 나를 바라보고 있는 것이다. 내가 할 말은 아니지만 경기할 만큼 놀랐다.

"난 여기 경비야. 저녁 먹고 왔어."

중국에서 외국인이 텐트를 치는 것은 원칙적으로 불법이다. 특히 신장 자치구에서는 위구르족에 대한 한족의 경계심이 높아 보안이 더 삼엄하다. 그래서 텐트를 치면서 누가 어디서 왔냐고 물으면 조선족이라고 그래야 하나, 머릿속으로 시나리오를 써봤었는데.

"너 어디서 왔어?"

"한국."

내 입은 오직 진실만을 향해 올곧게 직진했다.

"주숙등기(외국인 숙박 등록)는 했어?"

"아니."

"기다려. 공안한테 전화해볼게."

경비는 통화를 마치더니 공안이 온다니 기다리라고 했다. 그럼 기다리는 동안 밥이나 먹어야겠다. 지니고 있던 호두랑 사과랑 과자랑 해서 요기를 한다. 지쳐서 별 걱정도 별 생각도 없다. 느릿느릿 요기를 끝냈는데도 공안이 안 온다. 이러면 나 도망가는 수가 있어. 텐트를 걷고 짐 정리를 하고 있으려니 설산과 호수를 빠알간 노을이 물들이는 풍경 사이로 공안 차가 다가온다.

차에서 한족 경찰 한 명과 키르기스족 경찰 한 명이 내린다. 경찰들의 태도는 의외로 따뜻하다.

"여권 좀 보여줄래?"

"여기. 나는 1년 넘게 자전거 여행을 하고 있어. 중국에서 출발해서 다른 나라 거쳐서 다시 온 거야."

"여기는 타지키스탄 접경 지역이라 안전문제가 있어. 텐트 치고

자는 건 위험하니 안전하게 잘 수 있는 곳으로 안내해줄게."

경찰은 카라쿨 호수에 다다르기 전 내가 지나왔던 캠프장을 가리켰다.

"3킬로미터 정도만 가면 돼. 숙박비는 120위엔(약 18,000원)인데, 100위엔까지 깎을 수 있을 거야."

"더 깎을 수는 없을까?"

"그래? 얼마 정도로?"

"음… 80위엔(12,000원)?"

그랬더니 한족 경찰은 한번 물어는 보겠지만 될지 안 될지는 모르겠다 하는데 옆에서 키르기스 경찰이 확신에 차 된다고 한다. 한족 경찰이 재차 확인한다.

"된다고?"

"됩니다."

그 확신의 눈빛이 믿음직스러웠는데, 알고 보니 캠프장이 아니라 자기 집 홈스테이가 80위엔이라는 것이었다. 이리하여 키르기스 경찰의 본가로 향한다. 한족 경찰은 나를 잘 재우고 보내라며 키르기스 경찰에게 당부하고 간다.

경찰이 사는 동네는 가로로 길쭉한 단층 공동주택이 직각열을 이루고 서 있었다. 집에 도착하니 경찰의 아내와 귀여운 두 아이들이 맞아준다. 중국어를 조금은 하는 경찰 아내 이름은 알리, 알리는 '낭'이라는 이 지역 주식 빵과 우유차를 내준다.

참고로 형태는 다르지만 신장에서 낭이라고 불리는 화덕빵은 인도와 파키스탄에서는 '난'이고 우즈베키스탄에서는 '논'이 되고 이란에서는 '넌'이 되고, 우리나라로 가서는 오랑캐 호(胡) 자를 써 '호떡'이 된다. 이것의 기원은 거슬러가면 이집트란다.

알리는 차를 많이 마셔야 다리가 풀릴 거라며 우유차를 대접에 세 잔이나 따라준다. 그러더니 화장실에 가잔다.

"차를 마셨으니 화장실에 갈 텐데 밤에 혼자 가면 무서울 거야."

알겠다고 따라가는데, 알리는 약간 걸어 공터로 올라가더니 훌렁 치마를 깐다.

"여기서 싸면 돼!"

그리하여 나는 밤이라서 똥오줌이 어디 산포되어 있는지도 보이지 않는 공터에서 별을 보며 쪼그려 앉아 잠시 시름을 잊었다. 화덕에 덥혀준 주전자 물을 따라서 세수를 하고 발을 씻고, 화덕방에서 알리와 아이들과 함께 누웠다. 키르기스 경찰은 밤샘 근무를 하는 것 같았다.

아침, 알리네서 낭과 우유차로 요기하고 나오는 길, 여기서부터 도시 카쉬가르까지는 180킬로미터다. 어제 70킬로미터 오르막을 오른 덕에 이제 쭉 내리막이다. 문제는 바람이다. 경사는 기본적으로 내리막인데, 바람이 계속 역풍이라 내리막이라도 페달을 밟아줘야 한다. 내리막인데 속도가 안 난다.

국경도시 타슈쿠르간에서부터 고산 라이딩을 해온 지 셋째 날, 목이 칼칼하고 입안은 까끌거리고 몸은 뻐근하다. 오늘의 선택지는 두 가지 중 하나로 보인다. 1번, 여기에서 카쉬가르까지 180킬로미터를 한 번에 달리고 몸살에 걸린다(한 번에 180킬로미터를 달릴 수 있을 것 같지도 않음). 2번, 여기에서 카쉬가르까지 가는 중간에 텐트 치고 하루 자고 몸살에 걸린다. 오늘의 인생극장은 어느 쪽으로 펼쳐질까. 지금으로서는 페달만 밟을 수밖에 없다.

몸은 힘들지만 오늘의 풍경은 몇 번이고 달릴 가치가 있다. 10여 년 전 여행에서는 차로 왔던 길이다. 그때는 차로 이동하는 몇 시간 동안 풍광에 넋을 잃고 홀린 듯 차창 밖을 바라봤다. 그때의 황홀감이 착각이 아니었던 것이, 잿빛과 회빛의 산과 땅이 파란 하늘과 가끔은 하늘색 물과 절묘하게 조화를 이룬다. 자세히 들여다보면 거칠게 깎인 산들이 서로 이어져 거대하고 유려한 곡선을 만들어 낸다. 오전에 만났던 백사호는 또 어땠던가. 하늘빛 물이 산과 하늘을 거꾸로 그려내고 있는 모습에 가슴이 벅차 세 발짝마다 바다를 세워야 했다.

신장 시간 7시, 베이징 시간 9시, 아직 해는 떠 있지만 슬슬 잠자리를 찾아야 할 때. 도로 옆으로 석탄광산 부지 경비실 앞에 노란 모자를 쓴 수위 같은 분이 나와 있다.

"여기 근처에 숙소가 있어?"

"응? 그런 거 없어."

"혹시 오이타거(다음 마을)에 가도 없을까?"

"응. 없어. 거기는 중국어 못하는 사람들이 많아서 찾기 힘들 거야."

힘이 빠지려는데 아저씨가 촐싹촐싹 이것저것을 묻는다.

"너 어디서 왔어?"

"한국."

"후와~~~한국!! 자전거를 타고?"

"응."

"후와~~~~ 자전거 타고! 어떻게 이쪽으로 왔어?"

"남쪽으로 해서 왔어."

설렁설렁 하는 대답에 아저씨는 진심을 다해 반응한다. 일단 다음 마을로 가서 텐트를 치든지 공안을 찾든지 해야겠다. 떠나려는데 아저씨가 후다닥 경비실로 가서 간이의자를 가져온다.

"너 일단 앉아. 힘들 테니까 앉아."

망설이는데 아줌마 하나가 온다. 아저씨가 그런다.

"내가 저 친구한테 물어볼게. 여관 있냐고."

슬쩍 앉아서 아저씨가 아줌마랑 잠시 후 온 아줌마 딸이랑 셋이 수군거리는 것을 보고 있노라니 아저씨가 코미디 캐릭터 같다. 노란 모자에 키 작고 얼굴도 동그랗고 코도 동그랗고 눈도 순해서 순진하게 '호엥…', '옹…' 하는 반응이 귀엽다. 이야기를 마치고 아저씨가 온다.

"여관은 없대. 너 잘 데 없으면 여기 직원 숙소에서 자도 돼."

"어, 정말?"

"내가 관리인한테 물어볼게. 방 있냐고. 우리 여기 다 친구야."

이쯤에서 나는 이 대화의 끝에는 공안이 나올 거란 것을 예감한다. 역시 아저씨의 호출로 나온 관리인은 호의적인 태도로 어제의 경찰과 비슷한 말을 했다. – 네가 외국인이면 여기서 자면 문제가 생길 수도 있어. 일단 우리가 오이타거 공안에 연락할게. 공안이 안전한 숙소를 찾아봐 줄 거야.

그리하여 나는 어제에 이어 오늘 해질녘에도 공안을 기다리고 앉아 있게 된다. 오늘은 귀여운 아저씨가 옆에서 조잘댄다.

"집에 가! 여자 혼자 위험해! 집에 돌아가 그냥!"

이윽고 공안 차가 도착했다. 국방색 옷을 입은 젊은 남자 댓명이 탔는데, 공안은 아니고 지역 간부들이란다.

"여기는 안전하게 잘 데가 없어. 카스(카쉬가르)로 가야 돼. 차를 잡아줄게."

카쉬가르는 내일 종일 달려 도착할 예정이었는데, 이렇게 갑자기 간다고? 이런 경우 자전거 여행자들은 라이딩의 자유를 공권력이 방해하는 것으로 인식하여 항의하기도 한다. 나는 아니었다. 그럼 오늘은 머리를 감을 수 있는 건가. 와이파이를 향유할 수 있는 것인가. 싫지 않았다. 중국 공권력이 안전을 근거로 이렇게 귀찮게 구는 것이 영 싫지 않았다.

순순히 오이타거로 공안 차를 타고 갔다. 오이타거의 교통 검문 경찰이 지나가는 차마다 잡고 물어 위구르 가족 트럭을 잡아준다. 뒷칸에 바다와 짐을 싣고 뒷자리에 올라탔다. 이렇게 지역 간부와 경찰과 교통경찰, 한족과 키르기스족과 위구르족의 합동 작전으로 나의 카쉬가르행은 졸지에 이루어지게 되었다.

카쉬가르까지 가는 100킬로미터 남짓, 내리막 아니면 평지다. 이 좋은 길을 자전거가 아니라 차를 타고 가다니 입맛이 쓰긴 쓰다. 그러나 오늘은, 3일 만에 따뜻한 물로 목욕할 수 있을 것이다. 몇 시간 후면 깔끔한 나로 돌아갈 수 있을 것이다.

카쉬가르의 집으로 돌아간다는 위구르 가족들에게 안녕하세요

(약시마), 감사합니다(라흐메띠), 안녕히 계세요(훠쉬) 같은 위구르어를 배웠다. 내 또래려니 싶은 아이 엄마가 내가 위구르어를 쓰니 자지러지게 좋아한다.

카쉬가르로 가는 도중 검문소를 두 번 거쳤는데 한 번은 내려서 여권 검사를 해야 했다. 외국인인 나뿐만 아니라 현지 주민들도 그랬다. 이렇게나 통제를 촘촘하게 하는구나. 중국은 이제 커졌고 부유해졌고 강해졌다. 10여 년 전 왔을 때는 위구르인의 한족에 대한 불만이 공공연한 분위기였는데, 이제는 잘 모르겠다. 겉만 보는 나에게는 그런 느낌이다. 중국의 발전 때문일까, 그만큼 발전된 통제술 때문일까.

트럭은 시내로 못 들어가게 되어 있어 카쉬가르 외곽에서 내렸다. 아이 아빠가 짐 내리는 것을 거들어준다. "라흐메띠(고마워요)" 인사를 하며 헤어지고, 카쉬가르, 세계의 모든 물건이 모였다던 '유라시아 교차로'의 밤거리를 달려 숙소로 향한다.

......

텀블러에 담아줘요, 제발

카쉬가르의 버블티 가게는 도떼기시장을 방불케 했다. 카쉬가르에서 머무는 동안 생일을 맞았다. 생일 기념 도전으로 커피가 맛없는 중국에서 커피를 마셔보자 하여 들어선 이곳. 작은 테이크아웃샵은 타오르는 땡볕 속에서 시원함을 찾아 모인 사람들로 붐볐다.

일회용 플라스틱을 안 쓰며 여행하는 동안 나는 부탁과 거절에 능숙해졌고 조금은 뻔뻔해졌다. 패스트푸드점에서는 콜라를 텀블러에 담아달라고 손짓 발짓을 했다. 카페에서 빨대로 빨아먹어야 하는 쉐이크류는 아예 숟가락으로 떠먹으려고 반찬통에 담아달라고 했다. 상인이 비닐 또는 빨대를 꺼내기 전에 "필요 없어"를 외치는 감지 센서도 고도로 발달했다.

그런 나의 행동을 사람들은 이해하기도 하고 못하기도 했다. 특히 플라스틱 쓰레기가 전국적으로 이슈화되지 않았던 중국에서 직원들은 내 요구에 이해가 안 된다는 표정을 지었다. 영문을 모르는 직원들에게 나는 그저 자기 컵을 참 좋아하는 사람으로 비쳤고, 그래도 상관없었다. 이해받든 오해받든 나의 길을 가면 되는 것이다.

그럼에도 이 도떼기시장에서 아이스커피를 텀블러에 담아 오는 일은 난이도가 있다. 줄도 없이 소란한 그 와중에 직원과 눈을 맞추려 얼마나 애썼던가. 마침내 직원은 용케 내게 시선을 주었고, 나는 손에 쥐고 있던 텀블러와 함께 준비한 말을 숨 안 쉬고 쏟아냈다.

"아이스커피하나여기담아줘요!"

"안 돼. 여기 다 안 담겨요."

나의 떠듬떠듬하는 제안을 즉시 물려버리는 직원의 말에 나는 그만 이렇게 내 순서를 놓치는 건가 다급해져서 나도 모르게 커져버린 데시벨로 외쳤다.

"나 괜찮다!! 담기다… 못한다… 버린다!!!('괜찮습니다. 담기는 대로만 받겠습니다'라고 말하고 싶었음)"

직원을 포함해 작은 가게에서 웅성대던 사람들이 미치고 모자란 사람한테 크게 놀랐는지 순식간에 사위가 조용해졌고, 직원은 나를 다시 한번 보더니 조용히 내 텀블러를 받아들어 커피를 담아주었다.

그날 잠자리에 들 때까지, 잎새에 이는 바람에도 나는 괴로워했다. 1년여간 몸처럼 들고 다닌 끝에 흰 배경에 꽃이 그려져 있던 텀블러의 몸체 코팅은 다 벗겨져 꽃은 온데간데없고 절반은 스텐이 드러나 있고 흰 코팅이 절반 남아 있다. 텀블러와 내 입은 수천 번을 조우했다. 이번에는 아니 만났어도 좋았을 것이다.

내 손을 잡아주기

열흘간 머물던 카쉬가르를 떠나 키르기스스탄 국경으로 출발한다. 국경도시 우치아까지는 100킬로미터 남짓, 거리도 만만치 않은데 문제는 끊임없이 나오는 검문소다. 검문소를 몇 번 만났는지를 나중에는 세기를 포기했는데, 개중 무슨 등록을 해야 한다고 기다리라는 검문소가 최소 다섯 개였다. 중국 신장, 특히 국경과 가까운 이 지역에서 중국의 보안감시는 촘촘한 그물망같이 퍼져 있다. 건조한 평원 한가운데를 가로지르는 도로, 차량통행도 많지 않은 이 길에서 오늘 제일 많이 만난 사람은 경찰, 제일 많이 들은 말은 "잠깐 기다려요"와 "저기 앉아서 기다려요"다.

오후 즈음 되니 몸이 지친다. 완만하다 해도 경사는 계속 오르막길. 우치아까지는 30킬로미터 남았는데, 어디라도 얻어 타고 싶은 마음이 굴뚝같지만 히치를 한다며 손을 흔들기는 꺼려진다. 운이 좋아 얻어 타더라도 외국인인 내가 타고 있으면 검문소 경찰이 확인할 테고, 그럼 외국인 등록해야 한다고 시간이 걸릴 수 있으니 태워주는 사람에게 민폐다. 머리는 그러는데 마음은 그렇지 않은지 뒤에서 차 소리가 날 때마다 반사적으로 홱홱 돌아본다. 그러나 차 소리는 대부분 내가 가는 국도와 몇십 미터는 떨어져 평행하여 난 고속도로에서 나는 것이었다.

알면서도 혹시나 혹시나 하는 마음에 계속 뒤를 돌아보는 내가 조금씩 한심해 보이기 시작한다. 이렇게 의존할 거라면 왜 자전거 여행을 나왔지.

비어져 나오는 신음을 기합으로 터뜨려본다. 기합을 넣어도 계속 힘들다. 이제 오르막을 6킬로만 더 가면 한동안은 내리막이란 것을 알지만, 언제나 오르막을 오르는 중에는 이 오르막이 끝이 없을 것 같다는 기분이 된다.

힘들다. 누가 도와주면 좋겠다. 그러나 그럴 사람은 없다. 이곳은 지나는 사람이 거의 없다. 파미르고원이 이럴 거고, 그 뒤로도 그럴 수 있다. 누구의 도움도 바랄 수 없고 나 혼자 헤쳐가야 할 것이다.

히치며 호의며, 없는 것을 자꾸 바라니 더 힘들어진다. 기대를 접고, 그냥 이 길을 내가 가야 한다는 걸 받아들여야 편할 텐데 말이야. 이게 오늘 나의 길이라는 것을, 피하려 하지 말고 인정해야 할 텐데 말이야. 골라가며 받아들이지 않도록, 오는 대로 받아 안을 수 있도록 해야겠어요. 제가 두려워하는 것, 싫어하는 것도 다 인생이니 오면 오는 대로 맞이할 수 있도록 해야겠습니다. 그렇게 되뇌니 어쩐지 울음이 터졌다.

저는 사실 이별이 너무 두려웠어요. 끊어지는 것이 두려웠어요. 버려지는 것이 두려웠어요.

내 인생은 어찌 보면 사랑받기 위해 이 각도 저 각도로 날개를 펼쳐보는 공작새의 순간들이었다. 나는 사랑받기 위해 나를 억누르고 숨겨왔다. 억누르고 숨기면 사랑받을 수 있을 것이라는 무의식적인 기대가 내 삶의 전반에 깔려 있었다. 다른 사람들의 사랑만이 아니었다. 나는 나로부터도 사랑을 갈구했다. 다양한 경험을 하며 나를 채우려 했던 것은 내가 보기에 멋진 내가 되고 싶었기 때문이다. 과도한 책임감을 일에 투여했던 것은 내 존재를 일로 증명하려 했기 때문이다. 명상을 하며 깨달았다. 나는 온갖 사랑을 긁어모아 나라는 존재를 채워보려 애써왔다는 것을.

사랑받는 것과 버림받는 것은 동전의 양면이었다. 사랑받고 싶어한 만큼 버림받는 것을 두려워했다. 역설적으로 나는 관계에 있어 큰 노력을 하지 않았다. 적당히 운명으로, 적당히 다른 이의 의지에 맡겼다. 내 힘과 의지로 관계를 만들어가는 것은 두려웠다. 정확히 말하면, 그 관계가 허물어질 끝이 두려웠다. 웬만하면 관계가 너무 깊어지기 전에 발을 뺐다. 버림받을 것이 두려워 먼저 손을 뻗기도 꺼렸다. 주저하며 뻗은 손이 내쳐질 것 같다 싶으면 불에 덴 듯 손을 뗐다.

그러고 보니 알 것 같았다. 여행길에서 도움의 손을 뻗어 잡아주는 이들이 유독 고마웠던 것은, 나도 손을 내밀어 잡아주고 싶었던 것은, 친구의 마지막에 손을 잡아주지 못한 것이 그토록 마음에 걸렸던 것은, 두려웠기 때문임을. 내가 내민 손을 누군가 잡아주지 않을까 불안하기에, 내가 그 마음을 너무 잘 알기 때문에, 나는 남의 손을 잡아주고 싶은 거야. 모든 존재가 자기대로 존중받으며 사는 세상을 꿈으로 삼게 된 것은, 내가 나대로 존중받고 싶었기 때문이다.

살며 배우고 있습니다. 헤어지더라도, 저버리더라도, 버림받더라도, 회복해나갈 수 있다는 것을. 바다 모래사장에 움푹 파놓은 구덩이가 시간이 지나 결국에는 채워지는 것처럼. 쓰나미가 휩쓸고 지나간 자리가 조금씩 조금씩 회복되는 것처럼. 그러니 미리 걱정하지 말고, 미리 기대하지 말고, 오는 대로 받아들여 보겠습니다.

360도 돌아봐도 지평선이 보이는 이곳에서는 하늘이 둥글다. 땅도 둥글다. 울고 나니 새 힘이 솟아 둥근 하늘과 둥근 땅 안에서 쑥쑥 달린다.

……

다 컸어,
파미르도 혼자 가고

파미르는 교과서에서 처음 봤던가. 세계의 지붕이라고 했었다. 그 정도만 알았다. 다시 파미르를 새기게 된 것은 자전거 여행 블로그를 보면서였다. 선배 여행자들이 올린 파미르는 엄청 험하고 엄청 아름다웠다. 재밌겠다, 하지만 나는 안 가야지. 하드코어는 사양하겠어. 산은 최대한 피해 갈 거야.

시간이 갈수록 내 몸은 가슴과 멀어지고 있다. 예전에는 가슴이 원하는 대로 하면 됐는데 이제는 그러면 몸이 안 따라준다. 머리는 그것을 알기에 가슴과 충돌한다. 자전거 여행을 결심할 때도 머리와 가슴의 갈등이 거셌다. 결국 자전거 여행을 가자고 했던 건 천천히 가야 한다는 전제를 두고서였다. 그래도 파미르는 안 됨. 가고 싶어져도 가면 안 됨.

그러나 파미르와 점점 가까워지면서 머리와 가슴은 다시금 갈등을 빚기 시작했다. 가지 말자 가지 말자 그래놓고, 이제 와서 가고 싶어진 것이다.

안전을 이유로 파키스탄 카라코람 하이웨이 대부분의 구간을 버스로 이동하면서 좋기도 하고 아쉽기도 했다. 버스를 탄 구간은 내게 계속 미지의 공간, 그저 높은 장벽으로 남아 있겠구나. 몸에 맞추자면 시간이 갈수록 포기해야 할 것이 많아질 텐데, 계속 포기하면서 부러워만 하고 싶지는 않다. 불가능하다고 여겼던 것을 해나가는 것, 미지의 영역에 들어가보는 것, 인생에 한 번씩은 이런 도전을 해보고 싶은 것이다. 그 고생, 그 고독, 그 고단함 속에서 깨질지도 모른다는 두려움, 그것을 겪고 싶은 것이다.

그래, 이번 한 번은 가보자고 마음을 먹어보려니 왠지 이성에 기반한 한숨이 나온다. **에휴… 진짜 힘들 텐데.**

그러나 이성은 부모, 가슴은 자식과 같은 것. 자식 이기는 부모 없다고 이성은 마지못해 가슴을 따른다. 단 이번에도 전제는 있었다. 한 시간 타고 쉬는 라이딩 패턴과 잘 먹고 잘 자고 틈틈이 스트레칭하는 생활 패턴을 최대한 지키며 가기. 3일 단위로 더 갈 수 있을지 체크하면서 가기. 진짜 진짜 천천히 가기.

그리하여 오늘 출발한다. 키르기스스탄 사리타쉬 마을에서 국경을 넘어 타지키스탄 첫 마을인 카라쿨까지는 100여 킬로미터. 이틀이 걸리든 사흘이 걸리든 천천히 갈 것이다. 같은 홈스테이에서 묵었던 폴란드인 마췌이와 같이 출발을 한다. 마췌이가 알려준 팁대로 양파 하나를 샀다. 양파가 고산증에 좋다고 현지인이 귀띔해줬단다.

여기서 키르기스스탄과 타지키스탄 국경 사이 첫 고개까지는 45킬로미터 완만한 오르막이다. 45킬로미터면 오늘 내로 갈 수는 있을 것이다. 마췌이는 오늘 카라쿨까지 간다고 한 계획치고는 느리다. 출발하며 헤어질 줄 알고 작별 사진까지 미리 찍어두었는데 앞서거니 뒤서거니 내내 같이 가게 된다.

유르트가 아주 가끔씩 점처럼 찍힌 끝없는 평원 가운데 한 줄로 난 길을 따라 간다. 천천히 가자 되뇌며 가다 보니 도로가 비포장이 된다. 마췌이가 샤프한 얼굴을 찌푸리며 헉헉댄다.

"너무 힘들다."

"응. 그치."

"비포장만 있으면 괜찮은데 이게 오르막이니까…."

내 경우에는 상상을 워낙 거하게 해서 그런지 상상보다는 아직 괜찮다. 아직 길 상태는 미얀마의 지옥길보다 낫다. 그러나 마췌이가 자전거를 타본 지역은 노르웨이와 아일랜드 정도, 이런 비포장을 난생처음 경험한 마췌이는 파도에 젖은 여린 나비처럼 지쳐 있었다. 마췌이, 너 오늘 카라쿨 갈 거라며. 험도로 이름난 루트로 갈 거라며.

이윽고 산과 평원 풍경 사이로 삼각 지붕의 단층 벽돌 건물 서너 채가 보인다. 키르기스스탄 출입국 관리소다. 부스에 여권을 내미니 친근하게 도장을 찍어준다. 이 관리소를 지나서 타지키스탄 국경까지 약 20킬로미터는 어느 나라에도 속하지 않는 땅으로 노맨스랜드(No Man's Land)라고 불린다.

양옆으로 보이는 산의 붉고 푸르고 희고 갈빛인 다채로운 색에 안개 한 겹이 덮여 흐리다. 녹색 풀과 잿빛 풀, 자갈과 가끔은 제멋대로 가로지르는 물줄기로 이루어진 땅에 소와 말이 코를 대고 먹이를 먹는다. 아주 띄엄띄엄 차와 트럭이 지난다. 길은 비포장이다. 그래도 이 주인 없는 땅에 흙길이나마 있는 게 얼마나 고마운 일이냐.

천천히 타니 탈 만하다. 해발고도 3천 미터 이상인 이 고원에서, 조금이라도 조급해지면 호흡을 가누지 못해 힘들어진다. 명상하는 마음으로 가려고 노력한다. 그러고 보면 걷기가 명상하기에는 제일 좋겠다. 자전거는 빨리 갈 수 있다고 생각하니 마음이 자꾸 조급해진다. 천천히 가려면 끊임없이 마음을 다스려야 한다. 더 빠른 속도를 기대하는 마음 때문에 힘든 것이다.

그러다가 혼자 감동한다. 내가 파미르에서, 인터넷으로만 보던 노맨스랜드에서 달리고 있구나. 굼벵이 같지만 그래도 어? 자전거에서 용케 안 내리고 어? 올라가고 그러는구나. 1년여 자전거 탄 세월이 헛되지 않았다. 미얀마의 지옥길, 인도의 그 지랄맞던 도로에서 인파와 차와 릭샤와 소 사이에서 필사적으로 핸들을 잡던 나날들이 아련히 스쳐간다. 그 시간이 있기에 지금의 제가 있습니다.

오후 되니 힘이 더 떨어진다. 도로 중간에 살짝 파인 구덩이를 넘어가려는데 힘이 없어 안 된다. 낑낑대며 씨름을 하고 있으려니 현타가 온다. 지금껏 수도 없이 반복해온 질문이 또 떠오른다. **여행 왜 왔나?** 웃음이 터졌다. 여행 전부터, 여행 중에도 수없이 정리를 하고 또 했는데 이렇게 힘드니 또 묻는 것이다. 이 질문은 작년에

왔던 각설이처럼 죽지도 않고 계속 찾아오는 것이다. **왜 왔냐?**

무수히 반복되는 질문에도 계속 대답해줘야 한다. 안 그러면 계속 들고 다니면서 펼치지 않고 묵혀놓아 냄새가 나는 내 침낭처럼 되겠지. 잘 닦아도 어느샌가 먼지가 소복이 쌓이는 책장처럼 마음에도 더께가 쌓인다. 그때그때 닦아주어야 한다. 그래서 또 대답을 했다. 인생을 이해하려고 왔지. 세상을 보려고 왔지. 세계를 이해하고 싶어 왔지.

힘은 계속 소진된다. 힘들면 섰다 가는 간격이 점점 짧아져서 나중에는 50미터에 한 번꼴로 선다. 오후 5시경, 타지키스탄 국경을 5~6킬로미터 남겨놨을까.

아까 점심때 봤던 마췌이가 저 앞에 앉아 있다. 얼굴이 너무 안 좋아 보인다.

"너 괜찮아? 머리 아파?"

"아니."

"토할 것 같아?"

"아니. 그냥 너무 힘이 없어."

애가 말하는 것도 힘이 없고 입술도 바짝 말랐고 병색이 완연하다. 마췌이가 묻는다.

"너 오늘 국경까지 갈 거야?"

"어, 갈 수는 있을 것 같은데… 너는 괜찮겠어?"

"나는 오늘 카라쿨 못 가겠어. 여기 300미터 떨어진 곳에 집이 하나 있대. 누가 말해줬어. 거기 가보게."

일단 그 집에 가보자고 일어나는데 애가 휘청휘청한다. 짐 추스르는 것을 거들어주고 같이 자전거를 끌고 간다. 캠핑하기도 추울 테니 나도 그 집에서 잘 수 있으면 자야겠다. 마췌이 말대로 좀 가다 보니 낡은 나무집이 보인다. 벽에 '홈스테이(HOMESTAY)'라고 쓰여 있다. 노맨스랜드에 홈스테이라니.

마췌이보다 앞서 다가가니 주인이 나온다. 뒤에서 마췌이가 따라오는 짧은 순간 가격 흥정을 하고 있는데 마췌이가 아까보다 더 창백해진 낯으로 비척비척 옆에 선다.

"너도 잘 거야?"

"어. 나도 여기서 잘게."

"고마워…."

마췌이가 쓰러지려 하는 것을 잡았다. 마췌이의 자전거는 아저씨와 딸이 끌고 가고, 나는 마췌이를 부축해서 들어간다. 따뜻한 데 마췌이를 눕히고 차도 달라 하여 마시게 했다. 파미르 첫날을 병수발로 시작한다. 홈스테이 집 귀여운 아이들이 수발을 돕는다. 마췌이는 토하더니 속이 좀 편해졌는지 곧 잠이 들었다. 차를 마시면서 애들과 놀고 있으려니 다른 여행자들이 왔다. 아까 키르기스스탄 출입국 관리소에 앉아 있던 아시아 여자와 또 다른 남자, 인사를 나누며 남자애가 그런다.

"나는 이 집에 3일을 머물러야 돼서…."

"뭐? 왜?"

이스라엘에서 온 니르. 키르기스스탄 여행을 예상보다 일찍 마쳐서 타지키스탄 비자 시작일이 3일 남은 시점인데, 되는지 가보자 하고 국경에 왔단다. 키르기스스탄 쪽에서 출국 도장을 찍고 나서 타지키스탄 출입국 관리소로 가니 못 들어간다고 했단다. 타지키스탄 비자를 받을 때는 특이하게도 입국예정일을 적게 되어 있는데, 예정일 이후로는 입국이 가능하지만 이전에는 입국 불가한 것이다. 더구나 이스라엘 국적인은 키르기스스탄 입국에도 비자가 필요한데 니르의 키르기스스탄 비자는 1회 입국만 되는 단수 비자라 이미 출국 도장을 찍은 키르기스스탄으로도 갈 수 없게 되어, 꼼짝없이 3일을 이 중간지대에 갇히게 된 것이다.

옆에 있던 홍콩 친구 이렌은 사정이 더 복잡하다. 이렌은 니르와는 반대로 타지키스탄에서 키르기스스탄으로 들어가려던 쪽이다. 이렌은 타지키스탄 여행을 마치고서, 투어 운전기사가 제 홍콩 친구가 키르기스스탄에 비자 없이 입국했다고 한 말을 듣고 일단 와봤단다. 중국인은 키르기스스탄 입국에 비자가 필요하지만 홍콩은 중국이랑 다르게 적용되는 경우도 있기 때문이다. 그런데 타지키스탄에서 출국 도장을 찍고 키르기스스탄 출입국 관리소로 오니 홍콩인도 비자 없이는 안 된다고 했단다. 이렌도 타지키스탄 단수 비자였기에 타지키스탄으로도 못 돌아간다. 그야말로 오도 가도 할 수 없는 상황. 중국대사관으로 연락해서 방법을 찾든 해야 되는 상황인데 말도 잘 안 통했단다.

하필이면 같은 날 운명처럼 엇갈려 만나게 된 둘은 오늘 하루 키르기스스탄과 타지키스탄 국경을 오가는 투어 차량을 히치하이킹하며 국경 사이를 세 번을 왔다 갔다 했다고 한다. 자신의 나라로 돌아갈 수 없어 남의 나라 공항에 살게 된 이야기를 담은 영화 〈터미널〉이 떠오른다. 가히 '노맨스랜드' 혹은 '노맨스랜드를 여행하는 히치하이커'를 찍을 만하다.

"이 홈스테이 역사상 손님이 네 명이나 온 적은 오늘이 처음일 거야."

한 방에 넷이 쪼로록 일렬로 누워 잠을 청하다 니르의 말에 키득거린다.

나는 마췌이가 불안했다. 고산 적응의 정석은 해발 3000미터 이후로는 고도가 4~500미터 높아질 때마다 하루씩 머물랬는데 우리는 오늘 3100미터 사리타쉬에서 여기까지 하루에 1000미터를 올라왔으니, 자다가 어찌 되는 거 아닌가, 지금이라도 차 태워서 사리타쉬로 보내야 하는 거 아닌가 하며 마췌이 숨소리에 귀를 기울이면서 잤는데 쌕쌕 나보다 더 잘 잤다고 한다.

다음 날 아침, 밖으로 나가 스트레칭을 하고 있으려니 마췌이가 나온다. 잘 자더니 얼굴에 혈색이 돈다.

"좀 괜찮아?"

"응. 많이 나았어. 고마워."

"오늘 갈 수 있겠어?"

"응. 카라쿨까지 가려고. 너랑."

나랑…? 너 가다가 또 아프면 어떡해야 되냐. 생각 같아서는 마취침을 쏴서 사리타쉬 가는 차에 태워 보내고 싶지만 환자는 꽃으로도 때리지 말랬지. 극한의 휴머니즘을 발휘하여 이제 패니어도 자전거도 자기 힘으로 꺼낼 수 있게 된 마췌이와 출발한다.

·····

파미르에서 만난
인생 최고의 역풍

불현듯 그가 닥쳐온 것은 카라쿨의 홈스테이에서 하루를 쉬고 출발한 아침이었다.

카라쿨 호수는 아름다웠다. 중국 신장에 있던 카라쿨 호수가 파미르에도 있는 것은 우연의 일치가 아니다. '카라쿨'은 위구르어에서도, 키르기스어에서도, 타지크어에서도 '검은 호수'를 뜻한다. 이는 위구르어, 키르기스어, 타지크어가 튀르키예어, 카자흐어, 우즈베크어 등등과 함께 튀르크어족에 속하기 때문이다.

이름도 아름다움도 변함이 없는 이 검고 푸른 호수에 점점이 이는 흰 파도는 밤하늘의 별같이 보인다. 그 모습에 매료되어 돌잔치에 꼬까옷 입은 자식 찍듯 이 각도 저 각도에서 호수를 찍으며 길을 가는데, 어느 순간 정면으로 바람이 부나 싶더니, 그치지 않는다.

나를 멀리 둥글게 둘러싼 산, 그 안에 펼쳐진 광야, 그 안을 가득 채운 바람. 바람 소리가 귀에 가득 차서 간간이 뒤에 오는 차 소리도 안 들리고 폰으로 틀어놓은 노래도 잘 안 들린다. 바람이 내 기준으로 북서면(남동풍)에서 불어오는 것과 동면(서풍)에서 불어오는 것이 있는데, 북서면 바람은 초지일관 계속 불고, 동면 바람은 이따금 사이드킥 들어오듯 나를 때린다. 한번은 동면에서 때리는 바람에 핸들이 돌아간 직후 북서면에서 또 때려줘서 풍차 돌리기하듯 360도를 돌면서 넘어졌다. 고원에서 관객도 없이 홀로 슬랩스틱하는 이 상황이 황당하기 이를 데 없다. 이게 이렇게 힘들 일이 아닌데, 역풍이 조커처럼 나타난 것이다.

거의 평지에서 바다를 끌다 타다 한다. 바람 때문에 걷기도 힘들다. 시베리아를 걸어서 이동하는 죄수가 된 기분으로 바다를 끌고 가다 힘들어 잠시 멈춰 서니 역풍에 몸이 뒤로 밀린다. 어이없어서 웃음이 터진다. 실성한 듯이 웃었다. 진심으로 핸들을 돌려 반대로 달리고 싶다. 자전거 타면서는 왔던 길 돌아가기가 제일 싫은데, 이 바람은 왔던 길을 돌아가고 싶게 한다. 이 바람이 순풍이라면 지구 반대편까지도 갈 수 있을 것 같다.

잠시 앉아 쉬려니 차가 와서 선다. 서양 애들이 세 명 탄 카렌스 같은 차.

"바람 너무 심한데. 무르갑(여기서 약 130킬로미터 떨어진 나의 다음다음 목적지)까지 태워다 줄까?"

"아냐. 아냐."

그들은 타고 싶은 걸 참느라 눈가에 반짝이던 내 눈물을 보았을까. 이 순간을 후회한다 해도 일단 호루그까지는 자전거를 타고 갈 것이다. 이 지역의 중심도시 호루그까지는 앞으로 600킬로미터 더 가야 한다. 가만히 있으려니 바람 때문에 춥다. 곧 일어났다.

반대편에서 오는 스페인 자전거 여행자 커플도 만났다. 커플은 내 어깨를 두들겨주었다.

"10킬로미터만 가면 다음 밸리는 순풍일 거야!"

그 10킬로미터, 과연 제가 갈 수 있을까요. 나 너네 너무 부러워서 잠깐 울고 싶어요.

이것 또한 지나가리라, 이것 또한 정말로 진짜 제발 지나가리라. 속으로 되뇌며 타다 끌다 한다. 기어는 최저단에 놓았다. 걷듯이 페달을 밟다가 바람이 잦아지는가 싶어 기어를 한 단이라도 올릴라치면 바로 바람이 때린다. 뭔가 알고 이러는 것 같다. 저 산 너머에서 누가 윈드 블래스트를 쏘고 있는 게 아닌가. 《서유기》의 황풍마왕이 삼매신풍 필살기를 시전한 것이 아닌가. 이런 바람의 배후에는 마법사든 요괴든 누군가 있다는 게 설득력 있다.

도무지 피할 수가 없다. 피할 곳이 없다. 산으로 둘러싸인 이 거대한 공간이 온통 바람으로 가득 찬 것 같았고 이곳을 과연 벗어날 수 있을까 까마득했다.

벨기에에서 왔다는 자전거 여행자도 만났다.

"여기만 벗어나면 바람 좀 괜찮을까?"

"응? 난 몰라! 난 바르탕밸리에서 왔어!"

바르탕밸리는 내가 달리는 메인 도로가 아니라 비포장 흙길로 빠져 가는 길이다. 험도로 이름난 바르탕밸리를 거쳐왔는데 순풍이라서 그런지 사람이 매우 밝아 보인다. 바람이 인성에 주는 영향이란 이런 것인가. 어제는 시속 10킬로미터도 못 냈는데 오늘은 40킬로미터도 나온단다. 짐 매단 자전거로 납득하기 힘든 속도지만, 이 바람이 순풍이라면 그럴 수도 있겠다.

폴란드 자전거 여행자를 만났다. 형식상의 인사를 건넸다.

"How are you?(좀 어때?)"

"I'm fine. I'm very fine.(좋지. 난 너무 좋지.)"

나에게는 인생 역풍이 그에게는 인생 순풍이다. 만족스러운 미소를 감추지 못하는 그는 직장을 1년 휴직하고 나와서 폴란드에서부터 출발해 중국과 동남아까지 갈 거란다.

"이제 2킬로미터만 더 가서 좌회전하면, 그러니까 여기 분지를 벗어나면 그때부턴 순풍일 거야. 내가 그것 때문에 고생 좀 했어."

2킬로미터만 더 가서 좌회전. 때는 이미 12시가 넘었고 밥심이라도 내기 위해 점심 먹을 만한 장소를 찾고 있었는데, 이 말을 듣고 점심은 보류하고 더 가보기로 한다. 여기를 탈출해서 밥을 먹자.

희망이란 얼마나 중요한 것인가. 《삼국지》의 매실밭 일화가 생각난다. 조조가 오랜 행군에 목마르고 지친 병사들에게 조금만 더 가면 매실밭이 있다고 뻥을 친 덕에 병사들이 매실의 신맛을 떠올리고 입안에 고인 침으로 갈증을 달랬다지. 사실은 매실밭이 없었다는 사실을 알았을 때 병사들의 공격성은 얼마나 두드러졌을까. 저 길 끝에서 좌회전을 해도 상황이 계속 이렇다면 나의 공격성은 게임 중에 갑자기 컴퓨터 전원이 나간 10대의 그것보다 두드러질 수 있을 것이다.

뇌를 씻어내는 바람이다. 뇌를 씻어내는 바람은 5분이면 충분한데 다섯 시간을 맞고 있자니 뇌 속까지 탈탈 탈수되는 느낌이다. 이렇게 느리게 이렇게 무겁게 영원히 페달을 밟아야 할 것 같은 이 시간이 얼른 끝나기만을 바라며 마침내 좌회전.

바람이 없어졌다. 순풍도 없다. 일단은 바람이 없어진 것만으로 살 것 같다. 귀가 쉴 수 있다. 그러나 앉아서 밥을 먹어볼까 하니 바람이 다시 찾아왔다. 그나마 바람을 피할 만한 야트막한 흙언덕이 둘러싼 곳에 자리를 잡았는데, 바람은 안 피해졌다.

파미르에서 식당을 찾아보기 힘들 거란 생각에 식량을 빵빵하게 챙겨 왔다. 삶아 먹을 용으로 메밀 1킬로그램과 건포도와 견과류, 쿠키에다가 당 충전을 위해 도깨비방망이처럼 굳힌 노란 설탕과 나트륨 충전을 위해 소금 범벅으로 볶은 콩도 넉넉히 샀다.

중앙아시아의 장점은 이 모든 식재료를 포장 없이 무게를 재어 살 수 있다는 것이다. 쿠키는 동네 구멍가게에서도 시장에서도 도시의 대형마트에서도 종류별로 투명함에 넣어두어 원하는 만큼 담아 살 수 있다. 이 건조한 평원에서는 무엇이든 쉬이 썩지 않으니 뭘 버리면 오래간 눈에 보이게 된다. 그래서 선진 제로 웨이스트 문화가 발달할 수 있었던 것일까. 천 주머니와 반찬통과 이제껏 받아 접거나 씻어 보관해놓은 비닐과 통을 총동원해 식량을 담아 왔다.

오늘 점심으로 낙점한 것은 라면이다. 파키스탄 한인교회 목사님네서 받아 아껴두었던 신라면 두 개 중 하나. 따뜻한 음식을 편하게 먹어보자며 큰맘 먹고 봉지를 뜯었는데, 버너에 불이 안 붙는다.

일회용 플라스틱을 쓰지 않겠다며 챙겨 온 버너는 우드버너였다. 얇은 스텐판을 네모지게 조립하면 그 안에 솔방울 네댓 개 정도는 들어갈까 싶은 우드버너. 저렴한 식당이 풍부한 아시아에서 한 번도 쓸 일이 없었던 버너의 존재는 파미르를 앞두고 부각되었다. 동시에 산소가 부족한 이 고원에는 나뭇가지도 솔방울도 없을 것이라는 사실도 상기됐다. 그래서 키르기스스탄에서 어렵게 고체연료를 구해 왔다. 흰 타블렛처럼 생긴 동전만 한 러시아산 고체연료는, 그때는 대차게 불이 붙었다. 그런데 여기서는 안 된다. 이곳은 해발고도 4000미터 이상에다가, 무엇보다 환장할 바람이 분다.

겨우겨우 불을 붙였는데 물은 끓지 않는다. 가방을 어설프게 세워 벽을 만들어 막으려 해도 귀신같이 뚫고 오는 모래바람에 위태롭게 서 있던 우드버너가 스르르 해체된다. 우드버너를 다시 조립해 붙들고 기다리던 중에 바람이 때려 코펠이 넘어가고 물이 쏟아졌다. 포기하지 않고 절반가량 남은 물에 라면과 양파와 약간의 메밀을 넣었다. 얼마 후 불이 꺼졌다.

생라면과 생양파와 안 익은 메밀을 손에 쥐고 뜯으려니 베어 그릴스가 부럽지 않다. 이 무자비한 고원에서는 웬만하면 점심에 불을 쓰지 말아야겠다.

어쩐지 점심 먹고서는 힘이 더 없어졌다. 전신의 힘이 음식을 소화하기 위해 다 쓰이는 느낌이다. 아까 스페인 커플이 제보해준 유르트캠프를 향해 달린다. 아침에만 해도 오늘 파미르에서 제일 높은 악바이탈 고개까지 넘어가볼까 하는 야심 찬 생각을 했지만, 광야의 바람은 내 전신을 늙게 만들었다. 도로는 비포장이 되더니 빨래판식으로 끝없이 골이 이어진다. 털털털털 정처없이 진동하며 달리다 보니 얹혔던 생라면이 소화가 다 되는 것 같다.

이날의 대장정 이후에도 역풍은 며칠간 계속되었다. 소비에트 연방 시절에 기후학자로 일했다는 유르트캠프의 주인 할아버지가 조언했었다. "남쪽에서 부는 바람은 길고, 서쪽에서 부는 바람은 짧아." 해서 마음에 새기고 왔는데 나중에 생각해보니 바람이 남쪽 아님 서쪽에서만 분다는 이야기 아닌가. 내가 가는 방향은 현재 남서향이 아닌가. 완벽한 역풍이다. 왜 나에게만 이러나 할 것이 아니었다. 여기 대자연의 바람은 나와는 상관없이 원래 이런 것이었다. 여기서는 역풍까지도 나의 길인 것이다.

역풍에 찌들고 악에 받쳐 라이딩을 하는 며칠 동안 하루에 두세 번 마주친 자전거 여행자들은 모두 나와는 반대로 가고 있었다. 대부분 유럽인, 기본적으로 서에서 동으로 향하고 있으니 그들의 얼굴은 순풍으로 환히 빛났다. 인사하고 짧은 대화를 나누고 나면 그들은 가볍게 멀어져갔고 나는 서 있어도 바람에 몸이 밀렸다.

부럽다. 미치도록 부럽다. 서쪽에서 오는 인간들. 마르코폴로, 완전 꿀이었지. 고선지 장군님, 얼마나 힘드셨습니까. 혜초 스님, 압니다 알아요. 파미르 길, 고대 실크로드를 수백 년 전에 지나갔던 동방의 위인들과 나는 역풍이라는 고난으로 시간을 뛰어넘어 동지가 되어가고 있었다.

······

세계 여행자의 로망
파미르고원에서 하는 상상

파미르의 와칸밸리에 접어든 지 3일 차 아침. 아마도 가축 축사로 쓰였을 네모진 돌담 안에 쳤던 텐트를 걷고, 장엄한 산을 둘레둘레 둘러가는 야트막한 흙길을 따라 강 건너 아프가니스탄을 보며 천천히 달린다. 역풍은 견딜 만한 정도로 가라앉았고, 다른 행성 같은 고원의 풍경은 오늘도 환상적이다.

세계 여행자의 로망이라는 거대한 산과 하늘과 물 안을 달리면서, 한국에 가면 우리 동네에서 바다를 타고 나가 한강을 달려야겠다는 상상을 했다. 행복했다.

6.
이슬람의 손님 대접에 정신을 차릴 수 없다

★타지키스탄, 우즈베키스탄,
투르크메니스탄, 이란

타지키스탄 고르노바다흐샨 자치주-이란 서아제르바이잔주
(여행 16~18개월 차)

......

추석 대보름에 자연인과 캠핑

추석날인 오늘은 강변 풀숲에서 캠핑을 한다. 텐트는 두 채, 라면을 끓이고 물고기를 굽는 배경으로 두둥실 둥근 달이 떠오른다.

오늘 오전, 달리는데 뒤에서 기척이 느껴졌다. 뒤돌아보니 자전거다. 양옆으로 가방도 매달고 있다. 이 방향으로 가는 자전거 여행자라니, 반가워 자전거를 멈춰 이야기한다.

러시아에서 온 시묜, 마른 체구에 짙은 아이홀에 이목구비가 큼직큼직하다. 영어를 조금 하는 시묜과 러시아어를 조금 하는 나와 중국어를 조금 하는 우리는 세 나라 언어를 섞어 유아 수준의 소통을 한다. 시묜은 두 달 여행을 나와서 근처 산과 호수를 돌고 내려가는 길이란다.

"난 오늘 판자켄트까지 가."

"오, 나도 판자켄트로 가는데, 근데 내가 느려. 오늘 갈 수 있을지는 모르겠어."

"나도 서둘 것 없어."

이곳 타지키스탄 서부의 도로 상태는 파미르와 비교하면 비단결이 따로 없다. 그러나 국토의 93퍼센트가 산지라는 타지키스탄에는 파미르 말고도 산이 천지고, 오늘의 길도 어김없이 오르막이다. 힘겹게 밟던 페달이 갑자기 가벼워진다. 이게 말로만 듣던 순풍이라는 것인가? 순풍이 이렇게 갑자기 부나?

놀라서 뒤를 돌아보니 시묜이 자전거를 타면서 한 손으로 내 자전거를 밀어주고 있다. 시묜은 오르막을 오르면서도 숨이 가빴했는데 내 자전거를 미니 그제야 나와 비슷하게 숨이 차는 모양이다.

시묜 덕분에 오늘의 오르막을 약간의 사기로 해결했다. 인공 순풍이 불었다고 해두자. 편서풍 혜택에서 소외된 동방의 여행자에게 이 정도 치트키는 허용해주자. 다만 이 도움에 부응하기 위해 페달을 열심히 밟다 보니 무릎이 피로한 느낌은 여전했지만, 그렇다고 해서 밀지 말아 달라는 말은 추호도 입밖에 내지 않았다.

"러시아 음식 한번 먹어볼래?"

"좋지!"

시묜은 한 동네에 멈춰 아줌마들에게 물이 어딨냐고 물었다. 러시아어가 되니 여행 난이도가 갑자기 쉬워진다. 타지키스탄을 비롯한 중앙아시아 스탄 나라에서 러시아어는 한국에서 영어 이상의 위상을 가지고 있어 이 시골에서도 러시아어로 소통이 된다. 타지키스탄에서 공용어는 타지크어이고 민족 간 상용어가 러시아어란다.

시몬은 마을 펌프에서 물을 받더니, 또 두리번거린다. – 나무가 필요해. – 뭐? 너도 우드버너 써?

비록 단 한 번도 그 이름에 맞게 나무를 넣어 때본 적은 없지만 우드버너를 소유한 나로서는 매우 반가운 일이었다. 우리는 큰 나무 근처 야트막한 평지에 자리를 잡았다. 시몬은 가방에서 살림을 꺼내 펼쳐놓는다. 내 것보다 조금 큰 우드버너, 반합, 찻잎 상자, 메밀과 마카로니 등 식재료가 분별 없이 든 비닐봉지. 꾸질꾸질했다. 특히 검게 그을린 반합은 2차 대전에 썼다 해도 믿을 수 있을 것 같았다. 동류를 만난 듯하여 속으로 반가운데, 시몬은 마음에 걸리는지 묻는다. – 요리를 이 반합에 할 건데, 괜찮아? – 당연하지!

시몬은 나무에 올라가 마른 나뭇가지를 한아름 꺾어 와 성냥으로 능숙하게 불을 피운다. 물을 끓여 차 한잔을 먼저 하고, 메밀을 끓이고 소금을 넣어 마요네즈에 비벼 먹는다. 맛있다.

오늘 시몬은 캠핑을 한대서 나도 같이 가기로 했다. 이 친구가 캠핑을 어떻게 하는지 보고 싶다. 4시쯤 되자 시몬이 그런다.

"이제 산이 없네."

그제야 풍경을 살피니 진짜 타지키스탄 내내 시야를 꽉 채우던 산이 거의 없어졌다. 드디어 평야의 나라 우즈베키스탄에 가까워지는 것이다. 시몬은 5시쯤부터는 주위를 주의 깊게 살피는가 싶더니 도롯가에 줄 지어 선 가로수 저 너머를 가리킨다.

"저기 물이 있는데, 괜찮을 것 같아."

반신반의하며 비포장길을 따라 한동안 들어가니 진짜 강이 나온다. 시몬이 가다가 만난 사람에게 길을 물어 강변 쪽으로 더 가보려는데, 짧지만 가파른 비탈길을 내려가야 한다. 급경사의 흙길이라 바다를 타고 내려가다가는 강물 속으로 직행할 판이다. 바다를 들어서 내려가기는 더더욱 무리다. 이러면 나는 여기서 돌아가도 될 것 같은데, 송충이는 솔잎을 먹고 살아야 한다는데 내가 너무 큰 욕심을 부렸구나. 안녕을 고하려 입술을 달싹이는데 시룐이 자기 자전거를 내려두고 다시 와서 풀패킹된 바다까지 번쩍 들고 내려간다. 저게 가능한 거였구나. 나는 빈몸으로 가는데도 비탈길을 네 발로 내려갔다.

풀밭에 텐트를 치고 저녁 준비를 시작해 내 우드버너와 시룐의 우드버너가 나란히 섰다. 시룐은 어김없이 나무를 때고, 나는 파미르 때 사서 아직도 많이 남은 고체연료를 꺼냈다. 시룐은 성냥, 나는 충전식 전기 토치. 나도 한국에서는 자연인이라는 소리를 꽤 들었는데 여기 진짜가 있었다. 얘에 비하면 나는 기술 문명에 의존하는 현대인이다. 시룐은 캠핑을 좋아하고 산을 좋아하고, 음식도 자기가 해 먹는 게 좋단다.

"자연이 거기 있다면 나는 최대한 그 선물을 쓰고 싶어."

진짜다. 진짜가 나타났다.

파키스탄에서부터 간직해온 신라면과 파미르 이후 항상 떨어지지 않게 사놓는 과자를 꺼냈다. 시룐이 끓인 차와 마카로니도 함께 하니 저녁이 풍성하다. 주변을 오가던 부부에게 과자를 좀 나눠드리니 아줌마가 뭐라 한다. 시룐이 통역한다.

"물고기를 먹겠냐고 하시네."

아줌마가 들고 있던 들통은 비어 있는데 물고기가 어딨다는 거지. 그 순간 아줌마 치맛자락에서 물고기 한 마리가 툭 떨어졌다. 나는 혼신의 힘을 다해 외쳤다.

"아녜요, 괜찮아요! 괜찮아요!"

그랬는데 옆에서 자연인이 받는다. 자연인은 강물에 물고기를 다듬어 굽는다. 물고기 토막이 구워지는 동안 밤은 어두워지고 보름달이 떠오른다. 그러고 보니 오늘이 추석이었지. 명절에 물고기도 구워 먹고, 출세했네.

물고기는 맛은 없었다. 나는 약간 입에 대고 말았는데 자연인은 다 먹는다. 자연인은 갈대를 뜯어 그릇을 싹싹 닦고, 자갈을 한 움큼 넣어 와그락와그락 씻었다.

후식으로는 마을에서 산 수박을 먹는다. 자연인이 주워 온 나무로 불을 피워놓고 번역 앱을 활용하여 이런저런 이야기를 한다. 추석이라서인지 보름밤이어서인지 더 센치해진다.

시몬은 혼자 하는 여행은 이번이 마지막이 될 거란다. 산에서 식중독으로 죽을 뻔했는데 지나가던 사람들이 도와줘서 살았단다. 가족과 친구들 곁에 있어야겠다고, 그게 제일 중요하다고 느꼈단다. 그러면서 묻는다. 너는 왜 여행하는 거야? 이렇게 길게 여행하는 이유가 뭐야?

이 여행이 내 마지막 장기여행이 될 것 같아. 나는 세상을 알기 위해서 나왔는데, 바깥세상이 내 집 주변 세상과 같다는 걸 이제 알겠어. 인종이 다르고 종교가 달라서 달라 보이던 사람들도 나와 크게 다르지 않다는 걸 이제 알겠어. 돌아가면 나는 세상을 내 집에서부터 알아갈 거야.

투르크메니스탄에서 만난
자전거 장인

5일 만에 투르크메니스탄을 종단해야 한다.

투르크메니스탄에 '중앙아시아의 북한'이란 별명이 붙은 것은 독재체제도 그렇지만 폐쇄적인 외국인 정책 때문이기도 하다. 관광비자 받기가 비싼 데다가 까다로워서 투르크메니스탄을 여행하려는 사람들은 대부분 5일짜리 통과 비자를 받는다.

우즈베키스탄을 벗어나 투르크메니스탄 출입국사무소에 도착했다. 타지키스탄에서 미리 신청해놓은 비자를 받고 비용을 치르는데, 비자비는 55불에 입국세는 10불, 여기에 비자 발급, 입국세 발급에 각각 수수료를 4불씩 받는다.

"75불이야."

"다 합치면 73불인데?"

"그래. 73불 내."

단 5일 통과 비자를 받는데 신청비 10달러까지 합쳐 83달러를 미심쩍은 마음으로 내고서야 투르크메니스탄 땅을 합법적으로 밟았다. 여기에서부터 이란까지 투르크메니스탄을 종단하는 최단 거리는 약 500킬로미터, 이를 5일 만에 주파하는 것이 자전거 여행자들의 도전과제가 되곤 한다. 나도 딱히 별일이 없으면 해볼까, 아니면 반은 자전거를 타고 반은 기차를 타볼까. 일단 오늘 100킬로미터는 달려봐야겠다. 가까운 도시 투르크메나바트를 향해 달린다.

우즈베키스탄에서 달린 구간에 비하면 도로 상태는 좋고 땅은 황량하다. 양옆으로는 거친 땅에 마른 덩굴식물이 동글동글 퍼져 있다. 짚으로 네모반듯한 울타리를 층 지워 모래 사구를 고정해놓은 구간이 나오다가, 밭이 펼쳐지다가, 아무다리야 강을 건넌다. 아무다리야 강은 파미르에서 발원하여 타지키스탄과 우즈베키스탄, 투르크메니스탄을 거쳐 아랄해까지 먼 길을 간다. 파미르에서부터 얼추 같이 왔구나. 파미르에서는 작은 시내였는데, 이제는 강폭이 적어도 500미터는 되는 너른 강이 되었다.

사구 고정지도 밭도 딱딱 구획 정리가 잘 되어 있는 것이 생소하다. 이렇게 직각으로 정리된 밭을 보는 것이 얼마 만인가. 되짚어보면 중국 동부와 베트남 이후로는 없었던 듯싶다. 그 지역들은 집약적 농경의 전통이라도 있었지, 이 광활한 사막 국가에서 이런 정리정돈이라니, 독재자의 취향인가. 굳이 그의 취향이 아니더라도 수직적 질서 아래 알아서 기는 것이 습이 된 체제에서는, 윗사람이 뭐든 트집 잡을 가능성이 있는 체제에서는 흠 잡히기 전에 모든 것이 정리될 가능성이 크지.

뒤 타이어에 약간씩 튕기는 느낌이 들더니 갈수록 더 심해진다. 투르크메나바트에 이르러 처음 만난 식당에서 튀긴 고기빵으로 요기를 하고 바다를 체크해본다. 이제는 튕기는 정도가 아니라 아예 슬쩍슬쩍 멈춘다. 가방을 다 내리고 살펴보니, 타이어가 찝힌 게 아니라 휠이 깨졌다. 휠이 깨진 틈으로 타이어가 삐집고 나와 브레이크패드에 걸린 것이다. 여행 나와 1년 반을 잘 버텨왔던 휠이, 하필 투르크메니스탄 5일 중 첫날에 가버린 것이다.

망연자실해 있으려니 한 사람이 다가와 상황을 살핀다.

"시장에 가서 휠을 사."

식당 주인도 나와 상황을 보더니 공구를 가져와 한쪽 브레이크를 아예 빼준다.

"이러면 시장까지 갈 수는 있을 거야."

짐은 식당에 맡겨놓고 시장으로 향한다. 투르크메나바트 시장이 크고 유명하다는 정보는 봤는데 여기서 자전거 휠을 사게 될 줄이야. 드넓게 펼쳐진 노천 시장에서 자전거 섹션을 찾아갔다. 사람 많은 가게로 들어가니 낡아 보이긴 하지만 휠이 있긴 있다. 주인은 가게에 몰려 있는 이들 중 하나를 지목한다.

"이 사람이 휠을 바꿔줄 거야. 이 사람이 프로야."

지목받은 사람은 쑥스러워하며 옆 사람을 가리킨다.

"아냐, 이 사람이 프로야."

그 옆 사람은 또 다른 이를 가리키며 이런다.

"아냐, 저 사람이 프로야."

이러고 있으니 나는 그만 너무 불안해진다. 형님 먼저 프로, 아우 먼저 프로 하는 이 훈훈한 곳에 진짜 프로는 없을 것이라는 직감이 스치는 것이다.

그러나 선택지는 없다. 처음 지목받은 프로 1이 나선다. 프로 2도 옆에서 지원한다. 바큇살이 녹슨 휠이 3달러에 서비스 비용까지 합쳐서 10달러.

프로 1은 자전거 가게 앞 흙바닥에 자리 잡고 앉는다. 바큇살과 스프라켓과 기어는 기존 것을 쓰고 휠만 교체하기 위해 프로 1과 2는 일단 휠에서 바큇살을 전부 빼고 기존 휠의 바큇살로 일일이 교체한다.

어느 정도 바큇살이 채워지자 거꾸로 세운 바다에 바퀴를 끼워 놓고 돌려보며 휠 밸런스를 본다. 바퀴를 돌릴 때 양옆으로 출렁임 없이 곧게 돌아가야 휠 밸런스가 맞는 것인데, 거꾸로 강을 거슬러 오르는 힘찬 연어처럼 요동친다. 바퀴가 저렇게 출렁거릴 수도 있는 거였구나. 프로 1과 2가 조이고 또 조여도 출렁임은 계속된다. 바큇살 하나는 잘 조여지지도 않는다. 짧은 영어를 구사하는 프로는 문제의 바큇살을 가리키며 내게 그랬다.

"원! 원!(이 하나가 좀 문제야!)"

그러면서 어쩔까 하는 제스처를 하는데, 아저씨 전 몰라요.

프로는 나중에는 한 번 죌 때마다 나를 돌아보며 어색하게 웃어 보였다. 그렇게 몇십 분을 의미 없이 죄었을까. 여전히 뱀처럼 꿀렁거리는 바퀴를 두고 프로는 어깨를 으쓱한다. 자신은 최선을 다했다는 제스처다.

"코리아! 고 코리아!(한국 가서 바꿔!)"

"노 코리아! 투르크메니스탄, 이란, 터키, 코리아!(나 한국 바로 안 가! 이란 튀르키예까지 갔다 간다고!)"

"오! 이란, 터키! 터키! 뷰티풀! 뷰티풀!(오, 이란 튀르키예, 튀르키예 가서 바꿔, 거기 좋은 거 많어!)"

프로와 나는 희한하게 소통이 잘됐다. 나는 프로의 말을 찰떡같이 알아듣고 바람 빠진 듯 잠시 멍하니 있다가, 그래 그러자 했다. 이 조임의 모래 지옥에서 프로도 나도 바다도 해방되어야 했다. 프로 2는 진작에 자리를 뜬 후였다.

바퀴를 끼우고는 바람을 넣어야 하는데 펌프가 없단다. 내 펌프를 꺼내줬는데 프로가 펌프 다루는 손에 확신이 없다. 펌프질을 어설프게 하고 있어 내가 받아서 펌프질을 하는데 바람이 안 들어간다. 살펴보니 튜브의 밸브가 잠겨 있다. 밸브도 열지 않고 펌프질을 하는 프로에 대한 신망은 마이너스대로 진입했다. 내가 펌프질을 하고 있으려니 옆에 와서 구경하던 꼬맹이들은 '오, 힘세다' 하는 분위기고 프로는 내 팔뚝을 가리키며 감탄한다.

소요 시간만큼은 방망이 깎는 노인과 같았던 프로와 함께 휠을 보내주고 다시 식당에 돌아가니 4시. 오늘 라이딩은 여기서 접기로 하고 저녁을 먹고 숙소를 찾아간다. 투르크메니스탄에서의 계획은 첫날부터 이렇게 휠과 함께 와장창 날아가고, 투르크메니스탄 기차 종단이 시작된다.

이란,
반전과 재반전의 나라

0.

이란에 대한 걱정은 우즈베키스탄에서부터 시작되었다.
사마르칸트의 한 식당에서 휴가차 온 친구와, 여행하면서 만난 친구들과 샤슬릭을 먹고 슬슬 일어나려던 찰나, 뒤 테이블에 있던 프랑스 할머니가 우리 앞에 다가왔다. – 자네, 이란에 간다고? – 예. 어떻게 아세요? – 뒤에서 들었어. 조심해. – 예? – 나도 이란 갔다 왔어. 이란 좋아, 허나 조심해. – 아, 예…. – 나는 늙었지만 자넨 젊어. 조심해.

그러고는 할머니는 게임 NPC처럼 떠나간 것이었다. 게다가 여행자 온라인 커뮤니티에서는 이란에서 여자 혼자 여행을 다닌다면, 게다가 자전거를 탄다면 성추행 확률 100퍼센트라는 소문이 알음알음 전해졌다.

그래서 이란에 오기 전에 이런저런 고민을 했었다. 현지 여자처럼 보이게 차도르를 쓸까. 차도르를 쓰고 자전거를 타면 더 이상해 보일 것 같다. 게다가 이란 몇몇 도시에서는 여자가 자전거 타는 걸 금지한다고 들었다. 그렇다면 가슴에 붕대를 두르고 남장을 할까, 목소리 연기는 할 수 없을 것 같은데. 결국 아무것도 없이 이란 라이딩을 시작하게 되었다. 그렇게 경계하고 긴장했던 이란에서 본격적인 라이딩을 시작한 5일간, 반전과 재반전과 재재반전의 드라마가 펼쳐진다.

1.

잿빛 산과 누렇고 붉은 황야 사이로 난 도로를 달려 도착한 이란 북동부 도시 니샤푸르, 오늘은 이 지역 위인인 하얌의 영묘에 딸린 숙소에 체크인했다. 하얌은 11세기의 수학자이자 천문학자이자 철학자이자 시인이었다. 중세 수학의 최고봉이라는 그가 고안한 달력은 16세기 그레고리 달력보다도 정확하다고 한다.

45만리알(약 4달러)에 부엌도 있고 화장실도 있는 황송한 방에서 뒹굴다가 저녁을 먹으러 나섰다. 점심에는 치킨 케밥(꼬치구이)을 먹었으니 저녁은 샌드위치를 먹어야겠다. 벤치에 앉아 있는 커플에게 "샌드위치?(샌드위치 파는 곳이 어디 있습니까?)" 하고 물으니 여자가 일어난다. 여자를 따라 이 식당 저 식당을 전전하다가 드디어 샌드위치 집을 찾았다. 샌드위치 가격이 얼마인지까지 체크해주고 여자는 떠나는가 싶더니, 샌드위치를 반쯤 먹었을까, 함께 있던 남자와 같이 왔다.

"카페? 카페?(같이 카페 가자!)"

"오 오케이! 티!티! (어, 좋아! 근데 나 지금 커피는 못 마시고 차가 좋아!)"

우리는 찻집에 가서 같이 앉는다. 키가 크고 짙은 눈썹에 길쭉한 이목구비의 마리암은 스물일곱 살, 잘생긴 얼굴에 장난기 어린 눈의 나세르는 서른다섯 살, 둘은 부부다. 중매결혼이라는데 서로 절친하게 논다. 마리암은 나보다 어린데 키도 크고 페르시아어도 잘하고 샌드위치 식당까지 찾아줘서 그런지 언니같이 느껴진다. 조금 뒤에 부부의 아이 쿠루쉬가 나세르의 형과 함께 왔다. 번역 앱과 나세르가 약간 하는 영어를 이용해 수다를 떤다.

"결혼했어?"

"아니. 남자친구는 있어."

결혼 안 했다고 하면 나세르의 형과 이어줄 기세이길래 일단 거짓말을 했다.

"남자친구랑 반지는 했어?"

"아… 아니."

이후 둘은 어디선가 밝은 푸른색 알이 달린 반지 한 쌍을 가져와 선물해준다. 알고 보니 니샤푸르 이 지역이 터키석으로 유명하단다.

"하나는 남자친구한테 줘!"

아마도 진짜 터키석은 아니겠지만, 없는 남자친구 반지까지 받아놓은 나의 죄책감은 깊어졌다. 그나저나 이 반지, 위장용 결혼 반지로 좋겠다. 이란 오기 전에 하나 사려고 투르크메니스탄 시장을 둘러보다 마땅한 것을 못 찾고 왔는데, 덕분에 유용하게 쓰겠다.

"오늘 우리 집에 와서 자."

숙소 체크인은 이미 해놨지만 이런 초대는 자고로 거절하지 않는 게 인지상정. 두 사람의 친구네로 가서 놀다가 마리암네 가서 잤다. 마리암이 내일도 자고 가라는데 이건 마땅히 사양해야 하는 이란 특유의 인사치레, 타로프인가. 이란에서는 타로프 문화로 택시 기사가 돈을 사양하는 경우도 있다고 했다. 그런다고 진짜 안 주면 안 되고, "제발, 제발 받아주세요" 하면서 줘야 된다고 했다.

2.

아침에 일어나 떠날 준비를 한다. 짐이 있는 하얀 묘까지 마리암네가 차로 바래다주었다. 오늘은 휴일이다. 이슬람의 창시자 무함마드의 사촌이자 시아파 무슬림이 무함마드의 계승자로 따르는 후세인이 순교한 지 40일째 되는 날. 그에 대한 40일간의 애도가 끝나는 날이란다. 곳곳에 검은 깃발을 단 천막에서 검은 옷을 입은 사람들이 차도 나눠주고 먹을 것도 나눠준다.

하얀 묘를 같이 둘러보며 기념사진을 찍는 와중에 쿠루쉬가 뻗은 팔에 절묘하게 내 핸드폰이 맞아 날라갔다. 안 그래도 조금씩 깨져 있던 액정이 돌바닥에 완전히 박살이 나 켜지지도 않는다. 핸드폰의 사망에 심장이 아프지만 너무 미안해하는 마리암과 나세르한테 괜찮다, 어차피 금이 가서 바꿀 거였다, 다음 도시에 가서 고치면 된다며 의연한 척을 했다.

숙소에서 짐을 정리해 바리바리 싣고 나서려는데, 나세르가 폭삭 내려앉은 뒷바퀴를 가리킨다. 어제도 펑크가 나서 때웠었는데, 처치가 미흡했던가. 짐을 다 내리고 타이어를 빼서 튜브를 교체했다. 타이어에 이물질이 있나 해서 손으로 훑는데 나오는 게 없다. 이상하다 싶으면서도 일단 타이어를 끼우고 짐을 실어 나왔다.

휴일이라 사람으로 붐비는 하얀 영묘 공원을 빠져나오는데 나세르가 또 바퀴를 지적한다. 몇십 미터 걸어나오는 새 또 바람이 빠졌다. 아까 확인하지 않은 림에 문제가 있는 건가.

"잠깐 바람만 넣으면 될 거야."

"아냐. 문제가 있어. 지금 확인하고 가야겠어."

겨우 사람 없는 귀퉁이를 찾아 바다를 물구나무 세우고 있으려니 웬 아저씨 둘이 다가온다. 나세르가 대화한다.

"여기 한 분이 자전거 매커닉이래. 도와준대."

투르크메니스탄에서 프로 맛을 본 나는 갑자기 등장한 매커닉에 대한 신뢰라고는 눈꼽만치도 없었다.

"괜찮아! 내가 할게! 그냥 내가 할게!"

앵무새처럼 외쳤으나 그런다고 이분들이 돌아갈 리 없었고 오히려 더 적극적으로 도와주기 시작했다. 매커닉은 타이어에 박힌 작은 와이어를 찾아냈고, 이에 나의 신뢰는 버섯처럼 피어나기 시작한다. 매커닉은 튜브에 귀를 대고 돌려가며 펑크 위치를 찾다가, 근처 식당에 부탁해 식당 냄비 물에 튜브를 담궈가며 펑크 위치를 확인했으나 결국 찾지는 못했다. 일단 튜브를 교체하는데 매커닉님이 거의 다 해주신다. 게다가 매커닉님은 타이어 끼우는 과정에서 자전거 나사가 느슨한 걸 발견하고, 구경하던 사람이 갖다준 랜치로 꼼꼼히 조여줬다. 이 일련의 과정이 종료된 때가 12시경.

감사하다고 머리를 조아리는 나를 두고 매커닉님이 나세르한테 근엄하게 조근조근 뭐라 말한다. 매커닉님은 검은 와이셔츠에 검은 바지를 갖춰 입고 콧수염에 턱수염을 단정히 다듬어 중후한 멋이 있었다. 수리비를 드려야 하나 생각하고 있는데 나세르가 통역해준다.

"너를 점심에 초대하고 싶대."

나는 마음속으로 입을 틀어막았다. 이 분은 매커닉님인가 아낌없이 주는 나무인가. 이 초대에 응한다면 아마도 오늘 출발하기는 어려울 것이라는 아련한 예감이 들었으나 때는 이미 12시, 어차피 점심도 먹어야 되고, 나세르네도 같이 있고, 가보고 싶다는 당장의 본능에 따르기로 한다.

자녀가 셋이라는 매커닉 레자 아저씨네 집은 마당이 넓었다. 아저씨와 나세르는 토마토와 닭고기를 사 와서 마당에서 닭고기를 양념하고, 케밥을 만들고, 불을 피우고, 부채질을 해가며 토마토와 닭을 굽고, 부엌에서 아저씨 부인은 쌀을 삶아 감자 위에 부어 식용유를 섞어 쪘다. 장장 3시간 동안 안팎에서 요리한 끝에 점심은 3시경에 완성된다. 맛있게 먹고 놀다보니 해질녘, 슬슬 나갈 준비를 하는데 레자 아저씨가 정중하게 이야기하신다. 하루 자고 가라고.

다시금 마음으로 입을 틀어막았다. 아낌없이 주는 레자 아저씨. 허나 이미 마리암과 나세르네로 가기로 이야기를 해놓은 터라 머리를 조아리며 사양한다.

집 앞에서 작별 인사만 5분을 한다. 레자 아저씨는 코란 구절 적힌 코팅카드를 주신다.

"너를 지켜줄 거래."

오래된 은반지도 하나 건네신다.

"남자친구 주래."

이로써 없는 남자친구 반지만 두 개가 되었다.

"자전거 문제 있으면 얘기하래. 여기 사람들 말고는 누구도 믿지 말래. 잠은 꼭 호텔에서 자래. 누가 재워준대도 꼭 호텔에서 자래."

당부는 무뚝뚝한 아저씨의 속정만큼 많다.

3.

다음 날 오후 3시경, 이날 목적했던 자파라니예 마을에 도착했다. 전형적인 이란 시골 마을처럼 이란 전통 양식의 반원 지붕 흙집으로 이루어진 마을. 괜찮은 숙소가 있대서 온 건데 물어물어 찾아가니 숙소 문은 닫혀 있다. 근처에 있던 두 아저씨한테 물어봤다. 아저씨들은 손으로 엑스자를 그린다. – 안 돼. – 오늘? 내일?(오늘만 안 돼요? 내일은 돼요?) – 다 안 돼.

아저씨들은 저기로 가라며 손짓을 한다. 저기가 어딘지 모르겠다는 표정을 짓고 있자니 따라오란다. 아저씨들을 따라가니 흙담 안에 모스크가 있다. 들어가 보니 카펫이 깔린 모스크는 낡고 넓지만, 과연 여기서 혼자 자도 괜찮을까 싶어 포기하기로 한다. – 오케이. 오케이. 삽제바르.(괜찮아요. 삽제바르(다음 도시) 갈게요.)

그랬더니 아저씨가 놀란다. 왜 놀라지? 손짓 발짓으로 소통한다. – 삽제바르까지 차로 바래다줄게. – 아녜요, 자전거 타고 가면 돼요. 그러고 있으려니 동네에 유랑하던 다른 아저씨들도 하나둘 모여들어 아저씨 넷이서 대화를 한다. 그러더니 또 따라오란다. 아저씨는 마을 초입으로 나가는가 싶더니 한 흙집의 문을 두드린다. 할아버지가 나온다. 아저씨가 제스처한다. – 여기서 자.

이게 무슨 상황일까. 날 데려온 아저씨가 뭐라 설명하니 할아버지는 자연스럽게 나를 맞아주시며 안에 있던 할머니를 부른다. 많은 경우 실질적인 손님맞이는 여자가 하기에 나는 할머니의 인상과 표정을 보고 여기에 비빌지 아님 삽제바르로 용맹정진할지 결정해야겠다 했는데, 곧이어 나온 할머니가 푸근하게 맞아준다.

작은 정원에 바다를 대고, 할머니를 따라 안으로 들어가 따라주시는 차를 마셨다. 할아버지는 손님이 왔다고 부지런히 청소기를 돌리고 설거지를 한다.

집은 전통 흙집인데 안쪽은 깨끗하게 흰 벽이다. 아치형 창문이 뿅뿅 뚫렸고, 천장에도 유리를 댄 동그란 구멍이 뿅뿅 뚫려 채광을 담당하고 있다. 현관에 들어가면 부엌이, 더 들어가면 거실이자 안방이, 더 들어가면 약간 추운 넓은 방이 있다. 이 흙집 안에서는 데이터가 터지지 않는다. 차를 마시고는 밖에 나가서 번역 앱에 '제가 도울 것이 없나요'를 찍어 보여드리니 됐단다. 쉬란다.

할머니 할아버지는 집 한쪽에 놓인 사모바르(차를 우려내어 따뜻하게 보존하는 이란의 차 끓이개. 튀르키예와 중앙아시아 등에서도 찾아볼 수 있다)에서 계속 차를 따라주시고 TV 보라며 켜주신다.

시골집에서 할머니와 할아버지와 있으려니 10여 년 전 국토종단하며 신세졌던 은인들이 생각난다. 은인들 집에서 느꼈던 푸근하고 편안한 분위기를 이슬람의 나라, 미국이 '악의 축'으로 부르던 나라 이란에서 다시 만나게 될 줄은 몰랐다.

핸드폰의 여행 사진도 보여드리고 두 분 사진도 봤다. 뭐라 말씀을 하시는데 못 알아들으면서도 고개를 끄덕이다 보면 10분의 1은 정말 알아들은 것 같은 착각이 든다. 이해는 못 하더라도, 이해하려는 마음이 서로 통하고 있다는 느낌이 든다.

차려주시는 저녁을 먹고 설거지를 재빠르게 하고 나서 TV를 보고 있으려니 손님들이 속속 도착했다. 동네 아줌마들이 드라마를 보러 이 집에 집합하는 것 같다. 인심 좋은 집에 사람이 모이는 것은 동서고금의 진리. 드라마 보면서 수다 떠는 모습이 한국과 다르지 않다. 다들 얘기하시느라 드라마에 대한 집중도는 전반적으로 높지 않지만, 여기도 막장 드라마의 클리셰를 따르는지 주인공이 갑자기 차에 치이니 다들 히익 하며 경악한다. 나는 드라마에서 히잡을 벗은 여자가 하나도 없다는 것에 신경이 쏠린다. 드라마에서 혼자 집에 있는데도 여자는 히잡을 쓰고 있다.

페르시아어 모르는 나도 아줌마들이 쓰는 말이 사투리라는 것이 느껴진다. 억세고 뒹굴려지는 말투, 그을린 피부, 거친 손바닥, 갈라진 발뒤꿈치에서 햇볕과 흙에서 살아온 강인함이 느껴진다. 아줌마들도 드라마 속 여자들처럼 히잡을 벗지 않는다.

할아버지가 사과를 쟁반에 담아 와서는 내게 제일 먼저 접시와 칼을 주신다. 내가 막내니 깎아야지 하고 빠르게 열심히 깎았는데 그게 아니었다. 인당 칼 하나 접시 하나씩을 들고 각자 깎아 먹는다. 그래서 나는 빠르게 깎아놓은 사과를 세 개나 먹었다고 한다.

4.

아침에 할머니와 동네 구경을 했다. 페르시아 시절 실크로드를 낙타 타고 오가던 상인들이 머물던 대상숙소 카라반사라이(caravanserai)가 이 마을에도 남아 있다. 1층과 2층 흙건물로 거대한 담이 형성된 안뜰로 들어가보니, 둥근 지붕이며 계단이며 아치형 문이 세월에 부드럽게 깎여가고 있다. 안팎으로 낙타도 드나들 수 있는 충분히 높은 문도 보인다. 카라반사라이는 낙타가 하루 갈 수 있는 30킬로미터마다 지어졌단다.

세월에 풍화된 아치형 문을 통해 먼 산이 보인다. 페르시아 시절에도 비슷했을 경관. 시골과 도시의 전통 양식의 집, 자전거 타고 가는 길 곳곳에서 보이는 무심히 풍부한 문화유산, 전통 수공예 카펫이나 조각 등 페르시아 시절부터 전해지는 풍경이 이란에는 많다. 풍요로운 문화 강대국 페르시아의 자부심이 배경이기도, 미국의 제재로 제품도 문화도 수입되지 않는 것이 이유이기도 하겠다.

집 앞까지 나와 떠나는 내게 두 손 흔들어주시던 할아버지 할머니와 헤어져, 30킬로미터를 달려 인근 도시 삽제바르에 도착했다. 먼저 깨진 폰을 고치기 위해 삼성서비스센터를 찾아간다. 작은 매장에 들어서니 풍채 좋은 매니저 아저씨가 푸근하게 웃으며 맞아준다. 고칠 수는 있단다. 비용이 40달러래서 약간 깎아 37달러에 낙찰했다. 수리를 기다리고 있으려니 매니저 아저씨가 차를 내준다.

"오늘 잠은 어디서 자?"

"모르겠는데, 아마 이 근처?"

"미스터 마틴이 점심에 초대하고 싶대."

마틴은 서비스센터 직원이고 집에 아내가 있단다. 나는 이란의 놀라운 초대 문화에 적응해가고 있었다. 수리를 끝낸 폰을 받아 마틴네로 간다.

깔끔한 아파트에 들어서니 마틴의 아내 세피데가 스스럼없이 맞아준다. 큰 눈에 통통 튀는 매력의 세피데는 유치원에서 근무해 1시에 퇴근했단다. 집 안이라 히잡을 쓰지 않은 세피데가 편하게 있으래서 나도 이란 들어 내내 쓰던 스카프를 벗으니 너무 좋다. 세피데와 마틴이 결혼한 지는 2개월 됐단다.

세피데는 요리를 능숙하게 한다. 나와 이야기하며 틈틈이 내게 오렌지 주스를 짜서 주고, 간식을 챙겨주고 하면서도 샤프란밥과 양고기 케밥과 감자와 야채와 수프로 한 상을 차렸다. 먹고 나니 4시가 다 됐다. 마틴이 물었다.

"오늘 어디서 잘 거야?"

"삽제바르 근처에서?"

"이제 곧 밤이야. 여기에서 자."

그러기로 했다. 삼성서비스센터는 9시부터 시작해서 1시 반부터 5시까지가 점심시간이고, 5시부터 9시까지 영업을 한단다. 마틴이 저녁 일을 간 동안 세피데와 얘기하며 TV를 보았다. 어제 묵은 자파르니예 마을의 아줌마들은 출연하는 여자 모두가 히잡을 쓴 이란 드라마를 봤는데, 세피데는 위성채널이 있는지 튀르키예 드라마를 봤다. 이란에서 보니 옆 나라 튀르키예는 혁신적으로 개방적이다. 같은 이슬람 국가인데도 여자들이 머리를 드러내고 나시에 반바지도 입는다.

이슬람에서 예배일은 금요일이고, 이란의 휴일은 금요일 하루다. 대신 공휴일은 많다. 후세인이 죽은 날, 후세인이 죽은 지 40일 된 날, 무함마드가 계시를 받은 날, 또 누가 죽은 날 등등 하여 공휴일이 1년에 25일이라고. 그래도 주중 하루 쉬면 힘들 텐데, 그 와중에도 생판 모르는 외국인을 초대하고 먹을 것을 주고 잠자리를 내주고. 둘은 내 또래고 동생인데 말이야.

세피데에게 이란 음식인 고르메삽지 요리법을 배웠다. 다진 양파를 기름 듬뿍 넣어 볶다가 각종 향신료를 넣고 볶다가 양고기를 넣고 볶다가 파란 파슬리랑 고수 등등 야채 넣고 또 볶다가 물 넣고 몇 시간을 뭉근히 끓이다가 마지막에 소금과 오만산 레몬을 넣으면 3시간 만에 음식이 완성된다.

마틴은 퇴근하고 9시 반쯤 왔다. 내게 준다고 쿠키를 바리바리 비닐봉지에 싸 들고 왔다.

"이슬람에서는 먼 길을 떠나는 여행자에게 음식을 챙겨줘."

10시 반경에야 저녁 식사를 하며 물었다.

"왜 나를 초대했어? 둘 다 일하고 들어와서 피곤할 텐데."

"이란에서는 이래. 쉬는 날엔 가족과 친구와 만나고, 사람과 사람이 만나는 것을 즐기는 거야."

이란이라. 이슬람이라.

현대의 이란은 여성에게 어디까지 제약을 걸 수 있는지 보여주는 전시장 같았다. 머리와 엉덩이를 가려야 함은 물론 결혼할 때까지 화장을 못한다. 여자의 아름다움은 오로지 남편에게만 보여줘야 하기 때문에 결혼 후에야 화장을 할 수 있단다. 결혼 안 한 남녀 애인이 같이 다니다가 경찰한테 걸리면 감옥에 간다. 교통사고로 사망하면 여성에 대한 보상금은 남성의 절반이다.

이슬람이라서 그렇다기에는 설명이 안 된다. 옆 나라 튀르키예도, 지금까지 지나온 중앙아시아 스탄 나라들도 이슬람이었다. 히잡만 보자. 태양이 내리쬐는 중동의 건조한 사막 지역에서 환경상의 이유 혹은 문화적인 이유로 부분적으로 써오던 스카프를 권력이 강제하게 된 것은 근현대 들어서의 일이다. 이슬람의 경전 쿠란을 통해 전해지는 바, 무함마드는 히잡을 명시한 것이 아니라 정숙하게 입으라 했고, 이는 남성도 마찬가지였다. 그것을 이란 정부는 여성 히잡 강제로, 사우디아라비아는 전신을 가리고 눈만 내놓는 니캅 강제로, 아프가니스탄은 눈도 내놓지 않는 부르카 강제로 해석했다.

지금 무슬림에게 금과옥조처럼 여겨지는 쿠란 구절, 때로는 추상적이고 때로는 엄청 구체적인 말을 통해 무함마드가 지향했던 바는 무엇이었나. 고아도 과부도 행복하게 살 수 있는 공동체 아니었나. 쿠란은 그 당시 사회에 비하면 진보적이었던 것으로 평가된다. 무함마드는 자신의 이상을 당시 사회상에 맞춰서 그렸을 것이다. 지금 사람들은 그 이상을 지금의 사회에서 그려가야 할 것이다. 그러니 문제는 종교보다는 그것을 해석하고 이용하는 사람들에 달려 있다.

그리하여 이슬람은 누군가에게는 찾아온 낯선 이를 환대할 근거가 되고, 누군가에게는 찾아온 낯선 이를 죽일 근거가 된다. 누군가에게는 약자를 살피는 기반이 되고, 누군가에게는 강제되는 베일이 되고, 누군가에게는 인생을 살아갈 믿음이 된다. 이란 정부가 이슬람 믿음에 근거해 히잡을 강제한다는 것은 이슬람이 그렇기 때문이 아니다. 정부가 그렇게 이슬람을 이용하기 때문이다.

5.

4일간의 기막힌 인연에 한껏 몽글몽글해진 내게 재반전이 들어온 것은 그다음 날 오후였다. 잠시 멈춰 내비를 확인하는데 오토바이가 다가와서 뭐라 하길래 단호박 먹듯이 대답하고 다시 폰을 들여다봤다. 기사는 한동안 나를 쳐다보다가 석류를 하나 내민다. 괜찮다고 안 받으니 그냥 갔다.

괜히 선한 사람에게 너무 딱딱하게 굴었나 좀 미안해지던 차, 또 다른 오토바이가 다가온다. 뭐라 뭐라 말을 걸어 테헤란 간다고, 페르시아어 모른다고 하니 또 뭐라 뭐라 하는데 기사의 시선이 어쩐지 내 몸을 보는 것 같고 손은 어쩐지 자기 가랑이 사이에 둔 것 같아 내가 "호다패스(잘 가)" 하니 머뭇대다가 앞서가는 듯하더니, 곧 속도를 줄인다. 제발 서지 마라 서지 마라 속으로 염불을 외는데 결국은 멈춰 서서 오토바이를 살피고 있다. 지나가는 나를 보며 아마도 도와달라고 말하는데 그냥 지나쳤다. 쇼를 하는 양이지만 만약 진짜라면 미안하다. 어차피 나는 오토바이를 모르니 현지인의 도움을 받으려무나. 그랬는데 가다 보니 또 옆으로 다가와 뭐라 뭐라 한다.

"테헤란. 테헤란 간다고."

그런데 이놈이 이제는 분명하게 제 가랑이 사이를 주물럭거리고 있다. 기분 나쁜 눈빛으로 나를 넘겨보면서 한 단어를 반복해서 말하는데 직감으로 이건 개차반 같은 말이구나 알 수 있었다. 자전거를 세우는 게 좋을까? 뒤에 다른 차가 오고 있으면 좋겠지만 차가 없다면 오히려 불리할 수도 있을 텐데, 이 상황에서 뒤를 돌아볼 수는 없고.

순간 판단이 되지 않아 천천히 페달을 밟으면서 개를 쫓을 때 지르던 데시벨로 고함을 지르니 그제야 천천히 앞서간다. 가면서도 뒤돌아보며 키스하는 시늉을 더럽게도 한다. 그걸 보면서도 아무것도 못하고 있다가, 멀어져가는 뒷모습을 보면서 고래고래 욕을 해줬다. 그때 사진을 찍었어야 했는데. 가방에 있던 귤을 던지든지 돌을 집어 던지든지 해서 그 여유 있는 면상을 찌그러뜨렸어야 했는데.

뒤늦게나마 호신용 스프레이를 찾으려고 가방을 뒤지는 손이 평온치가 않다. 이런 일의 후폭풍은 천천히 온다. 내가 한동안 더러운 기분으로 그때 어떻게 행동했어야 하는가 생각하고 후회하고를 반복재생하는 동안 정작 당사자는 아무렇지 않겠지. 억울하게도, 나는 이제 한동안은 오토바이가 뒤에서 오기만 하면 긴장을 할 것이다.

가다 보니 마침 경찰차가 있길래 어느 구간에서 이런 일이 있었고 잡을 수 있냐니 번호판이나 사진이 없으면 못 잡는단다. 그럴 줄은 알았지. 기분이 나아지지 않는다. 한국의 친구들과 문자를 하고서야 기분이 좀 풀린다.

이란에서 예상치 못한 친절한 사람들도 만나고 예상했던 변태도 만났다. 다만 친절한 사람들이 더 많아서 변태 한 번으로 전체 인상이 흐려질 수는 없겠다. 그럼에도 이란에서 비자 기간을 연장해서 더 길게 자전거를 타고 싶던 마음은 확실히 흔들렸다.

오늘 목적했던 다르와잔 마을 식당에서 늦은 점심을 먹는다. 흰 수염의 인상 좋은 주인장이 와서 앞에 앉는다. - 더 먹을래? - 괜찮아요. 혹시 이 마을에 잘 데가 있을까요? - 여기서 자. - 얼마예요? - 괜찮아. 넌 손님이야.

아, 이란. 이란.

......

인간의 등불

불을 보고 있다. 천 년을 넘게 타고 있었다는 불을.

버스로 점프하여 이란의 야즈드로 왔다. 여행자들이 많이 찾는 이란 도시 중 하나인 야즈드는 사산조 페르시아 시절, 한국의 삼국시대 즈음, 조로아스터교의 중심지였다. 세계에서 가장 오래된 종교에 속하는 조로아스터교의 기원 연대에 대한 설은 기원전 600년 전에서 1800년 전 사이 분분하다. 이 종교를 창시한 인물은 조로아스터, 독일식 발음으로는 차라투스트라, 니체의 그 차라투스트라다.

조로아스터교는 페르시아 시절 잘나가다가 이후 7세기경 밀려온 이슬람에 의해 점차 쇠락했다. 이때 일부 조로아스터 교도들은 인도 쪽으로 이주하는데, 전설적인 영국의 록밴드 '퀸'의 보컬 프레디 머큐리가 이주자의 후손이었단다. 현재는 이란 인구의 십 분의 일이 안 되는 인구가 믿는다는 오래된 종교.

조로아스터 사원마다 불이 있어 이 종교는 불을 숭배하는 종교로 알려지기도 했다. 사실 조로아스터교에서 숭배하는 것은 창조신이고 불은 우주와 정의, 선과 순수의 상징이란다. 야즈드의 한 조로아스터교 사원에는 470년부터 1500년 이상 보존되고 있다는 불이 있다. 놋화로에서 타오르는 불을 유리 너머로 한참 보았다.

불은 이 자리에서 끊임없이 살아 있었구나.

조로아스터교의 흔적은 이란에 오기 전부터 보였다. 파키스탄 탁실라의 도시 유적에는 불탑과 힌두사원과 함께 조로아스터교 것으로 추정되는 사원도 있었다. 파미르 전통 가옥의 천장은 네 겹의 사각인데, 이는 조로아스터교에서 신성히 여기는 흙, 물, 공기, 불 네 가지 요소를 상징한다. 타지키스탄 국립박물관에는 조로아스터교 섹션이 크게 자리하고 있었다.

사원 벽에는 조로아스터교 신도들이 경전과 성스러운 풀을 들고 있는 사진이 붙어 있다. 의식 때 쓰는 성스러운 풀을 구분하던 인도의 힌두나 자이나교가 떠오른다. 역사가 오랜 조로아스터교는 힌두교와 그 기반을 공유하여 불교, 시크교와 연결되고, 철학 면에서 유대교, 기독교와 이슬람과도 연결된다고 했다. 조로아스터교의 태양신 미트라는 동양으로 넘어와 한국과 중국 등지에서는 '미륵'이 된 것으로 추정된단다.

아득히 먼 옛날부터 현재에 이르기까지, 인간은 어쩌면 이렇게 다르면서도 같은가. 황야이자 정글 같은 이 세상을 어떻게 헤쳐 나갈지를 시대마다 지역마다 사람마다 새롭게 고민했다. 남을 밟고 서야 살아남을 수 있다는 생존경쟁의 장에서도, 더불어 사는 길을 좇는 이들은 항상 있었다. 언어와 지역과 인종은 달라도, '좋은 생각, 좋은 마음, 좋은 행동'이라는 이 오랜 종교의 테제는 수천 년 역사를 통해 반복되고 있지 않은가. 현실에서는 엉망으로 뭉개지고 말더라도, 그중에 얼마만큼은 살아 역사를 만들어가는, 선을 위한 인류의 노력.

언제부터인가 '발전'이란 더 편해지고 더 많이 가지려는 욕심과 같은 말이 된 것 같았다. 이 욕심을 다 채우는 방향으로 가다가는 인류는 결국 살아남지 못할 거라고 생각했다. 장기적으로 보면 인류의 미래는 비관적인지라 나는 당장 나의 현재에만 집중했다. 내 삶을 내가 생각하는 대로 살면 그것으로 충분하고, 그 뒤는 흐름에 맡겨둔다 생각했다. 그 흐름에 대해서는 회의적이었다. 언제나 욕심이 강한 쪽이 주류가 되지 않았던가.

그럼에도 인간을 믿는다는 것은, 어렴풋하고 희미한 등불이 있음을 믿어보고 싶다는 의지이자 노력 같은 것이었는데, 그 빛이 조금은 더 확실하다고, 한순간이라도, 아주 작더라도, 분명히 있다고 믿어봐도 되지 않을까. 불을 보며 생각했다.

샌드위치를 천 주머니에 받아 오지 못했다

이란 이스파한, '세상의 절반'이라는 별칭의 도시, 아름다움으로 이름이 난 도시.

테헤란에 바다를 두고 버스로 이동하며 왕년의 페르시아에 경탄하고 있다. 이 나라에는 인심이 풍요롭고 변태도 적지 않고 전통도 풍성하고 아름다움도 무궁하다.

여행을 나와서 숙식비는 아껴도 문화비는 아끼지 말자는 것이 기조였는데 이란에서는 문화비를 저절로 아끼게 된다. 갈 데가 너무 많다. 열흘간 간 곳 중 몇 개만 꼽아도 페르세폴리스, 조로아스터교 동굴사원, 조로아스터교식 조장을 하던 탑에 아르메니아인이 세웠다는 교회, 고산지대의 얼음을 캐서 보관했던 얼음보관소, 페르시아 시절 우체국이자 말 휴식소, 이란 전통체육관이 있다. 여기는 하다못해 비둘기 똥 모아서 멜론 밭에 비료로 주려고 지었다는 비둘기집마저도 웅장하게 아름답다. 모스크는 그야말로 발에 치이는데, 건축 기술과 섬세한 조각과 문양에 넋을 놓게 된다. 11세기에 지어진 시장에서 카펫 상점과 옷감 상점과 호리병과 접시 상점을 둘러보고 있노라면 아라비안나이트의 세계에 와 있는 듯한 착각이 든다. 이러니 여자는 머리와 엉덩이를 가려야 한다는 이 나라의 원칙에 때때로 열이 오르면서도 비자 기간을 연장한 것이다.

오늘은 이스파한을 떠나는 날, 사파비 왕조 때 지었다는 궁과 또 궁과 또 모스크를 둘러보다 보니 버스 시간에 촉박하게 됐다. 나로서는 흔치 않게 택시를 타고 터미널 앞에 도착하니 버스 시간 5분 전. 테헤란행 버스 승차지를 절박하게 물어가며 가열차게 달려갔는데 버스는 아직 오지 않았다. 사람들을 살피며 여기저기 기웃거리니 기다리라는 것 같다. 그렇다면 점심을 아직 못 먹었는데 샌드위치 좀 사 와도 될까요…? 버스회사 직원으로 보이는 사람에게 손짓 발짓을 하며 물어보고 있는데 영어를 하는 승객이 다가온다.

"뭐가 필요해요?"

"샌드위치 사 와도 될까 해서!"

영어를 하는 이는 버스회사 직원과 진지하게 이야기하더니 내게 이렇게 말한다.

"마담, 당신에게는 샌드위치를 살 시간이 충분합니다."

나는 똥줄이 빠지게 뛴다. 아까 뛰어오면서 봐둔 샌드위치 가게로 뛰어 들어가 직원에게 주문하려는데 직원의 눈이 굳게 감겨 있다. 나와 사선 방향으로 선 직원은 눈꺼풀에 미동도 없이 눈을 감고

절을 한다. 하루에 다섯 차례 있는 무슬림 기도 시간인 것이다. 종교가 자본주의를 압도하는 순간을 라마단의 파키스탄 이후 다시금 목격한다. 목구멍까지 밀려오는 초조함을 누르려고 나도 지그시 눈을 감았다. 억겁의 시간이 흘렀을까. 알라님 하느님 하나님 부처님. 드디어 기도가 끝나고 직원이 눈을 떴다.

"팔라펠샌드위치하나줘요!여기에다가!"

주머니를 내미니 직원이 미심쩍게 받아 들어 안쪽을 들여다본다.

"이거 더러운데."

"아 아냐, 음식을 담아서 그래!"

"너 먹는 거라고!"

올곧은 직원은 결국 천 주머니를 내려놓고 샌드위치를 은색 포장지에 둘둘 말아주었다. 빵가루라고! 저번에 빵 담고 잘 털지 않아서 그런 거라고!

엄마가 미싱으로 끈을 달아 곱게 만들어준 천 주머니, 여행 1년 차까지는 잘 안 썼다. 물이나 기름기 있는 음식이 많은 동아시아와 동남아시아에서는 반찬통이나 지퍼백이 유용했다. 출발할 때 쑥떡을 담아 왔던 지퍼백을 씻고 또 씻으며 중국의 빵과 떡, 태국의 각종 과일을 담은 끝에 지퍼백의 발랄한 무늬는 벗겨지고 너덜해져 지금은 비누를 담는 용도로 쓰고 있다.

천 주머니는 중앙아시아 즈음에서부터 잘 썼다. 건조한 화덕빵과 천 주머니는 궁합이 잘 맞았다. 파미르에 갈 때는 천 주머니 하나에는 메밀을, 또 하나에는 쿠키를 담았다. 키르기스스탄, 타지키스탄과 투르크메니스탄에서는 곡식뿐만 아니라 파스타면이나 쿠키도 무게 단위로 골라 살 수 있어 여행 1년여 만에 쿠키를 즐길 수 있었다.

일회용품이 자주 보이는 이란에서는 천 주머니에 버거도 샌드위치도 담아 먹었다. 어느샌가 천 주머니에 기름 얼룩이 졌다. 특히 지난번 샌드위치를 담아 먹고서는 대충 털기만 한 탓에 직원이 샌드위치를 담아주기에는 미심쩍은 상태가 되었던 것이다.

여행길에 쓰레기장에 가고 쓰레기 재활용 봉사를 하고 일회용 플라스틱 안 쓰기를 실천하면서, 내 머리뿐 아니라 몸과 마음도 천천히 달라졌다. 이제는 한 번 쓰고 몇 분 또는 몇 초만에 버리는 문화도, 이 사회도 이상해 보인다. 예전에는 물건을 사는 기준이 가격과 질 정도였다면, 이제는 쓰레기가 얼마나 나올 것이냐 하는 것도 중요해졌다. 언제부터인가 쓰레기를 만드는 상황이 되면 머리뿐만 아니라 마음도 쓰리다.

다시 가열차게 승차지로 달렸는데 버스는 아직도 오지 않았다. 은색 쓰레기에 둘둘 말린 샌드위치를 베어 문다. 이 쓰레기 하나, 이 하나를 쓴 것이 아깝다. 아까워서 마음이 따갑다.

7.

나의 엘도라도는 누군가의 지겨운 일상

★튀르키예

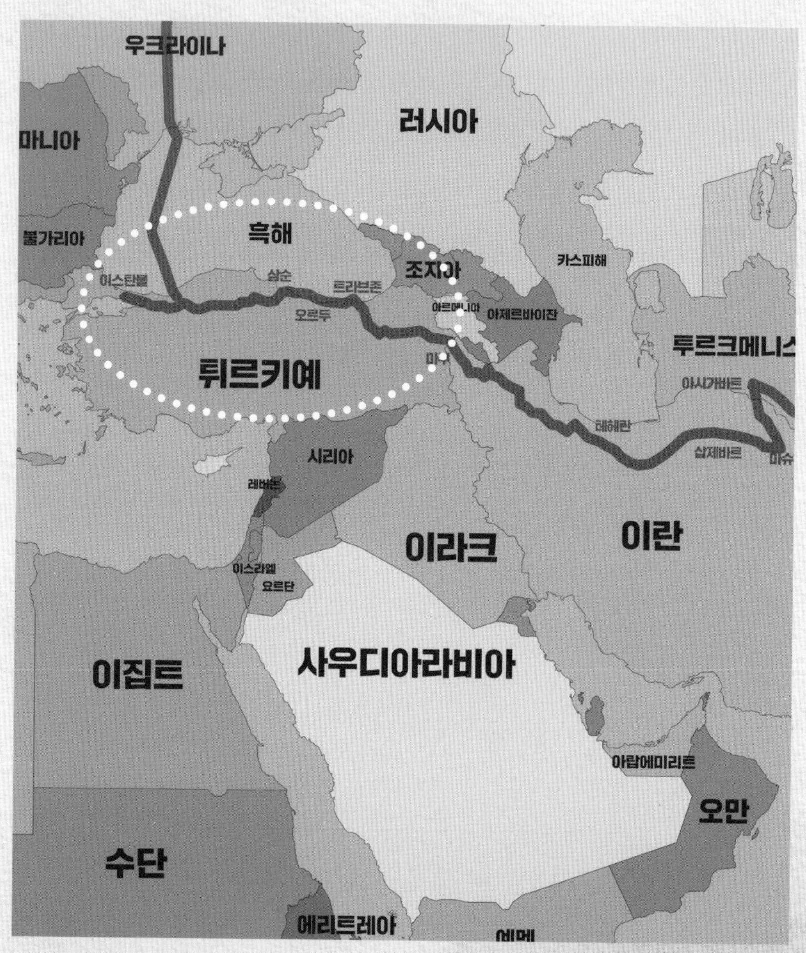

튀르키예 반주-이스탄불
(여행 18~19개월 차)

트럭에서 만난 천국과 지옥

3일 전, 튀르키예 북동부 바이부르트에 가는 산을 넘을 때였다. 앞서가던 트럭이 멈추더니 무려 오르막에서 후진을 했다. 기사님이 높은 운전석에서 내렸다. 타란다. – 트라브존, 트라브존. 노 프라브럼.(트라브존 간다. 타. 문제없어.) – 노 프라브럼. 테세퀴르에데름.(괜찮아. 고마워.) 트라브존이면 내가 3일을 달려야 닿는 다음 목적지다. 사양을 하니 두어 번 더 권하다가 쿨하게 다시 트럭에 올라 떠나간 기사 아저씨를, 그날만 열댓 번을 생각했다. 타랄 때 탈 것을.

오늘도 시내를 벗어나기 전부터 자비 없는 오르막이 펼쳐진다. 형제의 나라 튀르키예는 형제답게 한국처럼 산이 많다. 오늘은 작은 오르막을 넘고 큰 오르막을 하나 넘어야 한다. 작은 오르막을 넘으며 또 기사 아저씨를 떠올렸다. 아저씨 그땐 제가 뭘 몰랐죠. 이제는 달라요.

오늘 누가 태워준다고 하면 기필코 탄다. 그러나 꼭 이런 마음을 먹을 때면 태워준다는 사람이 안 나타난다. 자전거로 꾸역꾸역 가봐야겠다 마음먹고 있을 때만 태워준다는 사람이 나타나고, 그때 나는 타지 않는다. 꾸역꾸역 가는 척해본다. 이렇게 느려서 오늘 큰 오르막까지 닿기는 닿을까. 큰 오르막에도 보아하니 숙소가 있을 만한 동네가 없어 텐트를 쳐야 할 것 같은데, 오늘은 날도 추운데, 그러니 결론은 얻어 타는 것이다. 그러나 이럴 때 태워준다는 사람은 없다. 혼자서 뫼비우스의 띠를 그리며 간다.

배가 고파 길에 앉아 아침에 사 온 빵을 먹는데 큰 트럭이 옆에 선다. 내 마음은 설렘에 요동쳤다.

"저기에 식당 있어! 저기서 먹어!"

"괜찮아, 나 빵이 있어. 근데 너 어디로 가?"

"아 난 여기. 그냥 너 먹는 거 보고 알려주려고 온 거야."

"아 그래? 하하."

"하하하하."

우리는 서로 왜 웃는지를 알고 있지. 웃으며 헤어져 힘없이 큰 오르막으로 가는 길, 뒤에서 트럭이 우회전하라 손짓한다. 지도로 보면 직진을 해야 되는데?

"나 트라브존 가는데?"

기사는 손을 쭉 펴 손목과 직각을 만들어 보인다.

"저쪽은 경사가 이래. 오른쪽으로 가면 터널이 있어!"

"그… 그리로 가도 트라브존 갈 수 있어?"

기사가 손으로 그린 직각은 매우 직관적으로 내게 다가왔고 나는 즉시 루트를 수정하여 우회전했다. 이윽고 마주한 근본 없는 오르막에 바로 내려 걷기 시작한다. 여기도 경사가 이런데 애초에 가려던 큰 오르막은 어떻다는 걸까.

흐물흐물 걷는다. 흐물흐물 걸으면 운전자들의 측은지심이 발동하지 않을까 하여 더 흐물흐물 걸어본다. 트럭 하나가 나를 스쳐가는 듯하다가, 저 앞에서 살짝 후진을 한다. 데자뷰가 느껴진다. 아저씨, 아저씨인가요? 아저씨가 보낸 트럭인가요? 힘을 내어 트럭 옆으로 가니 기사가 말을 건다.

"트라브존?"

"오! 트라브존 예스예스!"

그리하여 간절히 바라던 트라브존 급행 트럭. 트럭을 타고 보니 내가 있던 지점에서 1~2킬로미터만 더 가면 터널이고 긴 터널을 지나서는 아주아주 긴 내리막이 펼쳐졌다. 해발 2000미터 고도에서 흑해변의 트라브존까지 내려가는, 자전거 여행자에게는 보석과 같은 코스를 나는 트럭 차창으로 넘겨만 봐야 했다.

"밥 먹자."

3시경이다. 나는 아까 점심을 먹긴 했지만 기사를 따라 내리는데, 기사는 내 쪽으로 다가와 거들어주듯 두 손으로 겨드랑이를 받치더니 허리를 잡는다. 경기할 뻔했다. 괜찮다고 몸을 빼며 그제야 내 상황을 인지했다. 인적도 드문 기나긴 산길, 크고 건장한 체격의 남자 차에 타버린 것이다.

여행을 떠나기 전에야 여행이 목표였지, 여행을 나온 순간부터 제1의 목표는 '무사히 살아 돌아가기'였다. 무사히 살아 돌아가기 위해, 할 수 있는 선에서 잘 먹고 잘 잤다. 웬만하면 위험을 무릅쓰지 않고 안전을 최우선으로 했다. 특히 사람으로 인한 사고가 일어날 가능성은 극히 적지만 한 번 일어나면 백 퍼센트가 되는 것이라, 기골이 장대한 나로서도 최대한 조심하면서 사고 가능성을 최소화하기 위한 기본 원칙을 세워 지켜왔다. 해 지기 전에 숙소를 잡는다든지, 남자의 초대에는 다른 안전장치가 확인되지 않으면 가지 않는다든지, 혼자서 히치는 하지 않는다든지. 여행을 나오기 전에 머리를 짧게 친 데는 이런 고려도 포함됐다.

큰 탈 없이 지낸 1년 반, 자전거 유람의 마지막 국가인 튀르키예에서 어느샌가 마음을 놓은 건가. 같은 이슬람 국가인 파키스탄과 이란에서 일부 변태에게 받은 강렬한 인상에 비해 전체적으로 쿨하게 느껴졌던 튀르키예의 분위기에 경계의 끈을 늦춘 건가. 그간 길에서 좋은 트럭 기사를 너무 많이 만났던가. 허리랑 무릎이 그렇게 아팠던가. 지금 상황에서는 어떤 변명도 의미가 없고 이 상황을 혼자 감당해야 한다.

"나는 점심 먹었어. 괜찮아."

기사는 개의치 않고 내 식사까지 주문한다. 한산한 식당에서 튀르키예의 떡갈비 쾨프테를 먹고 내가 계산을 하려는데, 기사가 단호하게 안 된다며 내 것까지 계산한다. 이러면 더 불길한데.

불안한 마음으로 다시 트럭에 올랐다. 기사와는 짧은 영어와 제스처와 번역 앱으로 소통한다. 좁은 산길에서도 기사는 자주 전방에서 시선을 내려 핸드폰 번역 앱의 자판을 톡톡 두드렸다.

"오늘 어디에서 자?"

"트라브존 호텔에서."

"여기서 자."

시설 좋은 트럭에는 2층 침대까지 있었다. 괜찮다고 사양하는데 기사는 참으로 근성 있게 제안을 거듭한다. 이리저리 말을 돌리던 끝에 나는 오늘 아침에 만났던 아저씨까지 언급했다. 아침에 자전거에 오르는 내게 귤 반쪽을 건넸던 아저씨. 내가 맛있게 받아먹으니 귤 2킬로그램을 사서 안겨주면서 자기 집이 트라브존이라고, 아내가 있으니 거기 가서 자라고 했었다.

"트라브존 사람한테 초대를 받았어. 거기 가볼까도 해."

"그 사람을 어떻게 믿어? 왜 난 안 믿고 그 사람은 믿어?"

"집에는 그분 부인이 있다고 했어."

"외국인 여자를 나이트클럽에 팔아넘기는 사람들도 있어. 믿지마. 가지 마."

"… 그래. 그냥 호텔 가서 잘 거야."

"전화할 거야. 내가 전화할 때 그 사람이랑 같이 있으면 죽여버릴 거야."

이 순간, 생존본능이 강렬히 작동했는지 나는 대장부처럼 박장대소했다.

"으하하하하하하! 응. 안 그래 안 그래."

위태로운 분위기를 흩트려야 한다. 무서워하면 상대가 진짜 무서운 사람이 될 수 있는 상황이 있다. 기사는 트럭에서 내릴 때의 스킨십 이후 내가 기사를 슬쩍슬쩍 피하는 것을 진작에 눈치챘는지 물었다.

"왜 나를 무서워해?"

"아니? 안 무서워. 네가 좋은 사람이라는 거 알아. 우린 좋은 친구가 될 수 있을 거야!"

내내 입꼬리를 끌어올리며 앵무새처럼 대꾸를 반복한다. 흑해에 가까워지는 동안 날은 저물어 완연한 어둠이 내렸다. 여전히 도로에는 지나는 차도 인적도 없는데, 기사가 갑자기 차를 세운다.

"지금 트라브존 쪽은 차가 막힐 시간이야. 기다렸다 가자."

기사는 차 문을 철컥 잠근다. 내 쪽으로 몸을 돌려 가까이 다가앉는다. 심장이 떨리는 게 손까지 전달되어 오랜만에 손이 떨린다. 호신용 스프레이는 벌써 뚜껑까지 열어 주머니 안으로 쥐고 있었지만 차 문이 잠긴 상태에서는 무엇도 소용없어 보였다.

천만다행으로, 그 순간 기사에게 전화가 왔다. 기사가 통화하는 동안 지인에게 카톡 메시지를 보내 영상통화를 걸어 달라고 부탁했다. 전화를 건 화면 속 지인에게 태연한 척 인사하고 기사에게도 인사를 시키고 부러 활발히 이야기한다. 그 와중에 기사는 운전석으로 자리를 옮겨 시동을 걸었다. 내 손은 땀으로 축축했다.

그러고도 기사는 마음이 자꾸 왔다 갔다 하는 듯하다가, 결국은 트라브존 근처 호텔에 나를 내려주고 체크인까지 도와주었다. 고맙다며 기사와 셀카까지 찍고, 헤어져 방으로 들어와서야 나는 안도의 비명을 내지를 수 있었다. 트럭에 오른지 네 시간 만이었다. 정말정말 감사합니다. 이 덜떨어진 인간을 이렇게 무사히 호텔방에 들어올 수 있게 해주셔서 정말정말 감사합니다.

그 어느 날보다도 녹초가 된 날이었다. 내가 얻어 탔으니 누굴 탓할 수도 없다. 인간은 다양한 면을 가진 동물이라 설령 처음에는 좋은 마음이었다고 해도 마음이 쉽게 바뀔 수 있는 거다. 인간의 다양한 면 덕분에 오늘 천국과 지옥을 오갔다. 결국은 잘 끝났지만, 앞으로는 그럴 수 있는 상황과 조건에 나를 맡길 수 없겠다. 알고 있던 것을 다시 한번 온몸으로 갱신한다.

앞으로 오르막을 오를 때 아무리 허리와 무릎이 흐물거려도 갇힌 공간에서 식은땀을 흘리는 것보다는 밥이 되든 죽이 되든 오르막을 오르는 게 낫다고 나를 설득할 수 있을 것 같다.

튀르키예의
레오나르도 디카프리오

이스탄불의 나라로 온 지 3주 차, 흑해변을 따라 서진하고 있다. 이스탄불에는 과연 언제 도착할 수 있을까. 최선을 다해서 가봐야지. 나는 최선을 다한다는 말을 자주 했다. 지금 이스탄불에 가는 것도 최선을 다해 가는 거고, 몸을 사리는 데도 최선을 다하고. 뭘 해도 어설픈 내가 할 수 있는 건 노력밖에 없어 그랬나.

그런데 나는 최선을 다한다는 것의 정도를 몰랐다. 아무리 해도 모자란 것 같았다. 밤을 새웠대도 한두 시간은 잤으니 모자란 것 같았다. 내가 더 할 수 있는 틈이, 채우지 못한 몇 퍼센트가 항상 남아 있는 것 같았다. 끝까지는 아무래도 못 간 것 같았다. 최선을 다하겠다는 각오는 많이 했지만, 돌아봤을 때 최선을 다했다고 말하기는 항상 주저되었다.

예전에 봤던 글이 기억에 남아 있다. 글쓴이는 수많은 일을 하고 잠자리에 들 때면 손끝 하나 움직일 기력이 없을 정도로 지친다고 했었다. 그런 것이 최선을 다한다는 건가 싶어 나름 최선을 다해 움직인 날에는 잠자리에 누워 손끝을 움직여봤다. 손끝이 안 움직여지는 날이 없었다. 오늘도 아니구나, 오늘도 그 정도는 아니구나 싶었다. 그런데 지금 생각해보니, 손끝이 진짜 안 움직일 정도면 죽는 거겠다.

지금 나로서 최선을 다한다는 것은, 항상성을 유지할 수 있는 수준으로 산다는 게 아닐까. 일이나 목표만이 아니라 내 몸도 주변도 두루두루 둘러보고 챙기고 감사하면서 순간순간을 살아가는 것이 나의 최선이 아니려나 생각된다. 나이가 드나 보다.

아침부터 구름이 흐리게 껴 있더니 비가 제법 내린다. 식당에서 진한 튀르키예 커피를 마시며 한 시간을 기다려도 비가 그치지 않아 우비를 입고 달리기 시작했다. 오늘의 목적지 오르두에 다 와서야 하늘이 갠다.

자전거샵부터 들른다. 며칠 전에 끊어진 짐 고정끈을 사야 한다. 갈매기 눈썹에 둥근 얼굴에 엠자형 탈모가 오고 있는 듯한 주인은 전체적으로 푸근한 인상이다.

"차 좀 마실래?"

주인이 내주는 의자에 앉아 내주는 온풍기 앞에서 차를 마시며 비에 젖은 몸을 녹이다 보니 체인 생각이 났다. 튀르키예 들어 체인 상태가 안 좋았다. 2-5단에서 페달이 덜컥거려 5번 기어를 못 쓰고 있는 상태. 주인에게 봐달라고 하니 체인도, 스프라켓도 갈아야 한대서 갈아달라고 했다.

"너 밥은 먹었어?"

"응!"

"몇 시에?"

"아, 9시에?"

때는 12시, 배는 별로 안 고프긴 하다.

"너 라흐마준 먹어봤어?"

"아니."

"그럼 먹어봐."

주인이 전화로 음식을 주문하고 체인을 갈다 보니 음식이 도착했다. 라흐마준. 토마토와 고기 베이스만 발라진 얇은 피자 도우에 채썬 당근과 양파와 녹색 야채 등을 싸 먹는 것이다. 야채를 담은 일회용 플라스틱 용기가 눈에 밟히지만 어쩔 수 없군. 둥근 도우에 야채를 싸 둘둘 말아 먹는다. 반죽이 쫀쫀하게 씹혀 맛있다.

주인의 이름은 차으라. 차으라는 짧은 영어 단어로도 하고픈 말을 능숙하게 표현한다. 자전거샵을 연 지는 20년이 됐단다. 예전에는 배를 탔단다. 배 수리공으로 일했나 보다.

"돈은 많이 벌었는데, 안 좋았어. 지금은 돈은 적어도 내 집에 있고, 가족과 친구와 있고, 그래서 좋아."

먹기도 잘 먹고 수리도 잘 했는데, 차으라가 체인과 스프라켓 값만 받는다. 서비스 비용도 받지 않는다.

"나 저 끈도 샀잖아. 점심도 먹었고."

"튀르키예에서는 차 공짜, 음식 공짜야. 끈은 선물이야."

몇 번을 주려 해도 사양해서 책갈피라도 건네고 나오는데 차으라가 후미등은 있냐고 물었다. 탈거식 후미등은 거치할 자리도 마땅치 않고 도난당할 우려도 있어 가방에 넣어놓고 다니는데, 야간 라이딩을 안 해서 거의 꺼낼 일이 없었다. 차으라는 터널에서 위험하다며 미니 후미등을 가져와 포장을 뜯어 달아줬다.

이틀 후, 오르두를 떠나기 전 차으라에게 인사를 하러 다시 샵에 갔다가 차 두 잔을 마시며 두 시간을 앉아 있었다. 차으라는 배 타는 생활을 6~7년 했다. 흑해와 지중해를 가로지르며 러시아, 우크라이나, 그리스, 스페인, 포르투갈, 시리아 등을 돌아봤단다. 러시아인 아내도 그때 만났단다. 러시아어와 튀르키예어와 카자크어까지 하는 아내는 지금은 집에서 두 아이를 돌본다.

"튀르키예에서는 러시아어 배우려는 사람 없어?"

"많이 없어. 영어 배우려고 해. 왜 영어 배우는지는 모르겠어."

"중앙아시아에서는 다 러시아어 하던데. 영어 말고."

"응. 알아. 근데 왠지는 모르겠는데 영어가 국제적이잖아."

"미국이 힘이 세서 그런가? 트럼프가 힘이 세서."

"튀르키예에서는 트럼프를 뭐라고 부르는지 알아?"

"뭐라고 부르는데?"

"무. 약간 닮았어."

고개를 끄덕이며 키득댔다.

"사실 테러리스트라고 하면 미국이 큰 테러리스트지. 민주주의가 없다고 이라크에 쳐들어갔잖아. 진짜 민주주의를 생각했으면 아프리카 먼저 가든지.”

“튀르키예는 미국이랑 친구야?”

“아니. 친구라면 나쁜 친구지.”

“그럼 튀르키예랑 친구는 누구야?”

“누구나 튀르키예의 친구야.”

“이란은 어때?”

“이란이랑 튀르키예는 친구는 아니야.”

“그럼 너는 이란 어떻게 생각해?”

“나는 이란 사람들 좋아해. 그런데 정부는 어떤지 모르겠어. 나는 정치 몰라. 정치적인 사람이 아니야. 자전거 사람이지. 하하하.”

“이란이랑 튀르키예가 안 좋은 거는 이슬람 종파가 달라서 그런가?”

“그런 것 같기도 하고… 그런데 이슬람 앞에서는 모든 사람이 다 같아. 사람들이 나눠놓은 거야. 수니파든 시아파든 다 같은데, 서로 가르고 나누는 거는 미국이랑 이스라엘이 장난을 쳤다고 봐. 내 생각은 그래.”

예전에는 튀르키예도 시리아도 이라크도 모두 오스만 제국이었는데, 지금은 다 나뉘어 있고, 앞으로 튀르키예에서도 전쟁이 일어날 수 있단다. 석유 때문에.

그러고 보니 튀르키예의 석유가 조만간 풀린다고 들은 기억이 난다. 오스만제국이 세계 1차 대전에서 패전하고는 강대국들이 그 땅을 땅따먹기 하려고 달려들었다. 여기에 튀르키예인이 반격하여 전쟁을 벌인 끝에 1923년 로잔조약을 체결해 현 튀르키예를 인정

받고 국경을 정했다고 한다. 이 조약에는 튀르키예 내 특정 지역에 대한 개발 접근 제한도 포함되어 있는데, 그 시한이 100년이다.

"로잔조약이 곧 끝나지?"

"응. 2023년. 그러면 독일, 프랑스 같은 애들이 제일 먼저 가져갈 거야. 튀르키예 사람들은 거기서 노동이나 하겠지."

튀르키예에서 한 번도 꺼낸 적 없는 질문을 이 사람한테는 왠지 물어봐도 될 것 같다는 생각이 들었다. 튀르키예에서 소수민족으로 차별받고 박해받는 쿠르드족에 대한 질문.

"쿠르드족을 어떻게 생각해?"

"형제고 자매지. 사람들은 다 같잖아. 무슨 종교든, 남자든 여자든, 무슨 나라든. 튀르키예인이라고 해도 백 퍼센트 튀르키예인은 없고, 한국인이라고 해도 백 퍼센트 한국인은 없어. 투르크인은 예전에 훈족이었어. 그리고는 뭐가 되고, 지워지고, 셀주크 투르크가 되고, 지워지고, 오스만이 되고, 지워지고, 지금은 튀르키예고, 근데 나중에 또 지워질지도 몰라. 그래도 인류는 지워지지 않을 거야."

차으라가 솔직히 내 스타일은 아닌데 이 말을 할 때는 살짝 레오나르도 디카프리오처럼 보였다. 아쉽지만 갈 길을 가야 할 때, 인사를 한다.

오늘 흑해는 유독 하늘과 색이 같아 그 경계가 흐릿하다. 해 질 즈음 되니 하늘과 바다 빛은 분홍과 보라와 파랑으로 황홀하게 서로 닮는다. 잔잔한 바다를 점잖게 가르는 층층 파도의 가로선이 흐릿한 수평선 층을 지나는 듯하다가 층층의 하늘이 된다.

세상은 아름다웠구나, 세상은 아름다웠노라고 말해야지.

다양한 민족이 공존하던 오스만제국이 쇠하고 민족주의가 대두하자 사람들은 편을 갈라 다른 민족을 서로 죽이고 그 원한에 또 죽였다. 삶과 죽음의 혼란과 전쟁 속에서 현재의 국경이 차차 형성되었다. 지금의 튀르키예, 이란과 이라크, 시리아 등지의 산악 지대에 넓게 흩어져 살던 쿠르드인은 만들어진 국경에 따라 네 쪽으로 쪼개졌다. 튀르키예와 그리스는 쪼개는 것도 일이었다. 문화도 인종도 언어도 구분하기 힘들 정도로 섞여 살던 사람들을 나눈 유일한 기준은 종교였다. 이슬람을 믿으면 튀르키예인이, 그리스정교를 믿으면 그리스인이 되었기에 튀르키예어를 모어로 하는 사람도 그리스로 가고 그랬단다. 그처럼 모호하게 나뉜 나라의 경계가 언제부터인가 절대로 넘을 수 없는 벽이 되었다.

파미르에서 달릴 때 강 건너에 아프가니스탄이 있었다. 영국과 러시아가 유라시아에서 세력 경쟁을 벌이다 강을 기준으로 경계를 삼은 것이 그대로 타지키스탄과 아프가니스탄의 국경이 되었다. 타지크인은 타지키스탄에 6백만, 아프가니스탄에 8백만이 살았다. 야트막한 강, 외치면 소통도 할 수 있는 거리에서 같은 언어와 문화를 공유하던 사람들이 서로 다른 나라 사람이 되어 강을 건널 수 없게 되었다.

중국 난징에서 들렀던 난징대학살기념관에는 대학살 당시 피해자의 모습을 동상으로 재현해 놓았다. 일본군을 피해 달려가는 동상 아래 '악마가 온다, 도망쳐'라는 글귀가 쓰여 있었다. 악마는 다름아닌 인간이었다. 도륙했던 존재와 도륙당했던 존재는 무엇이 달랐던가. 난징에서 일본인은 중국인을 죽였다. 베트남전쟁에서 한국인은 베트남인을 죽였다. 인도와 파키스탄이 갈리면서 사람들은 힌두교와 이슬람으로 갈려 서로 죽였다. 나라가 달라서, 종교가 달라서, 언어가 달라서, 사상이 달라서 적이 되었다. 적은 인간이 아닌 죽여야 할 존재가 되었다. 이기기 위해서, 죽이기 위해서, 세상은 흑백으로 나뉘어야 했다.

하늘과 바다의 경계가 흐릿하다. 잔잔하게 떠 가는 오리는 지금 자기가 헤엄치고 있는 곳이 하늘인지 바다인지 생각하지 않을 것이다. 나는 어디 혈통이고 재는 무슨 민족이고 어디에서 자랐고 무엇을 믿고 하는 것은, 별로 중요하지 않을 것이다. 무수히 그어놓은 선이 사실은 인간이 지어놓은 경계라는 것을 알아차릴 수만 있다면, 누구도 무엇이 될 수 있을 것이다.

오르락내리락하다
하루 해가 지는 지겨움

튀르키예는 여러모로 참 오랜만인 나라였다. 튀르키예는 일단, 도로 표지판에 적힌 남은 거리를 믿을 수 있는 나라다. 숙소 침대 시트가 평균적으로 머리카락 없이 깨끗하고, 호텔에서는 물어보지 않아도 더운 물이 나온다. 숙소에 가면 와이파이가 되고 대부분의 와이파이가 블로그 업데이트에 지장 없을 정도로 품질이 좋다. 그 예측 가능함이, 배부르게도 약간 심심했다.

심심함에는 내 덕도 있었다. 이스탄불이 가까워지고 있다. 지금까지 여행 내내 그저 청운의 꿈 엘도라도 정도의 느낌이었던 이스탄불이 튀르키예로 들어서서는 코앞의 현실이 되었다. 국경에서부터 1500킬로는 달려야 하니 코앞이라고 하기에는 좀 그렇지만, 그 어느 때보다 이스탄불과 가까워지게 된 것이다. 손에 잡힐 듯한 꿈에 정신이 팔려 마음이 조급해졌다. 주변을 돌아볼 여유 없이 이스탄불까지 최단 거리로 그저 가고 있다.

지난 주부터는 흑해에서 내륙 길로 접어들어 풍경도 단순해졌다. 해안도시 삼순에서 길을 틀어 내륙 길을 택하는 것은 바다를 좋아하는 사람으로서 뼈아픈 결정이었다. 그러나 삼순에서부터 이스탄불까지 흑해를 끼고 오는 길은 누군가의 말로는 '히말라야보다 고개가 더 많다'고 했다. 오르막이 힘들어도 바다를 보는 게 좋지 않을까, 삼순 호텔에서 체크아웃을 하던 순간까지도 번민했다. 삼순 호텔 매니저 아저씨는 내가 가방을 바다에 매다는 것을 보며 짧은 영어 단어를 한두 마디씩 내뱉었다.

"Very good! Very good! (좋아! 아주 좋아!)"

웃으며 엄지를 치켜올린 후 아저씨가 또 그런다.

"You're poor! You're very poor!(불쌍해, 아주 불쌍해!)"

잘못 들었나 해서 돌아보니 아저씨는 여전히 더없이 흐뭇한 미소를 머금고 있었다. poor를 다른 뜻으로 쓰시는 것 같은데 도무지 뭔지는 모르겠지만 좋은 의미인 것 같다. 아저씨에게 이스탄불까지 가는 흑해 도로가 어떠냐고 묻자 아저씨는 인상을 찌푸렸다. 뭔가를 표현하려 애쓰다가 한 마디를 했다. "....Problem!(....문제!)"

그 '프라블럼'을 피해 온 내륙 길은 단조롭기 그지 없다. 그저 매끈하게 닦인 넓은 도로의 갓길로 수많은 고개와 산을 기계적으로 오르내렸다. 하나의 고개를 넘고 있으면 그 다음 고개가 보였다. **오르락내리락하아다~ 하루해가 집니다.** 〈종달새의 하루〉 노래 가사를 하루에도 수십 번씩 입안에서 되뇌었다.

그 조용한 라이딩에 가끔씩 변수가 된 것은 개다. 개의 국민성, 아니 국견(犬)성을 논할 수 있다면, 가장 호전적인 견족으로 태국 견족과 튀르키예 견족을 꼽을 수 있을 것이다. 게다가 이곳 개들은 태국 개들보다 평균적으로 덩치가 컸다. 짖는 소리도 컸다. 그러나 나는 이제 태국에서처럼 쫄지 않았다.

인도 라다크에서 개에 물리고서 매일 상처에 비누를 문질러 소독하면서 나는 개와의 관계를 재정립했다. 대자연에서 개와 나는 만인 대 만인으로 맞서야 했다. 그 이후 파미르의 역풍 속 너덜하게 악만 남아 있던 때, 짖으며 달려오던 개에게 나도 놀랄 정도로 고함을 지르게 된다. 이렇게 여행 1년 만에 나는 번듯한 개 쫓는 자로 성장한 것이다.

튀르키예를 달리기 시작한 초기에는 달려오는 개들에게 호전적으로 목청을 개방하다가, 나중에는 소리치기도 지쳐 웬만하면 조용히 해결하게 되었다. 일단 자전거를 멈추면 개들도 십중팔구는 멈춘다. 멈춰 서서 개가 흥분을 가라앉히기를 기다려주고는 천천히 출발한다. 개는 달리는 것을 본능적으로 쫓고 자기 영역이라고 인식하는 범위 안에 들어온 것을 경계하니, 천천히 개의 영역을 벗어나면 되는 것이다. 이 과정에서 쫄면 안 된다. 쫄면 개들이 귀신같이 알아챘다. 태국에서부터 듣긴 들었지만 매번 쫄아서 도무지 실행할 수 없었던 방법을 이제는 실행할 수 있다. 하루에 몇 번씩 달려드는 개들도, 몇 주쯤 지나니 어느샌가 변수가 아니라 일상이 되었다.

어느덧 이스탄불까지 남은 거리는 불과 500킬로미터, 그런데 어쩐지 여느 때보다 견디기 힘들다. 가까운 산 아니면 먼 산이 보이는 단조로운 내륙의 풍경과 끊임없이 반복되는 오르락내리락을 참기 어렵다. 어제는 오랜만에 강이라는 색다른 풍경이 나왔다. 깨끗한 파란색이 너무 예뻤는데, 곧 시야에서 사라지고 또다시 언덕이 지지리 반복된다. 잠깐 행복하다 싶었는데 다시 지긋지긋해졌다. 달리는 게 한없이 지겨워졌다. 아는 힘듦을 반복해야 하는 게 싫어서 갑갑하고 짜증이 났다. 지겨움. 나는 이게 제일 무섭다.

자전거를 그만 탈까. 그만 타면 무엇을 할 것이냐. 이스탄불에 빨리 도착하고 싶다. 빨리 도착하면 또 무엇을 할 것이냐. 이 뻥 뚫린 인생의 시간을 얼마나 견뎌야 하나. 채우기 위해 얼마나 더 애써야 하나. 인생에 너무도 뭐가 없어 견디기가 힘들다. 마음이 울컥울컥 요동을 치는 중에도 발은 그저 페달을 밟는다.

오늘도 아침부터 오르막이었다. 뒤이어 나온 내리막도 반갑지 않았다. 내려간 만큼 또 올라가겠지. 그걸 계속 반복해야겠지. 이 지겨움을 어찌할까. 세상에는 이렇게 아름다운 것이 많은데, 저는 지겨움을 느끼곤 해서 죄송합니다.

환난보다 권태가 무서울 때가 있다. 큰 재난에는 정신이 휩쓸리지만, 권태는 정신이 똑똑한 상태에서 목이 조여지는 것을 천천히 느낄 수 있기 때문이다.

나에게 인생이 살아볼 만한 것이라는 한쪽의 결론과, 인생이 너무 지겹다는 한쪽의 결론은 서로 통합되지 못하고 그때그때 기분에 따라 불쑥 선택되곤 했다. 전자가 대세고 후자는 매우 드물어서, 때때로 후자가 찾아오면 어찌할 바를 몰랐다. 이참에 정리를 좀 해볼까.

자전거 여행을 하면서 힘들거나 권태로울 때마다 물었다. 왜 자전거 여행을 왔을까. 이 질문은 어찌 보면 나는 왜 사는가 하는 질문과도 연결된다. 나에게 이 여행은 내 삶을 존중하기 위한 선택지였기 때문이다. 이 여행은 어떻게 인생을 즐길 수 있을지, 어떻게 살아야 할지를 묻기 위한 과정이었다. 그럼 물어보자. 왜 사는지를.

태어났으니까, 주어졌으니까, 사는 거지.

그러면서도 나는 안다. 태어났으니 산다는 그 단순한 명제에 순응하고 싶지 않은 마음이 불쑥불쑥 치솟는 것을. 나는 태어나고 죽는 것을 결정할 수 없는 한낱 미물이라는 것을 인정하고 싶지 않아 부글부글 끓는 것을.

그러니 이건 묻기보다는 받아들일 문제다. 태어났으니, 사는 거다. 내 삶은 거기서부터 시작한다. 자연의 순환에, 흐름에, 누군가는 신이라고 부르는 그 섭리에 순종하고 싶다. 편안하게 받아들이고 싶다. 나는 이 우주의 미물이라는 것을. 미물에게도 그의 우주가 있고 바다가 있다는 것을.

주어진 대로 살 것이다. 되도록이면 내 맘에 들게 사는 정도는 노력해볼 수 있겠다. 삶이 레몬을 준다면, 레모네이드 정도는 만들어볼 수 있을 것이다.

......

이스탄불에 왔다

원래 이런 거 막상 끝이 되면 별거 없던데, 오늘은 왠지 자전거 타고 오는 내내 설렘이, 떨림이 가슴 한곳에 있더니만. 제가 여기서 울든 어쩌든 사람들은 웃고 떠들며 지나가고 밥을 먹고 차를 마시고 아야 소피아 사원에서 줄을 서고 바람은 불어대고 세상은 평소대로 흘러가지만, 제 인생의 이벤트는 제가 만들어가는 것 아니겠어요. 저한테는 굉장히 의미 있는 순간이네요.

이스탄불을 목적지로 잡고 오다가, 이란쯤에서야 이스탄불에서도 목적지를 구체적으로 잡아야겠다 해서 점 찍어놓은 아야 소피아. 그때까지도 이곳은 마냥 멀어 보이는 엘도라도였는데, 여기 눈앞의 현실이 되었네요.

많은 사람과 많은 것의 도움을 받았고, 그러지 않았으면 올 수 없었겠지요. 제 힘과 능력과 의지보다는, 과거와 현재의 사람과 생명들, 나무와 하늘과 구름과 바람과 물과 불이 있었기에 올 수 있었고 살아있을 수 있었습니다.

세상이 구석구석 연결되어 있다는 것을 발견해나가는 여정은, 황홀했습니다. 사람은 환경에 의해 사회에 의해 빚어진다는 것, 언어도 생김새도 달라서 달라 보이던 사람들이 사실은 다르지 않다는 것, 적자생존이고 약육강식의 세상이지만 그중에도 자신의 우물을 지켜 남의 목까지 축이게 해주는 사람이 있다는 것, 한 사람이 한 사람의 세계가 될 수 있다는 것을 배웠습니다.

제가 몰랐던 게 많았습니다. 중국 황산을 걸어서 오를 수 있을 줄은 몰랐어요. 느린 자전거로 파미르를 갈 거라고는 생각도 안 했는데 가게 되었고, 출발하면서부터 이스탄불에 간다고 했지만 진짜로 올 수 있을지는 며칠 전까지도 알 수 없었습니다.

불확실한 미래, 불확실한 인생. 제가 할 수 있는 건 이 불확실한 세상을 한 발 한 발 걸어가는 것뿐이겠지요. 제가 바꿀 수 있는 것은 길 상태도 경사도도 날씨도 아니고 오직 제 마음인 것을, 이 길에서 중요한 것은 함께 있는 사람들이라는 것을 알고서, 별거 아니니까, 웃으면서, 별거 아니어도, 제 우주를 즐길 수 있음에 감사하면서 주어진 삶을 살아가도록 하겠습니다.

살아서 이스탄불에 올 수 있게 해주셔서, 세계를 이해해나갈 수 있게 해주셔서, 관계에서 배워나갈 수 있게 해주셔서, 도전해나갈 수 있게 해주셔서 감사합니다. 풀처럼 납작하게 누울 수 있도록, 손을 잡을 수 있도록, 나눌 수 있도록 노력하겠습니다. 고맙습니다.

에필로그

보리수 한 그루의 숲

생각보다 덜 행복한 것 같던, 생각보다 꼬질하고 추레하고 심심하던, 후반에는 얼른 이스탄불에 닿기만을, 한국으로 돌아가서 김치찌개에 김치전에 김치에 밥을 먹기를 꿈처럼 그리던 그때의 내가 이제는 꿈 같다.

2019년 12월 30일, 여행 출발한 지 1년 반 만에 이스탄불에 닿은 후 바다는 한국으로 먼저 보냈다. 배를 타고 흑해를 건너, 버스와 기차를 타고 모스크바까지 가서는 시베리아 횡단 열차에 올랐다. 블라디보스토크에 이르러 비행기를 타고 한국으로 왔다. 육로 귀국 마지막에 비행기를 탄 것은 블라디보스토크에서 타고 오려던 배가 코로나19 유행으로 운항을 잠정 중단했기 때문이다. 세상은 불과 몇 개월 사이 예상치 못하게 급변했다. 귀국 중이던 2020년 2월, 코로나19 확산으로 국경이 속속 닫혔다. 마스크를 쓰지 않고, PCR 검사를 하지 않고도 국경을 넘고 세계 사람들과 인사하고 악수했던 여행 시절이 순식간에 별세계로 멀어졌다.

코로나19가 유행하던 3년 동안 반백수에 집순이로 살았다. 여행을 하며 얻은 10킬로그램의 살(영문을 모르겠음)은 천천히 내렸고, 발에 크록스 구멍 따라 뽕뽕 살이 탔던 자국도 희미해졌다. 여행의 흔적은 점점 지워져갔다. 그러나 지금도 때때로 눈을 감고 있노라면 의식은 중국으로 건너가 동남아와 인도와 파키스탄과 중앙아시아와 이란을 지나 튀르키예까지 물 흐르듯 간다.

나는 정말이지 많이 누렸다. 적게 벌고 적게 쓰며 사는 지금도 많이 누리고 있다. 시원한 얼음물, 따뜻한 씻을 물, 다양한 음식, 엄청나게 다양하고 질 좋은 물건, 쉽게 잡을 수 있는 와이파이, 어디서나 당연한 통신 신호, 끊기지 않는 전기, 세탁기와 냉장고 등 풍요로운 가전제품, 운동을 하고 책을 읽을 수 있는 여유, 심심찮게 친구들과 외식을 할 수 있는 여유. 이런 것이 당연하지 않았던 순간들이, 당연하지 않았던 사람들이 마음 어딘가에 자리 잡고 있다. 타지키스탄에서는 잃어버린 귀이개, 자가 마사지용 테니스공, 작은 나사를 조일 크런치, 이 세 개를 사려고 한 달을 헤매야 했다. 한국에 돌아온 뒤 다이소에서 나는 새삼 전율했다. 이 풍요로움은 내가 다닌 아시아 나라 중 가히 최고였다. 달콤하고도 송구했다. 이 엄청난 풍요에는 다른 이들의 몫이 들어 있는 것이 아닌가 싶어서.

경제학자이자 철학자인 아마티아 센은 발전이란 인간의 자유를 확장하는 과정이라 정의했다. 먹을 수 있고, 교육과 치료를 받고, 자기 목소리를 내며 존엄하게 살기 위한 발전이, 어느새 더 많이 갖고 더 편리하기 위한 명분이 되었다. 그렇게 인간 이외에 다른 것을 다 무시하면서 달려왔더니 결과적으로 인간의 자유가 제한되고 있는 것이 아닌지, 코로나19와 기후변화를 보면서 생각했다. 그것만이 아니었다.

세계 곳곳에서 어려운 소식이 들려왔다. 중국, 미얀마, 우크라이나, 이란, 튀르키예, 다녀온 곳 중 성한 곳이 드물었다. 여기에 기후변화가 얹히면 상황이 쉽게 좋아지지 않을 것이라는 전망에 나는 우울해졌다. 주변 조명이 다 꺼져가고 있었다. 페달을 밟든 한 걸음씩 걷든 나는 길을 갈 것이고 갈 수밖에 없지만, 꺼져가는 배경 조명을 내가 밝힐 수 없어서, 한 치 앞이 보이지 않는 것 같아서.

얼마 전에 마니푸르의 녹샤가 페이스북 메시지를 보내왔다. 한국은 날씨가 어떠냐고, 마니푸르에는 비가 안 와 강이 말랐다고 했다. 마니푸르에서는 씻고 농사지을 물을 강에서 퍼 왔었는데, 이제는 물을 사서 쓰고 있다고 했다. 산에 사는 소수민족이 돈을 벌기 위해 양귀비를 심느라 나무를 모조리 베고 있기 때문에 기후가 변하는 것이라고, 녹샤는 이야기했다.

기후변화는 사실 선진국들이 탄소를 너무 많이 뿜어서 일어나는 거래. 나는 메시지를 보냈지만 녹샤가 이해하기는 힘들 것이다. 이해한다 해도, 마니푸르에서 할 수 있는 일은 없다. 일상에서 탄소 배출을 줄여보자 하기엔, 거긴 더 줄일 것이 없다. 마니푸르 지역은 기본적으로 인도 정부의 관리권에서 소외되어 있어 정부에 기후 대응을 요구할 수도 없다.

원망과 미움은 손에 닿는 곳을 향하기 마련이다. 마니푸르에서 기후변화에 대한 원망은 산에 사는 소수민족을 향한다. 내가 모르는 수많은 곳에서 이런 원망과 미움이 갈등을 일으키고 있을 것이다. 마니푸르에 비하면, 한국에서는 할 수 있는 일이 많아 보였다. 아주 작더라도, 해야 할 것 같았다.

고개를 들어보니 등불이 하나둘 눈에 들어왔다. 여행에서 만났던 사람들이 떠올랐다. 크든 작든 흔들리지 않고 자신이 할 수 있는 일을 하는 사람들. 가족과 주변을 성실히 가꿔가는 사람들. 그러면서 도움이 필요한 이에게 손을 내미는 사람들. 그런 이들은 지금 내 주위에도 있었다. 다시 보니, 완전히 어두운 것은 아니었다.

등불 하나는 켤 수 있음을, 다시 한번 믿어보기로 했다. 이 크나큰 세상에서 아주아주 작지만 그러나 분명히 있는 존재로서. 이 세상 모든 것은 연결되어 있고 서로 영향을 주고받기 때문에.

태국 나콘라차시마주 피마이에 보리수 공원이 있다. 천천히 한 바퀴 돌면 10분쯤 걸리는 이 공원에는 수백 그루 나무가 있는데, 이 나무들은 사실은 한 그루다. 보리수 한 그루가 퍼지고 얽혀 이루어졌다는 숲, 자세히 보면 나무는 가지로든지 뿌리로든지 공중에서든지 땅에서든지 어떻게든 서로 이어져 있었다. 얽혀서 퍼져나간 한 그루 나무이자 숲에서는 가지 하나에 손을 대는 것만으로 숲 전체와 연결된다. 그게 나에게는 세상의 모습 같다. 내가 손을 내밀면, 결국에는 내 손을 잡아줄 것이다.

감사의 말

이 책을 쓸 마음을 먹게 해주신 사우의 문채원 님과 공정희에 감사드린다. 날것의 초고를 다듬고 꾸며 어엿하게 책으로 만들어주신 사우의 디자이너와 교열자 님께 감사한다. 흔들리고 빛 반사된 사진이 넘쳐나는 풍요 속 빈곤의 사진난에 흔쾌히 자신의 사진을 내어준 조수현, 위키와 토히와 윤석진 님께 감사한다. 바쁘다 바빠 현대사회에서 책보다 더 감동적인 추천사를 써주신 김유미, 신아름, 유경진, 위너준현 님, 이수정, 최진경 님, 황경선에 감사를 보낸다. 엉성한 초안을 읽고 조언하고 응원해준 김새롬, 김주빈, 김혜숙, 박명희, 윤빛나, 홍금주 님께 감사드린다.

여행을 후원으로 밀어주어 매일의 밥에 계란프라이를 큰 고민 없이 추가할 여유를 허해준 강인남 님, 고재광 님, 권주원 님, 김성경, 김여진네, 김주빈, 김프리지아와 박명희와 유경진과 이향연,

문영선, 손봉영 님, 신상호 님과 이미보 님, 아진, 에르드네님네와 문은진 님과 이수진 님과 김효신 님과 변은경 님, 오기출 님, 홍금옥 님, 홍금주 님, 홍영화 님(이상 가나다순)께 감사를 전한다. 《조선왕조실록》에 버금가는 장황한 블로그 여행기를 꾸준히 읽으며 응원해주었던 블로그 이웃님들과 독자님들께 감사한다. 생전 처음 보는 나에게 웃어주고 인사하고 길을 알려주고 그보다 더 시간을 내어 도와주고 때론 차를 내어주고 밥을 내어주고 자신의 잠자리를 내어주었던 유라시아 곳곳의 사람들에게 감사드린다. 여행을 떠나 중국에서 동남아, 인도와 파키스탄으로 넘어가던 1년 여가 여름이었다. 그 더위를 견딜만 하게 해주었던 바람과 나무와 물과 에어컨과 선풍기에 감사하다. 모든 것 덕분에 살아 돌아왔다.

이토록 우아한 제로 웨이스트 여행
-1년 반, 12,500km, 유라시아 자전거 유람기

초판 1쇄 발행 2023년 9월 5일
초판 2쇄 발행 2023년 10월 27일

지은이 신혜정
펴낸이 문채원

펴낸곳 도서출판 사우
출판 등록 2014-000017호
전화 02-2642-6420
팩스 0504-156-6085
전자우편 sawoopub@gmail.com

ISBN 979-11-87332-89-3 03810